Une famille pour Grant

Un ardent désir

CAT SCHIELD

Une famille pour Grant

Traduction française de
ROSELINE AULIAC

PASSIONS

HARLEQUIN

Collection : PASSIONS

Titre original :
THE PATERNITY PACT

HARPERCOLLINS FRANCE
83-85, boulevard Vincent-Auriol, 75646 PARIS CEDEX 13
Service Lectrices — Tél. : 01 45 82 47 47 - www.harlequin.fr
ISBN 978-2-2804-4643-3 — ISSN 1950-2761

Composé et édité par HarperCollins France. Achevé d'imprimer en avril 2021.
par CPI Black Print - Barcelone - Espagne
Dépôt légal : mai 2021.

FSC
www.fsc.org
MIXTE
Papier issu de sources responsables
FSC® C159065

Pour limiter l'empreinte environnementale de ses livres, HarperCollins France s'engage à n'utiliser que du papier fabriqué à partir de bois provenant de forêts gérées durablement et de manière responsable.

- 1 -

— Eh bien, Grant, quelle surprise de te voir ici ce soir ! s'exclama Rose Everett-Schuster.

La réception nocturne qui se tenait au Spoon and Stable, un café d'inspiration française sur la place principale de Royal, Texas, était organisée par Beth Wingate afin de collecter des fonds en faveur de Zest, l'association caritative à but non lucratif fondée par sa sœur cadette Harley et dont les activités s'exerçaient en Asie. Cette manifestation incluait une dégustation de vins, une vente aux enchères silencieuses et un défilé de mode.

— J'ai donné une caisse de médoc, château Pierre de Dupré 2014 pour la dégustation, répondit Grant Everett, sachant que, s'il s'abstenait de toute explication, il ne ferait qu'attiser la curiosité de sa sœur aînée.

Remarquant qu'elle haussait les sourcils et lui décochait un regard acéré, il s'efforça de conserver une expression neutre malgré les battements effrénés de son pouls.

— J'ai aussi donné un château Margaux 2016 pour la vente aux enchères, ajouta-t-il.

— Je doute qu'une telle donation suffise à expliquer ce qui a incité notre éminent spécialiste de l'infertilité à quitter sa tour d'ivoire pour se mêler au commun des mortels, répliqua Rose. Il faut que cette manifestation caritative présente un intérêt tout particulier pour que tu sois ici ce soir.

À l'exception d'un seul échec colossal qu'il avait gardé pour lui durant ces cinq dernières années, Grant ne cultivait pas le goût du secret. Cela dit, il n'était pas non plus un livre ouvert. Il ne partageait pas ses pensées et ses opinions avec tout un chacun et, en tant que professionnel de la santé, il respectait strictement le secret médical.

Il maudit l'élan irrésistible qui l'avait poussé à faire une apparition à cette soirée de bienfaisance alors qu'il assistait rarement aux manifestations caritatives auxquelles Rose le conviait. Il appréciait peu les foules et les échanges de banalités et préférait envoyer des chèques pour soutenir les causes qui lui tenaient à cœur. Mais quelle explication satisfaisante pourrait-il donner à sa sœur sans trahir la véritable raison pour laquelle il s'intéressait à Zest depuis sa création, trois ans auparavant ?

— C'est une bonne cause, répliqua-t-il.

— Elles sont toutes dignes d'intérêt, rétorqua Rose, déterminée à lui soutirer un aveu. La particularité de cette soirée est qu'elle profite à l'association de Harley Wingate.

— Oui. Et alors ?

Bien que Rose s'intéresse aux familles les plus riches de Royal, il la soupçonnait de chercher à lui tirer les vers du nez. Mais comment pourrait-elle savoir ce qu'il ressentait pour la plus jeune sœur de la famille Wingate ? Lui-même était bien en peine de définir les émotions ambivalentes qui l'assaillaient chaque fois qu'il pensait à elle.

— Une certaine fille prodigue récemment retournée au bercail après avoir mystérieusement disparu à l'étranger.

— Mais encore ?

C'était une question superflue et, à en juger par le regard incisif de sa sœur, elle n'était pas dupe de sa manœuvre.

— Tu le sais très bien. C'est la jeune femme avec qui tu avais disparu il y a cinq ans lors du bal du Texas Cattleman's Club autrement appelé TCC et avec qui tu avais passé le week-end.

— Je ne vois pas de quoi tu parles.

Il ne devait pas avoir l'air très convaincant car les lèvres de Rose s'incurvèrent en un sourire satisfait.

— Tout le monde s'est demandé pourquoi elle avait quitté Royal aussi précipitamment quelques semaines plus tard.

— Son départ n'a rien à voir avec moi, répliqua-t-il d'un ton un peu trop abrupt.

Grant se maudit en silence d'avoir été forcé de s'expliquer. D'habitude, il demeurait indifférent aux provocations de sa sœur, mais ce qui s'était passé avec Harley et la façon dont il s'était comporté durant leur dernière entrevue le remplissaient de regrets.

— Tu as changé après son départ.

— Changé comment ?

— Tu as épousé Paisley, précisa Rose d'un ton compatissant. Et après avoir compris que c'était une erreur, tu as consacré encore plus de temps à ton travail.

À l'évocation de son ex-femme, il avala d'un trait le restant de son scotch et grimaça tandis que le breuvage lui brûlait la gorge. Il n'en était qu'à son deuxième verre de la soirée, mais il les avait bus dans un laps de temps très rapproché, et l'alcool commençait à produire ses effets, réveillant ses émotions et annihilant sa capacité à utiliser sa logique pour parer aux insinuations de sa sœur et l'empêcher de s'immiscer dans sa souffrance privée.

Se détournant d'elle, il balaya du regard la salle du restaurant.

— Je ne veux pas parler de Paisley.

Leurs trois ans de mariage lui avaient fourni une image on ne peut plus précise de ses lacunes en matière de relations sentimentales. Il ne savait plus le nombre de fois où Paisley l'avait accusé d'être dépourvu de cœur et de ne l'avoir jamais aimée. Il ne s'était jamais donné la peine de nier. À vrai dire, s'il l'avait épousée, c'était en raison de son charme et de sa bonne éducation, des qualités qui, pensait-il, feraient d'elle l'épouse parfaite d'un médecin réputé, membre d'une des familles les plus riches de Royal. Hélas, il avait découvert trop tard qu'elle croyait que son amour pour lui le transformerait et qu'il deviendrait le mari et le père de famille profondément aimant dont elle avait besoin. À la place, son attention de tous les instants l'avait étouffé et conduit à passer davantage de temps à l'hôpital.

— Je sais que tu détestes l'échec et que ton mariage est un sujet douloureux que tu préfères éviter, déclara Rose doucement. J'essaie simplement de te faire comprendre que tenter à nouveau l'aventure avec la bonne personne fera toute la différence.

Grant secoua la tête. À quoi bon refaire l'expérience du mariage ? Sa tendance à faire passer son travail avant les relations humaines l'empêchait d'être un bon mari et un bon père. Il devrait se contenter de réaliser le rêve d'autres personnes de fonder leurs propres familles.

— Je dois dire que je suis très impressionnée !

Une convive brune venait de se matérialiser à la gauche de Rose, procurant à Grant une interruption bienvenue. Henrietta Sinclair désignait la robe bain de soleil aux couleurs éclatantes conçue par les couturières de Zest et portée par sa fille Regan, laquelle participait au défilé de mode avec une douzaine d'autres participantes bénévoles.

— Cette collection est splendide et tellement bien réalisée !

— Avec du coton bio et des teintures végétales, précisa Rose, reprenant les informations figurant sur la brochure qu'elle tenait à la main.

— Ce que fait Harley Wingate est tout simplement fabuleux, remarqua Henrietta. Sa famille doit être fière d'elle.

— Oui, ajouta Rose. Étant donné la jeune fille qu'elle était avant de quitter la ville, j'imagine qu'aucun membre de sa famille ne s'attendait à ce qu'elle réussisse aussi bien.

Cette dernière remarque exaspéra Grant, et il profita de

l'inattention de sa sœur pour s'excuser et s'éclipser. Tandis qu'il déambulait parmi les invités, il nota que plusieurs d'entre eux paraissaient surpris de le voir. Bien qu'il soit très connu dans ce milieu huppé en raison de sa philanthropie, de sa compétence dans le domaine de l'infertilité des couples et de son affiliation au Texas Cattleman's Club, il n'avait assisté qu'à une demi-douzaine de réceptions mondaines depuis son divorce, et sa présence ici ce soir ne pouvait qu'éveiller la curiosité des convives.

Malgré tout, il était convaincu qu'aucun d'entre eux, hormis Rose, ne se doutait qu'il avait fait une apparition à cette manifestation à cause de Harley Wingate. Ou que c'était à cause d'elle qu'il s'était comporté de façon aussi atypique lors de ce fameux bal du Texas Cattleman's Club, cinq ans auparavant. Les deux amis avec qui il discutait ce soir-là n'avaient jamais deviné que son cœur avait failli exploser dans sa poitrine la première fois qu'il avait aperçu Harley. Compte tenu de sa réserve habituelle et de leur différence d'âge de treize ans - un détail important dont il n'avait pas eu connaissance à l'époque –, personne n'aurait imaginé une seule seconde qu'il puisse être attiré par une jeune fille venant d'achever ses études secondaires. Encore moins qu'il passe les deux jours suivants au lit avec elle.

Grant frémit en se remémorant ce qu'il avait ressenti en apprenant l'âge de Harley. Il avait brutalement mis fin à leur week-end, horrifié à l'idée d'avoir perverti une innocente. Non que le terme « innocente » soit approprié pour définir Harley ce fameux soir. Loin de là. Vêtue d'une robe moulante couleur bleu paon qui mettait en valeur sa silhouette élancée ainsi que ses épaules et ses bras dénudés et hâlés, elle avait déambulé dans la salle de bal, affichant la confiance d'une femme consciente du pouvoir sensuel qu'elle dégageait. Après leur week-end ensemble, il avait compris qu'elle l'avait poursuivi de ses assiduités avec la détermination d'un chasseur de primes alléché par une forte récompense.

Elle s'était montrée juste un peu flirteuse en lui posant des questions pertinentes sur son travail et les œuvres philanthropiques de sa famille. Il avait été charmé par la franche admiration qu'il avait perçue dans ses yeux d'un vert velouté et littéralement fasciné par ses sourires enjoués qui dévoilaient un minuscule espace entre ses deux dents de devant. Chaque fois que sa main l'avait effleuré, sa libido avait grimpé d'un cran. Brûlant d'envie de goûter ses lèvres soyeuses bien avant la dernière chanson de la soirée, il l'avait entraînée dans une alcôve privée et l'avait embrassée jusqu'à ce qu'ils en aient le souffle coupé.

Le souvenir de cette fameuse nuit et des deux suivantes fit naître un flot de désir dans tout son être. Il s'efforça de le maîtriser alors même que son regard balayait instinctivement la foule à la recherche d'une beauté élancée à la longue chevelure brune et raide. En proie à un mélange chaotique d'excitation et d'appréhension chaque fois qu'il croyait l'apercevoir, il jura à part lui, se traitant de fou.

À l'évidence, il avait commis une erreur en assistant à cette soirée. Les cinq années écoulées n'avaient pas émoussé le vif intérêt que Harley avait suscité en lui. Et ce constat ravivait la question qu'il s'était posée si souvent depuis qu'il avait appris son retour à Royal : la différence d'âge entre eux était-elle moins choquante maintenant qu'il avait trente-six ans et elle vingt-trois ?

Oui. Non. Peut-être.

Grant effleura ses tempes prématurément grisonnantes depuis un an. Les hommes sortaient souvent avec des femmes plus jeunes sans que quiconque y trouve à redire. Mais ce n'était pas simplement leur différence d'âge qui l'avait déstabilisé. C'était les émotions intenses qu'elle avait éveillées en lui et le comportement irrationnel qu'il avait eu avec elle, tellement différent de sa façon d'être habituelle, raisonnable et logique. Encore aujourd'hui, il s'en voulait d'avoir fermé les yeux sur les conséquences de ses actes.

Bien sûr, leurs rapports sexuels avaient été explosifs, mais il avait attribué l'alchimie qui s'était tissée entre eux au secret entourant leur week-end galant. Avoir une aventure passagère avec une belle inconnue était un comportement inapproprié pour un homme dans sa situation. Il avait su qu'il prenait un risque avant même que la porte de la chambre d'hôtel se referme sur eux, mais cela ne l'avait pas empêché de passer les deux jours suivants à apprendre à connaître chaque centimètre de son corps et très peu de chose sur elle.

Elle ne lui avait donné que son prénom, et il n'avait pas fait le lien avec la famille Wingate. Quand il avait découvert l'identité complète de Harley, il n'avait pas non plus fait le rapprochement entre l'adolescente grande et gauche qu'il avait vaguement aperçue au Texas Cattleman's Club et la séductrice passionnée qui avait mis son univers sens dessus dessous.

Après ce fameux week-end, il s'était efforcé de comprendre le besoin effréné qui continuait de le tarauder malgré son sentiment de désarroi à l'idée de désirer une femme beaucoup plus jeune que lui. Et il en avait conclu que sa conduite irresponsable était due au fait qu'il avait trop longtemps négligé sa vie personnelle. Aussi, peu de temps après le bal au cours duquel il avait rencontré Harley, il avait commencé à sortir avec une femme d'un âge et d'un rang social convenant à son statut d'éminent spécialiste de l'infertilité à Royal. Hélas, l'échec de leur union au bout de trois ans l'avait renforcé dans l'idée qu'il ne possédait pas les qualités requises pour faire un bon mari et un bon père de famille.

Peut-être aurait-il dû poursuivre son aventure avec

Harley pendant une semaine ou un mois pour assouvir sa passion et l'éradiquer de son univers. Cela aurait pu être la solution idéale. Harley lui avait dit être non conformiste et désireuse d'explorer le monde. Puisque tous deux étaient très attachés à leur liberté, ils auraient sûrement apprécié la poursuite de leur relation pendant un certain temps avant de passer à autre chose.

Comme si ses pensées l'avaient fait surgir, il aperçut Harley à une dizaine de mètres de lui. Les années qu'elle avait passées à l'étranger avaient apporté un changement subtil dans son maintien, transformant son exubérance juvénile en une élégance pleine d'allant. Pourtant, il devinait un léger malaise derrière son sourire éclatant, comme si elle s'agaçait d'être l'objet d'autant attention.

Tout en compatissant, il sentit renaître en lui l'étincelle familière de l'attirance. Il serra les dents, pestant contre l'onde de désir importune qui se mit à courir dans ses veines. Grant n'était pas adepte des aventures passagères. Le week-end qu'il avait passé avec Harley, décidé sur un coup de tête, était quelque chose de tout à fait inhabituel chez lui, et la fin brutale et chaotique de leur interlude l'avait laissé en proie à des questions sans réponse et à des émotions confuses.

Mais tandis que leurs regards s'accrochaient et qu'un mélange de colère et de joie lui nouait l'estomac, il se sentit transporté cinq ans en arrière, lors d'une autre réception. Dès qu'il avait aperçu Harley, plus rien dans sa vie n'avait été comme avant. Et en même temps il se rendait compte que les convictions intimes qui l'avaient empêché de poursuivre une relation avec une femme de treize ans sa cadette étaient toujours légitimes aujourd'hui. Il avait beau désirer Harley Wingate avec une intensité douloureuse, il ne referait jamais l'erreur de succomber à la tentation.

Le choc que Harley ressentit en croisant le regard de Grant Everett était différent de celui qu'elle avait éprouvé cinq ans plus tôt, mais non moins puissant.

Le soir du fameux bal au Texas Cattleman's Club, elle était une adolescente effrontée et sûre d'elle, rêvant que le prochain homme avec qui elle coucherait soit doué au lit. Jusqu'alors, elle n'avait eu qu'une expérience sexuelle décevante avec son ex-petit ami. Or, d'après les informations glanées auprès de ses amies, le sexe aurait dû être beaucoup plus agréable que ce qu'elle avait ressenti avec Dean.

Elle avait jeté son dévolu sur Grant après avoir remarqué que les femmes le contemplaient avec un vif intérêt. Certaines avaient flirté outrageusement avec lui pour attirer son attention. Sans succès. Et sa totale indifférence avait constitué un défi pour Harley. Déterminée à réussir là où ces belles dames avaient échoué, elle s'était promis de faire sa conquête d'ici la fin de la soirée.

Si la soirée ne s'était pas exactement passée comme prévu, les deux jours et les deux nuits suivantes avaient dépassé ses rêves les plus fous. S'abandonnant aux mains expertes de Grant, elle avait appris quelle dose de plaisir son corps était capable de supporter, et cette expérience inouïe l'avait changée pour toujours.

Harley demeurait figée sur place tandis que le désir, l'anxiété, l'espoir et la détresse se bousculaient en elle. Les émotions l'assaillaient, telle une nuée de moustiques affamés. Le bourdonnement dans ses oreilles étouffait le bruit des conversations autour d'elle. Que devait-elle faire ? Se frayer un chemin parmi la foule pour le saluer, ou lui faire signe et attendre qu'il s'avance vers elle ? La dernière fois, elle avait fait en sorte qu'il la remarque, après quoi il l'avait poursuivie de ses assiduités, la traquant d'une façon qui avait fait chavirer son cœur et éveillé quelque chose de chaud et de primitif en elle.

Avant que Harley se décide, Grant fit volte-face et s'éloigna dans la direction opposée. En proie à une profonde déception, elle s'efforça de se ressaisir. Pensait-elle sérieusement qu'en l'apercevant à travers une salle bondée il s'avancerait vers elle, comme attiré par un aimant ? Un homme comme Grant ne refaisait pas deux fois la même erreur.

— Tu vas bien ? demanda Jaymes Owens, fixant sur elle son regard bleu rempli d'inquiétude.

S'arrachant à ses souvenirs, Harley se rendit compte que Grant avait disparu dans la foule. L'avait-il reconnue ou était-ce un effet de son imagination ? Ils n'avaient passé qu'un seul week-end ensemble. Bien sûr, le sexe avait été fabuleux - le genre de passion qui vous transformait radicalement et qui plaçait la barre très haut pour les rencontres ultérieures –, mais elle doutait que sa propre performance lui ait laissé un souvenir marquant.

— Oui, répondit-elle quand sa meilleure amie lui donna un petit coup de coude. Pourquoi ?

— Parce que tu t'es figée brusquement. Est-ce que ta mère est arrivée ?

Harley frissonna.

— Non. Et je doute qu'elle vienne.

— Peut-être va-t-elle se décider au dernier moment.

— J'espère sincèrement que non.

Elle haussa les épaules en voyant le regard sévère que lui jetait Jaymes.

— Cette réception est très importante pour Zest. Je n'ai aucune envie qu'elle m'abreuve de critiques et de conseils indésirables.

— Elle veut uniquement ce qu'il y a de mieux pour toi.

— Tu devrais plutôt dire : ce qu'elle pense être le mieux pour moi.

Harley cligna les yeux pour refouler un soudain afflux de larmes.

— Je me demande comment j'ai pu croire que ma famille m'accueillerait différemment après cinq ans d'absence. J'ai changé depuis que j'ai quitté Royal, pourtant tout le monde continue de me traiter comme si j'avais encore dix-huit ans. Le pire, c'est que je suis retombée dans mes vieux travers en me comportant comme une enfant gâtée qui s'attend à être traitée en adulte. Par moments, il m'arrive de regretter d'être revenue.

Harley exhala un profond soupir et reprit :

— Or, c'est précisément le genre d'attitude immature que je veux corriger.

Dernière-née de la famille, elle avait été dorlotée et gâtée par son père, ses frères et sa sœur. Quand elle voulait quelque chose, il suffisait qu'elle se montre câline ou boudeuse pour l'obtenir. Mais l'attaque cérébrale dont son père avait été victime peu après son dix-huitième anniversaire avait tout changé. Trent Wingate désormais handicapé, leur mère avait pris les commandes, et l'univers de Harley était devenu beaucoup moins amusant.

Jaymes passa un bras autour des épaules de Harley dans un geste de réconfort.

— Tu es de retour ici depuis peu. Accorde-toi un répit pour repartir du bon pied avant de te faire des reproches.

— Tu as raison, dit-elle, redressant ses épaules et s'efforçant de chasser sa mélancolie.

— Donc, si ce n'était pas ta mère, qui était la personne que tu ne t'attendais pas à voir ?

L'espace d'une seconde, Harley songea à minimiser sa réaction, mais elle n'avait jamais rien caché à sa meilleure amie. Alors pourquoi commencer maintenant ?

— J'ai vu Grant.

— Vraiment ? Tu en es sûre ?

— Absolument.

Devant la mine stupéfaite de son amie, Harley sentit son cœur bondir dans sa poitrine.

— Est-ce inhabituel ?

— Très inhabituel, confirma Jaymes, l'air songeur. Il n'assiste pas à ce genre de réceptions. Je parie qu'il est venu parce qu'il savait que tu serais ici.

— Ça m'étonnerait.

Harley s'efforçait de nier son excitation grandissante, mais l'idée que Grant soit venu exprès pour la voir était tellement grisante qu'elle lui donnait le vertige.

— Il ne peut pas savoir que Zest est l'association caritative que j'ai créée.

— Oh ! je parie que si.

La moue dubitative de Harley n'ébranla pas l'optimisme de son amie.

— Je suis sûre qu'il n'a pas pensé à moi une seule fois durant ces cinq dernières années, rétorqua-t-elle.

— Tu n'en sais rien.

Jaymes avait été là pour lui prodiguer sa compassion et ses conseils quand elle était revenue de son week-end avec Grant, humiliée et furieuse après qu'il avait paniqué en apprenant son âge. Sachant pouvoir compter sur Jaymes, elle lui avait fait le récit de son aventure avec Grant. Les deux amies avaient des caractères très différents. Alors que Jaymes était réfléchie et solide comme un roc, Harley ressemblait à un fleuve au cours tumultueux, versatile et imprévisible, ainsi que le prouvait sa disparition à l'étranger quand elle avait su qu'elle attendait un enfant d'un homme qu'elle désirait mais qui lui avait dit très clairement qu'il n'envisagerait jamais une relation avec elle.

Harley secoua la tête, sceptique.

— Je ne représentais rien pour lui.

Elle ne pouvait pas en dire autant de lui. Leur rencontre

avait laissé une empreinte indélébile dans sa vie, notamment sous la forme d'un petit garçon.

— J'admets que je le connais peu, déclara Jaymes. Mais on dit que c'est un bourreau de travail et on ne lui connaît pas de relation sentimentale excepté avec son ex-femme. Je suis quasi certaine que ce qui s'est passé entre vous était une anomalie pour lui.

— Que veux-tu dire ? lui demanda Harley, détestant la façon dont son cœur bondissait de joie.

— Que le souvenir de ce week-end est sans doute resté gravé dans sa mémoire.

— Une sorte de mise en garde, pour éviter qu'il refasse la même erreur, maugréa-t-elle, toute sa joie envolée, en se souvenant qu'il avait commencé à fréquenter Paisley Barnes quelques semaines après le bal du Texas Cattleman's Club.

Il avait dû juger que la superbe blonde formerait une partenaire beaucoup mieux assortie que Harley pour ce qui était de l'âge et de l'expérience. Il avait été choqué d'apprendre, à la fin de leur week-end ensemble, qu'elle venait d'achever ses études secondaires et il l'avait accusée de l'avoir sciemment induit en erreur sur tout. Elle avait été humiliée de se faire réprimander comme une gamine fautive et avait refusé d'admettre qu'elle s'était fait passer pour ce qu'elle n'était pas.

Harley soupira en se remémorant sa fuite de l'hôtel, puis son brusque départ pour l'étranger. Elle n'avait pas eu l'intention de rester longtemps absente, mais elle avait découvert que vivre éloignée de l'ombre envahissante de ses frères et sœur lui procurait un sentiment de libération et lui permettait de mieux comprendre ses forces et ses faiblesses. Redoutant de retomber dans ses vieux travers une fois de retour à Royal, elle avait préféré rester éloignée de sa famille.

Finalement, elle avait décidé que le meilleur moyen de

prouver qu'elle avait mûri était d'affronter ses peurs. Malgré tout, en revoyant Grant ce soir, ses craintes avaient resurgi de plus belle. Bien sûr, la maternité l'avait forcée à acquérir très vite un certain degré de maturité, mais elle n'avait pas réduit la différence d'âge entre eux. Était-ce de la folie d'espérer que Grant lui rendrait justice pour tout ce qu'elle avait accompli durant son séjour à l'étranger ? Après tout, elle avait créé une association caritative à but non lucratif et appris à prendre soin non seulement d'elle-même et de son fils, mais aussi de centaines de femmes qui comptaient sur Zest pour les aider à sortir de l'extrême pauvreté.

La fierté chassa momentanément son angoisse. Au début, quand elle avait fondé son association, elle n'avait pas vraiment réfléchi à l'ampleur qu'elle prendrait. Elle avait simplement constaté que les gens ne voulaient pas d'oboles en nature ou en argent mais demandaient qu'on les aide à améliorer leurs conditions de vie en leur apprenant un métier et en créant des débouchés pour leur permettre de vendre le fruit de leur travail. Peu à peu, l'association avait prospéré. Mais le nombre de femmes marginalisées ayant besoin d'aide était énorme. Zest était donc amenée à se développer bien au-delà de ses capacités de financement actuelles. C'était la famille de Harley qui finançait l'association, mais confrontée à de graves difficultés au niveau de ses entreprises, elle avait supprimé la manne financière, mettant en péril l'avenir de Zest.

— Harley ?

Elle sursauta quand Jaymes lui donna un petit coup de coude pour la ramener sur terre.

— Désolée. Je pensais à Zest.

— Nous parlions de Grant.

— Je sais. Mais parmi tous les problèmes que j'ai en ce moment, Zest est celui qui me terrifie le moins.

Harley enroula son bras autour de la taille de Jaymes.

— Tu as été tellement formidable durant toutes ces années ! J'aurais été perdue sans ton soutien affectif et le fabuleux réseau de relations que tu as tissé pour m'aider à développer Zest.

— Oh ! tu exagères mes mérites, déclara Jaymes en riant.

— Je te remercie aussi de m'héberger jusqu'à ce que je trouve un endroit à louer pour les prochains mois.

— Tu plaisantes ! Sean et moi sommes ravis de vous accueillir chez nous, Daniel et toi.

Jaymes vivait désormais avec Sean Cavanaugh après être sortie avec lui pendant près de deux ans. Le couple était profondément amoureux mais semblait se satisfaire de la lenteur avec laquelle leur relation progressait.

— Sean est tellement merveilleux avec Daniel !

— Oui, ils s'entendent bien tous les deux. Il est évident que ton fils a besoin d'un homme dans sa vie.

— Tu as raison, admit Harley, submergée par la culpabilité. Je m'en rends compte maintenant, j'ai eu tort de penser que j'étais le seul parent dont il avait besoin.

C'était pour cette raison qu'elle avait choisi de s'installer à Royal et non dans une grande ville comme Dallas, quand sa source de financement pour Zest s'était tarie. Elle n'avait pris conscience des conséquences que pouvait avoir l'absence d'un père pour Daniel que quand la mère d'un de ses copains lui avait confié qu'il racontait des histoires rocambolesques sur son père, un soi-disant héros empêché de voir son fils à cause de toutes les choses incroyables qu'il faisait. Harley avait eu le cœur brisé en apprenant comment l'imagination fertile de son fils avait compensé l'absence d'une figure aussi primordiale qu'un père. Ce jour-là, elle avait décidé de faire son possible pour corriger son erreur.

— Tu es une maman formidable, se hâta de dire Jaymes. Je suis simplement heureuse que tu comprennes qu'il a aussi besoin de connaître son père.

Le hic, c'était qu'elle ne s'était jamais résolue à annoncer à Grant qu'il avait un fils. Au début, elle avait été humiliée et blessée par son rejet quand il avait découvert qu'elle n'avait que dix-huit ans. Puis elle avait démontré son immaturité en fuyant la maladie handicapante de son père et la dureté de sa mère. Des mois plus tard, alors qu'elle était seule dans un pays étranger dont elle ne parlait pas la langue et affaiblie par les nausées matinales, elle avait fini par admettre que Grant avait eu raison de lui reprocher son inconséquence et son égoïsme. Hélas, quand elle avait enfin trouvé le courage de lui parler de Daniel, elle avait appris qu'il s'était fiancé à Paisley et n'avait pas voulu gâcher son bonheur.

— Je sais que j'aurais dû les réunir plus tôt, mais j'appréhendais tellement de revenir ici.

Durant l'interminable vol de retour, elle avait été paralysée par l'anxiété, se demandant comment annoncer la nouvelle de sa paternité à Grant mais aussi comment dévoiler le nom du père de Daniel à sa famille.

— Et comme j'ai caché l'existence de Daniel à Grant durant tout ce temps, je vais avoir beaucoup de mal à lui expliquer pourquoi j'ai tant tardé… Et si Grant le rejette ?

Comme il m'a rejetée ?

Jaymes resserra son étreinte autour d'elle.

— Impossible. Il consacre sa carrière à aider des couples en mal d'enfant. Pourquoi ne serait-il pas ravi d'être père à son tour ?

Harley s'abstint de mentionner la douzaine de raisons qui lui venait à l'esprit.

— Il pourrait rejeter Daniel pour me punir d'avoir attendu aussi longtemps pour lui dire la vérité.

— Encore une fois, il ne le fera pas, insista Jaymes.

Harley avait beau respecter la sûreté de jugement de son amie, elle ne pouvait pas s'empêcher d'avoir peur. Cinq ans auparavant, Grant s'était montré impitoyable en découvrant qu'elle l'avait induit en erreur sur son âge, et son congédiement avait été glacial et brutal. Que Grant n'ait pas voulu d'elle était une chose. Elle s'en était remise. Mais qu'il ne veuille pas non plus de son fils serait catastrophique. Se remémorant la conversation qu'elle avait eue avec Daniel après avoir appris la façon dont il affabulait sur son père, elle sentit son cœur se serrer douloureusement pour son petit garçon. Il méritait d'avoir un père qui l'aime et qui lui donne des raisons d'être fier.

— J'espère que tu as raison.

- 2 -

Alors que la collecte de fonds battait son plein, Grant décida qu'il était temps de s'éclipser et de rentrer chez lui. Il avait commis une erreur en y faisant une apparition. Trop de personnes avaient remarqué sa présence. Même si peu d'entre elles lui avaient demandé pourquoi il s'intéressait à cette manifestation caritative en particulier, leur curiosité l'avait stressé. Un peu comme ces rêves angoissants où l'on se retrouvait nu dans un lieu public, sans aucun endroit où se cacher, ni aucun moyen de fuir.

Cela dit, Grant savait exactement ce qui l'avait poussé à venir à cette réception. La perspective de revoir Harley Wingate après cinq longues années avait été trop séduisante pour qu'il résiste à la tentation. Et le fait qu'il se soit attardé après l'avoir aperçue démontrait qu'il n'en avait peut-être pas terminé avec elle. Comme si leur histoire avait un goût d'inachevé. Bon sang, qu'est-ce qui lui prenait !

Il devait tirer un trait définitif sur elle. Peut-être que s'il lui présentait des excuses, elle cesserait de le hanter. Sur le moment, il avait été furieux du tour qu'elle lui avait joué et de s'être laissé berner aussi facilement, mais les jours suivants il s'était calmé et avait regretté de s'être montré plus brutal que nécessaire. Pourtant, il n'avait pas cherché à la contacter, craignant que son attirance pour elle ne soit toujours aussi vive. Puis un beau jour elle avait disparu, et il avait perdu l'occasion de retirer ses paroles brutales.

— Grant ?

Au moment où une voix féminine murmurait son prénom, il sentit une légère pression sur sa manche gauche. Son pouls s'affola avant même qu'il se tourne vers son interlocutrice.

Harley Wingate se tenait à côté de lui, son regard vert fascinant rivé au sien. Ses lèvres s'incurvèrent en un sourire énigmatique tandis qu'elle laissait retomber sa main. Bien qu'il se soit préparé à cette rencontre, leur soudaine proximité lui causa un tel choc que son cerveau cessa de fonctionner. Il la dévisagea d'un long regard, et elle subit son examen avec patience, faisant preuve d'une grande assurance alors qu'il était dans un état second.

— Bonsoir, Harley.

— Oh ! tu me reconnais !

Son rire tremblant lui fit comprendre qu'elle n'était pas aussi calme qu'il y paraissait.

— Je n'étais pas sûre que tu te souviennes de moi.

Était-elle folle ? Comment aurait-il pu oublier leur week-end ensemble ? Pendant des mois après son départ de la ville, il s'était remémoré les merveilleux moments qu'ils avaient vécus et il avait regretté d'avoir dû la repousser.

— Tu sais parfaitement que je t'ai reconnue.

La cacophonie dans sa poitrine s'apaisait à mesure que la surprise initiale de leurs retrouvailles s'estompait.

— Vraiment ? demanda-t-elle, inclinant la tête sur le côté. Cela remonte à cinq ans.

Cinq longues années.

Tandis que le silence s'éternisait entre eux, Grant remarqua que le sourire de Harley se crispait et qu'elle ne cherchait pas à dissimuler sa nervosité ni à relancer la conversation en recourant aux banalités d'usage. Sa sœur Rose l'avait souvent accusé de ne pas savoir déchiffrer les émotions complexes que les autres personnes ressentaient. Il savait que ses patientes se sentaient anxieuses et frustrées en raison de leur incapacité à agrandir leur famille sans assistance médicale et qu'elles redoutaient le coût émotionnel et financier généré par une technique d'aide à la procréation. Ces signaux étaient faciles à décrypter. Cependant, l'attitude de Harley le laissait perplexe.

— Tu n'as pas tellement changé, murmura-t-il.

— Du moins, tu as remarqué que j'ai changé, lui dit-elle, son sourire se teintant d'ironie. Je ne suis plus l'adolescente stupide de dix-huit ans que tu as connue.

— Évidemment.

Il n'empêche qu'il avait toujours treize ans de plus qu'elle.

— Je suis très heureuse que tu sois venu ce soir, dit-elle.

— J'ai fait don d'une caisse de vin pour la dégustation et d'une autre pour la vente aux enchères silencieuses.

Dieu seul savait pourquoi il continuait à se servir de ce prétexte pour justifier sa venue.

Percevait-elle, comme Rose, la futilité de son argument ? Grant détestait les conversations de salon, leur préférant des discussions franches sur des sujets de fond. Ainsi, discuter des différentes techniques d'assistance médicale à la procréation avec ses patientes le plaçait sur un terrain familier et lui évitait de stresser inutilement. En revanche, faire comme si cette rencontre avec son ex-amante le laissait de marbre alors qu'elle le bouleversait l'empêchait de poursuivre le dialogue de façon naturelle.

Si Harley remarqua son malaise, elle n'en laissa rien paraître.

— Les couturières de Zest apprécient ta générosité, dit-elle avec un sourire appréciateur.

— La collecte de fonds est-elle réussie ? demanda-t-il, utilisant ce sujet inoffensif pour s'attarder auprès d'elle.

Cela faisait moins d'une minute qu'il était en sa compagnie, mais déjà la force d'attraction que Harley exerçait sur lui le mettait en porte-à-faux.

— C'est trop tôt pour le savoir mais, selon Beth, nous

sommes en mesure d'atteindre notre objectif, répondit Harley, faisant référence à sa sœur aînée, bien connue à Royal en tant qu'organisatrice d'événements, notamment dans le domaine caritatif.

— Et j'en suis ravie, ajouta-t-elle.

— Tant mieux.

La senteur qui émanait de sa peau claire était différente de celle qui hantait ses rêves. Cinq ans auparavant, elle avait porté un parfum capiteux, lequel, associé à un maquillage épais, un chignon élaboré et une robe du soir sexy, lui avait permis de paraître dix ans de plus. Aujourd'hui, elle avait visiblement cessé de vouloir paraître plus mûre que son âge, et la légère fragrance florale qu'elle portait convenait à merveille à son charme naturel et juvénile. À la surprise de Grant, la fraîcheur de son visage et la simplicité de sa coiffure lui plaisaient plus encore que son apparence sophistiquée lors de leur première rencontre. La confiance qu'elle arborait dans sa robe bain de soleil toute simple aux motifs floraux donnait envie à Grant de l'attirer dans un endroit privé pour qu'elle lui raconte ce qu'elle avait fait pendant tout ce temps à l'étranger. Bon sang ! Il filait un mauvais coton s'il rêvait déjà de se retrouver en tête à tête avec elle.

Il jeta un coup d'œil à sa montre.

— Il est tard.

— Oui. Ce serait dommage que tu te transformes en citrouille.

À la vue de son demi-sourire narquois, il se sentit transporté cinq ans en arrière. Ce fameux soir au bal du TCC, c'était un sourire similaire qui lui avait donné l'envie folle de goûter à ses lèvres soyeuses. Il ne s'était jamais conduit de façon aussi irréfléchie avant leur rencontre ni après leur interlude. Pourtant, à cet instant, il ressentait le même besoin impérieux de l'enlacer et de plaquer son corps contre le sien. D'incliner la tête vers elle et de capturer sa bouche.

— J'ai été content de te revoir, dit-il d'une voix rauque à cause du tour que prenaient ses pensées. Je te souhaite bonne chance pour Zest.

Comme il faisait demi-tour pour partir, elle lui effleura le bras du bout des doigts. Ce contact léger le brûla à travers les couches de tissu, et il s'arrêta net, tétanisé. Elle laissa retomber sa main au moment où il tournait la tête vers elle.

— Avant que tu t'en ailles, commença-t-elle, son regard rivé au sien. Je souhaiterais te parler en privé.

Malgré sa répugnance à la quitter quelques secondes plus tôt, il ressentit un élan d'impatience envers elle jusqu'à ce qu'il se rende compte, à sa mine sérieuse, qu'elle n'essayait pas de lui faire des avances. Au contraire, son attitude sombre et digne l'alarma. Avant de venir à la réception, il s'était préparé à devoir se défendre contre une tentative de flirt de sa part. En fait, il avait envisagé trois scénarios : soit elle faisait comme s'il n'existait pas, soit elle se comportait comme s'ils n'avaient jamais passé un week-end torride ensemble, soit elle jouait de son charme pour le séduire à nouveau. Mais il n'avait jamais, au grand jamais, imaginé qu'elle l'aborderait, la mine grave.

Il contempla la foule alentour et se demanda comment ils pourraient partir ensemble sans se faire remarquer.

— Maintenant ?

— Non. Il s'agit de quelque chose dont j'aurais dû te parler depuis longtemps. Mais je préfère ne pas le faire ici. Peut-être pourrais-je passer chez toi un jour de cette semaine ?

Il plongea son regard dans ses beaux yeux verts, s'efforçant de deviner pourquoi elle tenait tant à lui parler après cinq ans de silence. Pensait-elle le persuader de l'accueillir de nouveau dans son lit ?

Pure folie !

Vraiment ?

Déjà, l'anticipation tendait chaque muscle de son corps tandis qu'un désir brûlant électrisait ses nerfs et annihilait sa volonté. Si elle décidait de le séduire, aurait-il la force de la repousser ? Vu la façon dont il l'avait traitée la dernière fois, il était quand même surpris qu'elle cherche à le reconquérir.

Exhalant un soupir agacé, il secoua la tête.

— Je n'ai pas changé d'avis depuis le temps. Je ne souhaite pas renouer avec toi.

Elle écarquilla les yeux, surprise par sa brusquerie, mais ne se départit pas de son calme pour lui répondre :

— Penser que c'est ce que je souhaite est une supposition très audacieuse de ta part.

Là encore, Grant se rendit compte que la jeune femme qui se tenait devant lui n'était plus la même que celle qu'il avait connue cinq ans auparavant. Il la contempla, déconcerté. Attendait-elle des excuses de sa part ? *Qu'elle attende*. Il n'avait fait qu'exprimer ce qu'il pensait être la meilleure solution pour eux deux.

— Tu viens de me proposer de passer chez moi. Après ce qui s'est passé la dernière fois, que suis-je censé supposer d'autre ?

— Que j'ai peut-être envie de t'informer de quelque chose sans que tous les regards soient braqués sur nous ?

— M'informer de quoi ? demanda-t-il, de plus en plus perplexe devant sa mine sérieuse. Et pourquoi maintenant, après avoir coupé tout contact pendant cinq ans ?

— Tu le sauras si tu acceptes de me rencontrer.

Il fut de nouveau frappé par sa posture pleine de dignité.

— Entendu, dit-il, pressé d'en finir. Je suis libre demain soir. À quelle heure veux-tu venir ?

— 20 heures ?

— Entendu. À demain soir.

Longtemps après le départ de Grant, Harley avait les mains qui tremblaient de façon incontrôlable tandis que ses terminaisons nerveuses survoltées grésillaient comme une ligne à haute tension couchée par terre après le passage d'un ouragan. Elle ne s'était pas attendue à le voir à la réception, encore moins à se trouver suffisamment près de lui pour comprendre qu'elle était toujours aussi sensible à sa personnalité marquante et à sa masculinité imposante.

Ses sens aiguisés par la fraîche odeur du savon et du shampoing qu'il avait utilisés, elle ferma les yeux et laissa ses pensées s'attarder sur l'éminent spécialiste de l'infertilité. Il n'avait guère changé depuis la dernière fois qu'elle l'avait vu. Il conservait cette apparence à la fois simple et impeccable qui faisait son charme. Le soir du bal du TCC, son élégance discrète avait contrasté avec sa mise apprêtée, tant au niveau du maquillage et de la coiffure que de sa robe longue qu'elle avait mis un temps fou à choisir. Ce soir-là, elle n'avait pas compris que la différence de leurs manières d'être prouvait la disparité de leurs niveaux de maturité. Alors qu'elle s'efforçait d'être quelqu'un qu'elle n'était pas, il s'était senti parfaitement bien dans sa peau. Quand elle avait dû se défaire de sa parure, elle s'était sentie plus vulnérable que jamais. Mais elle avait trouvé un refuge sûr dans les bras de Grant et elle avait été changée à jamais.

Elle avait croisé beaucoup d'hommes aussi riches et influents que Grant, qui prenaient un malin plaisir à faire plier les gens à leurs volontés. Malgré l'influence de sa famille en ville, elle avait souvent été importunée par des mâles qui exigeaient quelque chose d'elle. Au contraire, Grant n'avait pas cherché à utiliser sa position sociale ou son charisme pour la manipuler. Voilà pourquoi elle avait tellement apprécié la façon dont il l'avait traitée. Il lui avait expliqué en substance ce qu'il aimait, et dès qu'elle avait montré la moindre hésitation, il avait laissé tomber le sujet.

Ainsi, quand elle s'en était tenue à l'eau de Seltz lors du bal, il ne l'avait pas poussée à boire de l'alcool. Il avait pris la même chose qu'elle et lui avait susurré à l'oreille qu'elle était le seul stimulant dont il avait besoin.

En plus des caresses passionnées qu'il avait prodiguées à son corps, il avait accordé une égale considération à son esprit. Être prise au sérieux par un homme aussi intelligent et renommé lui avait donné un avant-goût de la satisfaction que l'on devait éprouver quand ses pensées et ses opinions étaient respectées par autrui.

En tant que benjamine de la famille, avec trois frères et une sœur qui s'étaient toujours efforcés de plaire à leurs parents, Harley avait su très tôt qu'elle ne pourrait jamais rivaliser avec eux. Elle n'avait même pas eu à le faire car elle avait été l'enfant gâtée de la famille. Sachant ne pas être tenue de respecter les critères élevés imposés à ses aînés, elle était devenue insouciante et effrontée.

C'était cette mentalité irresponsable et impulsive qui l'avait conduite à jeter son dévolu sur Grant et à le poursuivre de ses assiduités. Elle avait su qui il était depuis le début. Elle l'avait aperçue à quelques reprises dans les couloirs du Texas Cattleman's Clubhouse, haute silhouette élégante et distante, et elle avait été frappée par l'aura de mystère qui l'entourait. Dès lors, elle n'avait eu qu'une idée en tête : le séduire.

Mais ce qui avait débuté comme un flirt plutôt innocent avait très vite pris un tour passionnel quand ils avaient succombé à l'alchimie brûlante qui s'était emparée d'eux. L'intensité inattendue des deux jours et des deux nuits qu'elle avait passée avec Grant avait fait des ravages sur son cœur. En quelques heures, l'adolescente tentatrice s'était métamorphosée en une femme aux prises avec les tourments de sa première histoire d'amour passionnée. Ses hormones exacerbées et ses émotions à leur paroxysme, elle avait fait l'erreur de croire que le lien sexuel torride qui s'était noué entre elle et Grant était le commencement de la relation la plus magique de sa vie.

Puis le lundi matin, quand il avait découvert à quel point elle était jeune, il avait laissé éclater sa colère devant sa supercherie. Profondément bouleversée par son rejet et la perte de ses illusions, elle avait cru devenir folle de douleur et d'humiliation. Passant brusquement de l'exultation au drame, elle avait essayé de reprendre le dessus en se rappelant qu'elle n'avait jamais voulu que sa rencontre avec Grant devienne autre chose qu'une aventure occasionnelle.

Durant les jours et les semaines qui suivirent, Harley s'était efforcée de comprendre pourquoi les choses avaient mal tourné entre eux. Elle avait été traversée par le doute en se souvenant de la façon dont Grant avait nié l'existence du lien intime qu'elle avait cru percevoir entre eux. Elle lui en avait voulu de son congédiement brutal tout en sachant au fond de son cœur que ses reproches étaient justifiés. Grant était un médecin renommé avec une nombreuse patientèle, et elle venait d'achever ses études secondaires. Les grands airs qu'elle s'était donnés au bal du TCC étaient destinés à le convaincre qu'elle avait bien plus que dix-huit ans. Elle avait parfaitement réussi à le duper. Trop bien même. Car la découverte de leur différence d'âge de treize ans avait été rédhibitoire pour Grant et avait ôté toute chance à Harley de voir jusqu'où leur attirance réciproque les aurait menés.

Ce n'était que des années plus tard qu'elle s'était demandé si la colère de Grant n'avait pas plutôt été dirigée contre lui-même pour s'être laissé prendre à sa comédie. Quelqu'un d'aussi droit que Grant ne pouvait pas comprendre pourquoi elle s'était donné tout ce mal pour attirer son attention alors que selon lui ils étaient mal assortis. Mais ce qui avait dû le mortifier le plus, c'était d'avoir baissé sa garde quand ils étaient ensemble. Un homme comme lui devait détester se sentir un tant soit peu vulnérable.

Malgré tout, en dépit de son chagrin, Harley ne regrettait rien. Si elle n'avait pas induit Grant en erreur sur son âge, elle n'aurait pas Daniel. Et, même si elle ne saurait jamais si elle et Grant auraient pu former un couple harmonieux, une part de lui demeurerait toujours avec elle.

Chassant de son esprit toutes les pensées concernant ses erreurs passées, Harley déambula parmi la foule des invités, saluant des personnes, répondant aux questions concernant Zest et remerciant les contributeurs pour leur soutien. Ce soir, elle devait se concentrer sur l'avenir et sur ses projets pour Zest. Des projets menacés en raison des problèmes auxquels le groupe familial était confronté.

Elle balaya la foule du regard, cherchant un signe de soutien de la part de sa famille. Elle pouvait toujours compter sur Beth, sa sœur aînée, organisatrice de la collecte de fonds, mais Harley n'apercevait aucun de ses frères. Depuis son retour en ville le mois dernier, elle n'avait eu que des contacts limités avec Sebastian, Sutton et Miles. Trop accaparés par les problèmes affectant les entreprises du groupe Wingate, ils avaient peu de temps et d'énergie à consacrer à leur petite sœur. Elle ne leur en faisait pas le reproche, loin de là. Elle n'était pas revenue de l'étranger, triomphante. Zest était en grande difficulté sans le soutien financier de Wingate Enterprises.

Alors que le groupe familial enchaînait les désastres, le choc en retour subi par sa famille n'en finissait plus. Il y avait d'abord eu cet incendie chez WinJet, l'usine aéronautique dans l'est du Texas, au cours duquel un homme était mort et trois autres blessés. Leurs familles avaient intenté un procès à la compagnie, l'accusant d'avoir falsifié les rapports d'inspection en matière de sécurité. Harley avait du mal à croire que la direction ait agi de façon aussi irresponsable. En attendant, le nom de la compagnie était traîné dans la boue par les médias. Puis, de la drogue avait été découverte dans l'usine lors d'une inspection. Le Bureau des stupéfiants avait aussitôt ouvert une enquête, et sa première mesure avait été de geler tous les avoirs de Wingate Enterprises. Dès que la nouvelle avait été connue, le double coup dur avait entraîné le plongeon des actions du groupe. Et mis en péril l'avenir de Zest par la même occasion. Cependant, même si un miracle se produisait et que les problèmes actuels de Wingate Enterprises se résolvaient d'eux-mêmes au cours des prochains mois, Harley se rendait compte qu'elle avait commis une erreur en ne dépendant que d'une seule source de financement. Et si elle envisageait de développer son association, elle aurait besoin de faire appel à beaucoup d'autres mécènes - sociétés ou fondations - pour y parvenir.

Exhalant un soupir de lassitude, Harley embrassa du regard la salle du restaurant. Bien qu'elle soit entourée d'amis et de personnes qui la félicitaient pour ce qu'elle accomplissait grâce à son association, elle se sentait encore plus seule que quand elle élevait son fils en tant que maman célibataire à l'autre bout du monde. Elle avait invité toute sa famille à la réception, mais seule sa sœur aînée avait manifesté de l'intérêt pour son projet. Bien sûr, elle lui était reconnaissante pour tout ce qu'elle faisait, mais elle aurait aimé pouvoir compter sur le soutien de toute sa famille. Cela dit, elle comprenait que ses frères soient très occupés à résoudre les problèmes qui s'accumulaient sur Wingate Enterprises.

À chaque nouvelle révélation mettant en cause la compagnie, la réputation de sa famille était aussi attaquée. Les Wingate avaient longtemps été tenus en haute estime à Royal mais, à mesure que les scandales s'accumulaient, leur influence s'amenuisait. C'était la mère de Harley, Ava, qui avait le plus de mal à accepter cette situation. Quand elle avait appris que Beth préparait une collecte de fonds pour le compte de Harley, elle avait conseillé à sa benjamine, sans que celle-ci lui demande son avis, de couper les liens avec Zest et de laisser l'association faire faillite. C'était la dernière chose que Harley souhaitait, mais malgré les suggestions innovantes de Beth pour dynamiser la collecte de fonds, elle ne pouvait guère espérer engranger beaucoup d'argent en raison de la détérioration de l'image de sa famille. Par ailleurs, elle envisageait d'élargir l'activité de Zest à d'autres pays, et cela exigeait davantage de personnel. Un personnel qu'elle n'avait pas les moyens de rémunérer à moins qu'elle ne parvienne à convaincre d'importants philanthropes de lui faire confiance.

Elle sentit son cœur tressauter dans sa poitrine en apercevant sa tante Piper qui s'avançait dans sa direction. Elle avait toujours admiré la plus jeune sœur de sa mère pour son aptitude à choisir le style de vêtements ou de coiffure qui lui plaisait. Ce soir, elle arborait une coupe de cheveux courte et déstructurée qui mettait en valeur l'ossature élégante de son visage et ses magnifiques yeux verts. Dotée d'une taille mannequin, Piper Holloway aurait pu présenter les collections des plus grands couturiers sur les podiums de New York, Paris et Milan si elle avait voulu ce genre de vie. Mais elle préférait vivre à Dallas où elle possédait une galerie d'art prospère.

— Tante Piper ! s'exclama Harley, très touchée que sa tante ait fait le déplacement pour assister à la collecte de fonds.

La gorge nouée par l'émotion, elle ouvrit grands les bras, lui réservant un accueil chaleureux.

— Je suis si heureuse que tu sois venue !

Harley avait toujours adoré sa tante maternelle qu'elle considérait plutôt comme une grande sœur. Ayant dix-neuf ans de moins qu'Ava et dotée d'un naturel optimiste et enthousiaste, Piper avait de meilleurs rapports avec ses nièces et ses neveux que leur mère difficile et dominatrice. Voilà pourquoi Harley avait été anéantie quand ses rapports avec sa tante s'étaient tendus après son refus de lui divulguer l'identité du père de son bébé.

— Je n'aurais raté cette réception pour rien au monde, déclara Piper, donnant l'accolade à sa nièce.

Ce n'était pas la chaleureuse étreinte de jadis, mais Harley se contenterait de l'affection que sa tante voudrait bien lui donner. Quand elle avait annoncé qu'elle était enceinte, sa famille l'avait harcelée pour qu'elle révèle l'identité du père. Furieuse et humiliée d'avoir été rejetée par Grant, elle avait refusé de le dénoncer, craignant que sa famille ne la force à trouver une solution avec lui. De même, elle n'avait pas voulu mettre en péril la longue amitié qui liait Piper à Grant en obligeant sa tante à lui cacher sa grossesse.

Maintenant que Harley avait décidé de révéler la vérité à Grant, elle espérait pouvoir retisser les liens d'amitié avec sa tante. Piper continuerait peut-être de lui en vouloir pour son manque de confiance, mais Harley espérait lui faire comprendre qu'elle avait agi dans son intérêt.

— Zest accomplit un travail formidable, déclara Piper. Et j'admire le dévouement que tu déploies pour faire fonctionner l'association.

Harley sourit malgré son inquiétude sourde.

— Nous aidons de nombreuses femmes, et je ne peux pas les décevoir.

— Est-ce que ta mère est venue ?

— Non, répondit-elle avec amertume. Elle doit penser qu'il s'agit d'une lubie ridicule de ma part. Elle ne veut pas comprendre que nous avons d'excellents résultats.

— Je suis sûre que tu te trompes. Elle est simplement

préoccupée par les problèmes que connaît le groupe familial en ce moment.

Sa tante dut remarquer son air sceptique car elle soupira.

— Je lui parlerai, promit-elle.

— Ça ne servira à rien, répliqua Harley, laissant libre court à son ressentiment. Elle ne croit pas en moi. Elle m'a toujours considérée comme une moins que rien. Pourquoi penses-tu que je sois restée absente pendant cinq ans ?

Piper écarquilla les yeux, surprise par l'accès de colère de Harley, avant de hocher la tête, compréhensive.

— Les relations familiales sont parfois difficiles. Elles peuvent révéler le meilleur de nous-mêmes ou le pire, comme dans le cas de ta mère.

— Ce n'est que trop vrai.

— Je suis heureuse que tu sois revenue, déclara Piper en lui pressant le bras. Tu nous as manqué.

— Je suis contente de l'apprendre.

En réalité, elle doutait que son absence ait eu une quelconque incidence sur sa famille. Mis à part peut-être le soulagement.

Elle adressa un sourire tremblant à sa tante, s'abstenant de lui dire qu'elle avait l'intention de retourner en Thaïlande et de se remettre à la tâche dès que possible. Trop de choses allaient de travers dans le monde, et elle voulait contribuer à les améliorer avec ses modestes moyens. Mais il était encore trop tôt pour dévoiler ses projets à qui que ce soit.

- 3 -

Le lendemain de la collecte de fonds, Grant avait un mal fou à se concentrer sur son travail. Par chance, il n'avait que deux rendez-vous avec des patientes et aucune intervention prévue. Malgré l'efficacité de son équipe, il supervisait tous les aspects liés à l'activité de son service et, quand il annonça à midi qu'il prenait son après-midi, tous ses collaborateurs parurent stupéfaits. Grant fit semblant de ne pas remarquer leur perplexité quand il sortit du cabinet et qu'il se dirigea vers sa voiture.

Disposant de huit heures avant son rendez-vous avec Harley, il alla déjeuner au Texas Cattleman's Club, espérant se changer les idées grâce aux conversations portant généralement sur la hausse des prix des céréales fourragères, les nouvelles réglementations gouvernementales ou la lente transformation des pâturages en terrains de chasse.

Hélas, il n'était question que des problèmes auxquels était confronté Wingate Enterprises. Alors qu'il s'installait à table, un groupe de femmes non loin de lui évoquait une enquête du Bureau des stupéfiants concernant un éventuel trafic de drogue au sein de WinJet, et il se demanda comment Harley affrontait la crise que traversait sa famille.

Évidemment, dès qu'il songea à elle, tout espoir d'un repas tranquille s'évanouit. Bien qu'il ne soit pas homme à se perdre en conjectures, il était dévoré de curiosité. De quoi Harley tenait-elle tant à lui parler après cinq ans de silence ? Et pourquoi avaient-ils besoin de se voir en privé ?

Frustré de devoir attendre aussi longtemps les réponses à ses questions, il regagna son domicile et passa deux heures dans sa salle de gym. D'habitude, un bon entraînement lui permettait de se vider l'esprit après une journée stressante, mais sa rencontre de la veille avec Harley avait réveillé des émotions qu'il pensait enfouies en lui depuis longtemps. Dérouté de se sentir toujours aussi nerveux après une séance de cardio et d'haltères, il s'attarda sous la douche, assailli par des souvenirs très précis de son week-end avec Harley.

Le soir du bal du TCC, il avait réservé une suite dans un hôtel et passé les deux jours suivants à lui faire l'amour dans les différentes pièces, y compris la grande cabine de douche. Il se remémorait avec une netteté saisissante ses gémissements sexy au moment où elle jouissait sous sa bouche. Et le désir fulgurant qui l'avait traversé la veille en apercevant Harley parmi la foule contribuait à raviver ses souvenirs érotiques. Après ce week-end torride, les relations sexuelles qu'il avait eues avec d'autres femmes lui avaient paru insipides. Y compris son union avec Paisley.

Un sentiment de culpabilité l'assaillit. Son incapacité à oublier Harley avait compromis sa relation avec son épouse et provoqué l'échec de leur mariage. Il n'avait jamais été amoureux de Paisley. En l'épousant, il avait cru la rendre heureuse en lui permettant d'accéder à la haute société de Royal et de disposer de sa fortune considérable. Mais il s'était trompé. Elle attendait davantage de lui que sa tendresse et sa fidélité. Il avait découvert trop tard qu'elle l'avait épousé en pensant qu'il finirait par l'aimer. Et, comme avec ses parents, il avait été incapable de se montrer à la hauteur de ses attentes. Il ne pouvait pas changer sa nature profonde, mais cela le frustrait d'être incompris par les personnes les plus proches de lui.

Le carillon de l'entrée retentit, annonçant sa visiteuse. Bien qu'habitué à garder son sang-froid dans les situations stressantes, il dut prendre une profonde inspiration pour calmer ses nerfs à vif. Furieux contre lui-même, il traversa le hall d'entrée et ouvrit la porte. Harley se tenait sous le porche, l'air calme et réservé, ses longs cheveux bruns noués en une queue-de-cheval haute, et ses lobes d'oreilles délicats ornés de boucles en forme de fleurs. Elle portait une robe turquoise à manches courtes agrémentée d'une encolure ronde qui dissimulait son décolleté.

Grant sentit son cœur bondir dans sa poitrine en remarquant la façon dont le vêtement chaste soulignait son buste avant de s'évaser en une jupe large lui arrivant aux genoux. Ce n'était pas une tenue destinée à séduire un ancien amant, et il se demanda avec une perplexité accrue pourquoi elle tenait tant à lui parler en privé.

Pendant qu'il la détaillait, elle s'attardait à son tour sur sa chemise blanche et son pantalon anthracite. Quand il croisa à nouveau son regard, la lueur d'appréciation qu'il perçut dans ses prunelles vertes suscita une onde de chaleur dans tout son corps. Oh ! oui, il jouait avec le feu en l'invitant chez lui. Mais qu'importait ? Il ne s'était jamais senti aussi vivant depuis qu'elle avait quitté Royal, cinq ans plus tôt.

Harley s'éclaircit la gorge.

— Bonsoir, Grant.

— Bonsoir.

Il fourra les mains dans ses poches pour s'empêcher de l'agripper par les poignets et de l'attirer dans ses bras. Depuis leur rencontre, la veille, il avait conscience qu'un désir profond et inassouvi le rongeait de l'intérieur. Et il s'irritait de constater que ni le temps et ni l'éloignement n'avaient diminué la faim qu'il avait d'elle.

— Merci d'accepter de me recevoir.

Un sourire crispé aux lèvres, elle lissa sa jupe d'un geste nerveux.

— Je t'en prie.

L'énergie anxieuse qui émanait d'elle bourdonnait à travers l'espace qui les séparait, lui rappelant à quel point elle tremblait la première fois qu'il l'avait déshabillée. Il se serait sans doute interrogé sur son appréhension s'il n'avait pas été aussi excité quand sa robe avait glissé sur le sol, dévoilant les seins les plus parfaits qu'il avait jamais vus. Ce fut plus fort que lui, il effleura sa poitrine du regard et perçut le halètement de Harley.

Tandis qu'un bourdonnement emplissait ses oreilles, il recula d'un pas, comme pour échapper à la force d'attraction que Harley exerçait sur lui. Embarrassé, il masqua sa retraite en l'invitant à entrer d'un geste du bras.

— Merci, dit-elle.

Elle lui jeta un regard furtif en passant devant lui. Mais une fois à l'intérieur, elle s'arrêta net et regarda autour d'elle. Voyant qu'elle hésitait à s'avancer au-delà de l'entrée, il la précéda dans la salle de séjour, profitant de ces quelques secondes pour se ressaisir.

— Veux-tu boire quelque chose ?

— Je prendrai volontiers un verre d'eau.

— Assieds-toi.

Il lui désigna le canapé avant de se diriger vers le bar et le mini-réfrigérateur, regrettant qu'elle ne lui ait pas demandé une boisson plus forte. Car il avait bien besoin d'un verre de whisky pour calmer sa nervosité.

— Ta maison est très agréable, remarqua-t-elle, ignorant son invitation à s'asseoir.

Son compliment lui fit plaisir, et il la suivit des yeux pendant qu'elle observait les tons neutres, les lignes pures, les boiseries chaudes et l'architecture moderne de sa maison de près de quatre cents mètres carrés. Chaque pièce comportait des grandes baies vitrées, des poutres apparentes et des murs d'un blanc éclatant, ornés de grands tableaux illustrant les paysages sauvages du Texas.

Il posa deux bouteilles d'eau sur la table basse et contempla Harley pendant qu'elle explorait la salle à manger et jetait un coup d'œil à la cuisine. Il avait très envie de lui proposer le tour complet de sa maison - en terminant par sa chambre –, mais il se contenta sagement de lui emboîter le pas tandis qu'elle franchissait les portes vitrées coulissantes donnant sur la terrasse de la piscine. Des spots lumineux dissimulés ici et là dans le parc rendaient l'espace environnant confortable.

— C'est une maison faite pour le divertissement, remarqua-t-elle en rebroussant chemin. Mais je doute que tu y organises beaucoup de réceptions.

— En effet. Je ne les apprécie pas particulièrement.

— Depuis quand vis-tu ici ?

— Depuis mon divorce.

Grant ne regrettait pas d'avoir laissé à Paisley leur maison de Pine Valley dans la convention de divorce. L'endroit était beaucoup trop éloigné du Royal Memorial Hospital, et il n'avait jamais aimé le décor façon manoir français dont raffolait son ex-femme. Sa nouvelle demeure avait été construite il y avait moins de trois ans, après le passage de l'ouragan qui avait balayé Royal, détruisant des maisons et des entreprises surtout dans les quartiers ouest, et provoquant l'effondrement d'une aile de l'hôpital.

— Je regrette que les choses n'aient pas fonctionné entre toi et Paisley.

Il balaya sa remarque d'un revers de main impatient. Il n'avait pas envie de parler de l'échec de son mariage avec Harley.

— Si tu me disais plutôt pourquoi tu es ici ? lui demanda-t-il, se souvenant qu'elle avait apprécié sa façon d'aller droit au but durant le week-end qu'ils avaient passé ensemble.

Il lui avait expliqué qu'il ne se lassait pas de son corps sensuel, qu'il aimait le sentir se convulser de plaisir sous le sien. Il lui avait aussi indiqué les endroits de son propre corps où il aimait qu'elle pose ses lèvres. Elle avait accueilli sa franchise avec une ouverture d'esprit qui avait fait de leur interlude l'expérience érotique la plus fabuleuse de sa vie.

— Il y a cinq ans, commença-t-elle d'une voix tremblante, nous avons passé un week-end ensemble…

— Oui.

Elle lui jeta un regard furtif. Si elle avait l'intention de le séduire, elle s'y prenait très mal. La dernière fois, elle s'était montrée effrontée, sexy et terriblement sûre de son pouvoir, alors que ce soir elle trouvait à peine le courage de le regarder en face. Pourquoi se sentait-elle obligée de lui parler après cinq ans de silence ?

Dès qu'il avait appris son retour en ville, il s'était interrogé sur ses sentiments. À l'évidence, il n'était pas insensible à son charme, mais l'attrait qu'elle exerçait encore sur lui n'était-il pas simplement dû au fait qu'un seul week-end en sa compagnie ne lui avait pas permis de se repaître d'elle pour ensuite la sortir de ses pensées ? Peut-être avait-il simplement besoin de vérifier si son désir pour elle était sincère ou s'il n'était qu'un écho de l'alchimie qui avait existé entre eux jadis.

— Et il s'est terminé brutalement.

— Parce que tu m'as menti sur ton âge.

Le souvenir de sa duperie le remplit d'amertume.

— Tu ne m'aurais jamais donné la moindre chance si je t'avais dit que j'avais dix-huit ans. Et ce furent les deux jours les plus fabuleux…

Sa voix flancha, et elle exhala un profond soupir.

— J'en ai assez de m'excuser pour ce que j'ai fait. Je t'ai peut-être menti, mais je ne t'ai pas causé de tort. Personne n'a jamais su que nous étions ensemble. Ce week-end n'a pas terni ta réputation.

— Crois-tu vraiment que je m'inquiétais à propos de ma réputation ?

Les yeux de Harley étincelèrent de colère.

— Dans ce cas, pourquoi étais-tu hors de toi ?

Il pinça les lèvres, refusant de lui avouer la véritable cause de son tourment au risque de lui donner trop d'emprise sur lui. De fait, il avait passé deux jours et deux nuits magiques à faire l'amour à la femme de ses rêves. Mais quand il s'était réveillé le lundi matin et qu'il avait découvert son âge, quelque chose en lui s'était brisé. Il s'était livré à elle corps et âme alors qu'elle lui avait menti sur toute la ligne.

— Dis-moi pourquoi tu étais tellement furieux ce fameux matin, insista-t-elle plus doucement.

Grant franchit l'espace qui les séparait, irrésistiblement attiré par elle alors même que son cerveau lui intimait de rester éloigné.

— Ce week-end me hante, dit-il d'une voix rauque.

Il lui enserra la nuque sous sa queue-de-cheval soyeuse et s'inclina vers elle jusqu'à ce que leurs lèvres se frôlent.

— Il n'aurait jamais dû avoir lieu, ajouta-t-il.

Un long frisson le parcourut quand les doigts de Harley se refermèrent sur son avant-bras. Malgré le regard interrogateur qu'elle posait sur lui, son expression s'adoucit, et ses lèvres s'entrouvrirent.

Ce fut plus fort que lui, il effleura sa bouche de la sienne, laissant leurs souffles se mêler. À son contact, le corps de Harley se figea complètement. Découragé par sa froideur alors qu'il brûlait d'un feu intérieur, il s'apprêtait à la relâcher quand elle enfonça ses ongles dans son bras.

— Grant.

Elle murmura son prénom, telle une supplique rauque.

Un baiser. C'était tout ce qu'il avait l'intention de lui

dérober. Goûter une seule fois à sa bouche pour se prouver qu'il contrôlait ses pulsions. Assouvir la faim qu'il avait d'elle puis la maîtriser. Sauf que les choses ne se passèrent pas ainsi qu'il l'espérait.

Comme animée d'une vie propre, sa bouche captura celle de Harley. Ce premier contact de leurs lèvres le transporta cinq ans en arrière, lors d'une étreinte passionnée dans une alcôve privée du TCC. Là, il avait plaqué Harley contre le mur et lui avait dérobé un baiser incandescent après l'autre. Le reste du monde avait disparu, les laissant seuls et livrés à eux-mêmes.

Ce soir-là, la bouche de Harley avait eu la saveur des fraises et de la tarte au citron. Mais maintenant il se délectait de son âpre saveur mentholée tandis qu'il passait sa langue sur les lèvres de Harley dans l'espoir qu'elle le laisse approfondir ses caresses érotiques. Dans un gémissement, elle s'ouvrit enfin à lui, et il plongea sa langue dans sa bouche, l'enroulant sensuellement autour de la sienne.

Ivre de plaisir, il enlaça Harley et l'attira contre lui. Comme c'était bon de la serrer de nouveau dans ses bras ! La perfection de leur étreinte suscitait en lui un mélange d'allégresse et de douleur. Comment avait-il pu vivre sans cette débauche de sensations pendant cinq ans ? Comment avait-il pu croire qu'une autre femme pourrait lui donner le plaisir qu'un seul baiser de Harley lui procurait ? Lui enserrant les fesses, il la souleva et la plaqua contre son érection naissante. Il aurait dû s'inquiéter qu'elle ait le pouvoir de l'exciter aussi facilement, mais c'était son corps qui avait pris les commandes, aiguillonné par les délicieux petits bruits émanant de la gorge de Harley. Oh ! oui, il serait prêt à la vénérer à genoux simplement pour entendre ces gémissements de plaisir tellement grisants !

Sans plus réfléchir, il se pencha et la souleva dans ses bras avant de se diriger à grandes enjambées vers sa chambre.

Il s'engageait dans le couloir quand il se rendit compte que Harley essayait de le repousser. Interdit, il mit fin à son baiser et s'arrêta net.

— Je t'en prie, non, murmura-t-elle. Ce n'est pas pour cette raison que je suis venue ce soir.

— Bien sûr.

Mortifié par son comportement irréfléchi, il la reposa sur ses pieds et la stabilisa alors qu'elle vacillait. À aucun moment durant les heures précédant son arrivée il n'avait prévu de l'embrasser, encore moins de l'emmener dans sa chambre. Mais dès qu'il l'avait vue sur le seuil de sa maison, il avait lutté contre l'envie folle de la prendre dans ses bras, de capturer sa bouche et de réaliser tous les fantasmes qu'il avait cultivés durant ces cinq années.

— Je ne veux pas que cela se reproduise.

Il énonça ce pieux mensonge d'un ton glacial qui fit naître un demi-sourire triste sur les lèvres de Harley.

— J'en prends bonne note, dit-elle d'un ton morne.

Une onde de chaleur se diffusait sous sa peau tandis que le désir continuait de faire rage en lui. Qu'était-il advenu de son self-control ? Bon sang, il n'était plus un adolescent incapable de résister à ses pulsions !

— Toutes les raisons pour lesquelles les choses n'auraient pas fonctionné entre nous il y a cinq ans sont toujours valables, déclara-t-il, plus pour se convaincre que pour établir des distances entre eux.

Devant son insistance maladroite, elle lui lança un regard irrité, indiquant clairement qu'elle était à bout de patience.

— J'ai compris. Par ailleurs, je ne suis pas venue te voir pour me jeter dans tes bras.

— Alors, pourquoi es-tu ici ? demanda-t-il sèchement pour tenter de masquer l'incendie qui continuait de se déchaîner en lui.

Elle fit volte-face et se mit à arpenter la pièce en soupirant. Il la suivit des yeux, de plus en plus perplexe.

— Je me doutais que ce serait difficile, mais pas à ce point-là, dit-elle à la fin d'une voix mal assurée.

Il n'aimait pas le mélodrame. D'habitude, c'étaient les maris, les sœurs ou les amies qui géraient les crises de nerfs de ses patientes. Mais ce soir il était seul pour affronter Dieu sait quel problème complexe et anxiogène auquel semblait vouloir le confronter Harley.

— Oh ! pour l'amour du ciel, viens-en au fait ! s'exclama-t-il, agacé.

L'espace d'une seconde, elle parut accablée par son ton comminatoire. Elle avait l'air si vulnérable qu'il s'en voulut aussitôt de sa rudesse.

— Très bien, dit-elle, se ressaisissant et le fixant avec une froide détermination. Tu as un fils.

À peine Harley avait-elle prononcé ces mots qu'elle regretta la brutalité avec laquelle elle lui avait assené la nouvelle. S'il y avait une chose qu'elle n'avait pas réussi à corriger au cours des cinq dernières années, c'était son franc-parler. La diplomatie n'était pas son fort, surtout quand ses émotions étaient à fleur de peau, comme en ce moment.

— Tu mens !

Bien qu'elle ne soit pas surprise par sa réaction, la virulence de son accusation la fit tressaillir.

— Je suis désolée de t'avoir annoncé la nouvelle sans ménagement, mais je ne mens pas. Tu as un fils.

La première faille dans l'armure de Grant apparut quand il passa ses mains sur son visage, l'air hébété.

— Ce n'est pas possible !

— Rappelle-toi, la toute première fois…

Elle laissa sa phrase en suspens, lui laissant le soin de la compléter avec ses propres souvenirs.

Il émit un juron.

— Il faudra faire un test de paternité.

— Bien sûr.

Elle laissa passer un temps avant d'ajouter :

— Il s'appelle Daniel et il a quatre ans. C'est un petit garçon merveilleux. Intelligent, drôle. Trop mûr pour son âge.

En fait, il lui rappelait tellement Grant que c'en était un peu effrayant. Jusqu'à présent, ce dernier avait uniquement fourni ses gènes, mais de bien des façons son fils était la copie conforme de l'homme qui se tenait devant elle. Intelligent. Têtu. Résolu. Adorable.

— Grant ?

— Oui ?

Il balayait fébrilement la pièce du regard comme s'il cherchait quelque chose à quoi se raccrocher et qui aurait un sens. Il semblait désorienté et sur le point de s'effondrer. Il est vrai qu'un choc aussi violent et inattendu déstabiliserait n'importe qui, même un homme au mental d'acier comme Grant.

— Tu vas bien ?

— Aussi bien qu'un homme peut aller quand son ex-amante vient le voir et lui annonce tout de go qu'il a un fils.

Un sentiment de culpabilité assaillit Harley, l'empêchant presque de respirer. Elle avait très envie de le réconforter, mais elle jugea préférable de garder ses distances. Ce qui existait entre eux était trop explosif. Elle ne pouvait pas courir le risque de le toucher à nouveau.

— Le choc est rude, je sais, admit-elle.

Il serra les poings, menaçant.

— S'il s'agit d'un traquenard…

— Ce n'en est pas un !

— Comme je te l'ai dit, j'exige un test de paternité.

— Nous le ferons quand tu veux.

Au lieu d'être satisfait, il fronça les sourcils et la fusilla du regard. Qu'est-ce qui lui prenait ? Elle faisait preuve de bonne volonté, et le test prouverait que Daniel était son fils.

— Pourquoi avoir attendu cinq ans pour me prévenir ? demanda-t-il.

— Les choses se sont mal terminées entre nous, lui rappela-t-elle, frustrée qu'il lui pose ces questions ridicules au lieu de s'intéresser à son fils.

— C'est une piètre excuse, et tu le sais.

Elle avait imaginé son entrevue avec Grant un millier de fois. Selon son humeur, elle se le représentait fou de joie ou bien furieux et accusateur. Mais elle ne s'était pas du tout préparée à ce qui se passerait ensuite. Maintenant que le jeu de bascule émotionnelle avait cessé, elle avait l'étrange impression d'être tombée d'une haute falaise et de chuter vertigineusement en direction du sol. Le plongeon était à la fois terrifiant et grisant.

— Si tu savais le nombre de fois où j'ai pris mon téléphone pour te prévenir…

— Mais tu ne l'as pas fait.

— Au début, j'étais furieuse. Puis terrifiée.

Elle ne savait pas si elle parviendrait à le ramener à de meilleurs sentiments en lui dévoilant ses états d'âme.

— Peu après, tu as épousé Paisley, et je n'ai pas voulu semer la zizanie dans ton ménage.

— Nous avons divorcé depuis longtemps.

— Je sais. Mais il s'était écoulé tellement de temps, et je n'étais pas sûre de ta réaction. En outre, je vivais à l'étranger…

— Tu aurais pu garder ce secret. Je n'aurais jamais rien su…

En lui disant la vérité au sujet de Daniel, elle l'empêchait de l'éjecter de sa vie, comme il l'avait fait jadis. Du moins, elle l'espérait. Ayant affaire à un homme aussi rationnel que l'était Grant, elle aurait dû aborder la situation d'une manière logique. Si elle en avait appelé à sa brillante intelligence, elle aurait obtenu des résultats plus rapidement. Mais son congédiement brutal l'avait tellement traumatisée que ses émotions l'avaient emporté sur la raison.

— Ce n'était pas juste de te tenir à l'écart. Tu mérites de savoir… Vous le méritez tous les deux.

— Parce que tu attends quelque chose de moi ?

Sa question la piqua au vif, mais elle ravala les paroles de colère qui lui brûlaient les lèvres. Fallait-il qu'elle soit naïve pour s'être imaginé qu'après tout ce temps Grant les accueillerait tous deux dans sa vie à bras ouverts sans la soupçonner d'arrière-pensées ?

— Je n'attends rien de toi,

Si seulement c'était vrai !

Elle avait espéré dans le secret de son cœur qu'il céderait à ses émotions et qu'il laisserait éclater sa joie à l'idée d'être père, et en même temps elle avait su qu'il décortiquerait la situation à sa manière rationnelle. Serait-il seulement capable d'accepter son fils et toutes les merveilles qu'il apporterait dans sa vie ?

— En revanche, je n'en dirai pas autant de ton fils.

Elle marqua une pause, la gorge nouée par l'émotion. C'était le moment tant redouté. Se ressaisissant, elle carra ses épaules, prête à se battre comme une lionne pour le bonheur de son enfant.

— Il veut connaître son père. Et j'espère que son père acceptera de le connaître.

Sachant que Grant ne prendrait aucune décision précipitée, elle jugea préférable de partir et de lui laisser le temps de la réflexion.

— Il est tard, il faut que je m'en aille, dit-elle, se dirigeant vers l'entrée.

— Passe à mon bureau demain à l'heure que tu veux, et nous réaliserons ce test de paternité.

Harley hocha la tête, satisfaite de l'avoir convaincu de faire ce premier pas.

— Entendu.

— S'il s'avère que je suis son père, bien sûr, je ferai ce qu'il faut. Sur le plan financier et autrement.

Il dit cela sans la moindre trace d'émotion sur son visage, et sa réserve accrut la frustration de Harley, car elle savait qu'il n'était pas insensible, tant s'en faut.

Durant leur week-end ensemble, outre la passion, il lui avait témoigné de la tendresse et de l'affection. Ses sourires sincères l'avaient éblouie. Mais le lundi matin, quand il avait été confronté à une découverte déstabilisante, il s'était retranché derrière une logique froide. Comme maintenant.

— L'argent n'est pas le motif de ma démarche, si c'est ce que tu penses, déclara-t-elle, incapable de dissimuler son exaspération. Je suis en mesure de subvenir à nos besoins.

— Je me rends compte que tu n'es pas du genre à me soutirer de l'argent. Mais compte tenu des problèmes rencontrés par ta famille…

— Il n'y a aucun rapport.

Elle détestait la façon dont il faisait le rapprochement entre les difficultés financières récentes de la famille Wingate et l'annonce de sa paternité.

— J'ai simplement fait ce que me dictait ma conscience. Je me sentais de plus en plus coupable de priver Daniel de son père.

Un brusque flot d'émotion la submergea, l'obligeant à abréger la discussion pour ne pas éclater en larmes devant Grant.

— À demain.

Elle se dirigea vers la porte d'entrée, consciente du bruit sourd des pas de Grant derrière elle. Il se déplaçait comme si le fardeau de la paternité pesait lourdement sur ses épaules. Elle avait la main sur la poignée quand il reprit la parole.

— C'est parce que tu étais enceinte que tu es partie ?

Elle sentit une colère sourde monter en elle en l'entendant critiquer implicitement ce qui avait été un moment compliqué de sa vie. Il ne savait pas à quel point elle avait eu envie de courir se réfugier dans ses bras pour oublier les récriminations de sa mère, la déception de sa famille, et son propre chagrin de voir son père diminué par la maladie. Mais c'était le rejet blessant de Grant qui l'avait retenue.

— Non.

— Tu aurais dû m'en parler.

Elle s'abstint de répondre et sortit sous le porche. Puis elle tourna la tête vers lui.

— Tu verras, Daniel est ton fils, lança-t-elle, comme une dernière flèche, avant de s'enfuir dans la nuit.

- 4 -

Grant demeurait figé sur place, le regard rivé sur les feux arrière de la voiture de Harley jusqu'à ce qu'ils disparaissent dans la courbe de sa longue allée. La brise nocturne l'enveloppait, et les insectes remplissaient l'air de leurs bourdonnements incessants. Il fouilla les alentours du regard comme s'il espérait trouver dans l'obscurité quelque chose susceptible de l'aider à comprendre les émotions qui faisaient rage en lui.

Résistant à l'envie folle de s'engouffrer dans sa voiture pour suivre Harley, il retourna à l'intérieur, se passa une main tremblante dans les cheveux et s'obligea à respirer profondément.

C'était impossible ! Il ne pouvait pas être père. Ils avaient été prudents. Sauf… Cette première fois, il avait tellement eu hâte de se glisser en elle qu'il avait omis le préservatif, et la sensation de sa chair nue contre la sienne avait été tellement grisante qu'il avait été sur le point de jouir. Par chance, il avait pris la mesure du danger et s'était retiré à temps avant d'enfiler un préservatif. Sa bévue n'aurait pas dû avoir de conséquence mais, en tant que spécialiste de l'infertilité, il savait que la science n'était pas toujours exacte quand il s'agissait de créer la vie.

Un fils.

Son fils. Était-ce possible ? Harley serait vraiment stupide de lui mentir sur un sujet aussi aisément réfutable. Mais qu'est-ce que cela signifiait pour lui ? Pour eux ?

Lorsqu'ils s'étaient rencontrés ce premier soir, c'était comme si la fougue et la spontanéité de Harley avaient libéré en lui une pulsion irréfléchie et dangereuse. Jamais auparavant, et pas une seule fois ensuite, il n'avait été obsédé par une femme au point de l'emmener dans son lit sans rien connaître d'elle. Harley était son talon d'Achille. Il en avait eu la confirmation quand il avait appris son retour à Royal. Son besoin lancinant d'être avec elle ne s'était pas émoussé. Bien au contraire. Ce soir, il avait failli commettre la même erreur qu'il y a cinq ans, et cela ne pouvait signifier qu'une chose : il était plus attiré par elle que jamais.

La faute à sa stupide libido. Ce serait si simple de tout ramener à des pulsions élémentaires. Mais l'intensité inouïe du désir qui l'avait submergé quand leurs lèvres s'étaient soudées démontrait qu'il aurait tort de sous-estimer les émotions que Harley suscitait en lui.

Surtout maintenant qu'ils avaient un fils.

Bien qu'il ait feint de refuser de croire Harley sur parole et exigé un test de paternité, au fond de lui il savait que Daniel était son fils. Harley ne ferait pas l'erreur de lui mentir à nouveau sur un sujet aussi grave. Bien sûr, elle était impulsive et émotive, mais pas stupide.

Donc, il était père.

Cette réalité inattendue et ô combien déstabilisante le tint éveillé une bonne partie de la nuit, l'obligeant à réfléchir sur la façon dont il assumerait ses nouvelles responsabilités. Il imagina les premières fois qu'il expérimenterait. La première histoire qu'il lirait à Daniel avant qu'il s'endorme. La première dent que ce dernier perdrait. Sa première journée d'école.

Cette liste lui fit penser aux premières fois qu'il avait manquées. Le premier sourire de Daniel. Son premier mot. Son premier pas. Le chagrin enfla en lui tandis qu'il songeait à tout ce dont Harley l'avait privé. La colère suivit, aussitôt chassée par la détermination. Quoi qu'il arrive, il ferait désormais partie intégrante de la vie de son fils.

Sa résolution se renforça au cours de la nuit et, quand il pénétra dans son cabinet de consultation, il ne s'inquiétait plus à l'idée que son assistante soit dévorée de curiosité à propos de la femme et de l'enfant qu'elle serait chargée d'introduire dans une salle d'examen dès leur arrivée. Aucun de ses collaborateurs ne se risquerait à lui demander pourquoi il faisait un test de paternité sur le fils de Harley, mais cela ne les empêcherait pas de bavarder entre eux. Grand bien leur fasse !

Il était si fébrile à l'idée de rencontrer l'enfant qu'il sursautait chaque fois que son téléphone de bureau vibrait pour annoncer l'arrivée d'une patiente, et il regretta de ne pas avoir convenu d'un horaire précis avec Harley. Alors que la matinée était bien avancée, il commença à se demander si elle viendrait. Peut-être avait-il eu tort de la croire quand elle affirmait qu'il était le père de Daniel.

Juste avant la pause du déjeuner, il sortait d'une salle d'examen après une consultation quand il aperçut une infirmière qui le guettait. Il ressentit un frisson de désagrément en remarquant son regard brillant de curiosité, mais il conserva une expression neutre tandis qu'elle lui indiquait la salle où l'attendaient Harley et Daniel. Après l'avoir remerciée, il s'efforça de maîtriser les battements erratiques de son cœur puis il ouvrit la porte.

Il n'aurait pas dû s'attendre à voir une ressemblance entre lui et un enfant de quatre ans, pourtant il ne put s'empêcher d'être un petit peu déçu en apercevant Daniel pour la première fois. Il avait des cheveux blond foncé et les yeux verts de sa mère. Il n'avait pas hérité du nez ou du menton des Everett… ni d'aucun autre attribut susceptible de démontrer qu'il était son fils. Le fait d'avoir imaginé qu'il ressentirait un lien instinctif avec l'enfant l'irrita. Il était un scientifique, que diable. Ce n'était pas ainsi que la génétique fonctionnait. La vérité était enfouie dans l'ADN de l'enfant.

— Bonjour, dit-il d'un ton impersonnel, croisant le regard de Harley et prenant place à son bureau. Merci d'être venus.

Elle parut un peu déconcertée par son attitude professionnelle mais hocha la tête.

— C'est normal.

— Bonjour, Daniel. Je suis le docteur Everett, se présenta Grant. Ce que nous allons faire aujourd'hui ne prendra que quelques secondes, puis toi et ta maman pourrez faire ce que vous aviez prévu pour le reste de la journée.

Il sortit un des écouvillons qu'il avait mis dans sa poche en arrivant ce matin. Il avait déjà prélevé un échantillon à l'intérieur de sa propre joue et il l'ajouterait à l'échantillon qu'il prélèverait sur celle de Daniel avant de les envoyer au laboratoire aux fins d'analyses.

S'installant à côté de l'enfant, il lui présenta l'écouvillon.

— J'ai besoin de prélever un échantillon des cellules à l'intérieur de ta joue. Veux-tu ouvrir la bouche, s'il te plaît ?

Au lieu d'obtempérer, le garçonnet soutint son regard d'un air impassible. Il semblait trop mûr pour son âge. Déconcerté, Grant fixa l'enfant têtu, ne sachant pas comment réagir. Il était habitué à ce que ses patientes fassent ce qu'il leur demandait. Pendant plusieurs secondes ils se regardèrent en chiens de faïence, aucun d'eux n'étant disposé à céder, et Grant éprouva malgré lui un certain respect pour l'enfant.

— Sait-il pourquoi il est ici ? demanda-t-il, s'adressant à Harley et désignant l'écouvillon.

L'enfant redoutait-il d'avoir mal ? Ou bien percevait-il la tension de Grant et se méfiait-il de lui pour cette raison ?

— Je lui ai dit que nous devions venir te voir pour que tu lui fasses passer un test important et qu'il n'aurait pas mal.

L'enfant suivait l'échange entre les adultes avec une

attention soutenue, comme s'il essayait de comprendre ce qui se tramait dans cette pièce.

— Il faut que tu ouvres la bouche pour que je passe l'écouvillon à l'intérieur de ta joue, répéta Grant, se demandant ce qu'il ferait si l'enfant continuait de résister.

De fait, la confrontation se poursuivit, et Grant commença à se sentir mal à l'aise sous le regard inflexible de l'enfant. Frustré, il se tourna vers Harley, laquelle observait la scène, l'air songeur.

Grant haussa les sourcils à son intention, lui demandant tacitement d'intervenir. Se ressaisissant, elle hocha la tête.

— Mon chéri, veux-tu ouvrir la bouche pour que le Dr Everett puisse passer ce bâtonnet en coton à l'intérieur de ta joue ? Je te promets que ce n'est pas douloureux.

L'enfant ouvrit enfin la bouche, non pas pour donner à Grant la possibilité de faire le prélèvement, mais pour prononcer un flot de mots dans une langue étrangère. Se rappelant que Harley avait vécu en Thaïlande ces dernières années, il supposa que c'était du thaï.

— Nous devons faire ce test, lui expliqua sa mère en anglais, démontrant qu'il était bilingue. Préfères-tu que ce soit moi qui le fasse ?

Un autre flot de mots étrangers sortit de la bouche de l'enfant.

— Il ne parle pas anglais ? demanda Grant dont l'impatience grandissait face à la défiance du garçonnet.

La connaissance que Grant avait des enfants s'arrêtait peu après l'étape de la conception. Une fois que la grossesse était jugée viable, son rôle était terminé, et la future maman passait sous la responsabilité d'un obstétricien. Ce que Grant préférait dans son métier, c'était l'aspect scientifique. Il se trouvait parfois démuni face à la détresse et à la frustration de ses patientes dont le parcours jusqu'à la maternité était semé d'embûches.

— Bien sûr que si, répondit Harley. Mais il m'en veut de l'avoir arraché à ses copains et aux personnes qu'il connaît en Thaïlande. C'est sa stratégie d'adaptation.

Il cherchait plutôt à punir sa mère, songea Grant en lui tendant l'écouvillon.

— Il vaut mieux que tu le fasses.

Comme si c'était ce que Daniel attendait depuis le début, il ouvrit grand la bouche dès que sa mère lui présenta l'écouvillon et se laissa prélever sans histoire. Grant était partagé entre l'amusement et l'agacement tandis qu'il récupérait le deuxième écouvillon.

— Nous aurons le résultat du test dans quarante-huit heures, dit-il à Harley en se levant. Tu devrais me donner ton numéro de téléphone pour que je te transmette le résultat.

Elle se leva à son tour et lui tendit une carte de visite au nom de Zest. Il la glissa dans sa poche et se tourna vers Daniel. Que dire à cet enfant qui était sans doute le sien ? Se retranchant derrière son professionnalisme habituel, il lui tendit la main.

— J'ai été ravi de faire ta connaissance, Daniel.

Encouragé par sa mère qui lui donna une petite tape, il déclara d'une voix claire :

— Tu as des cheveux gris, alors tu dois être très vieux. Tu es un grand-père ?

Harley étouffa un grognement de dépit. Son fils avait le chic pour poser des questions embarrassantes mais, là, il s'était surpassé, allant droit au cœur du problème qui avait poussé Grant à la rejeter cinq ans auparavant ! Elle effleura du regard les tempes argentées de Grant et trouva qu'elles ajoutaient à sa distinction naturelle.

— Le Dr Everett est trop jeune pour être grand-père,

intervint-elle, jetant à Grant un regard d'excuse. Comme tu peux le voir, Daniel a hérité de mon franc-parler.

— Il est curieux, déclara Grant. Il n'y a pas de mal à poser des questions.

C'était une bonne chose que Grant ait identifié la nature curieuse de son fils, car il pourrait lui expliquer mieux qu'elle toutes ces choses qu'il était avide de connaître. Par chance, il y avait Internet, une vraie mine de renseignements pour des questions factuelles. En revanche, d'autres questions étaient plus compliquées. Ainsi, quand son père était décédé deux ans auparavant à la suite d'une deuxième attaque cérébrale, elle avait parlé de lui à Daniel, et il avait voulu savoir pourquoi les gens mouraient. Elle lui avait fourni non sans mal une explication qu'il était à même de comprendre. Et quand il lui avait demandé avec qui il vivrait le jour où elle mourrait, elle avait senti son cœur se déchirer.

Après avoir salué Grant, Harley reprit le chemin de la maison avec son fils, réfléchissant aux conséquences de sa démarche vis-à-vis de Grant. Bien sûr, son fils méritait de connaître son père, mais elle doutait que Grant ait la moindre idée de l'abnégation que le rôle de parent exigeait, surtout le genre de parent dont Daniel avait besoin. Grant l'aimerait-il inconditionnellement et serait-il prêt à tout sacrifier pour le rendre heureux ? S'il montrait la moindre réticence à faire partie de la vie de l'enfant, elle savait ce qui lui resterait à faire.

Mais peut-être accepterait-il d'emblée son nouveau rôle. Bien que toutes ses actions soient dictées par la logique, Grant était capable d'émotions profondes quand on parvenait à percer la carapace qu'il avait forgée autour de son cœur. Non, Grant ne ferait pas preuve d'indifférence envers son fils. Et curieusement cette nouvelle réalité la perturbait plus qu'elle n'aurait cru.

Daniel représentait tout pour elle. Dès l'instant où elle

avait découvert qu'elle était enceinte, il avait été sa priorité, la raison de chacune de ses actions. Si Grant acceptait d'être un père pour Daniel, il voudrait sûrement avoir son mot à dire dans son éducation. Elle se sentit soudain submergée par une nouvelle salve d'angoisse en prenant conscience qu'elle devrait partager son fils et qu'elle ne serait plus libre de prendre des décisions le concernant sans en discuter avec Grant. Pourquoi n'avait-elle pas pensé à cet aspect des choses auparavant ?

Quand, deux jours plus tard, Harley vit le numéro de téléphone de Grant s'afficher sur l'écran de son portable, elle oscillait toujours entre la peur et l'espoir. Elle décrocha, le cœur battant à tout rompre.

— Les résultats du test confirment que je suis le père de Daniel, annonça Grant d'une voix étrangement calme pour quelqu'un qui venait de découvrir qu'il avait un fils.

Mais Harley se garderait de prendre cette absence de réaction pour de l'indifférence. Il avait besoin de temps pour assimiler la nouvelle, et il le ferait à sa manière raisonnable.

— Nous devrions nous voir pour discuter de la meilleure façon de gérer cette situation, suggéra-t-elle, s'efforçant de se montrer aussi calme et objective que lui.

— Oui, tu as raison. Es-tu libre pour dîner, ce soir ?

Un long frisson d'anticipation la parcourut à l'idée de passer la soirée avec lui, mais elle se ressaisit. Elle devait faire passer les besoins de son fils avant les siens.

— A priori, oui. Je dois simplement m'assurer que j'ai une baby-sitter pour garder Daniel.

Elle avait tenu Jaymes au courant de la situation avec Grant, et son amie lui avait proposé de veiller sur Daniel n'importe quel soir de cette semaine.

— Quelle heure te conviendrait ? demanda-t-elle.

— Je peux passer te chercher à 19 heures ?

Elle accepta et lui donna l'adresse de Jaymes, puis elle passa le reste de l'après-midi à choisir la tenue appropriée.

Cinq heures plus tard, la Mercedes bleu marine de Grant se garait dans l'allée de son amie. Harley l'avait guetté et sortit de la maison avant qu'il mette pied à terre.

Elle doutait que les choses se passent mal entre eux ce soir, d'autant que Grant s'était montré courtois et raisonnable au téléphone. Cela ne l'empêchait pas d'être anxieuse.

Au lieu de l'attendre à côté de sa voiture, il alla à sa rencontre. Elle sentit ses genoux flageoler quand il la dévisagea d'un long regard appréciateur. Sa masculinité imposante tenait autant à sa grande intelligence et à son charisme qu'à son physique intimidant et à l'assurance qui émanait de lui.

Pourtant, le week-end où Daniel avait été conçu, elle avait eu un aperçu de sa vulnérabilité et du chagrin qu'il lui en avait coûté de devoir ériger un mur autour de ses émotions. Alors qu'ils gisaient enlacés aux premières heures du matin, Grant avait baissé sa garde et lui avait expliqué comment il s'était mis ses parents à dos en décidant de faire des études de médecine au lieu de reprendre les rênes de l'entreprise familiale. C'était leur incapacité à accepter sa décision qui l'avait obligé à trouver refuge dans l'indifférence.

Elle avait été surprise de découvrir qu'ils étaient des âmes sœurs dans ce domaine et elle lui avait expliqué à son tour qu'elle était sans cesse en butte à la critique de sa mère et à l'exaspération de ses frères et sœur. De fait, ils lui avaient souvent fait comprendre que tout ce qu'elle disait ou faisait était stupide. Et quand ils avaient appris qu'elle était enceinte, ils l'avaient accablée de reproches au lieu de la soutenir, ne lui laissant pas d'autre choix que de prendre ses distances avec eux et finalement de quitter Royal.

Durant les mois suivants, elle leur en avait tellement voulu qu'elle avait ignoré toutes leurs tentatives de la joindre. C'était

Daniel qui l'avait sauvée de ses pires instincts. Pourrait-il sauver aussi Grant ?

— Je te remercie d'accepter de dîner avec moi ce soir, dit-il, prenant place derrière le volant de sa Mercedes.

— Je t'en prie, répondit-elle, faisant de son mieux pour adopter un ton léger. Tu sais que j'apprécie ta compagnie.

Il lui jeta un regard curieux avant de mettre le contact. Les sens de Harley s'aiguisèrent quand elle inhala sa fraîche odeur masculine et qu'elle prit conscience de leur proximité. Résistant à l'envie de se pencher vers lui, elle s'agrippa à son sac à main et s'efforça de maîtriser les battements frénétiques de son pouls. C'était une bonne chose qu'ils sortent en public car elle n'était pas sûre de pouvoir garder ses distances si elle restait avec lui plus de temps qu'il n'en fallait pour arriver au restaurant.

Tandis qu'il conduisait, elle se demanda où il avait l'intention de l'emmener. Leur apparition ensemble dans un des meilleurs restaurants de Royal ne manquerait pas de faire jaser. Quand ils eurent franchi les limites de la ville, elle se détendit. Manifestement, lui non plus n'était pas prêt à afficher leur relation en public.

Leur destination s'avéra être le Violets, un restaurant huppé de Joplin, une ville moyenne dans le comté voisin de Colonial. Tandis que Grant l'escortait jusqu'à la porte d'entrée, sa paume lui effleura le dos au moment où elle pénétrait la première dans l'intérieur chaleureux. Encore troublée par son contact grisant, elle inhala les arômes délicieux provenant de la cuisine.

Leur hôtesse les escorta jusqu'à une table recouverte d'une nappe en lin blanc sur laquelle étaient posés des verres en cristal, des bougies et un petit vase garni de violettes. Malgré le décor raffiné et les lumières tamisées, l'ambiance semblait plus gastronomique que romantique.

— Je n'étais encore jamais venue ici, déclara Harley. L'endroit est très agréable.

— Une de mes assistantes est la cousine du propriétaire et m'a recommandé son établissement.

Harley s'empara de la carte et étudia les suggestions avec gourmandise.

— Les plats semblent tous succulents, murmura-t-elle. Je suis bien en peine de choisir.

— June m'a conseillé le filet de bœuf façon Oscar et le carré d'agneau.

— La soupe de moules au safran me tente bien, aussi.

Le serveur s'avança pour leur détailler les spécialités du jour et prendre leur commande de boisson. Harley jeta des regards furtifs en direction de Grant tandis qu'elle hésitait encore sur le choix de son plat principal. Avec sa rapidité de décision habituelle, Grant fit son choix et reposa la carte. En attendant le retour du serveur, ils discutèrent des changements survenus à Royal durant son absence et évoquèrent les événements douloureux ou sensationnels ayant concerné plusieurs membres du Texas Cattleman's Club au cours des dernières années. Puisque l'échange de banalités n'était pas le fort de Grant, elle en déduisit qu'il ne savait pas comment exprimer les sentiments que lui inspirait sa récente paternité. Elle attendit donc l'arrivée de leur plat principal avant d'aborder le sujet qui les préoccupait.

— Maintenant que tu as eu un peu de temps pour assimiler la nouvelle, commença-t-elle, savourant son crabe royal poché au beurre surmontant les médaillons de filet de bœuf. Qu'éprouves-tu à l'idée d'être père ?

— Je m'y habitue peu à peu.

— Cela fait un choc de découvrir que ta vie ne sera plus jamais la même, lui fit remarquer Harley, songeant au jour où son test de grossesse s'était avéré positif. J'ai eu huit mois pour me faire à cette idée alors que tu n'as eu que quelques jours.

— Veux-tu que je sois là quand tu lui annonceras la nouvelle ?

— Je ne sais pas, admit-elle. Je n'ai pas encore trouvé la meilleure façon de le lui dire. J'attends que l'occasion se présente un jour où il sera prêt à entendre la vérité.

— Un jour ? répéta Grant. C'est un peu vague.

Harley devait se montrer prudente. Elle ne voulait pas blesser Grant, mais elle n'était pas sûre qu'il sache endosser le rôle de parent. Elle connaissait son fils. Daniel s'investirait à fond dans la relation. Mais Grant en serait-il capable ?

— Harley ? lui demanda-t-il, voyant qu'elle tardait à répondre.

— Je pense que Daniel devrait apprendre un peu à te connaître avant que nous lui annoncions que tu es son père.

Tout en parlant, elle observait Grant et ne fut pas surprise de voir ses traits se figer, comme sculptés dans le granit.

— Tu as bien l'intention de lui dire que je suis son père ?

— Bien sûr !

Harley posa ses couverts, l'appétit coupé.

— Mais je m'inquiète à l'idée qu'il attende beaucoup plus de toi que tu n'es disposé à lui donner.

Grant fronça les sourcils, contrarié.

— Qu'insinues-tu ?

— Je veux simplement t'expliquer que j'ai créé un univers très sécurisé pour Daniel et qu'il est entouré d'amis qui l'aiment.

Grant la contempla, médusé.

— Et tu penses que je ne l'aimerai pas ?

— Ce n'est pas ce que j'ai voulu dire.

Quelle poisse ! La discussion s'engageait très mal.

— Vu la façon dont les choses se sont terminées entre nous… J'étais anéantie.

Elle regretta aussitôt son aveu. Elle n'avait jamais eu l'intention de lui dire que son rejet lui avait brisé le cœur. À quoi bon utiliser l'argument des sentiments puisqu'il préférait examiner chaque situation de façon rationnelle et logique ? Entre eux, ce serait un dialogue de sourds, et elle en sortirait plus frustrée que jamais.

— Nous n'avons passé qu'un week-end ensemble, lui rappela-t-il avec son pragmatisme habituel. Le fait que tu sois encore bouleversée après tout ce temps prouve que tu étais trop jeune pour avoir ce genre de relation avec moi.

La désinvolture avec laquelle Grant considérait son aveu la conforta dans sa décision de protéger son fils à tout prix.

— Sans doute, admit-elle. Mais à l'époque je pensais que tu avais des sentiments pour moi, et la façon brutale dont tu m'as congédiée m'a blessée. Et je crains que tu ne fasses la même chose avec Daniel sans même t'en rendre compte. C'est un enfant sensible et très affectueux, et il ne comprendrait pas que tu abordes ton rôle de parent avec un esprit purement logique.

— Si je comprends bien, tu as peur que je ne témoigne pas suffisamment d'affection à Daniel et qu'il en soit blessé ?

Elle écarta les mains, embarrassée.

— Je ne sais pas trop quoi penser. D'où ma prudence.

— Je ne m'attendais pas à devenir père, admit Grant. Mais j'ai l'intention d'être un bon père pour Daniel.

Harley sentit son cœur se serrer en prenant acte de la promesse de Grant.

— C'est tout ce que je demande.

- 5 -

À la suite de son dîner avec Harley, Grant s'était rendu compte que, s'il voulait passer du temps avec son fils, il devait aménager sa maison en fonction des besoins d'un enfant.

Il avait d'abord choisi la chambre jouxtant la sienne pour être à proximité de Daniel au cas où ce dernier aurait besoin de lui au milieu de la nuit. Puis il avait engagé un peintre et acheté des meubles et tous les jouets susceptibles de plaire à un enfant de quatre ans. D'habitude, pour la décoration de sa demeure, il engageait un décorateur d'intérieur et lui laissait carte blanche. Mais s'agissant de la chambre de son fils il tenait à la personnaliser lui-même pour que Daniel se sente comme chez lui. Avec un peu de chance, il réussirait à impressionner Harley et à dissiper son inquiétude.

Au fil de la conversation, elle avait mentionné que Daniel était obsédé par les chevaux depuis son arrivée au Texas, et Grant avait donc décidé de décorer sa chambre sur le thème du cow-boy. Chaque fois qu'il imaginait la réaction de l'enfant devant les objets qu'il avait choisis exprès pour lui il ressentait un élan de joie.

Sauf que les colis furent livrés après le départ de Franny, sa gouvernante, et entreposés sous le porche. En rentrant du travail, Grant trouva l'énorme pile qui l'attendait. Il finissait de rentrer le dernier carton quand Rose lui rendit visite à l'improviste. Elle ouvrit de grands yeux à la vue du capharnaüm qui régnait dans son entrée.

— On dirait que tu as dévalisé plusieurs boutiques, remarqua sa sœur en déchiffrant les noms des expéditeurs.

Grant haussa les épaules.

— J'ai acheté quelques objets, sans plus.

— Quelle sorte d'objets ? Pardonne-moi de me montrer curieuse, dit-elle d'un air pas du tout désolé, mais cela ne te ressemble pas de faire les boutiques. Encore moins de les dévaliser. Alors, de quoi s'agit-il ?

Grant comprit que Rose ne lâcherait pas le morceau et décida de lui parler de Daniel.

— Il s'agit principalement de jouets.

— Oh ? Tu comptes ouvrir une crèche ?

La question était ridicule, et tous deux le savaient, mais sa sœur était connue pour son humour pince-sans-rire.

— Bon. Arrête de prendre cet air renfrogné, Grant. Je plaisantais. Mais tu admettras que tout ceci est bizarre…, même venant de toi.

Il ignora la moquerie affectueuse de sa sœur et exhala un profond soupir.

— Puisque tu veux tout savoir, j'ai appris récemment que j'avais un fils.

Rose le fixa pendant plusieurs secondes, médusée, comme s'il venait de raconter une blague et qu'elle essayait désespérément de comprendre ce qu'elle avait de si amusant.

— Pardon ?

Elle secoua la tête pour se remettre les idées en place.

— Tu dis que tu as un fils ?

— Oui. Il se prénomme Daniel et a quatre ans.

— Je n'en reviens pas ! Tu as un fils de quatre ans ?

Sa sœur fronça les sourcils, et Grant comprit qu'elle essayait de faire le calcul.

— Qui est la mère ?

Rose se targuait d'être au courant de tous les potins circulant à Royal. La confronter à une énigme de cette ampleur avait de quoi la rendre folle, et Grant s'amusa d'avoir un coup d'avance sur elle, pour une fois. Il la laissa mijoter un peu. Puis, voyant qu'elle s'apprêtait à l'assaillir de questions, il lâcha sa seconde bombe.

— Harley Wingate.

Si Grant pensait que sa révélation laisserait sa sœur pantoise, il en fut pour ses frais. Elle fit claquer ses doigts et le contempla, l'air triomphant.

— Je le savais ! Je savais qu'il s'était passé quelque chose entre vous deux à ce bal du TCC il y a cinq ans.

Grant s'attendait à ce que sa remarque suivante porte sur leur différence d'âge, mais elle le surprit une fois de plus.

— Es-tu sûr que cet enfant est de toi ?

— Oui.

Elle haussa un sourcil sceptique devant son ton formel.

— Tu as fait un test de paternité ?

Il lui répondit à son tour par un haussement de sourcil.

— Hum. À l'époque, j'avais entendu dire que Harley était enceinte quand elle avait quitté la ville et qu'elle refusait de donner le nom du père. Et aujourd'hui on dit qu'elle est revenue à Royal parce qu'elle ne parvient plus à maintenir à flot son association.

— Quelles que soient les raisons de son retour, je suis heureux d'avoir l'occasion de connaître mon fils.

Sa sœur le laissa à peine finir avant de poursuivre :

— T'a-t-elle parlé d'un éventuel soutien financier ?

Malgré ses doutes, Grant prit aussitôt la défense de Harley.

— Elle ne m'a pas appris l'existence de mon fils dans l'espoir que je renfloue les caisses de son association.

Rose l'observa pendant un long moment.

— Peut-être pas, mais elle est partie vivre à l'autre bout du monde puis est revenue sans crier gare. Elle n'a pas pris cette décision à la légère. Finalement, sans les graves problèmes que rencontre actuellement Wingate Enterprises, tu n'aurais peut-être jamais su que tu avais un fils.

La remarque de sa sœur lui donna à réfléchir. Harley était-elle restée aussi longtemps à l'étranger pour l'éviter ou pour le punir ? Au fond de lui, Grant penchait pour la première hypothèse. Harley n'était pas vindicative. En revanche, c'était peut-être la blessure d'amour-propre qu'il lui avait infligée qui l'avait empêchée de reprendre contact avec lui.

Mais maintenant elle était de retour, et leur récent baiser prouvait que l'alchimie entre eux était aussi puissante qu'auparavant. La façon dont ils avaient été emportés dans le tourbillon de la passion suggérait qu'ils connaîtraient d'autres moments semblables à l'avenir. Une perspective ô combien exaltante.

— T'a-t-elle dit pourquoi elle avait attendu si longtemps pour t'en parler ? insista Rose.

— Notre dernière rencontre s'est terminée abruptement. Elle était furieuse après moi quand elle a quitté la ville.

Encore une fois, un sentiment de regret assaillit Grant. S'il avait mieux géré la situation, Harley se serait-elle enfuie de Royal, le privant de son fils ?

— Quand Daniel est né, elle avait l'intention de m'en informer, mais elle a appris que j'étais marié à Paisley.

Rose hocha la tête.

— Elle n'a pas voulu jouer les trouble-fête. Mais toi et Paisley êtes divorcés depuis plus d'un an. Pourquoi ne t'a-t-elle pas tenu au courant plus tôt ?

— Elle ne voulait pas avoir ce genre de conversation par téléphone.

— Évidemment. Et puis ç'aurait été injuste de te prévenir et de tenir Daniel éloigné de toi.

Sa sœur marqua une pause, visiblement songeuse.

— Une autre raison pourrait expliquer son attitude. Peut-être ne savait-elle pas qui était le père de son enfant.

— Peut-être, admit Grant.

Ce scénario lui avait aussi traversé l'esprit, puis il l'avait écarté, le jugeant dénué d'importance.

— Mais il se trouve que Daniel est mon fils.

— Tout de même, je suis surprise que tu te sois retrouvé dans ce genre de situation.

— Les accidents arrivent.

— Pas à toi ! Je ne t'aurais jamais cru capable de coucher avec une adolescente, encore moins de la mettre enceinte.

Ces cinq années n'avaient pas atténué le mélange d'horreur et d'irritation qu'il avait ressenti en découvrant l'énormité de son erreur.

— Tu ne penses pas sérieusement que j'aurais eu une relation avec elle si j'avais su son âge !

Pourtant, en y repensant, aurait-il pu résister à Harley ? Il était aussitôt tombé sous son charme lors du bal. Au point que son cerveau avait cessé de fonctionner. Car l'alchimie entre eux avait été phénoménale. De même, aurait-il eu la force de rompre avec Harley si elle lui avait avoué son âge avant qu'ils couchent ensemble ? Il en doutait car sa volonté, d'habitude inflexible, avait été annihilée par la passion. Il avait fallu qu'il soit confronté au mensonge de Harley pour se ressaisir et mettre un terme à leur relation.

— Pourtant, tu avais déjà dû la croiser au club. Tu aurais dû savoir qui elle était avant de nouer une relation avec elle.

— Je ne crois pas l'avoir su.

— Tu ne crois pas ? répéta-t-elle, sceptique. Es-tu en train de dire que tu avais des soupçons, mais que tu les as ignorés sciemment ?

Était-ce le cas ? Après ce week-end, il s'était dit qu'il n'avait jamais, au grand jamais, fait le rapprochement entre la sirène sexy et la plus jeune fille des Wingate. Certes, à deux ou trois reprises durant leur week-end ensemble, il avait remarqué un certain manque de maturité chez elle, mais lui aussi se comportait de façon inhabituelle. Ils avaient pris beaucoup de plaisir à être ensemble. Cela faisait une éternité qu'il ne s'était pas senti aussi bien. Les sourires radieux de Harley et son délicieux sens de l'humour lui avaient fait oublier tous ses principes.

— Tu me connais, répondit Grant. Suis-je du genre à fermer les yeux quand ça m'arrange ?

— Non, mais peut-être avais-tu envie de croire qu'elle était plus âgée parce que tu la désirais.

— Elle m'a joué la comédie. Et je suis tombé dans le panneau.

Pourtant, il ne pouvait pas nier qu'il s'était passé quelque chose entre eux ce fameux week-end. Quelque chose qui avait mis son univers sens dessus dessous.

— Mais dès que j'ai su à quel point elle était jeune, j'ai mis un terme à notre relation.

— Je pense que cela te ferait un bien fou de fréquenter une femme plus jeune que toi. Tu as besoin de quelqu'un de nouveau et de dynamique dans ta vie.

— Dis tout de suite que je suis vieux, ennuyeux et guindé, grommela-t-il.

— Je dis que tu réfléchis trop et que tu travailles trop. Tu as besoin d'une partenaire.

— J'ai déjà fait l'expérience du mariage, et elle a tourné court, lui rappela-t-il.

Rose balaya l'argument d'un revers de main.

— J'ai su dès le départ que Paisley n'était pas faite pour toi.

Inconsciente du tourment intérieur de son frère, elle poursuivit :

— Sa dépendance affective t'a fait fuir.

Grant contempla sa sœur avec surprise. Bien qu'elle

n'ait pas éprouvé une grande sympathie pour Paisley, elle n'avait jamais émis de critique à son encontre.

— Elle réclamait plus que je n'étais prêt à lui donner.

— Qui plus est, vous n'aviez rien en commun.

— Nous fréquentions les mêmes cercles sociaux, argua-t-il.

La famille Everett était invitée à toutes les manifestations caritatives qui avaient lieu à Royal, et Paisley adorait assister aux bals et aux réceptions. Au début de leur mariage, il l'accompagnait de temps à autre, mais il n'avait pas tardé à consacrer toute son énergie à sa patientèle exigeante.

— Tu as besoin d'une femme qui t'aide à trouver un juste équilibre entre travail et divertissement.

Rose lui adressa un sourire malicieux.

— Une femme qui comprenne à quel point tu es passionné par ton métier mais qui a ses propres centres d'intérêt.

Tandis que sa sœur parlait, l'image de Harley s'imposa à son esprit. Pouvait-elle être cette femme ? De fait, il avait changé depuis qu'elle était de retour à Royal et surtout depuis qu'il savait qu'elle avait donné naissance à son fils. Sa paternité lui donnait de nouvelles responsabilités et tissait un lien permanent entre lui et Harley. Soudain, il entrevit son avenir sous un jour nouveau et inattendu.

— En somme, une femme comme Harley, ajouta sa sœur, comme si elle lisait dans ses pensées. Son association aide les femmes à sortir de la pauvreté, et toi tu les aides à procréer et à fonder de nouvelles familles.

— Elle est trop jeune.

Sa réponse fusa instinctivement.

Rose balaya son argument d'un revers de main.

— Les hommes fréquentent et épousent couramment des femmes plus jeunes.

Bien qu'il soit tenté de mettre ses préjugés de côté pour voir où les mènerait l'alchimie explosive qui existait entre eux, l'échec de son mariage le retenait de s'engager dans cette voie.

— J'ai mieux à faire que de m'intéresser aux femmes, répliqua-t-il, embarrassé par les émotions que le conseil de sa sœur éveillait en lui. Je dois me concentrer sur mon rôle de père.

— Mais as-tu songé que Harley et son fils formaient un tout indissociable ? Tu pourrais les avoir tous les deux sans trop d'effort de ta part.

Cette perspective lui donnait le tournis ! Avant d'épouser Paisley, il n'avait jamais vraiment réfléchi à sa vie privée. Son manque de chance dans ses relations avec les femmes l'avait conduit à penser qu'il n'était pas fait pour la vie de famille. Et la suite lui avait donné raison.

— L'échec de mon mariage avec Paisley démontre que je ferais mieux de rester célibataire.

— Paisley n'était pas la femme qu'il te fallait. Si tu épouses la femme de tes rêves et que tu ouvres ton cœur à l'amour, tu feras l'expérience magique d'une union fusionnelle et tu seras le plus heureux des hommes.

La suggestion de Rose lui rappela toutes ces fois où il avait refusé de baisser sa garde quand Paisley lui demandait de lui dévoiler ses sentiments les plus profonds. Il ressentit une pointe de culpabilité en se souvenant du chagrin qu'il lui avait causé. Il n'avait pas délibérément choisi de lui fermer son cœur, mais la femme avec qui il avait eu envie de partager ses pensées et ses émotions les plus intimes n'était pas Paisley.

Et il n'était pas sûr d'être prêt à faire tomber les barrières qu'il avait érigées autour de son cœur et à devenir vulnérable. Il l'avait déjà fait par le passé et l'avait amèrement regretté.

— Ce n'est pas aussi simple que tu le dis, déclara Grant, désireux de mettre un terme à cette conversation.

— Je n'ai jamais dit que ce serait facile. Tu te sens plus

à l'aise avec des choses que tu peux analyser et contrôler. Mais l'amour est différent. Tu dois faire preuve de confiance. De la même façon que tes patientes te font confiance pour les aider à devenir maman. Tout ce que je te demande, c'est de faire confiance à une femme et de laisser ta solitude derrière toi pour t'ouvrir à l'amour.

— Vraiment ?

Et si Harley Wingate était cette femme ? se demanda-t-il, plus tenté qu'il ne le devrait.

— Oui. Tu mérites de rencontrer une femme qui t'aime malgré tous tes défauts.

Grant dissimula son émotion derrière l'humour.

— Maintenant, je suis bourré de défauts !

— Nous le sommes tous, déclara sa sœur. Ton défi consiste à trouver une femme qui t'accepte tel que tu es.

Selon Rose, il lui suffisait de faire table rase de tout ce en quoi il croyait pour trouver le bonheur. Au fond, peut-être avait-elle raison. Combien de patientes avaient renoncé à devenir mère après plusieurs tentatives infructueuses avant de tomber miraculeusement enceintes sans l'aide de la science ?

— As-tu pensé qu'elle n'a peut-être aucune envie de renouer avec moi ? Après tout, elle se débrouille très bien par ses propres moyens en Thaïlande.

— Tu es beau, riche et prospère. Je connais une douzaine de femmes qui ne demanderaient pas mieux que de sortir avec toi. Quant à Harley Wingate, il te suffirait de faire un petit effort pour qu'elle tombe à tes pieds.

Manifestement, Rose pensait que Harley avait l'intention de demeurer à Royal, mais Grant n'en était pas aussi sûr.

— J'y songerai, dit-il, sachant que sa sœur continuerait de le tarabuster jusqu'à ce qu'il cède.

— Bien, approuva Rose, satisfaite. Et maintenant, quand comptes-tu me présenter Daniel ?

Grant exhala un soupir de contrariété.

— Il ne sait pas encore que je suis son père.

— Pourquoi ?

— Harley préfère attendre un peu.

— C'est inacceptable ! Ce garçon est un Everett.

Grant secoua la tête.

— Pas légalement.

Harley et lui n'avaient pas abordé le sujet de la garde de Daniel, mais il savait qu'elle retournerait tôt ou tard en Thaïlande pour assurer le bon fonctionnement de son association à laquelle elle était très attachée. Il se sentit soudain malheureux à l'idée de perdre son fils avant d'avoir appris à le connaître. Il fallait qu'il trouve une solution pour garder Harley et Daniel à Royal. Peut-être pourrait-il lui proposer un marché : il renflouerait les finances de Zest si elle lui permettait de passer autant de temps qu'il voudrait avec Daniel.

Uniquement avec Daniel ? Cette pensée insidieuse s'échappa de son subconscient pour monopoliser son attention. Soit. Il aimerait passer davantage de temps avec Harley. Elle était belle, intelligente, et elle mettait de la gaieté dans sa vie qui en manquait cruellement.

— Dans ce cas, arrange-toi par tous les moyens pour faire partie de la vie de ton fils, déclara Rose d'un ton résolu.

Lovée sur le canapé de Jaymes, l'estomac noué par l'angoisse, Harley lisait sur son téléphone une série d'articles de journaux qui faisaient le point sur les conséquences financières désastreuses liées aux nombreuses difficultés auxquelles était confronté Wingate Enterprises. Bien sûr, Harley savait que la situation du groupe familial s'était dégradée, mais elle n'avait pas pris la pleine mesure du problème, notamment l'annulation de plusieurs contrats auprès de WinJet et la fermeture de plusieurs complexes hôteliers de la chaîne Wingate Hotels, visiblement boycottés par les clients.

Un autre article indiquait que le groupe était tellement dévalué à la suite de la chute vertigineuse de sa cotation boursière que la vente de ses avoirs ne suffirait même pas à stopper l'hémorragie financière. Et plus les mauvaises nouvelles s'accumulaient, plus le public était avide d'en apprendre davantage. Écœurée, Harley jeta son téléphone sur le coussin à côté d'elle.

Entre la tourmente financière, juridique et médiatique qui s'abattait sur sa famille et les incertitudes pesant sur sa relation avec Grant, Harley avait l'impression que son univers s'écroulait autour d'elle. Et elle n'avait plus qu'une envie : fuir Royal et retourner en Thaïlande.

— Oh ! mon Dieu, encore des mauvaises nouvelles ? demanda Jaymes.

Elle déposa deux tasses de thé sur la table basse, puis s'assit à côté d'elle et lui donna un petit coup d'épaule en signe de compassion.

— Il faut vraiment que tu cesses de lire ces articles. Ils finiront par te rendre folle.

— À vrai dire, je ne sais pas si je suis consternée ou soulagée que ma famille ne m'ait pas parlé de tous ses problèmes. Bien sûr, je ne peux rien faire pour aider ma mère et mes frères, et la lecture de ces articles me rend malade, mais ils continuent de me traiter comme si j'étais une gamine. C'est agaçant à la fin !

Malgré sa frustration, elle se faisait du souci pour ses frères et sa mère qui subissaient la tourmente de plein fouet.

— Ils savent que tu peux te débrouiller seule, argua Jaymes.

— Sauf que je suis revenue au bercail, la queue entre les jambes, après qu'ils ont cessé de financer Zest.

Grâce à la fortune des Wingate, Harley n'avait jamais eu besoin de travailler pour gagner sa vie.

— J'ai toujours compté sur les dons caritatifs de Wingate Enterprises pour développer Zest et sur mon fonds spécial pour assurer ma subsistance et celle de Daniel.

Elle avait eu accès à son fonds spécial quand elle avait eu dix-huit ans. Constitué d'actions et de fonds indiciels, ce portefeuille mixte comportait suffisamment d'actions de Wingate Enterprises pour que sa valeur nette enregistre une forte baisse à la suite de la crise financière subie par sa famille. Malgré tout, il lui restait de quoi vivre jusqu'à la fin de ses jours à condition qu'elle maîtrise ses dépenses.

Son installation en Thaïlande avait transformé Harley sur le plan spirituel. Elle s'était imprégnée de la culture du pays, notamment en suivant des cours de méditation. Elle avait été subjuguée par les paysages de montagne et la gentillesse des villageois. Elle avait même fini par accepter la présence des chiens galeux qui fouillaient dans les ordures pour survivre. C'était tout dire ! Elle avait alors décidé que, au lieu de mener la grande vie au Texas - dilapidant ainsi son fonds spécial à des fins égoïstes –, elle mènerait une existence simple et consacrerait son énergie à des activités philanthropiques.

— Tu te sous-estimes, protesta Jaymes. Tu as créé Zest de toutes pièces, et l'association connaît un succès fabuleux.

— Tu te sens obligée de dire cela parce que tu es mon amie, la taquina Harley, bien qu'elle n'ait pas le cœur à plaisanter.

— Et aussi parce que je t'aime beaucoup et que je te soutiens à fond dans ce que tu fais. Oh ! à propos, j'ai des bonnes nouvelles pour toi.

— Super ! J'en ai bien besoin.

Son amie hocha la tête, compréhensive.

— Figure-toi qu'une amie d'université qui vit à Fort Worth

vient d'entrer au conseil d'administration d'une fondation caritative spécialisée dans les problèmes rencontrés par les femmes. Je lui ai parlé de Zest, et elle aimerait discuter avec toi à propos d'un éventuel financement. Elle est disponible demain pour déjeuner si cela te convient.

— Oh ! oui ! s'exclama Harley, ravie. Grâce à un financement de cette fondation et aux relations de Beth dans le milieu caritatif, je serai en mesure d'assurer durablement l'avenir de Zest.

Et ensuite ? Devait-elle retourner en Thaïlande et faire comme si elle n'avait pas lâché une bombe dans la vie de Grant ? Pourtant, l'autre raison qui l'avait poussée à revenir à Royal, c'était de lui annoncer qu'il avait un fils. Mais elle s'était tellement focalisée sur son entrevue avec Grant qu'elle n'avait pas réfléchi à ce qui se passerait une fois qu'elle l'aurait informé de sa paternité. Elle n'avait eu aucune idée de la façon dont il réagirait à son retour en force dans sa vie. Elle ne s'était pas attendue à ce qu'il l'embrasse, ni à ce qu'elle se prenne à rêver d'eux deux ensemble en tant que… quoi, au juste ? Amants ? Harley frissonna tandis qu'une onde de désir la parcourait. Parents ? Bien sûr, à cause de Daniel, ils seraient liés pour le restant de leur vie. Mais que ferait-elle des sentiments qu'elle avait eus pour Grant et qui refaisaient surface avec force ?

Cinq ans plus tôt, elle avait vécu une expérience fabuleuse qui l'avait transformée à jamais, mais leur intermède s'était terminé abruptement, avant qu'elle ait l'occasion de voir ce qui pourrait en résulter.

Elle pensait avoir admis une fois pour toutes qu'elle et Grant n'étaient pas faits l'un pour l'autre. Mais que se passerait-il si dans le secret de son cœur elle n'avait pas renoncé à lui, même quand il lui avait déclaré qu'il ne voulait plus avoir à faire avec elle ? Ou même quand elle avait quitté Royal ? Ou même quand elle avait appris son mariage avec Paisley ?

Elle avait refoulé d'autant plus facilement son fantasme d'un avenir avec Grant qu'elle était partie vivre à l'autre bout du monde. Et maintenant qu'elle était amenée à le revoir, elle était assaillie par une douzaine d'émotions contradictoires qui la plongeaient dans le doute et l'incertitude.

En revenant à Royal pour annoncer sa paternité à Grant, elle avait provoqué une autre occasion pour qu'ils apprennent à se connaître mutuellement. Avait-elle envie de renouer avec lui ? Harley frissonna tandis que le double souvenir de leurs étreintes torrides et de son rejet brutal s'imposait à elle. Cette fois-ci, les enjeux étaient plus élevés car son cœur ne serait pas le seul en danger.

Son père citait souvent le proverbe : plus le risque est grand, plus la récompense est grande. C'était dans des moments comme celui-ci qu'il lui manquait le plus. Il avait été le seul membre de la famille à apprécier son franc-parler et à ne pas chercher à dompter sa fougue juvénile. La foi qu'il avait eue en ses talents avait permis à Harley de puiser en elle la force et la confiance nécessaires pour créer Zest.

— À quoi penses-tu ? demanda Jaymes, intriguée.

— À mon père.

— Il serait si fier de toi !

Harley s'éclaircit la gorge et s'efforça de chasser son accès de mélancolie.

— Je regrette que son état de santé ne lui ait pas permis d'apprendre à connaître Daniel.

— Comment aurait-il réagi en apprenant que Grant était son père ?

— Le premier choc passé, il aurait sans doute approuvé, répondit Harley avec un petit rire triste.

— Quelle est la prochaine étape pour toi et Grant ?

— Il nous a invités chez lui pour nager et déjeuner.

Elle frissonna d'anticipation à l'idée de voir Grant en short de bain. L'étalage de sa peau bronzée et de ses muscles ciselés serait l'occasion de tester sa volonté.

— Oh ! Seigneur, murmura Jaymes, la mine soucieuse. Es-tu de nouveau en train de tomber amoureuse de lui ?

Harley secoua la tête.

— Ce serait stupide, pas vrai ?

— Peut-être. Je ne sais pas. Je vous ai observés tous les deux quand vous discutiez lors de la collecte de fonds, et il ne semblait pas insensible à ton charme.

Jaymes se montrait toujours plus prudente que Harley s'agissant de romance.

— Par ailleurs, il est très peu sorti depuis son divorce et, à ce qu'on dit, il ne souhaite pas entretenir une relation sérieuse avec une femme.

— À vrai dire, je ne sais pas trop où j'en suis, admit Harley. Si j'ai repris contact avec Grant, c'est uniquement pour lui parler de Daniel. L'important, c'est que nous ayons des relations amicales dans l'intérêt de notre fils.

- 6 -

Outre les aménagements apportés à sa maison à la suite de son dîner avec Harley, Grant avait beaucoup allégé son agenda professionnel afin de consacrer le plus de temps possible à son fils. Il avait quatre ans à rattraper et voulait prouver à Harley qu'il était déterminé à être un bon père pour Daniel.

Elle lui avait clairement fait part de ses inquiétudes, et même s'il ne l'admettrait jamais, son ignorance dans l'art d'être parent le remplissait d'angoisse. Certes, il pouvait consulter une vaste documentation sur la façon d'élever un enfant et apprendre des techniques pour aider Daniel à grandir heureux et en bonne santé mais, au bout du compte, il devrait laisser ses lectures de côté et mettre tous ces conseils en pratique.

Il avait donc invité Harley et Daniel à venir chez lui pour faire plus ample connaissance. La mère et l'enfant arrivèrent à 10 heures, déjà en tenue de bain, visiblement désireux d'échapper à la chaleur de ce mois d'août par un plongeon rafraîchissant dans sa piscine. Ce fut ainsi que, sous le regard effaré de Grant, Daniel traversa la terrasse en courant et s'élança dans l'eau. Le jet éclaboussa la poitrine et les cuisses de Grant tandis que l'enfant disparaissait sous l'eau. Mort d'inquiétude, il plongea pour porter secours à son fils et eut la surprise de le voir refaire surface en riant.

— Désolée, lui cria Harley, peinant à dissimuler son

amusement sous un air contrit. J'aurais dû te prévenir qu'il nageait comme un poisson.

— Je vois ça.

Surveillant Daniel du coin de l'œil, il lissa ses cheveux d'une main tremblante avant de retourner vers le bord de la piscine.

— Je lui ai appris à nager quand il était bébé.

Harley avait ôté sa robe bain de soleil, dévoilant un maillot deux pièces chaste, avant de s'asseoir à côté de Grant. Les pieds dans l'eau, elle observait son fils en souriant.

— Comme Jaymes et Sean n'ont pas de piscine, il était très excité à l'idée de venir chez toi pour nager.

Irrésistiblement attiré par Harley, il se rapprocha d'elle et s'accouda sur le carrelage de la terrasse, son bras droit frôlant la cuisse svelte de Harley. La chaleur du soleil avait réchauffé sa peau soyeuse, libérant l'odeur légère de sa crème solaire. Un sentiment de béatitude l'envahit tandis qu'il inhalait la fragrance à pleins poumons.

— Vous serez toujours les bienvenus, dit-il. Même si je ne suis pas là. Je te donnerai le code de la porte d'entrée et je préviendrai Franny que vous avez libre accès à la piscine.

Harley fit des mouvements de ciseaux dans l'eau avec ses jambes.

— Je ne veux pas m'imposer.

— La place de Daniel est ici, insista-t-il, baissant la voix pour qu'elle seule l'entende. Et je souhaite que tu te sentes à l'aise, toi aussi.

— Merci. Daniel sera ravi de venir nager chaque fois qu'il en aura envie.

Il contempla le profil de Harley, se délectant de son expression de tendresse tandis qu'elle suivait son fils des yeux. Grant savait qu'il devrait concentrer son attention sur Daniel, mais la proximité de Harley éveillait en lui des désirs puissants. Il brûlait d'envie de l'attirer dans ses bras et de savourer la douceur et la souplesse de son corps. Mais son besoin de la toucher n'était pas uniquement de nature sexuelle. Il désirait ardemment renouer avec elle, et le contact physique était un moyen facile de lui faire comprendre qu'il appréciait sa compagnie.

— Parle-moi de votre vie en Thaïlande, dit-il, curieux de découvrir comment elle et Daniel vivaient.

— Volontiers. Que veux-tu savoir ?

— Et si tu commençais par m'expliquer pourquoi tu t'es installée là-bas ?

Elle sourit.

— C'est un pays fascinant qui attire les étrangers grâce à ses nombreux atouts, notamment le coût de la vie relativement peu élevé, le climat tropical, la modernité des installations ainsi qu'un bon système de santé, la gentillesse des Thaïlandais et la somptuosité des paysages. J'adore l'exotisme de ce pays, avec ses marchés très colorés et ses temples anciens. Et, en même temps, je peux aller voir un film en version anglaise quand l'envie m'en prend.

— En somme, ce pays allie à merveille tradition et modernité, remarqua-t-il. Où vivais-tu ?

— La dernière année, je louais une petite maison à Hua Hin. C'est une station balnéaire à deux heures et demie de Bangkok, où la famille royale thaïlandaise possède un palais d'été datant des années 1920. Il y a des plages magnifiques, d'excellents restaurants de fruits de mer et un festival de jazz. Mais ce qui me plaît le plus, c'est l'ambiance calme et conviviale propre à une petite ville de province, et aussi la solidarité qui règne parmi les expatriés.

Grant était surpris de constater que sa description éveillait un vif intérêt chez lui. Il n'avait jamais envisagé de vivre à l'étranger, mais Harley se montrait si convaincante qu'elle lui donnait envie de découvrir d'autres cultures.

— On dirait que ce pays te manque, dit-il, se rendant compte qu'il ne connaissait rien de ses futurs projets.

De combien de temps disposait-il avec Daniel avant que Harley décide de retourner en Thaïlande ?

— Oui. Du fait de sa longue histoire, ce pays témoigne d'une grande richesse culturelle et spirituelle. Je me suis très vite sentie dans mon élément. Grâce à un style de vie plus simple, moins stressant, et à une initiation à la méditation, j'ai pu développer ma spiritualité.

— Je dois l'admettre, tu sembles très différente de la jeune fille que j'ai rencontrée au bal du TCC.

Un léger tressaillement de ses muscles au coin de l'œil lui indiqua que le terme de « jeune fille » l'avait fait tiquer.

— Oh ! oui, dit-elle, un sourire d'autodérision étirant ses lèvres soyeuses. À l'époque, j'étais gâtée et égoïste. C'est en découvrant que les gens pouvaient être très heureux tout en menant une vie simple que j'ai changé ma façon de voir les choses. Depuis, j'ai adopté un style de vie beaucoup plus minimaliste. Je ne regarde pas à la dépense s'agissant de Daniel, mais je ne vois pas l'intérêt de débourser cent dollars pour un repas quand je peux acheter un délicieux bol de nouilles à un vendeur de rue pour trois fois rien.

Daniel les rejoignit et s'accrocha aux jambes de sa mère.

— Viens nager, maman. Je veux que tu me jettes à l'eau.

— Je suis un peu fatiguée, dit-elle, mais je parie que Grant peut te jeter beaucoup plus loin que moi.

— Mais c'est toi que je veux !

La mère et l'enfant s'affrontaient du regard, tels deux duellistes. Le lien intense qui les unissait lui rappela qu'elle élevait seule son enfant dans un pays étranger. Lui qui n'avait pas été compris ni soutenu par ses parents enviait cette relation privilégiée que Harley entretenait avec Daniel.

La force des sentiments qui l'assaillaient accrut son malaise. Il n'aurait jamais imaginé avoir une famille à lui, ni qu'il serait heureux de nouer un lien aussi fort avec une femme ou de la connaître si intimement qu'il saurait lire dans ses pensées. Par peur du rejet, il avait renoncé à s'ouvrir à une relation aussi puissante. Pourtant, en se réfugiant dans le détachement, il était arrivé au même résultat. Il était seul.

Une émotion intense lui transperça la poitrine une seconde avant que Daniel se tourne vers lui, un sourire charmeur aux lèvres.

— Tu peux vraiment me projeter très loin ?

Étant donné la réserve que l'enfant avait manifestée envers lui dans son cabinet, Grant en avait déduit qu'il lui faudrait beaucoup de temps pour gagner sa confiance. Or, il semblait que l'accès à sa piscine et sa bonne volonté pour jouer avec lui étaient suffisants pour l'amadouer.

Tout heureux, Grant lui rendit son sourire.

— Bien sûr !

Après une heure de joyeux chahut, Daniel et Grant émergèrent de la piscine pour tourmenter Harley en se secouant et en l'aspergeant de gouttelettes froides. Elle poussa des cris de protestation et s'enfuit hors de leur portée. Une demi-heure plus tôt, elle s'était installée à l'écart sur un transat, laissant à Grant le champ libre pour s'amuser avec son fils. Bien sûr, il avait apprécié cette occasion ininterrompue de tisser un lien affectif avec Daniel, mais l'absence de Harley avait rendu sa joie incomplète. En revanche, maintenant que son rire joyeux l'enveloppait, telle une accolade chaleureuse, il remerciait le destin d'avoir ramené Harley dans sa vie.

Ils se retirèrent dans le patio ombragé où sa gouvernante avait dressé la table pour le déjeuner. Daniel domina le repas en parlant de sa visite de la veille au ranch de la famille Owens où avait grandi Jaymes, la meilleure amie de Harley.

— Quand je serai grand, je serai cow-boy, comme Sean, déclara Daniel.

— Sean est le contremaître des Owens, expliqua Harley

devant la mine perplexe de Grant. Il a donné à Daniel sa première leçon d'équitation et assure qu'il est un cavalier né.

— On y retourne la semaine prochaine, poursuivit Daniel. Maman dit qu'on fera une randonnée équestre. Tu devrais venir aussi.

Grant doutait que son fils sache à quel point il appréciait d'être inclus dans leur petit groupe.

— À condition que ta maman soit d'accord, dit-il, se tournant vers Harley.

À sa grande surprise, elle acquiesça d'un signe de tête.

— Sais-tu monter à cheval ? demanda-t-elle.

— Oui, même si je n'ai pas pratiqué depuis longtemps. Enfant, je passais les étés dans le ranch de mon oncle à la sortie d'Abilene.

— Viens avec nous ! Viens avec nous ! scanda Daniel.

Grant sourit à son fils.

— Ça me plairait beaucoup.

— Alors, c'est entendu, déclara Harley. Et maintenant il est temps que nous partions. Je connais un petit garçon qui doit faire une sieste.

— Non ! gémit Daniel. Je veux nager encore.

— Vous pouvez rester si vous voulez, proposa Grant, regrettant qu'ils s'en aillent déjà.

— Non. Il doit faire la sieste avant de nager à nouveau.

— J'ai des chambres disponibles.

Grant voyait que Harley ne semblait pas convaincue.

— Je serais heureux que vous restiez, murmura-t-il, résistant à l'envie de lui prendre la main.

Durant leur week-end ensemble, ils avaient été inséparables, trouvant un millier de prétextes pour se toucher et se blottir l'un contre l'autre pendant les longues heures passées dans leur suite d'hôtel. Auparavant, il n'avait jamais été aussi obsédé par ce besoin d'union fusionnelle avec une femme et, quand Harley s'était enfuie le lundi matin, il avait atrocement souffert d'être soudain séparé d'elle.

Par la suite, il s'était servi de sa colère contre elle pour maîtriser son désir. Il avait cru l'avoir muselé. Mais il avait suffi qu'il se retrouve dans la même pièce qu'elle pour que celui-ci renaisse de plus belle. Sauf que cette fois-ci, les enjeux étaient plus élevés. Il ne pouvait pas éjecter Harley de sa vie sur un coup de tête. Ils avaient un fils. Cela signifiait qu'il devrait déterminer ce qu'il voulait, élaborer un plan et s'y tenir.

— Entendu. Nous allons rester, déclara Harley.

Puis, se tournant vers son fils, elle ajouta d'un ton ferme :

— À condition que Daniel promette de dormir.

— Oh ! oui, maman. C'est promis.

Grant les conduisit dans une des chambres d'amis et les laissa seuls. Voyant que Franny débarrassait la table, il se rendit dans son bureau pour vérifier les résultats de tests de plusieurs de ses patientes. Il n'avait pas fini de rédiger des mails de suivi à l'intention de ses collaborateurs quand il vit apparaître Harley sur le seuil de la pièce.

— Ça a été rapide, remarqua-t-il.

— Par chance, il s'endort vite et a un sommeil de plomb.

Elle leva les mains, embarrassée, en voyant qu'il se levait.

— Oh ! je n'avais pas l'intention de t'interrompre. Je voulais simplement te dire qu'il ferait la sieste pendant une heure environ. Continue de travailler. Entre-temps, je vais m'asseoir au bord de la piscine.

Grant contourna son bureau et s'avança vers elle.

— Je préfère te tenir compagnie, répondit-il, sincère. Que dirais-tu de boire un thé glacé ?

— Volontiers.

La cuisine était à la fois impeccable et vide quand ils y pénétrèrent. Un peu plus tôt, sa gouvernante l'avait informé qu'elle passerait l'après-midi à faire des courses, et il y avait fort à parier que Harley et lui étaient seuls. Aussitôt, le plaisir de l'anticipation déferla sur lui.

— Les verres sont rangés là.

Il lui désigna un placard puis sortit un couteau et une planche à découper. Comme un fait exprès, ils se retrouvèrent au même moment devant le réfrigérateur, Grant pour prendre des citrons et un pichet de thé sucré, Harley pour remplir les verres de glaçons. Leurs bras nus se frôlèrent, et ce fut suffisant pour faire surgir l'alchimie incendiaire entre eux.

— Harley.

Conscient que sa voix rauque trahissait l'intensité de son désir, il enserra les hanches étroites de Harley entre ses mains et la fit reculer contre le comptoir. Puis il cajola ses lèvres avec les siennes, une fois, deux fois, pour qu'elle s'abandonne à lui. Il exulta quand Harley se lova contre lui et qu'elle noua ses bras autour de son cou.

— Nous ne pouvons pas faire ça, protesta-t-elle.

— Tu as dit que Daniel dormait.

— Ce n'est pas Daniel le problème.

— Alors quel est-il ?

Il propulsa ses hanches en avant, titillant Harley avec son érection.

Elle haleta, les doigts agrippés à ses épaules, mais esquiva ses lèvres avides de l'embrasser.

— Nous ne pouvons pas continuer sur cette voie-là.

— Pourquoi ?

— Parce qu'elle ne mène nulle part. C'est toi-même qui l'as dit, tu t'en souviens ?

Ses paroles lui remémorèrent la dispute qu'ils avaient eue cinq ans auparavant. Il lui avait expliqué que leur différence d'âge rendait toute relation impossible entre eux, convaincu qu'ils seraient l'un et l'autre en butte au mépris et à la critique s'ils affichaient leur liaison au grand jour.

— Oui, je m'en souviens.

— As-tu changé d'avis entre-temps ? demanda-t-elle. Ou refuses-tu toujours d'avoir une relation sentimentale avec une femme de mon âge ?

— À l'époque, tu avais dix-huit ans. Aujourd'hui, c'est différent. Et tu es la mère de mon fils.

Puis, ignorant son allusion à une relation sentimentale et se focalisant sur le désir physique qui crépitait entre eux chaque fois qu'ils se trouvaient dans la même pièce, il ajouta :

— Par ailleurs, il est évident que notre attirance mutuelle est toujours aussi puissante.

— Et qu'advient-il de ta formule « Nous ne sommes pas du tout assortis » ? demanda-t-elle d'un ton neutre, ses paupières baissées masquant l'expression de son regard.

— À l'époque, j'ai réagi très durement, admit Grant. Ce n'est pas que nous ne sommes pas assortis, mais je ne suis pas le partenaire idéal pour une femme.

Et il le pensait sincèrement.

— Les femmes sont sentimentales et aiment que les hommes soient aux petits soins pour elles. Or, j'oublie les dates de naissance et les anniversaires. Le mieux qu'une femme puisse attendre de moi c'est une invitation à dîner dans un restaurant chic si mon travail m'en laisse le loisir.

Il marqua une pause avant d'ajouter dans un haussement d'épaules :

— Et des rapports sexuels fabuleux. Mais tu le sais déjà.

— Je comprends, marmonna-t-elle, dépitée. Tu ne veux pas t'embarquer dans une histoire d'amour compliquée.

Elle le scruta tout en se mordillant la lèvre inférieure.

— Je dois donc décider si je peux me contenter d'une relation sexuelle.

Il hocha la tête tout en pressentant qu'entamer une relation avec Harley - même strictement sexuelle - les conduirait à la catastrophe. Pourtant, en voyant sa déception, il se crut obligé de la prendre dans ses bras et de la réconforter par une étreinte câline et des baisers légers.

Sauf qu'une telle attitude de sa part risquait de prêter à confusion.

Il desserra donc à regret son étreinte, posa ses mains sur le comptoir de part et d'autre de Harley et s'écarta d'elle, les bras tendus. Maintenant qu'il ne la touchait plus, ses idées s'éclaircissaient un peu.

— Et si je veux davantage ? demanda-t-elle.

— Dans ce cas, nous aurons un problème car je ne peux pas m'empêcher de te toucher, admit-il. Et je pense qu'il en est de même pour toi.

Après quelques secondes de réflexion, elle soupira.

— Tu as sans doute raison. Mais je ne suis plus aussi impulsive qu'avant. Et je ne coucherai pas avec toi parce que j'en aurai subitement envie.

— Tu as donc besoin d'être convaincue.

L'idée de déployer des efforts pour la conquérir n'était pas pour lui déplaire.

— Cela risque d'être amusant pour nous deux, ajouta-t-il, malicieux.

— Amusant. Vraiment !

Elle plaqua ses mains sur son torse et le repoussa.

— Tu es impossible !

Durant les jours qui suivirent cette première visite chez Grant, Daniel n'arrêtait pas de dire qu'il était ravi de pouvoir nager et de faire prochainement une promenade équestre. Tout en étant heureuse que son fils tisse aussi rapidement des liens avec Grant, Harley s'inquiétait de sa réaction quand il apprendrait qu'il était son père. Sachant que plus elle attendrait, plus Daniel risquait d'être perturbé, elle avait décidé que le temps des révélations était venu.

Toutefois, maintenant qu'elle se tenait sous le porche de Grant, l'anxiété lui étreignait la poitrine, l'empêchant presque de respirer. Dans quelques minutes, la vie de son fils ne serait plus jamais la même. Les larmes surgirent de nulle part, menaçant de faire échouer ses projets. Une part d'elle avait envie de rebrousser chemin avec Daniel et de filer vers l'aéroport le plus proche. Mais elle résista à cette impulsion. Elle ignorait si le fait d'avoir privé son fils de son père avait causé chez lui des dommages durables, mais elle aggraverait la situation si elle persistait dans cette voie.

— Aïe, maman ! s'exclama Daniel, s'efforçant de libérer sa main de la poigne de sa mère. Tu serres trop fort !

Honteuse, Harley détourna son regard de la lourde porte d'entrée et reporta son attention sur son fils. Voyant qu'il grimaçait de douleur, elle relâcha aussitôt sa prise. Puis, s'agenouillant devant lui, elle prit sa frimousse entre ses paumes.

— Je suis désolée, dit-elle, caressant ses joues avec ses pouces. Je ne me rendais pas compte que je te faisais mal.

Il lui tapota affectueusement la joue en souriant.

— Ce n'est rien, maman. Je t'aime.

Harley déglutit, bouleversée, se demandant ce qu'elle avait fait pour mériter d'avoir un fils aussi adorable.

— Moi aussi, je t'aime, murmura-t-elle, le cœur débordant de tendresse.

Avant de devenir mère, elle était une adolescente frivole et égoïste, mais maintenant ses émotions étaient à fleur de peau. Il ne se passait pas un jour sans que son fils fasse quelque chose qui l'émeuve profondément.

La porte d'entrée s'ouvrit brusquement, et les longues jambes de Grant apparurent dans son champ de vision. Daniel leva les yeux vers son père, et elle s'arma de courage pour affronter les répercussions que l'irruption de Grant aurait inévitablement dans sa vie et celle de Daniel.

— Tout va bien ? leur demanda-t-il.

Elle cligna les yeux pour refouler ses larmes.

— Oui, lui répondit-elle, néanmoins assaillie par le doute. Nous partagions un moment de tendresse.

Grant lui tendit une main pour l'aider à se relever. Elle hésita une fraction de seconde avant de l'accepter et retint sa respiration quand sa peau entra en contact avec la sienne. Elle leva les yeux vers le visage impassible de Grant, déplorant que ses émotions décuplent l'impact que la puissante masculinité de Grant exerçait sur ses sens. Alors qu'un brusque flot de désir envahissait tout son être, elle se redressa et s'empressa de retirer sa main de sa poigne chaude.

Leur conversation lors de sa précédente visite l'avait tracassée plus qu'elle ne voulait l'admettre. Tracassée et tentée. Mais elle n'était plus l'adolescente impulsive de jadis. Elle ne sauterait pas dans le lit de Grant sous prétexte que ses rares sourires invitaient au badinage et que ses regards intenses faisaient courir de délicieux frissons sur sa peau.

Furieuse contre elle-même, Harley s'efforça de neutraliser l'onde de chaleur qui s'épanouissait dans son ventre. Avant de découvrir qu'il avait un fils, Grant avait été très clair ; il ne voulait rien avoir à faire avec elle. Puis, en apprenant qu'elle avait donné naissance à son fils, il avait dû se dire qu'il ne pourrait plus l'évincer de sa vie aussi facilement. Malgré tout, il avait poussé les choses plus loin qu'elle n'aurait imaginé. Et sa suggestion de renouer leur relation sexuelle l'avait prise au dépourvu.

Sa première réaction avait été de rejeter sa proposition. Cinq ans auparavant, elle avait eu beaucoup de mal à se remettre de leur rupture ; pourtant, ils n'avaient passé qu'un seul week-end ensemble. Ne risquait-elle pas de s'éprendre à nouveau de lui et de souffrir beaucoup plus si elle passait des semaines ou des mois avec lui ? En même temps, cela n'avait aucun sens de se priver du plaisir sexuel le plus fabuleux qu'elle ait jamais connu.

— J'ai prévu un barbecue pour ce soir, déclara Grant tandis qu'ils se dirigeaient tous trois vers la piscine. Ensuite, on pourrait peut-être regarder un film.

— Ce programme plaira sûrement à Daniel.

Tandis que l'enfant sautait dans la piscine, elle s'installa dans un transat. Grant prit place à côté d'elle, ses longues jambes remplissant l'espace entre eux. Elle ouvrait la bouche pour lui expliquer qu'au cours du dîner elle annoncerait à Daniel que Grant était son père, mais il la devança.

— Ce soir, je vais dire à Daniel que je suis son père.

— Oh !

Bien qu'ils soient sur la même longueur d'onde, le ton péremptoire de Grant l'agaça.

— Plus on attend, plus cette annonce risque de le désorienter, poursuivit-il, sa mine résolue indiquant que rien ni personne ne le ferait changer d'avis. Je sais que tu es revenue à Royal pour renflouer Zest et je suis prêt à t'aider.

L'aider comment ? Sa proposition ressemblait étrangement à une tactique de négociation.

— En échange de quoi ?

— Je souhaite apprendre à connaître mon fils.

Harley croisa les bras sur sa poitrine, contrariée par la tournure que prenait la conversation.

— Je ne m'y oppose pas.

— Non, pas pour l'instant. Mais il me semble que si Wingate Enterprises n'avait pas eu tous ces ennuis financiers, je n'aurais jamais su que j'avais un fils.

Piquée au vif par son reproche implicite et hantée par l'humiliation cuisante de son rejet, elle laissa éclater sa colère.

— Tu oublies un peu trop facilement la façon dont tu m'as congédiée. Tu ne voulais plus rien avoir à faire avec moi. Et maintenant, tu me reproches de t'avoir pris au mot ?

— C'est un argument fallacieux, et tu le sais.

— Non. En aucune façon.

Elle s'efforça de baisser la voix pour que Daniel ne les entende pas se disputer.

Si elle était honnête, elle reconnaîtrait qu'elle s'était montrée égoïste en dissimulant la vérité à Grant. Mais elle aimait la vie qu'elle menait à l'étranger et elle avait craint que s'il apprenait l'existence de Daniel il la force à revenir à Royal pour qu'ils partagent la garde de leur enfant.

— Tu aurais dû me dire que tu étais enceinte.

— Qu'aurais-tu fait ? demanda-t-elle, ne se donnant pas la peine de dissimuler son amertume. Tu m'aurais épousée ?

Le visage de Grant se ferma.

— Puisque tu as quitté la ville sans me dire que j'allais être père, ta question est sans objet.

Elle maudit les murs fortifiés derrière lesquels il se retranchait pour l'accabler de reproches. Des reproches par ailleurs justifiés et qui mettaient Harley dans une position intenable car, elle le savait, elle n'aurait jamais dû lui cacher l'existence de Daniel.

— Alors, que proposes-tu ?

— J'ai l'intention d'être un père pour Daniel. Et pour t'empêcher de faire obstacle à mon projet, je te donnerai l'argent dont tu as besoin pour renflouer Zest.

Son offre la sidéra. Elle avait pensé qu'il se proposerait peut-être d'intercéder en sa faveur auprès de la fondation caritative gérée par les Everett. Au lieu de quoi, il lui promettait de résoudre tous ses problèmes financiers. Elle aurait dû se sentir soulagée, mais elle se demandait si le fait d'utiliser son fils comme monnaie d'échange ne se retournerait pas un jour contre elle.

— Comment refuser une proposition aussi généreuse ? railla-t-elle, se forçant à rire pour masquer son désespoir. Mais tu aurais pu t'éviter une pareille dépense.

Depuis son retour à Royal, elle avait conscience d'avoir mal agi en dissimulant à Grant qu'il avait un fils. Lors de leur première rencontre, elle n'avait pas eu le temps d'apprendre à le connaître suffisamment pour savoir s'il aimerait avoir des enfants. Et aujourd'hui, bien qu'il se montre désireux d'assumer son rôle de père, elle se demandait s'il avait conscience qu'avoir un enfant changerait radicalement sa vie pour le meilleur.

Il la contempla, l'air perplexe.

— Que veux-tu dire ?

— Tout ce que j'attendais de toi c'était que tu te montres enthousiaste et motivé à l'idée d'être un père pour Daniel.

— Dans ce cas, pourquoi as-tu tant différé le moment de lui dire qui j'étais ?

— Sans doute parce que je suis égoïste et inquiète.

Elle haussa les épaules devant la mine surprise de Grant.

— Durant les quatre dernières années, j'ai été la personne la plus importante dans la vie de Daniel. Une part de moi refuse de le partager avec quiconque. Même si je sais qu'il a besoin d'un père. Quant à cet argent que tu m'offres, je ne peux pas l'accepter.

— Pourquoi ?

— Parce que ni mon fils ni moi ne sommes à vendre.

— Je suis désolé, dit-il, s'emparant de sa main.

Leur dispute lui avait glacé le sang, mais la chaleur de cet après-midi d'août combinée à la chaleur de la peau de Grant contre la sienne fit grimper sa température interne, et elle dut faire appel à toute sa volonté pour retirer sa main de la sienne.

Elle sourit pour atténuer son refus.

— Je veux ce qu'il y a de mieux pour Daniel. Voilà pourquoi je t'ai dit qu'il était ton fils. Si je n'avais pas voulu que tu joues un rôle dans sa vie, j'aurais gardé le silence.

— Je le reconnais, je me suis montré très maladroit,

dit-il, son expression de regret formant un contraste frappant avec l'hostilité qu'il avait affichée précédemment.

Harley comprit que c'était l'anxiété qui l'avait poussé à trop en faire. Bien sûr, elle aurait eu les coudées plus franches si Grant avait renoncé à exercer ses droits parentaux, mais une part d'elle était ravie qu'il accepte de tisser une relation avec Daniel. Après la discussion qu'ils avaient eue quelques jours plus tôt, elle avait espéré qu'il accepterait aussi de renouer avec elle. Certes, il lui avait clairement dit que ce ne serait pas une relation sentimentale, mais le sexe et l'amitié formaient une combinaison extrêmement tentante.

— Néanmoins, mon offre de financer Zest tient toujours.

— Merci, dit-elle avec un petit sourire. Il se peut que je l'accepte plus tard, mais pour l'instant, j'ai quelques pistes qui, je l'espère, déboucheront sur un accord de financement.

Puis, l'estomac noué par l'appréhension, elle appela Daniel. Il arriva en courant, et elle l'enveloppa dans une serviette. Quand il se fut assis dans le transat à côté d'elle, face à Grant, elle rassembla son courage à deux mains.

— Daniel, le Dr Everett et moi avons quelque chose à te dire.

Des gouttelettes perlaient au bout des longs cils frangeant ses prunelles vertes tandis qu'il la fixait avec attention.

— Quoi ?

— Tu te souviens que nous sommes allés à son cabinet pour prélever quelques cellules de ta joue ? Eh bien, c'était pour qu'il fasse un test afin de prouver qu'il est ton père.

Daniel reporta son attention sur l'homme à l'expression sérieuse, assis en face de lui.

— T'es mon père ?

— Oui, affirma Grant en se penchant en avant.

— Super ! s'exclama Daniel, sautant sur ses pieds. Je peux avoir un sandwich ? Je meurs de faim.

Harley réprima un sourire devant la mine effarée que Grant affichait en constatant la facilité avec laquelle son fils acceptait le nouveau rôle qu'il jouerait dans sa vie. *Bienvenue dans l'univers des parents, où les surprises t'attendent à chaque tournant*, songea-t-elle, narquoise.

- 7 -

Lovée sur le canapé dans la pièce de vie chez Grant, Harley songeait au nombre d'heures qu'elle avait passées la semaine dernière à regarder des émissions et des films pour enfants avec Daniel assis entre elle et Grant. Outre ces activités paisibles, ils avaient fait la fameuse randonnée équestre, visité un zoo dédié aux enfants, pris une douzaine de repas ensemble et profité de la piscine de Grant pour fuir la chaleur caniculaire de ce mois d'août.

Au départ, seuls Grant et Daniel étaient censés participer à ces activités ludiques destinées à tisser des liens entre eux, mais Daniel avait insisté pour qu'elle se joigne à eux, et Grant ne s'y était pas opposé. Sa participation à ces sorties lui permettait de passer un temps précieux avec son fils et d'observer le renforcement du lien entre Grant et Daniel. Constatant que la capacité d'amour de Daniel ne connaissait pas de limites, elle avait cessé de s'inquiéter de devoir partager son fils et avait savouré le sentiment d'appartenance que leur « petite famille » lui procurait.

— Il vaut mieux que je parte, déclara Harley à contrecœur quand le film se termina.

Bien que Daniel ait fait plusieurs fois la sieste dans la chambre que Grant avait aménagée pour lui, ce serait la première fois qu'il passerait la nuit chez son père, et elle ne voulait pas s'ingérer dans le rituel du coucher que Grant instaurerait.

— Pars pas, maman ! Dors ici, l'implora Daniel, sautant

sur ses genoux et nouant ses bras autour de son cou dans une démonstration inhabituelle de besoin de câlins.

— Il faut que je dorme dans mon propre lit, comme toi.

Harley l'étreignit tendrement en ajoutant d'un ton ferme :

— Rappelle-toi, tu as dit que tu voulais passer la nuit avec ton papa, puis aller à la pêche avec lui demain matin.

Daniel se rassit et leva un regard plein d'espoir vers Grant.

— Est-ce que maman peut venir à la pêche ?

— Maman n'aime pas la pêche, intervint Harley, fronçant le nez de dégoût pour faire rire Daniel. Je te verrai après le déjeuner, et tu me raconteras combien de poissons tu auras pris. Et maintenant va au lit.

Elle le remit sur ses pieds et sentit son cœur se serrer à la vue de son air suppliant. Ils avaient déjà convenu que ce serait Grant qui le mettrait au lit, mais visiblement Daniel n'était pas tout à fait prêt à se passer de sa mère.

— Dis, tu resteras jusqu'à ce que je m'endorme ?

— Bien sûr, mon chéri.

Harley arbora un sourire rassurant tandis que Grant soulevait Daniel de terre et le transportait dans sa chambre. Pour s'occuper jusqu'à son retour, elle emporta le saladier de pop-corn vide et les verres à la cuisine. Puis elle fit la vaisselle à la main, rangea chaque objet à sa place et essuya les comptoirs déjà impeccables. Une demi-heure plus tard, Grant la trouva assise sur un tabouret de cuisine, son sac sur l'épaule, ses clés de voiture à la main, consciente que si elle ne se dépêchait pas de partir, elle risquait de faire quelque chose qu'elle regretterait.

— Comment ça s'est passé ? demanda-t-elle, descendant du tabouret tandis que Grant s'avançait vers elle. T'a-t-il causé des difficultés ?

— Aucune. En fait, il dormait quand je l'ai quitté.

— Tant mieux.

Elle sentit son cœur s'affoler en remarquant le regard intense que Grant posait sur elle.

— Dans ce cas, je ferais mieux de partir.

— Que dirais-tu de me tenir compagnie un moment ?

— Je suis sûre que tu as du travail à faire.

Elle ouvrait la bouche pour protester quand il la débarrassa de son sac et de ses clés, mais aucun son ne franchit ses lèvres quand il passa ensuite ses phalanges repliées sur sa joue, sa caresse exquise faisant bourdonner ses hormones.

— Tu te souviens que je devais faire ta conquête ? Eh bien, je suis prêt à commencer.

Elle prit une longue inspiration saccadée, déterminée à lui opposer un argument plein de bon sens, susceptible de les ramener à la raison, mais elle commit l'erreur de croiser le regard de Grant. Le désir sauvage qu'elle y lut la subjugua tellement que toute pensée cohérente déserta son esprit.

À la place, quelque chose de torride et de primitif explosa en elle. Elle agrippa la chemise de Grant à pleine main, prête à la déchirer s'il le fallait.

— Inutile de te donner cette peine, murmura-t-elle, assaillie par la peur et par une passion débordante. J'ai très envie de toi. Ne m'oblige pas à te supplier.

Alors qu'il lui aurait été plus facile de faire un pas en avant et de se lover contre lui, tous ses sens embrasés, elle l'attira vers elle, et leurs deux corps se heurtèrent avec des résultats incendiaires.

— Harley, marmonna Grant, d'une voix rauque de désir, si tu savais comme j'ai rêvé de ce moment…

Glissant sa main au creux de ses reins, il plaqua ses hanches contre les siennes et captura sa bouche dans une frénésie de baisers ardents qui annihilèrent ce qui lui restait de dignité. Au diable les convenances ! Elle se fichait de ce que Grant pensait d'elle à cet instant ou du jugement qu'il porterait sur elle plus tard. Ce qui comptait c'était la façon exquise dont sa langue s'enroulait autour de la sienne.

Elle noua ses bras autour du cou de Grant et passa ses doigts dans ses cheveux drus, ses seins plaqués contre son torse sculptural. Elle avait l'impression de s'embraser partout où leurs deux corps se touchaient mais, dans son souvenir, ce qu'elle aimait par-dessus tout, c'était la friction grisante de leurs peaux nues : la texture lisse et ferme des cuisses de Grant quand elle les encerclait avec ses jambes, ou le glissement satiné de ses abdominaux sur son ventre quand il allait et venait en elle.

Le plaisir qui la submergea balaya toutes ses réticences. Elle agrippa à nouveau la chemise de Grant et tira dessus pour la faire sortir de son pantalon. Elle émit un ronronnement de pur plaisir quand elle glissa sa main sous le tissu et qu'elle rencontra la peau chaude de son ventre. Elle promena avec délice sa paume le long de son flanc avant de bifurquer vers ses côtes et les lignes dures de son torse. Sous ses caresses inquisitrices, les mamelons de Grant se durcirent, et tous deux émirent un grognement appréciateur.

Glissant ses mains dans sa chevelure, Grant lui inclina la tête de côté et entreprit d'égrener des baisers enfiévrés le long de son cou. C'était si bon qu'elle s'arc-bouta contre lui, tremblant de la tête aux pieds. Puis il effleura sa poitrine, suivant du bout du doigt le contour de son soutien-gorge en dentelle à travers le tissu léger de son top. Sa caresse mutine fit naître une protestation rauque dans sa gorge, mais sa plainte se mua en encouragement quand son geste se fit plus appuyé. Ses mamelons se contractèrent tandis qu'une vague de plaisir la balayait, et elle creusa les reins pour mieux plaquer ses hanches contre l'érection de Grant. La pulsation douloureuse entre ses cuisses devenait plus vive à chaque seconde qui passait. Et tandis que le désir primaire de s'unir à lui la consumait tout entière, elle était à deux doigts de renverser Grant par terre et de le chevaucher.

Elle haleta quand il suçota le creux de son cou avant d'apaiser son suçon avec sa langue. Puis il continua de la tourmenter en titillant son mamelon et en le pinçant légèrement. Et quand il captura à nouveau sa bouche pour un baiser enflammé, elle exulta, au comble de la volupté.

Ils longèrent le couloir menant aux chambres, Grant marchant à reculons, ses mains enserrant les hanches de Harley tandis qu'elle défaisait les boutons de sa chemise, les doigts tremblant d'anticipation. Quand ils atteignirent sa chambre, elle écartait enfin les pans de sa chemise et posait ses paumes sur ses abdominaux musclés. Refusant d'interrompre ses caresses, elle referma la porte avec le pied.

Sans plus attendre, Grant plaqua Harley contre le battant. À en juger par son expression intense, elle s'attendait à ce qu'il l'embrasse à nouveau avec passion. Au lieu de quoi, il effleura sa joue avec ses phalanges repliées et sonda son expression comme s'il cherchait désespérément des réponses.

Aucun autre homme n'était capable de la faire fondre rien qu'en la regardant. Grisée, elle caressa son torse du bout des doigts, explorant les creux et les crêtes de sa solide musculature. Les narines palpitantes, il demeurait immobile sous ses attouchements, mais quand elle poursuivit ses investigations plus bas, sa respiration s'accéléra. Malgré tout, il demeura figé sur place, même quand elle posa ses lèvres au creux de sa gorge et qu'elle lécha sa peau chaude à la saveur enivrante. Un peu dépitée par son manque de réaction, elle passa son ongle sur son mamelon durci, et à sa grande satisfaction, il émit un grognement guttural.

Sachant exactement ce qu'elle voulait, Harley entreprit de défaire la boucle de ceinture de Grant. Sans lui laisser le temps de finir, il l'agrippa sous les cuisses et la souleva de terre. Aussitôt, elle enroula ses jambes autour de lui, gémissant de pur plaisir quand le renflement dur de son érection se logea entre ses cuisses.

Elle ondula des hanches afin d'intensifier cette friction grisante, brûlant d'envie de connaître à nouveau ce sentiment ineffable de plénitude quand il s'immisçait en elle. S'écartant de la porte, Grant la transporta vers le lit et rompit leur baiser au moment de la déposer sur le matelas. Bien qu'elle ait hâte qu'ils se déshabillent et qu'ils soient nus, peau contre peau, une part d'elle ne se résolvait pas à relâcher son étreinte, redoutant ce qui pourrait arriver si Grant s'échappait de ses bras. Prisonnier consentant, il s'allongea sur elle et la pressa contre le matelas. Elle cambra les reins, sentant monter en elle la frustration et le plaisir au contact de la bouche chaude de Grant sur sa clavicule et entre ses seins.

Cinq ans s'étaient écoulés depuis les deux jours et les deux nuits qu'ils avaient passés ensemble, mais leurs corps s'épousaient toujours aussi harmonieusement, comme s'ils avaient conservé l'empreinte l'un de l'autre.

Grant releva le tissu de son top, dévoilant son soutien-gorge en dentelle. Pressée d'en finir avec les préliminaires, elle se trémoussa sous lui pour qu'ils se débarrassent enfin de leurs vêtements importuns.

Mais clouée comme elle l'était sous son corps robuste, elle en était réduite à glisser ses doigts sous la chemise de Grant et à caresser sa peau soyeuse. Tout en égrenant des baisers sur son décolleté, il libéra un téton de son carcan de dentelle puis murmura quelque chose d'inintelligible avant d'aspirer le tendre bouton entre ses lèvres. Le mouvement de succion de sa bouche embrasa ses sens, et une langue de feu se propagea dans son bas-ventre, attisant son désir au point de le rendre douloureux.

Alors qu'elle se trémoussait de plus belle sous lui en gémissant, il lui écarta obligeamment les cuisses et promena ses doigts entre ses jambes. Maudissant la barrière de tissu qui empêchait Grant de toucher sa chair nue, elle ouvrit la bouche pour le supplier de mettre fin à cette torture délicieuse quand les lèvres de Grant effleurèrent les points sensibles de sa gorge et de son cou, la laissant sans voix.

À la fin, ce fut Grant qui les déshabilla fébrilement, en commençant par elle. Puis il sortit un préservatif de sa table de chevet mais, avant de la rejoindre au lit, il demeura un instant immobile, dévorant des yeux son corps nu.

Elle en profita pour admirer ses larges épaules, son torse sculpté, son ventre plat, ses hanches étroites et ses cuisses robustes, toute cette musculature admirablement mise en valeur par son bronzage estival. Elle leva la jambe et promena son pied le long de sa cuisse, émoustillée par la caresse de son duvet brun sur sa peau. Puis elle lui tendit les bras, l'invitant à la rejoindre avec un sourire enjôleur.

— Cela fait cinq ans que j'attends ce moment, dit-elle, la voix rauque de désir. Ne me fais pas attendre une seconde de plus.

Grant promenait son regard sur le corps nu de Harley, comme hypnotisé par sa perfection. Elle avait une silhouette svelte avec des petits seins, une taille menue et des hanches étroites. Son attention se fixa sur ses mamelons couleur vieux rose, et il eut soudain hâte de les encercler avec sa langue avant de les titiller et de les sucer goulûment. Voyant qu'elle s'impatientait, aussi consumée de désir que lui, il exhala un soupir d'abandon et la rejoignit sur le matelas.

Plus souvent qu'il n'aurait voulu, au cours des cinq années écoulées, il s'était remémoré la façon dont Harley, d'abord amante soumise et timide, à la peau incroyablement sensible, s'était métamorphosée en tentatrice maîtrisant à la perfection son pouvoir de séduction au point de le rendre fou et de lui faire perdre son *self-control*.

Tandis qu'il s'allongeait sur elle, elle glissa ses doigts dans ses cheveux et lui adressa un sourire envoûtant.

— Malgré tout ce qui s'est passé entre nous, tu es le seul homme qui a jamais compté pour moi.

Il aurait dû prendre le temps d'analyser sa déclaration. Elle y exprimait la vérité profonde et sincère de son cœur mais, à cet instant, il était trop occupé à promener ses paumes sur ses flancs et sur les muscles tremblants de son ventre avant de marquer un temps d'arrêt au bord de sa toison intime parfaitement épilée.

— Comme tu es belle ! murmura-t-il d'une voix enrouée par le désir.

Elle lui sourit, mutine.

— Tout cela m'a terriblement manqué.

— À moi aussi, admit-il, s'abandonnant aux flammes de la passion qui faisaient rage en lui.

Elle s'agrippa à ses épaules, ses ongles s'enfonçant dans sa chair, tandis que les lèvres de Grant empruntaient le même parcours que ses paumes un instant plus tôt. Sauf que cette fois, il ne marqua pas de pause mais poursuivit son chemin jusqu'à son entrejambe. Sa langue tourmenta le pourtour de son intimité avant de bifurquer vers l'intérieur de sa cuisse, arrachant à Harley un cri de frustration. Son impatience le fit sourire, et il égrena des baisers en remontant lentement vers le cœur de son intimité, inspirant avec délice sa fragrance sensuelle.

— J'en veux davantage, protesta-t-elle, ondulant du bassin en quête d'un plaisir plus intense.

Sachant ce qu'elle attendait de lui, il se positionna entre ses cuisses puis écarta délicatement les plis dissimulant le cœur de sa féminité. Livrée de la plus intime des façons à son regard et à ses attouchements, elle secoua la tête en tous sens, sentant monter en elle le plaisir de l'anticipation. Un moment plus tard, son corps tout entier se figeait tandis qu'il passait sa langue autour de son clitoris.

Elle cambra les reins et exhala un gémissement rauque quand il passa son pouce sur la moiteur perlant entre ses cuisses. Les bras écartés, elle agrippa le dessus-de-lit à pleines mains, comme si ce geste allait lui permettre de survivre aux sensations divines qui déferlaient sur elle.

Entre-temps, Grant se délectait de ses cris de volupté, de sa fragrance et de sa saveur, et se jouait d'elle avec sa langue et ses lèvres. Le passé et le présent se heurtaient tandis qu'il la menait tout droit vers l'orgasme. Les années n'avaient pas estompé les souvenirs qu'il gardait de leurs merveilleux moments ensemble. Il se remémorait chaque caresse, savait exactement quoi faire pour la rendre folle de désir et reconnaissait la signification de ses déhanchements frénétiques. La tension de ses muscles s'intensifiait tandis qu'elle s'arc-boutait contre sa bouche.

— Tu sais ce que j'aime, haleta-t-elle tandis que des frissons de volupté commençaient à parcourir son corps.

— Oh ! oui. Comme ça…

Déterminé à la mener au paroxysme du plaisir, il poursuivit inlassablement ses caresses, la poussant dans ses retranchements.

— C'est trop bon…

Sa poitrine montait et descendait, sa respiration s'accélérait, et ses reins se haussaient à la rencontre des plaisirs inouïs que lui prodiguait la bouche de Grant. Les yeux clos, il savourait les séries de tremblements qui la secouaient tout entière. Histoire de lui donner le coup de grâce, il plongea ses doigts dans sa chair soyeuse tout en la maintenant fermement contre sa bouche. Elle laissa échapper des gémissements de plus en plus frénétiques, et ce fut seulement quand il perçut son petit rire suivi d'un ronronnement satisfait qu'il la relâcha et qu'il se redressa.

Lentement, paresseusement, comme si l'interlude qu'elle venait de vivre la laissait trop épuisée pour bouger, elle souleva ses paupières ourlées de longs cils épais et posa un regard languide sur Grant qui la fixait, un sourire suffisant aux lèvres. Elle le récompensa par un sourire reconnaissant.

— Tu es incroyablement doué pour ça.

Tandis qu'il égrenait des baisers sur son ventre, elle s'appuya sur un coude et passa sa main libre dans les cheveux ébouriffés de Grant.

— Tu as été mon premier amant, tu sais.

Grant releva la tête, interloqué.

— Tu n'étais pas vierge, dit-il, certain qu'il s'en serait aperçu.

— Non, en effet, admit-elle en riant. Mais aucun homme ne m'avait caressée de cette façon. Et je n'avais jamais rendu la pareille à qui que ce soit.

— Tu as eu droit à une véritable formation sexuelle, ce fameux week-end.

Il lui sourit, s'abstenant de lui dire que son comportement timide et maladroit avait trahi son manque d'expérience quand il l'avait initiée aux différents plaisirs érotiques.

— Tu as raison.

Soudain, elle se dégagea de son étreinte et profitant de sa surprise, le fit rouler sur le dos.

— Voyons voir si je me souviens de tes leçons.

Sa longue chevelure lui chatouilla les épaules et la poitrine quand elle entreprit de tracer un chemin de baisers sur sa peau. Elle taquina ses mamelons, les frottant du bout des doigts jusqu'à ce qu'ils durcissent, avant de les titiller avec ses ongles. La sensation exquise de gêne et de plaisir mêlés ouvrit les vannes de son désir, faisant refluer son sang vers son érection déjà douloureuse.

À en juger par la façon dont elle s'abstenait de le toucher là où il en avait le plus envie, elle savait pertinemment qu'il se consumait de désir pour elle. S'il n'avait pas les yeux clos, nul doute qu'il remarquerait un sourire mutin sur ses lèvres splendides. Se rendant compte de ce qu'il manquait, il rouvrit les yeux. Harley avait repoussé sa chevelure brune de son visage et se mordillait la lèvre inférieure en fixant son érection proéminente avec une appréciation toute féminine. Il voyait les rouages mentaux tourner dans la tête de Harley tandis qu'elle réfléchissait à sa prochaine démarche. Malgré tout, il fut parcouru par un long tremblement d'anticipation en voyant qu'elle plongeait ses doigts délicats dans la moiteur entre ses cuisses soyeuses.

Tétanisé par la hardiesse de son geste et par les étincelles brûlantes qui cascadaient dans tout son corps, il faillit perdre tout contrôle quand elle prit une perle du fluide sur le bout de son doigt et qu'elle le passa délicatement autour de la tête de son érection palpitante, mêlant ainsi leurs deux excitations.

Il agrippa la main de Harley, l'obligeant à stopper sa caresse intime. Son cœur cognait à grands coups dans sa poitrine, et son sang pulsait dans ses veines alors qu'il s'efforçait de maîtriser le désir incandescent qui le consumait.

— Arrête ! haleta-t-il.

Percevant le désespoir dans sa voix, elle leva les yeux vers lui et le fixa avec intensité, un peu comme si elle voulait faire fusionner leurs deux esprits afin de lui transmettre ses pensées sans avoir à les exprimer à voix haute. Il se rappela soudain qu'à la fin de leur week-end ils arrivaient presque à lire dans les pensées l'un de l'autre, lui, anticipant l'endroit où elle voulait qu'il la touche et elle, sachant précisément comment le rendre fou de désir.

Mais il s'agissait simplement de communication entre deux amants qui avaient eu de nombreux rapports charnels en un court laps de temps. C'était normal qu'ils se soient si bien compris. En aucun cas, on ne pouvait parler de lien entre eux. Ce serait stupide. Selon lui, une relation s'établissait sur des valeurs partagées ; elle nécessitait des efforts et de l'engagement de la part de chacune des parties. Le reste, comme les coups de foudre ou les couples soi-disant faits l'un pour l'autre, c'était bon pour les romantiques.

— Laisse-moi te rendre le plaisir que tu m'as donné.

— Harley, murmura-t-il, enserrant sa joue au creux de sa paume, si tu fais ça…, après, je ne pourrai pas…

— Bon, mais ce n'est que partie remise.

Sur cette menace ou cette promesse, allez savoir, elle récupéra le préservatif posé sur la table de chevet et le retira de son emballage. Pendant qu'elle lui enfilait délicatement la protection, il promena ses doigts le long de sa cuisse fuselée et de son ventre plat avant d'encercler ses petits seins haut perchés, impatient d'unir leurs deux corps.

Le regard rivé au sien, elle s'installa à califourchon au-dessus de lui. Alors que l'anticipation faisait grésiller ses terminaisons nerveuses, il leva ses mains, paumes tournées vers Harley, doigts écartés en signe d'invitation. Avec un sourire radieux, elle entrelaça ses doigts aux siens puis s'abaissa sur lui d'un mouvement délibérément lent, qui les laissa tous deux pantelants.

Blotti dans sa chaleur délicieuse, il exhala un soupir de pure volupté. Il avait oublié comme ils s'accordaient bien ensemble. En réalité, il n'avait pas oublié. Il avait refoulé ce souvenir de peur que la beauté de leur lien charnel ne lui fasse regretter d'avoir rejeté Harley cinq ans plus tôt.

— C'est mieux comme ça, ronronna-t-elle, son sourire joyeux éveillant en lui un égal sentiment de bonheur.

Elle se pencha pour déposer un baiser d'une douceur exquise sur les lèvres de Grant. Il sentit son cœur se serrer douloureusement. Il avait imaginé si souvent ce moment au cours de la semaine passée, mais jamais il n'avait songé à la tendresse. La passion, le désir, la faim, voilà les sensations qu'il s'était attendu à éprouver. En revanche, ce besoin soudain et immense de la chérir et de la protéger le prenait au dépourvu et le laissait en équilibre précaire au bord d'une falaise sans le moindre garde-fou en vue.

Puis elle commença à bouger, et il se perdit dans la friction incendiaire résultant de l'union de leurs deux corps. La luxure irradiait dans tout son être, incinérant ses pensées tandis qu'il donnait des coups de reins pour s'enfouir plus profondément en elle. Perdue dans son propre plaisir, elle rejeta la tête en arrière en gémissant.

— Enfouis-toi davantage en moi.

Sa poitrine sublime se soulevait au rythme du mouvement ondulatoire vigoureux et sensuel qu'elle imprimait à ses hanches.

— J'aime quand tu t'enfouis complètement en moi.

Désireux de se plier à ses désirs, il s'agrippa à ses fesses et intensifia ses coups de reins. Le balancement des hanches de plus en plus frénétique de Harley qui accompagnait chacune de ses poussées faisait naître une série de signaux flamboyants dans tout son corps. Chacun d'eux faisait grimper son désir au firmament et le chauffait à blanc, à tel point qu'il s'attendait à prendre feu à tout moment.

La respiration de Harley s'accélérait, et ses mouvements devenaient anarchiques à mesure qu'elle sentait monter en elle les prémices de sa jouissance. Puis sa délivrance arriva enfin, et la vue de son corps sublime fracassé au-dessus de lui le remplit d'une émotion indicible. Sa Harley. Belle, douce et forte, dont le pouvoir sur lui était immense et irrésistible.

Tandis que son propre orgasme se rapprochait, Grant serra les dents et dans un suprême effort de volonté, ralentit ses va-et-vient.

— Jouis à nouveau pour moi.

— Quoi ?

Elle releva la tête, abasourdie.

— Encore une fois, lui ordonna-t-il, la faisant rouler sous lui sans rompre le contact. Tu es si belle quand tu jouis.

Alors, elle enroula ses longues jambes autour de sa taille, comme il aimait qu'elle le fasse, et promena ses paumes douces sur ses épaules. Il l'embrassa avec passion, plongeant sa langue dans sa bouche et buvant ses gémissements de plaisir. Elle trembla lors de son assaut suivant et noua ses bras autour de son cou en lui rendant son baiser avec une ardeur désespérée. Au début, il conserva un rythme lent jusqu'à ce que le souffle de Harley se fasse plus court. Elle écarta un peu plus les genoux, s'ouvrant à lui pour qu'il approfondisse ses poussées, puis rompit leur baiser pour lui murmurer à l'oreille :

— Fais-moi jouir.

Comme s'il n'attendait que cet ordre, il accéléra le rythme de ses va-et-vient. Ils gémirent à l'unisson tandis que leurs lèvres se cherchaient et que leurs langues se mêlaient avidement. Il pensait pouvoir se retenir et contempler Harley pendant qu'elle s'envolerait à nouveau, mais quand elle lui mordilla la lèvre, il sentit qu'il perdait pied.

— Jouis pour moi ! lui ordonna-t-il d'une voix rauque, lui agrippant les fesses et la conduisant sans ménagement vers sa délivrance ultime.

Il poussa un cri de triomphe en sentant que le corps de Harley était parcouru de frissons. Son propre corps explosa une seconde plus tard en mille éclats de joie et de luxure. Des mots incohérents s'échappèrent de ses lèvres. À coups d'assauts frénétiques, il poursuivit Harley à travers un dédale d'extase, tous deux complètement perdus l'un dans l'autre.

Repu et fourbu, il se retira d'elle et l'attira contre lui. Allongés joue contre joue, il savoura la douce pression de ses seins et la souplesse de ses cuisses mêlées aux siennes.

Les odeurs de transpiration et de sexe lui rappelèrent la dernière fois qu'il l'avait tenue dans ses bras. Cette nuit-là, bien que profondément marqué par leur rapport charnel explosif, il ne s'était pas rendu compte de l'importance que leur lien naissant prendrait pour lui.

Ils étaient bien ensemble. Mieux que bien. Quelque chose de magique se passait entre eux. Grant ressentit un coup au cœur en prenant conscience que ce merveilleux bien-être n'était pas simplement dû à leur rapport sexuel torride. Il était éperdument heureux d'avoir de nouveau Harley dans son lit. Elle posa sa main sur sa joue et inclina la tête en arrière pour le contempler. Alors que son sourire de pur ravissement semait des traînées de feu dans tout son corps, il ne pouvait plus fuir la vérité.

Harley incarnait le rêve qui l'empêchait de trouver la moindre satisfaction auprès d'une autre femme.

- 8 -

Harley arriva avec treize minutes de retard au restaurant où elle devait dîner avec son cousin Ezekiel Holloway et Regan Sinclair, sa fiancée et l'amie de Harley. Ce n'était pas la première fois qu'elle laissait Daniel avec Grant, mais elle vivait toujours aussi mal cette séparation car le lien qui se développait entre le père et le fils suscitait en elle des émotions contradictoires.

N'ayant jamais eu à partager son fils avec quiconque, elle avait parfois le sentiment d'être laissée pour compte en constatant la merveilleuse entente entre Grant et Daniel. Elle avait beau se raisonner et se dire que Grant ne la remplacerait jamais dans le cœur de Daniel, parfois la logique et l'amour maternel avaient du mal à coexister.

Apercevant Regan et Zeke assis à une table près de la fenêtre, elle se dirigea vers eux. Ils étaient fiancés depuis quelques mois et allaient bientôt se marier. Elle se doutait depuis un moment que son cousin était attiré par Regan, mais comme ils étaient d'excellents amis, il avait hésité à franchir le pas. Harley avait hâte d'apprendre ce qui l'avait incité à changer d'avis. Quoi de mieux qu'une belle histoire d'amour pour lui faire oublier ses propres soucis ?

— Vous paraissez tellement heureux, déclara Harley.

Elle étreignit son amie avant de se tourner vers Zeke et de lui donner une chaleureuse accolade.

— Il t'en a fallu du temps pour comprendre que Regan était faite pour toi, glissa-t-elle à son oreille.

Mais dès qu'elle s'installa en face d'eux, elle remarqua qu'ils échangeaient un regard furtif. Intriguée, elle les observa à tour de rôle.

— Ai-je dit quelque chose qu'il ne fallait pas ?

— Ce n'est rien, lui assura Zeke.

— Rien du tout, répéta Regan, examinant la carte des vins.

— Comment se passent les préparatifs du mariage ? Ce doit être stressant d'organiser un événement de cette importance. Puis-je vous être utile ?

— Merci, mais non. Nous n'avons pas l'intention de faire les choses en grand, répondit Regan, coulant un regard entendu à son fiancé.

— Bon. Il se passe quelque chose. Si vous me disiez de quoi il s'agit ? demanda Harley.

Zeke eut l'air peiné.

— Il vaudrait mieux lui dire la vérité.

Harley hocha la tête en direction de son cousin.

— Excellente idée. Après tout, je sais garder un secret.

Regan se mit à rire.

— En effet. Tu n'as jamais révélé le nom du père de Daniel.

— Eh bien, c'est en partie pour cette raison que je voulais vous voir, expliqua Harley. Je vous suis reconnaissante de ne m'avoir jamais harcelée pour que je vous révèle son identité, mais j'ai décidé récemment de sortir de mon silence et j'ai dit la vérité au père de Daniel.

— Qui est-ce ? demanda Regan, dévorée de curiosité.

Harley se prépara mentalement à leur réaction.

— Grant Everett.

— Grant ? s'exclama Zeke, abasourdi. J'ignorais que vous vous fréquentiez.

— À vrai dire, nous n'avons passé qu'un week-end ensemble il y a longtemps, avoua Harley, les joues brûlantes.

— Eh bien, tant mieux pour lui, déclara Regan en riant.

Tellement de bébés ont été conçus grâce à lui dans cette ville. C'est un juste retour des choses que l'un d'eux soit le sien.

— Je n'avais pas pensé à ça, dit Zeke en riant à son tour. Comment assume-t-il sa paternité ?

— Très bien. Lui et Daniel s'entendent à merveille.

— Ainsi, toi et Grant… La surprise est de taille ! remarqua Regan. Votre relation peut-elle devenir sérieuse ?

— Non. Notre différence d'âge est un problème pour Grant.

De même qu'une foule d'autres choses qui l'empêchait d'être la partenaire idoine, selon lui.

Zeke secoua la tête, perplexe.

— De combien est-elle ? Dix ans ?

— Treize.

— Tu as quitté la ville à dix-huit ans, intervint Regan, les sourcils froncés, tandis qu'elle faisait le calcul. À l'époque, il en avait donc trente et un. Je suis un peu surprise… Je veux dire, il ne semble pas être le genre d'homme attiré par quelqu'un d'aussi jeune.

— Je lui avais donné une fausse idée de mon âge grâce à un maquillage habile et à une tenue sophistiquée, admit Harley, mortifiée. Il était furieux après moi quand il a découvert la vérité. Mais c'était il y a longtemps, et nous nous efforçons d'être amis dans l'intérêt de Daniel.

— Tu vas donc rester à Royal ? demanda Regan.

— Cela dépend si je suis invitée ou non à votre mariage, dit-elle, éludant la question par une boutade.

Regan remua sur sa chaise, visiblement embarrassée.

— Tu sais que j'aimerais beaucoup t'avoir comme demoiselle d'honneur…

— Je plaisantais. Tu as le droit de choisir qui tu veux. En tout cas, je serai ravie d'assister à votre mariage. Je vous adore tous les deux et je suis si heureuse que vous vous soyez trouvés.

— À ce propos, commença Zeke, jetant un coup d'œil à Regan. Puisque nous en sommes à confesser nos plus sombres secrets…

— Nous ne sommes pas amoureux, dit Regan.

— Nous nous marions parce que Regan ne peut pas toucher l'héritage de sa grand-mère avant l'âge de trente ans, sauf si elle se marie. Et elle ne veut pas encore attendre quatre ans.

Harley était au courant des dispositions testamentaires de la grand-mère de Regan. Elle savait que la restriction concernant son âge suscitait la colère de son amie et elle ne la blâmait pas de chercher un moyen de contourner le problème. Les Sinclair formaient une famille très attachée aux traditions alors que Regan était indépendante, moderne et désireuse de voler de ses propres ailes.

— Je comprends. Je regrette malgré tout qu'il ne s'agisse pas d'une belle histoire d'amour entre vous.

Elle observa son cousin à la recherche d'un signe indiquant qu'il éprouverait plus que de l'amitié pour Regan. Soit il contrefaisait très bien ses sentiments, soit elle avait mal interprété la façon dont il souriait chaque fois que Regan était présente.

Tout en espérant, dans l'intérêt de Zeke, qu'il s'agisse de la première option, elle se demandait si ce mariage de convenance les aiderait à tomber amoureux l'un de l'autre. Ou peut-être espérait-elle simplement que si l'amour fleurissait entre Zeke et Regan, il pourrait fleurir de la même façon entre elle et Grant. Bien qu'il lui ait clairement fait comprendre qu'il n'avait aucune intention de nouer une relation sentimentale avec elle, l'alchimie entre eux continuait de bouillonner sous la surface. Que se passerait-il si, à force de se voir régulièrement, le lien entre eux se renforçait ? Elle aurait sans doute du mal à maîtriser ses sentiments car les cinq années qu'elle avait passées loin de Grant n'avaient pas diminué l'attrait qu'il exerçait sur elle.

Mais elle n'était plus aussi impulsive qu'avant. Et la volonté de Grant était beaucoup plus forte que la sienne. Certes, il succombait de nouveau à l'attirance physique qui existait entre eux, mais il pourrait très bien la rejeter une seconde fois. À défaut d'amour, elle devrait donc se contenter de son amitié.

— Tu es tellement romantique, remarqua Regan. Tu continues à croire aux contes de fées alors que le reste du monde est pragmatique.

— Je suis optimiste. Sinon je ne pourrais pas faire le travail que je fais.

— À ce propos, as-tu trouvé les financements nécessaires pour renflouer Zest ? demanda Zeke.

— La collecte de fonds a été un succès, mais elle est loin de remplacer la contribution annuelle que nous recevions de Wingate Enterprises.

— En as-tu parlé à Grant ? demanda Regan. Sa famille fait partie des grands philanthropes de ce pays.

— Il m'a proposé de renflouer Zest, mais j'ai refusé.

— À cause de Daniel ?

— Je ne veux pas qu'il pense que je me sers de mon fils pour obtenir quelque chose de lui.

— Ce n'est pas le cas, et il le sait sûrement.

— Peut-être, mais comme je n'en suis pas tout à fait certaine, je préfère chercher une autre source de financement.

Regan soupira.

— Je t'admire. Je ne suis pas fière de recourir à un subterfuge pour bénéficier de mon fonds spécial, mais l'argent est synonyme d'indépendance.

— Oui, la vie est beaucoup plus simple quand on a de l'argent, approuva Harley, comparant son enfance confortable aux vies misérables des femmes qui bénéficiaient de l'aide de Zest.

— Il fait tourner le monde, déclara Zeke, jetant un regard éloquent à Regan.

Depuis que Daniel avait fait irruption dans sa vie, Grant se rendait compte que le rôle de parent exigeait de savoir faire preuve d'adaptation. Aussi, quand Harley l'avait appelé ce matin, peu après 10 heures, pour lui demander si elle pouvait lui confier Daniel pendant deux heures afin de lui permettre d'assister à un déjeuner d'affaires, avait-il accepté.

— Je suis désolé de faire appel à toi à la dernière minute, déclara Harley en entrant dans son bureau avec Daniel. Mais la baby-sitter que j'avais engagée a eu une urgence familiale.

— Ce sont des choses qui arrivent, dit-il, la dévisageant d'un long regard appréciateur.

Malgré son expression soucieuse, elle semblait très professionnelle dans sa robe fourreau couleur émeraude qui soulignait sa silhouette élancée et faisait ressortir le vert de ses yeux. Ses talons de dix centimètres attiraient l'attention sur ses mollets élégants et mettaient ses lèvres pulpeuses à portée des siennes. En la voyant embrasser Daniel et ébouriffer ses cheveux blond foncé, il se demanda si elle le laisserait saccager son rouge à lèvres rose pâle.

— Sois sage avec ton père, dit-elle. Et pas de dessert avant d'avoir mangé tous tes légumes.

Daniel jeta un regard suppliant à Grant, et il lui adressa un clin d'œil complice. Même si cela énervait Harley, il aimait jouer le rôle du parent « cool » de temps à autre pour s'attirer les bonnes grâces de son fils.

— Merci de me dépanner, déclara Harley. Cette réunion

s'est décidée au dernier moment, et je ne pouvais pas laisser passer cette occasion d'obtenir un financement pour Zest.

— Pas de problème. Je n'ai qu'un rendez-vous cet après-midi. Et tu sais comme j'aime passer du temps avec mon fils.

— Daniel aussi est content d'être avec toi.

Harley posa une main sur son avant-bras, et son attouchement déclencha aussitôt des fourmillements sur sa peau malgré la présence de deux couches de tissu.

— Je te promets de ne pas en faire une habitude. J'ai cherché une garderie qui puisse le prendre deux jours par semaine, mais apparemment elles sont toutes complètes.

Ses yeux pétillèrent quand elle ajouta :

— Il semblerait qu'un certain spécialiste de l'infertilité soit à l'origine d'un baby-boom à Royal.

— As-tu contacté la garderie du Texas Cattleman's Club ? demanda-t-il, luttant contre l'envie de l'attirer dans ses bras et de l'embrasser éperdument.

En présence de Daniel, ils se contrôlaient. D'habitude, cette retenue ne faisait qu'attiser leur passion à fleur de peau, de sorte qu'une fois Daniel couché, ils s'empressaient de donner libre cours à leur frénésie charnelle. Mais aujourd'hui, Harley n'avait pas la tête au plaisir.

— Avec tout ce qui se passe chez Wingate Enterprises…, commença-t-elle avec une moue dubitative. Disons qu'en ce moment, ma famille n'est pas la bienvenue au TCC.

— Laisse-moi m'en occuper.

Grant saisissait son téléphone pour appeler la responsable de la garderie quand il remarqua l'hésitation de Harley.

— Quelque chose ne va pas ?

— En fait, ma famille ignore que tu es le père de Daniel.

Il tenait de Rose le peu qu'il savait de ses relations tendues avec sa famille. D'après sa sœur, Harley ne supportait pas de se trouver dans la même pièce que sa mère, et celle-ci ne se gênait pas pour critiquer ouvertement sa fille, même avant qu'elle soit enceinte et quitte Royal. Peu désireux de s'aventurer dans ce champ de mines émotionnel, il s'était abstenu de demander à Harley pourquoi elle avait préféré s'installer chez sa meilleure amie plutôt que dans la propriété familiale luxueuse où vivaient sa mère et ses frères.

— Ne serait-il pas temps de leur dire la vérité ? lui demanda-t-il. Après tout, les membres de ma famille sont au courant, et je ne leur ai pas demandé de garder cette nouvelle secrète. La rumeur ne va pas tarder à se répandre, et il vaudrait mieux que ta famille l'apprenne par toi.

— Bien sûr, admit Harley, mal à l'aise. C'est simplement que je n'ai pas envie de me lancer dans une longue explication à propos de ce qui s'est passé il y a cinq ans…

Alors qu'elle laissait sa phrase en suspens, Grant se demanda si les tensions avec sa famille expliquaient à elles seules sa réticence. Peut-être ne voulait-elle pas que leur relation se sache. Non. C'était ridicule. Encore que… elle n'avait pas insisté pour qu'ils se montrent en public. Si elle avait voulu afficher leur relation, n'aurait-elle pas suggéré qu'ils dînent ensemble au Texas Cattleman's Club ou dans un des restaurants prisés de la ville ?

— Mais tu as raison, ajouta-t-elle. Il faut que je leur annonce que Daniel est ton fils.

Ses lèvres s'incurvèrent en un sourire ironique.

— Au moins, ils ne pourront pas me reprocher d'avoir fait un mauvais choix. Quand ils ont appris que j'étais enceinte, ils ont dû penser que je refusais de donner le nom du père parce qu'il était indigne d'eux. Or, ce n'est absolument pas ton cas.

Le regard de Harley s'attarda sur lui d'une façon qui embrasa son sang dans ses veines. Si une partie de lui s'inquiétait de voir à quel point il était devenu sensible à son charme, il préférait vivre intensément dans l'instant présent au lieu de se faire du souci pour l'avenir.

Il n'avait pas choisi Harley. Pas d'une façon mûrement réfléchie. Elle était apparue dans sa vie comme une tornade, franchissant ses défenses et les mettant en pièces. Avant même d'apprendre qu'il avait un fils, il avait réagi à la nouvelle de son retour de manière viscérale et intense. Elle monopolisait ses pensées et le déconcentrait jusque dans son travail, chose qu'il ne pouvait pourtant pas se permettre.

Quand ils étaient ensemble, il ne pouvait pas s'empêcher de la toucher. Même le simple geste de poser sa paume sur son dos pour la guider dans une pièce lui causait un plaisir délectable. Il se surprenait à fixer ses lèvres et à se remémorer la façon dont elles s'entrouvraient sous ses baisers. Il avait commencé à lui dire des choses amusantes pour le plaisir de l'entendre rire. Et il aimait son expression tendre chaque fois qu'elle posait les yeux sur son fils.

Quand ils étaient séparés, il était impatient de la retrouver. Il lui arrivait de saisir son téléphone pour lui envoyer un texto tant il brûlait d'envie d'établir un lien avec elle, ne serait-ce qu'au moyen de quelques mots.

Il lui prit la main, avide de la toucher. Le regard de Harley s'assombrit de désir tandis qu'il lui caressait le poignet à l'aide de son pouce, et un afflux de sang colora ses joues.

— Je pensais que tu avais gardé le silence car tu craignais qu'ils ne soient choqués par notre différence d'âge, remarqua-t-il.

— Elle ne m'a jamais posé problème, et tu le sais.

Harley s'efforçait de prendre la situation à la légère, mais il se doutait que sa famille s'offusquerait qu'elle ait eu une aventure avec un homme de treize ans son aîné.

— Ce n'est pas comme si tu avais l'âge d'être mon père, plaisanta-t-elle.

Mais son sourire s'effaça quand elle vit son expression.

— Décidément, tu n'arrives pas à oublier notre différence d'âge.

— Non.

À en juger par le soupir exaspéré de Harley, elle lui en voulait de se raccrocher à cet argument. Mais lui aussi se sentait frustré qu'elle refuse d'envisager les problèmes qui découleraient inévitablement de leur différence d'âge.

— Il ne t'est jamais venu à l'esprit que ton entêtement à propos d'une chose aussi futile que cela t'avait fait perdre quatre ans de la vie de ton fils ?

Un mélange de chagrin et de colère lui étreignit le cœur. Harley était-elle restée à l'étranger pour le punir d'avoir pris une décision tout à fait raisonnable de son point de vue ? Il scruta son expression et fut rassuré d'y percevoir de la tristesse plutôt que de la contrariété. Il n'empêche que sa question le blessait.

— Et toi, il ne t'est jamais venu à l'esprit que c'était ta jeunesse autant que notre différence d'âge qui m'avait dissuadé d'avoir une relation suivie avec toi ?

Au lieu de se sentir insultée par sa franchise, elle haussa les épaules d'un air contrit.

— C'est une bonne question. Mais j'aurais préféré que tu m'accordes une chance avant de me rejeter comme tu l'as fait. Nous avions passé un week-end fabuleux ensemble. Tu aurais peut-être été agréablement surpris si tu avais pris le temps de mieux me connaître. Mais je suppose que le moment était mal choisi. Tu n'étais pas prêt à te lancer dans une relation, et j'avais besoin de mûrir.

Sa dernière remarque l'interpella, et il se demanda si elle ne lui tendait pas la perche pour qu'il lui dise qu'il était désormais prêt à se lancer dans une relation avec elle puisqu'elle était devenue une adulte responsable. Mais en vérité, il était toujours aussi convaincu qu'il serait incapable de consentir très longtemps les efforts indispensables pour tisser une relation harmonieuse et durable. Aussi, refusa-t-il de lui donner de l'espoir.

— Les choses n’ont pas changé en ce qui me concerne.

Et en même temps, il n’était pas certain que ce soit entièrement vrai. À force de passer du temps avec elle et Daniel, il commençait à considérer leur trio comme une cellule familiale. La facilité de ses rapports avec Daniel et l’alchimie sexuelle torride qu’il partageait avec Harley le transportaient dans un univers inconnu de lui jusqu’ici.

— Pourquoi refuses-tu d’envisager que la relation que nous avons en ce moment puisse nous mener quelque part ? demanda-t-elle.

Si seulement elle arrêtait de chercher à le persuader de croire en quelque chose qui ne pouvait pas exister pour lui !

— Ce n’est pas notre relation qui est en cause. Simplement, je ne me vois plus passer le reste de ma vie avec quelqu’un.

— À cause de ce qui s’est passé entre Paisley et toi ? demanda-t-elle, les sourcils froncés. Tu penses que parce que ton mariage a échoué il en sera de même des relations que tu noueras par la suite ? C’est un raisonnement faussé.

— Quand Paisley m’a épousé, elle pensait avoir rencontré un homme capable d’amour et de passion sincère, commença-t-il, sachant que la seule façon de faire comprendre à Harley la profondeur de ses lacunes dans le domaine des sentiments c’était de lui expliquer pourquoi son mariage avait échoué.

— Mais je n’ai pas su lui donner ce qu’elle attendait de moi, poursuivit-il. Parce que je n’avais pas besoin de ce lien fusionnel et de cette intimité qu’elle recherchait.

— T’es-tu demandé si tu n’avais pas épousé Paisley pour de mauvaises raisons ?

Indéniablement, Harley suscitait en lui des émotions différentes et plus fortes que celles que son ex-femme lui avait inspirées.

Le doute s’insinua en lui. Et si, dans ce cas particulier, il avait eu tort de recourir à la logique au lieu de se fier à ses sentiments ? Sa poitrine se serra douloureusement. La logique ne l'avait jamais trahi auparavant. S'il avait écouté son cœur au lieu de sa tête, il se serait laissé convaincre par sa famille de renoncer à ses études de médecine et il n'aurait pas réussi brillamment dans un domaine où il pouvait aider des personnes qu'il apprenait à connaître au lieu de procurer un soutien financier à des inconnus qui le resteraient.

— Notre mariage était tout à fait pertinent, déclara Grant, autant pour se convaincre que pour convaincre Harley.

— Il ne l'était pas tant que cela sinon tu serais encore marié.

Décidément, elle avait le chic pour déformer ses propos et le faire douter de ses décisions, pesta-t-il, furieux.

— C'est pourquoi je ne referai pas la même erreur.

Elle inclina la tête de côté et le fixa un long moment.

— Quel dommage que tu ne m'aies pas accordé la moindre chance à l'époque.

— Pourquoi ?

— Peut-être n'étais-tu pas amoureux de Paisley parce que tu avais déjà rencontré la femme de tes rêves, répondit-elle en souriant malicieusement.

Devinant que sa boutade dissimulait un besoin désespéré de le rallier à ses vues, il jugea préférable de ne pas l'encourager dans cette voie.

— Je suis satisfait de notre situation actuelle à tous trois, répliqua-t-il froidement.

Aussitôt, le visage de Harley se ferma.

— Et rien de ce que je pourrai dire ou faire ne te fera changer d'avis, dit-elle, une note d'amertume dans la voix.

Elle retira sa main en évitant son regard.

— Je serai de retour dans deux heures. S'il se passe quoi que ce soit, n'hésite pas à m'appeler.

— Tout se passera bien, lui assura-t-il, comme il le faisait chaque fois qu'elle lui confiait Daniel.

Tandis qu'elle sortait du bureau, l'humeur de Grant s'assombrit. Cette conversation l'avait arraché au petit nuage rose sur lequel il flottait ces derniers jours. Il trouvait leur coexistence actuelle plus qu'acceptable et, comme ni l'un ni l'autre n'avaient abordé le sujet de leur relation, il en avait conclu que Harley était sur la même longueur d'onde que lui. Mais à en juger par sa réaction aujourd'hui, leur *statu quo* n'était plus tenable.

Évidemment, en tant que père de Daniel, il ferait toujours partie de la vie de Harley. Le problème, c'était qu'elle voulait faire évoluer leur relation pour qu'ils se lancent dans une histoire d'amour compliquée. Mais tous ces espoirs irréalistes - devenir un vrai couple et rester ensemble pour toujours - ne leur apporteraient que déception et chagrin.

Il devait lui faire comprendre que même s'ils passaient du bon temps ensemble il n'avait aucune intention de se remarier. Cependant, la tâche s'avérait délicate. Il devrait repousser ses espoirs les plus fous et l'amener à penser comme lui sans la blesser de façon définitive.

Zest lui tenait très à cœur, et elle retournerait un jour en Thaïlande. Mais s'il se montrait trop brutal, elle risquait de se sentir humiliée et de partir sur-le-champ avec Daniel. Et Dieu sait dans combien de temps ils les reverraient. Un sentiment d'angoisse lui étreignit la poitrine à l'idée de les perdre tous les deux, mais il s'efforça de se ressaisir.

Il devait trouver un moyen de convaincre Harley de rester à Royal sans lui promettre ce qu'il ne pouvait pas lui offrir. Pour son équilibre affectif, Daniel avait besoin de vivre avec ses deux parents dans un cadre harmonieux. C'était la meilleure solution pour eux trois.

- 9 -

Après sa rencontre avec Regan et Zeke, Harley avait décidé de dévoiler le nom du père de Daniel au reste de sa famille avant que la rumeur publique s'en charge. Aussi avait-elle demandé à Beth d'organiser un dîner familial. Sa sœur s'était récemment fiancée à Camden Guthrie et vivait avec lui dans son ranch Circle K.

Son frère Miles, sa fiancée Chloe et leur tante Piper étaient arrivés un peu en avance et, tandis que les aiguilles de l'horloge se rapprochaient de 19 heures, Harley se demandait si ses frères jumeaux seraient trop occupés avec les problèmes concernant Wingate Enterprises pour venir. Par chance, Sebastian et Sutton firent leur apparition. En les voyant entrer dans le salon de Camden, Harley s'aperçut que c'était la première fois que toute la fratrie était réunie depuis qu'elle était revenue à Royal.

— Où est maman ? demanda-t-elle.

Puisque ses frères vivaient dans la propriété des Wingate avec Ava, elle s'était attendue à les voir arriver ensemble.

— Elle viendra, mais peut-être pas pour le dîner, répondit Sebastian dont l'attitude évasive accrut l'anxiété de Harley.

Quand elle avait demandé à Beth d'organiser le dîner chez elle, elle lui avait expliqué qu'elle pensait le moment venu de révéler l'identité du père de Daniel. Elle avait souhaité partager la nouvelle avec toute sa famille, mais puisque Ava tardait à venir elle décida d'en finir au plus vite. Dès que l'entrée fut servie, elle s'éclaircit la gorge.

— Maintenant que vous êtes bien assis, je vais vous révéler pourquoi j'ai tenu à vous réunir tous ici ce soir, annonça-t-elle avec un demi-sourire, espérant alléger l'atmosphère avant de lâcher sa bombe.

— Laisse-moi deviner, tu as besoin d'argent.

Cela ressemblait bien à Sutton d'augmenter la gêne ambiante en faisant allusion à leur situation financière désastreuse !

Bien que ses frères soient des jumeaux identiques, avec leurs hautes silhouettes athlétiques, leurs cheveux blond foncé à la coupe stylée et leurs yeux verts, signature familiale, ils se différenciaient par leurs personnalités. Enfant, Harley avait surnommé l'aîné Sebastian le Sérieux, et il prenait encore moins les choses à la légère depuis qu'il occupait le poste de directeur général de Wingate Enterprises.

Sutton était plus insouciant et farceur. Mais les problèmes rencontrés par le groupe familial l'avaient marqué. En tant que directeur financier, c'était lui qui avait proposé de supprimer la contribution caritative en faveur de Zest quand le groupe avait connu ses premières difficultés.

— Ce n'est pas la raison de mon invitation, répliqua Harley, bien décidée à ne pas se laisser marcher sur les pieds. Néanmoins, ce serait une bonne chose si vous pouviez découvrir qui fait du trafic de drogue chez Wingate Enterprises afin que la société soit mise hors de cause et que Zest puisse à nouveau bénéficier de votre soutien financier.

— Personne ne fait du trafic de drogue chez Wingate Enterprises, grommela Sebastian, jetant un regard à son plus jeune frère.

— Nous mettons tout en œuvre pour élucider cette affaire, intervint Miles, visiblement nerveux. Vu la faible quantité de drogue saisie, il est peu probable qu'un des employés de la société se livre à un véritable trafic.

Comme Harley, Miles avait renoncé à l'argent et au

pouvoir des Wingate, et avait fondé Steel Security, une société spécialisée dans la protection des personnes et la cybersécurité.

— Pourtant, le Bureau des stupéfiants a ouvert une enquête sur la société, fit remarquer Harley.

— Ils ne trouveront rien car Wingate Enterprises est irréprochable, répliqua Sebastian d'un ton tranchant.

— Alors, pourquoi sommes-nous confrontés à tous ces problèmes ? demanda Beth en frissonnant. On dirait que la famille fait l'objet d'une attaque en règle.

Voyant que les jumeaux échangeaient un regard, Cam passa un bras protecteur autour des épaules de Beth.

— Quelqu'un cherche-t-il à vous nuire ?

Miles exhala un profond soupir.

— En réalité, nous ne savons pas.

Alors qu'un silence de plomb s'abattait sur la famille, Harley s'éclaircit à nouveau la gorge, désireuse de revenir au sujet ayant motivé cette réunion familiale.

— Si j'ai demandé à Beth d'organiser ce dîner ce soir, c'est pour vous révéler quelque chose à propos de Daniel.

Voyant qu'elle avait capté l'attention de tous, elle prit son courage à deux mains et poursuivit :

— À mon retour de Thaïlande, j'ai décidé que Daniel avait besoin de connaître son père biologique. Je l'ai donc contacté, et nous avons discuté.

Elle sentit ses joues s'empourprer en songeant aux autres choses qu'ils avaient faites ensemble.

— Qui est-ce ? demanda Miles. Ou est-ce encore un secret ?

— Non. Cela n'aurait plus de sens, maintenant.

Harley pressa ses paumes moites l'une contre l'autre pour tenter d'apaiser son anxiété et annonça :

— Le père de Daniel est Grant Everett.

Piper fut la première à réagir. Elle paraissait atterrée.

— Grant ?

— Le spécialiste de l'infertilité ? s'exclama Beth sans chercher à dissimuler sa sidération. Je ne savais même pas que tu le connaissais !

— Nous nous sommes rencontrés au bal du TCC il y a cinq ans, se contenta de dire Harley.

Sebastian croisa les bras, les sourcils froncés.

— Combien de temps êtes-vous sortis ensemble ?

La chaleur qui empourprait les joues de Harley se diffusa dans tout son corps, mais elle s'efforça de garder une attitude digne malgré son embarras.

— En fait..., nous n'avons passé qu'un week-end ensemble.

Les jumeaux échangèrent un regard. Ils avaient un an de plus que Grant et devaient donc l'avoir connu à l'école primaire ou au lycée.

— Est-ce qu'il savait à quel point tu étais jeune ?

Sutton secoua la tête, comme s'il s'efforçait de comprendre l'incompréhensible. Et Harley se demanda si Grant ne recevrait pas un ou deux coups de fil plus tard.

Elle soupira, exaspérée qu'on en revienne toujours à leur différence d'âge.

— Il n'a su mon âge qu'à la fin du week-end. Alors, ne vous avisez pas de l'accuser d'avoir abusé de moi. Ce serait ridicule. Si quelqu'un est fautif, c'est moi, dit-elle, péremptoire.

— Va-t-il assumer ses responsabilités ? demanda Sebastian.

— Il le fait déjà. Il aime Daniel, et Daniel l'adore.

— Vous allez donc vous partager sa garde ? demanda Beth.

Sa grande sœur avait le chic pour aller droit au cœur d'un problème épineux !

— Nous n'en avons pas discuté, admit-elle, faisant comme si ce n'était pas important. Pour l'instant, Grant et Daniel apprennent à se connaître.

— Mais tu as dit que tu retournerais en Thaïlande, intervint Piper. Ou bien as-tu changé d'avis ?

— Si je suis revenue à Royal, c'est pour trouver des financements en faveur de Zest afin de me permettre de poursuivre mon activité en Thaïlande. Alors, oui, le moment venu, Daniel et moi retournerons là-bas.

— Et Grant est d'accord ?

Miles échangea un regard éloquent avec Chloe avant de reporter son attention sur sa sœur.

— Si j'avais un fils, je ne laisserais jamais sa mère l'emmener à l'autre bout du monde.

C'était précisément ce genre d'autoritarisme fraternel qui avait poussé Harley à quitter Royal. Mais elle n'était plus une adolescente impulsive et coléreuse, aussi répondit-elle d'une voix calme :

— Grant comprend que je veuille vivre en Thaïlande. Et il m'a dit très clairement qu'il ne voulait pas fonder de famille.

Miles ricana.

— Et tu crois qu'il ne changera pas d'avis après avoir passé du temps avec Daniel ?

— Je l'ignore, admit-elle, à nouveau saisie par l'anxiété.

Sa vie était devenue tellement compliquée depuis son retour à Royal ! Bien sûr, elle appréciait le temps qu'elle et son fils passaient avec Grant, et elle était heureuse que Daniel s'entende bien avec son père. Elle était aussi contente de le voir s'épanouir au milieu de ses nouveaux amis à la garderie du TCC mais, quand il lui expliquait que les personnes qu'ils avaient laissées en Thaïlande lui manquaient énormément, elle était bouleversée. Elle devrait se réjouir que son fils ait un grand cœur, mais à l'évidence il était malheureux d'être séparé de ceux qu'il aimait.

— Tu ferais mieux de t'en assurer, déclara Sebastian dont le ton condescendant irrita un peu plus Harley.

Mais, au lieu de lui décocher une réplique sarcastique, elle releva le menton et déclara calmement :

— Tu peux me faire confiance quand je dis que j'agirai au mieux de l'intérêt de Daniel.

Et si cela signifiait demeurer à Royal pour qu'il puisse profiter tout le temps de son père ? Elle aviserait le moment venu.

À son grand soulagement, la conversation porta à nouveau sur les problèmes du groupe familial. Elle en apprit davantage sur l'incendie qui s'était déclaré dans l'usine WinJet et les accusations de falsification des registres d'inspection portées contre sa famille.

Quand ils quittèrent la salle à manger pour passer au salon, Harley avait la tête qui tournait. Compte tenu de tout ce qu'elle avait appris ce soir, elle était forcée d'admettre que Wingate Enterprises ne contribuerait plus au financement de Zest avant longtemps. Elle devrait donc chercher une autre solution pour maintenir son association à flot.

Perdue dans ses pensées, elle ne remarqua pas l'arrivée de sa mère, jusqu'à ce que son parfum lui emplisse les narines. Elle eut un mouvement de recul instinctif puis se retourna et aperçut Ava qui la fixait, les lèvres pincées et le regard dur. Comme à son habitude, elle avait rassemblé ses cheveux blond foncé en un chignon classique, les mèches argentées ornant ses tempes ajoutant de la gravité à sa beauté intemporelle.

— Eh bien, déclara Ava, sans préambule. Il est temps que nous ayons une petite discussion, toutes les deux.

Irritée par le ton autoritaire de sa mère et par son retard, Harley fut momentanément prise de court en apercevant Keith Cooper. Oncle Keith, comme il voulait que la fratrie l'appelle. Comme si le fait d'être le meilleur ami de son père - et après la mort de celui-ci, l'ami « spécial » de leur mère - lui octroyait un lien plus intime avec eux. Harley frissonna de dégoût. Pourquoi Ava l'avait-elle amené ici ?

— À quel sujet ? lui répondit-elle froidement, se demandant lequel de ses frères l'avait dénoncée.

— Au sujet du père de Daniel. Grant Everett, déclara Ava, comme si Grant était un voyou au lieu d'un médecin réputé appartenant à l'une des meilleures familles de la ville. À quoi pensais-tu ce soir-là pour te conduire ainsi ?

— À quoi je pensai*s* ?

Elle avait pensé que Grant était l'homme le plus sexy, le plus brillant et le plus fascinant qu'elle avait jamais rencontré. Elle avait pensé qu'être avec lui la rendait heureuse et qu'elle était la femme la plus chanceuse de la terre pour avoir attiré son attention.

— Il a presque le double de ton âge !

Harley serra les dents, ulcérée.

— Tu peux garder tes opinions pour toi à propos de Grant et de moi. Je n'ai aucune envie de les entendre.

— Je suis ta mère. J'ai le droit de dire ce que je veux au sujet des fautes que tu as commises.

En grandissant dans l'ombre de ses frères et de sa sœur, ambitieux et talentueux, elle s'était souvent comportée de façon inconsidérée pour attirer l'attention sur elle. Puisque être sage ne lui rapportait qu'indifférence, elle s'était montrée insupportable. Et elle s'était fait remarquer.

— Mes fautes ?

Le regard de Harley se posa sur Keith, occupé à discuter avec ses frères.

— Et si nous parlions plutôt des tiennes ?

— De quoi parles-tu ?

— De ce qui se passe entre toi et Keith. Est-ce que ça a commencé avant la mort de papa ?

Ava ouvrit des yeux ronds devant l'insinuation de sa fille, mais Harley ne sut dire si sa surprise était sincère ou feinte.

— Comment oses-tu me poser une pareille question ?

— Ce n'est pas une réponse.

— Ton accusation est odieuse et ridicule !

— Vraiment ? Pourtant, ton dévouement envers papa durant toutes ces années n'était rien d'autre qu'une comédie. Un divorce ne t'aurait pas arrangée. Il aurait nui à ta réputation et t'aurait mise au ban de la bonne société, surtout quand on aurait su que tu entretenais une liaison avec son meilleur ami.

— C'est faux ! s'exclama Ava, scandalisée par l'attaque de sa fille. Nous n'avons jamais... C'est de la pure calomnie !

— J'avais beau être jeune, cela ne m'empêchait pas de remarquer la façon dont il te regardait. Et papa m'a raconté comment cela se passait entre vous trois quand vous étiez à l'université.

— Qu'insinues-tu encore ? demanda Ava, fusillant sa fille du regard. Nous étions amis. C'est après l'obtention de mon diplôme que j'ai succombé au charme de ton père.

Éprouvant le besoin d'évacuer le stress émotionnel qui s'était accumulé en elle depuis son retour à Royal, elle venait de trouver un parfait exutoire en la personne de sa mère.

— Pourtant, papa était à peine enterré que tu partais faire un tour de l'Europe avec Keith. Ce n'est pas exactement l'attitude d'une épouse aimante.

— De quoi m'accuses-tu au juste ?

— Toi et Keith entretenez une liaison depuis longtemps. La question est de savoir à quand elle remonte.

L'éclat des diamants étincela tandis qu'Ava balayait d'un revers de main l'accusation de Harley.

— Sottise !

— J'ai des yeux pour voir ce qui se passe.

— Keith éprouve uniquement de l'amitié pour moi, déclara sa mère d'un ton dédaigneux. Il a été marié trois fois.

— Et tu n'as jamais remarqué à quel point chacune de ses épouses te ressemblait ?

— Ridicule !

Voyant que sa mère gardait son aplomb, Harley comprit qu'elle ne lui ferait jamais admettre la moindre erreur ou le moindre écart de conduite. Ce n'était pas surprenant de la part d'une femme qui passait son temps à juger les autres sans prendre la peine de faire son autocritique.

— Je ne suis pas ridicule, argua Harley, se demandant pourquoi elle continuait de batailler inutilement.

Pendant des années, elle s'était sentie coupable d'avoir quitté Royal au moment où son père avait eu besoin d'elle. Mais s'il avait été capable de parler, il ne lui aurait pas demandé de rester. Surtout compte tenu de l'ambiance délétère qui régnait entre la mère et la fille.

— Même avant que papa fasse un AVC, tu le négligeais.

— Je ne suis pas venue ici pour subir tes attaques odieuses.

— Tu n'es pas venue non plus pour dîner avec tes enfants, répliqua Harley. Alors pourquoi es-tu venue ?

— Pour t'avertir que notre famille a sa dose de scandales. Si Grant Everett est le père de Daniel, accorde-lui tout ce qu'il te demandera au sujet de l'enfant. Je ne veux pas que le nom des Wingate soit traîné dans la boue à cause de toi.

La remarque de sa mère lui fit l'effet d'une gifle.

— Ce n'est pas le style de Grant.

— N'en sois pas aussi sûre. Les hommes sont capables de tout pour obtenir ce qu'ils veulent.

Harley sentit la panique la gagner à l'idée de perdre son fils, mais elle trouva la force de répliquer :

— Les hommes que tu connais, peut-être.

Jusqu'où un homme comme Keith Cooper serait-il prêt à aller pour obtenir ce qu'il voulait ? Sans lui laisser le temps de réfléchir à la question, sa mère lui décocha une dernière flèche.

— Si tu crois que Grant ne fera pas tout ce qui est en son pouvoir pour obtenir la garde de son fils, tu te trompes lourdement. Tout ce que je te demande c'est de ne pas faire quelque chose de stupide et de ne pas causer davantage de problèmes à notre famille.

— Je peux t'assurer que Grant et moi sommes sur la même longueur d'onde s'agissant de Daniel.

Mais à peine avait-elle prononcé ces mots qu'elle se demanda si elle ne se berçait pas d'illusions.

Quand Harley rentra chez Grant après avoir dîné avec sa famille, ce dernier remarqua son expression orageuse et mit momentanément de côté son humeur badine.

— Comment s'est passée ta soirée ? demanda-t-il, lui prenant les mains et marchant à reculons vers le salon.

Harley fit la moue.

— Tout allait bien jusqu'à ce que ma mère arrive très en retard accompagnée de Keith.

Elle lui avait beaucoup parlé de cet homme qu'elle soupçonnait d'entretenir une liaison avec sa mère. Depuis la première attaque cérébrale de Trent Wingate, il la conseillait sur la gestion de l'entreprise familiale et sur des questions plus personnelles.

— Elle savait que c'était un dîner de famille. Qu'est-ce qui lui a pris de l'amener ?

— Il était ami avec mon père depuis l'université.

— Tu parles d'un ami !

Harley était tellement plongée dans ses pensées qu'elle n'avait pas réagi quand il avait bifurqué vers sa chambre.

— Je ne l'aime pas. Et je ne l'ai jamais considéré comme un membre de ma famille.

Elle ôta ses boucles d'oreille et son bracelet en or, les seuls accessoires qui complétaient sa robe aux motifs floraux conçue par les couturières de Zest. Puis, repoussant sur une épaule sa longue chevelure brune, elle lui présenta son dos pour qu'il abaisse la fermeture Éclair. Tous deux s'accommodaient parfaitement de cette familiarité qui s'était peu à peu installée entre eux.

— Est-ce uniquement la présence de Keith qui te met dans tous tes états ? demanda-t-il, entreprenant de lui masser les tempes afin de rediriger toute cette énergie vers quelque chose qui les laisserait tous deux délicieusement comblés.

Mais elle s'écarta de lui et fit glisser sa robe à ses pieds. En soutien-gorge affriolant et slip assorti, elle enjamba le petit tas soyeux avant de le ramasser.

— Pas seulement. Ma mère s'est montrée égale à elle-même, c'est-à-dire déterminée à me rabaisser. Rien de ce que je fais ne trouve grâce à ses yeux.

De rage, elle froissa le vêtement entre ses mains.

— J'aurais mieux fait de ne jamais revenir à Royal !

Il avait beau se rendre compte que Harley était terriblement perturbée par sa rencontre avec sa mère, il eut un mouvement de recul, percuté de plein fouet par sa remarque. L'anxiété lui étreignit la poitrine. Malgré leur merveilleuse entente durant ces deux dernières semaines, il ne pouvait pas s'empêcher de penser qu'elle retournerait un jour ou l'autre en Thaïlande avec Daniel. Et il redoutait que sa dispute avec sa mère ne l'incite à partir plus tôt que prévu.

— Elle ne m'a jamais félicitée pour la façon dont j'élevais Daniel ou pour mon implication dans mon association, poursuivit Harley en suspendant sa robe dans la penderie.

Après quoi, elle ouvrit un tiroir de la commode pour récupérer sa nuisette. Puis elle lui fit face, et sans l'ombre d'une invitation dans ses prunelles vertes, ôta son soutien-gorge et son slip, lui donnant un aperçu provocateur de sa glorieuse nudité avant d'enfiler par la tête sa nuisette en soie couleur bleu cobalt.

— Je suis sûre que si je remportais le prix Nobel, au lieu de me féliciter, elle m'énumérerait toutes les prouesses que mes frères et ma sœur ont accomplies depuis la maternelle.

Après avoir déposé ses sous-vêtements dans le panier de linge sale, elle tordit ses cheveux en un chignon improvisé et soupira.

— Mais je ne suis pas la seule à avoir des problèmes avec ma famille, ajouta-t-elle d'une voix chargée de compassion.

Lors du week-end qu'ils avaient passé ensemble, elle lui avait demandé pourquoi il était célibataire. Il lui avait expliqué combien il s'était senti isolé et incompris en grandissant parce que ses centres d'intérêt ne correspondaient pas à ce que ses parents attendaient de lui. Ils se consacraient à leur fondation caritative et menaient une vie sociale très active. Alors que Rose tenait d'eux, Grant était introverti et studieux. Quand il était devenu évident qu'il se lancerait dans une carrière médicale au lieu de prendre les rênes de la fondation, ses parents s'étaient désintéressés de lui. Il était devenu l'excentrique de la famille. Celui qui décevait ses parents en exerçant un véritable emploi dans un établissement hospitalier.

Bien qu'il ait raconté son histoire à Harley sans montrer d'émotion particulière, elle avait tout de suite compris qu'il avait dû beaucoup souffrir d'être rejeté par sa famille, et il lui avait su gré de sa compassion. Car il avait alors pris conscience de la profondeur de son chagrin et du mal qu'il s'était fait en se repliant sur lui-même pour éviter de souffrir.

Avec le recul, il s'apercevait qu'il avait fait confiance à Harley durant ces moments d'abandon. Elle avait eu raison de dire que quelque chose de spécial s'était passé entre eux ce fameux week-end. Ce lien affectif puissant l'avait tellement déstabilisé qu'il avait refusé d'admettre son importance. Et quand il avait découvert que Harley l'avait trompé sur son âge, il avait saisi ce prétexte pour fermer la porte à ses émotions de manière définitive.

Harley se posta devant lui et entreprit de déboutonner sa chemise avant d'en écarter les pans. Elle la faisait glisser le long de ses épaules quand elle stoppa son geste et riva son regard au sien.

— Pourquoi faut-il que certains parents critiquent tout ce que font leurs enfants ? C'est comme si…

Sa voix flancha.

— Mais tu sais de quoi je parle.

Grant finit d'ôter sa chemise et enlaça tendrement Harley. Elle se blottit contre lui et noua ses bras autour de son cou. Bien qu'elle soit d'humeur sombre, le simple fait de la tenir dans ses bras aiguisait son désir. Malgré tout, il était heureux de lui offrir sa compassion si c'était ce dont elle avait besoin à cet instant.

— Plus vite je retournerai en Thaïlande, mieux ce sera, ajouta-t-elle, ne décolérant pas contre sa mère.

Grant sentit son cœur se serrer à l'idée de perdre son fils.

— Tu crois vraiment…

— Je pensais qu'après une absence de cinq ans mes relations avec ma famille se seraient améliorées, mais ils continuent de me traiter comme une gamine. Pourtant, j'ai créé une association formidable qui aide les femmes à sortir de l'extrême pauvreté. Mais tout ce qu'ils retiennent, c'est que j'ai fait l'erreur de tomber enceinte à dix-huit ans.

— Daniel et moi avons à peine eu le temps d'apprendre à nous connaître, intervint Grant, se rendant compte qu'elle ne prêtait aucune attention à lui. J'ai besoin de passer davantage de temps avec mon fils.

— Je regrette de t'assommer avec mes histoires, mais ma mère me rend folle, dit-elle, se détendant peu à peu. Elle n'a pas daigné assister au dîner et est venue uniquement pour m'enjoindre de ne pas traîner le nom des Wingate dans la boue.

— Que craint-elle, au juste ?

— Elle pense que toi et moi allons nous disputer à propos de Daniel. Comme si nous ferions une chose pareille !

Grant ouvrit la bouche pour exprimer l'inquiétude qui grandissait en lui chaque fois qu'elle parlait de retourner avec Daniel en Thaïlande, mais il se ravisa. Harley était tellement en colère que sa première réaction était de vouloir mettre le plus de distance possible entre elle et sa famille. À cet instant, elle ne pensait ni à Grant ni à son fils. Et dans l'état d'esprit où elle était, la dernière chose à faire était de la contrarier. Une fois qu'elle serait calmée, elle se montrerait plus raisonnable. Du moins, il l'espérait.

Mais même si elle ne sautait pas dans un avion dans un avenir proche, son accès de colère mettait en évidence un point essentiel : Grant n'avait aucun droit légal sur Daniel. Si elle le voulait, elle pourrait l'empêcher de passer du temps avec son fils, et il n'aurait aucun recours. Du moins, tant qu'il n'aurait pas reconnu officiellement Daniel.

— Il ne faut plus que je la laisse me pourrir la vie, déclara Harley, semblant se ressaisir.

Elle leva les yeux vers lui, l'expression radoucie.

— Au fait, comment s'est passée votre soirée entre hommes ?

— Très bien. Daniel et moi sommes allés au Royal Diner.

Elle posa une main sur son torse dénudé à l'emplacement de son cœur. Remarquant la soudaine accélération de ses pulsations cardiaques, elle eut un grand sourire.

— Je parie que vous avez pris des hamburgers et des milk-shakes.

— Tu nous connais bien.

Inclinant la tête, il effleura ses lèvres avec les siennes, déterminé à mettre un terme à leur conversation pour pouvoir se concentrer sur le moment présent. Un gémissement de plaisir s'échappa de ses lèvres quand il cueillit un sein dans sa paume et qu'il passa son pouce sur son mamelon durci.

— Emmène-moi au lit, ronronna-t-elle, caressant le renflement imposant sous la fermeture de son jean.

— C'est la meilleure proposition qu'on m'a faite aujourd'hui, murmura-t-il contre son cou tandis que les doigts de Harley étaient occupés à défaire sa ceinture.

Il émit un grognement sourd quand ses doigts agiles abaissèrent la fermeture Éclair et se faufilèrent dans l'ouverture. Le désir embrasa ses sens, et son sang reflua dans son bas-ventre au contact de sa caresse grisante.

— Enlève cette fichue nuisette, dit-il d'une voix rauque. Je me charge de mes vêtements.

Quelques secondes plus tard, ils se tenaient nus l'un en face de l'autre, le souffle court, leur excitation grimpant en flèche.

— Au lit, tout de suite ! ordonna-t-il, désignant le lit immense qu'ils partageaient depuis quelques nuits.

Une lueur espiègle traversa le regard de Harley puis, voyant son expression sévère, elle poussa un petit cri et s'empressa de rabattre couverture et drap avant de s'allonger sur le matelas et d'attendre son bon plaisir.

Il la rejoignit, bien décidé à extirper toute idée de sa mère de son esprit. Ses lèvres et ses mains entrèrent en action, avides d'attiser en elle la flamme du désir. Mais elle était déjà prête à venir à sa rencontre. Tandis que leurs lèvres fusionnaient, elle pointa le bout de sa langue pour l'enjôler et lui donner un avant-goût de sa saveur exotique.

Puis elle écarta les jambes et l'attira au creux de ses cuisses, jouant un jeu dangereux tandis que son érection dénuée de protection glissait le long de son intimité moite. Le contact de sa chair nue contre la sienne était si exquis qu'il pourrait perdre facilement tout sens des réalités. Oh ! oui, cette femme exerçait un attrait dangereux sur lui.

Fuyant la tentation, il s'écarta légèrement d'elle et promena ses lèvres sur son cou et au creux de sa gorge avant de descendre vers son décolleté et le doux renflement de sa poitrine. Puis il taquina son mamelon du bout des dents, lui tirant un gémissement de volupté. Cueillant son autre sein au creux de sa paume, il exerça la pression parfaite pour la faire à nouveau gémir. Elle souleva ses hanches vers lui pour l'encourager à glisser sa main entre ses jambes.

— Grant, supplia-t-elle.

Il releva la tête pour observer l'afflux de sang qui colorait joliment sa peau à la suite de ses caresses expertes.

— J'ai besoin de te sentir en moi. Ne me fais pas attendre plus longtemps.

— Pas encore. Jouis d'abord comme cela, marmonna-t-il d'une voix rauque de désir en renouvelant ses caresses.

Bientôt, la respiration de Harley s'accéléra, et ses yeux se fermèrent. Elle rejeta la tête en arrière tandis que chaque muscle de son corps se tendait à l'extrême dans l'attente du plaisir suprême. La voir s'abandonner ainsi à l'oubli érotique était la chose la plus sexy qu'il avait jamais vue, et il s'appliqua à la guider à travers les vagues successives de son orgasme dévastateur, mémorisant ce moment pour pouvoir le revivre encore et encore.

Dire qu'il avait manqué cinq années de moments comme celui-ci. Cinq années de plaisir et de bonheur. De lien avec la seule personne qui le comprenne et l'accepte tel qu'il était. Comme il avait été stupide ! Un idiot arrogant et lâche, qui n'avait pas osé baisser sa garde pour savourer le sentiment de plénitude que procurait l'abandon érotique.

Puis il se souvint des propos qu'elle avait tenus quelques instants auparavant, et un frisson glacé le parcourut. Tout cela n'était que temporaire. Harley n'arrêtait pas de parler de sa vie en Thaïlande. De son intention d'y retourner une fois qu'elle aurait renfloué Zest. Elle n'était pas revenue pour être avec lui ni pour lui permettre de connaître son fils.

Elle avait planifié sa vie, comme lui la sienne. Et puisque leurs objectifs divergeaient - elle voulait retourner en Thaïlande, et il voulait jouer un rôle actif dans la vie de son fils –, il devrait garder la tête froide pour parvenir à ses fins. Pour le moment, elle était son seul lien avec Daniel et avait donc toutes les cartes en main. En attendant que le rapport de forces entre eux s'équilibre, il devrait se montrer vigilant.

- 10 -

Allongée sur le ventre dans le grand lit de Grant, bras et jambes écartées, Harley laissait le son apaisant de la douche l'envahir. À cet instant, il devait passer ses mains savonneuses sur son corps ferme et musclé, effaçant toutes traces de leur nuit d'amour. Une douleur s'épanouit au creux de ses cuisses tandis qu'elle songeait à le rejoindre, mais elle devait d'abord mettre de l'ordre dans ses sentiments avant de l'affronter à nouveau. Baignant dans une douce torpeur, elle se remémora le moment où elle avait été réveillée par la caresse des lèvres de Grant sur son cou.

Le sexe matinal avec Grant avait une saveur différente des autres moments de la journée ou de la nuit. Un rythme plus lent et plus doux. Ses baisers lui faisaient du bien au corps et à l'âme, aussi apaisants que la première caresse de l'aube sur son visage. Elle avait vibré de contentement quand ses mains avaient effleuré ses courbes et câliné son corps pour le réveiller en douceur. Et quand il s'était immiscé en elle, elle avait eu l'impression de flotter sur un nuage de béatitude et avait été prête à accueillir l'orgasme.

Un orgasme époustouflant qui l'avait laissée le souffle court et le cœur béant. Submergé par son propre plaisir, Grant avait enfoui son visage dans son cou en murmurant son prénom, telle une caresse sensuelle, et il n'avait pas remarqué les larmes qui avaient embué ses yeux. Cette soudaine envie de pleurer avait surgi de nulle part, et Harley était restée sans défense devant cette attaque sournoise.

Cela faisait une semaine qu'elle avait cessé de rentrer aux premières heures du matin dans la chambre qu'elle occupait chez Jaymes. Elle ne savait plus qui d'elle ou de Grant avait suggéré que ce serait plus pratique si elle passait la nuit avec lui. Bien qu'elle ait très envie de voir un indice prometteur dans leur cohabitation officieuse, elle ne pouvait pas s'empêcher de penser que les seules raisons qui poussaient Grant à l'accueillir chez lui étaient le sexe fabuleux et la commodité.

Une sonnerie retentit depuis la commode sur laquelle leurs deux téléphones reposaient côte à côte, la tonalité l'alertant d'un rendez-vous imminent. À la demande insistante de Grant, homme organisé s'il en était, elle avait commencé à utiliser son calendrier pour établir son emploi du temps. Aujourd'hui, elle devait déjeuner avec la jeune femme membre du conseil d'administration de la fondation que Jaymes lui avait présentée. Mais avant de la rejoindre à Fort Worth à 11 heures, elle devait conduire Daniel à la garderie.

N'ayant aucune idée de l'heure qu'il était, elle se leva et enfila sa nuisette tout en se dirigeant vers la commode. Tandis qu'elle touchait l'écran pour réveiller son téléphone, l'eau de la douche cessa de couler. Momentanément distraite, elle ne se rendit pas compte qu'elle avait choisi le mauvais téléphone jusqu'au moment où l'écran afficha la photo d'elle et de Daniel que Grant avait choisie en guise d'écran de veille. L'image la fit sourire. Mais une seconde plus tard, sa belle humeur s'envola quand elle lut l'énoncé du rendez-vous.

Grant avait pris contact avec un avocat.

L'angoisse lui noua l'estomac tandis qu'elle entrevoyait les implications d'une telle entrevue. Avant que l'écran s'éteigne, elle mémorisa le nom de l'avocat et de son cabinet, puis elle fit une recherche rapide sur Internet tout en essayant de se remémorer les fois où elle avait fait allusion à son retour en Thaïlande. Comme elle le craignait, l'avocat en question était spécialisé dans le droit de la famille.

La bile lui monta à la gorge. Envisageait-il de lui enlever Daniel ? Nul doute qu'il avait l'argent et le pouvoir pour le faire. Surtout maintenant que sa propre stabilité financière était mise en péril par les problèmes auxquels étaient confrontés les Wingate. Harley inspira profondément pour tâcher de se ressaisir, atterrée qu'un homme qui venait de lui faire l'amour passionnément cherche à lui faire du mal.

Mais peut-être dramatisait-elle. Peut-être voulait-il simplement reconnaître Daniel de façon officielle sans pour autant réclamer sa garde ou empêcher Harley de retourner en Thaïlande avec son fils.

Ayant besoin d'espace pour réfléchir avant d'affronter Grant et dire quelque chose de stupide, elle se dirigea vers la cuisine, alléchée par l'odeur de café. La gouvernante de Grant préparait les *pancakes* préférés de Daniel, agrémentés de pépites de chocolat. Harley se servit une tasse de café avec un nuage de lait puis se rendit dans la chambre de son fils pour le rituel du réveil. Elle eut la bonne surprise de voir qu'il était levé et qu'il avait enfilé les vêtements propres que Grant et elle lui avaient préparés la veille au soir. Après l'avoir couvert de baisers, elle l'escorta dans la salle de bains pour qu'il se lave les dents et se peigne, submergée par la mélancolie en remarquant qu'il devenait de plus en plus indépendant.

Que se passerait-il si elle était obligée de partager la garde de Daniel avec Grant ? Mais ne ferait-elle pas preuve d'égoïsme si elle privait ce dernier de la joie que Daniel apportait dans sa vie ?

— Maman, ça va ?

Harley croisa le regard de Daniel dans le miroir et s'aperçut qu'une larme roulait le long de sa joue. Elle s'empressa de l'essuyer et d'arborer un grand sourire.

— Oui. Je suis tellement fière de toi.

Elle l'entoura de ses bras et le serra contre elle.

— Tu es mon petit homme.

Il gigota en protestant mollement jusqu'à ce qu'elle le relâche.

— Va déjeuner. Franny t'a préparé tes *pancakes* préférés.

— *Yes* !

Il se précipita hors de la chambre, et Harley prit le temps de se ressaisir avant de retourner dans la chambre. Grant enfilait un blazer bleu marine au moment où elle entrait. Elle sentit son cœur tressauter dans sa poitrine en remarquant le regard torride qu'il lui lança. Elle but une gorgée de café puis s'avança vers lui pour rectifier son nœud de cravate et lisser le revers de son blazer.

— Tu es très beau.

— Et toi, tu es superbe, comme toujours.

Il enserra sa joue dans sa paume et lui donna un long baiser langoureux qui la laissa pantelante.

— Bonne chance pour ton rendez-vous, dit-il. Je te verrai ce soir pour dîner.

Le sentiment de bien-être que lui avait procuré ce baiser persista pendant qu'elle se douchait, s'habillait et roulait en direction du Texas Cattleman's Club. Ce fut seulement quand Daniel eut rejoint les autres enfants que ses inquiétudes revinrent la hanter. En voyant la façon dont Daniel s'accommodait de sa nouvelle vie avec son père et ses nouveaux amis, elle n'était plus aussi sûre de la nécessité d'un retour en Thaïlande. Mais si elle restait ici, elle aurait du mal à ignorer ses obligations familiales. Elle ne pourrait pas éviter de voir sa mère ni prétendre qu'un ou deux dîners avec ses frères et sa sœur apaiseraient les tensions entre eux. Par ailleurs, elle était habituée à agir à sa guise sans se préoccuper de l'opinion des uns et des autres.

Elle devait aussi tenir compte du fait que Grant avait

contacté un avocat. C'était une menace qu'elle ne pouvait pas ignorer. Soudain, l'envie la prit de récupérer les fonds qu'elle avait déjà réunis et de fuir. Plus elle s'attarderait à Royal plus Daniel s'attacherait à ce nouveau mode de vie. Et plus Grant disposerait de temps pour revendiquer ses droits sur son fils.

Alors qu'elle se dirigeait vers la sortie, elle aperçut sa sœur Beth qui s'avançait dans sa direction, le regard rivé sur sa tablette. Quand Harley l'interpella, elle répondit à son salut, l'air préoccupé.

— Est-ce que tout va bien ? demanda Harley, tenaillée par l'angoisse. Je t'en prie, dis-moi qu'il ne s'est produit aucune autre catastrophe entre-temps.

Remarquant son inquiétude, Beth posa une main rassurante sur son bras.

— Non, Dieu merci. En fait, je prépare le bal annuel du TCC. Bien qu'il n'ait lieu que dans quelques mois, il y a un million de choses à prévoir et autant de problèmes à régler.

En entendant sa sœur mentionner le bal du TCC, Harley ressentit des picotements sur sa peau. C'était lors de ce même bal, cinq ans auparavant, que sa vie avait changé pour toujours. Elle n'avait pas encore décidé si elle serait présente à Royal à cette date, encore moins si elle assisterait à l'événement. Elle éprouvait le besoin de retourner en Thaïlande et de faire bon usage des fonds déjà collectés, mais l'idée de quitter Royal et séparer Daniel de Grant la retenait. À force de peser le pour et le contre de ces deux options contradictoires, elle ne savait plus où elle en était.

— Je suis sûre que tu t'en sortiras très bien, lui assura Harley.

De fait, Beth avait un prodigieux sens de l'organisation.

— C'est gentil à toi de me dire cela. Je l'avoue, les choses se présentent mieux que je ne m'y attendais. Je viens de découvrir qu'une station de radio locale propose un relooking et un billet d'entrée gratuits pour l'événement à une auditrice ou un auditeur chanceux.

— À mille dollars le repas, c'est un merveilleux cadeau !

Harley se demanda si cet heureux gagnant ou cette heureuse gagnante verrait sa vie transformée à l'occasion du bal, comme cela avait été son cas. Elle l'espérait, du moins.

— Nous avons reçu davantage de grosses donations, cette année, expliqua Beth. Je ne sais pas trop pourquoi.

Harley se demanda si des membres de sa famille faisaient partie de ces gros donateurs. Ce serait bon pour leur image de marque de montrer leur soutien à la communauté locale. D'autant que plusieurs résidents parmi les plus influents de Royal leur battaient froid.

— Quel est le thème de cette année ?

— Nous organisons un bal masqué.

Harley émit un sifflement appréciateur. Elle entrevoyait tous les avantages qu'il y aurait à revêtir une robe sexy et un masque pour flirter anonymement avec Grant. Un frisson d'excitation la parcourut tandis qu'elle imaginait le plaisir qu'elle aurait à poursuivre Grant de ses assiduités et à le séduire une deuxième fois. À moins, bien sûr, qu'une autre femme attire son attention, cette année. Il avait beau dire qu'il n'avait pas les qualités requises pour faire un bon mari, elle le croyait capable de tomber amoureux et de se remarier. Hélas, il y avait très peu de chance pour qu'elle soit l'heureuse élue. Elle préférerait fuir en Thaïlande plutôt que de voir l'homme de sa vie s'éprendre d'une autre.

— Cela promet d'être amusant, déclara Harley, nettement moins enthousiaste que quelques secondes plus tôt. Il se peut que je reste suffisamment longtemps à Royal pour y assister.

Beth la contempla, surprise.

— Tu vas repartir ?

— Ma vie est en Thaïlande, lui rappela-t-elle. Je ne peux pas abandonner Zest et rester ici.

— Comment réagira Grant si tu le sépares de Daniel ?

Si Grant ne voulait pas s'engager dans une relation sentimentale avec elle, il tenait à faire partie de la vie de son fils. Bien sûr, ce ne serait pas de gaieté de cœur qu'elle séparerait le père et l'enfant, mais elle ne pouvait pas mettre éternellement sa vie personnelle sur pause. Or, c'était ce qui arriverait si elle demeurait à Royal. Grant lui avait demandé du temps pour apprendre à connaître son fils, mais il ne lui avait donné aucun espoir concernant l'avenir de leur couple.

— Il a pleinement conscience que nos vies se déroulent sur deux continents différents. Son cabinet est à Royal, et Zest a son activité en Thaïlande.

— Je n'aimerais pas être à ta place, remarqua Beth en soupirant. Je ne saurais pas quelle décision prendre.

La poitrine de Harley se serra douloureusement. Sa situation était inextricable, et elle détestait cela.

— Quoi que je décide, quelqu'un sera blessé.

— Je sais que vous passez beaucoup de temps ensemble. Y a-t-il une chance pour que les choses s'arrangent entre vous ? Je veux dire, vous avez un fils. Grant fera donc toujours partie de ta vie. Tu ne t'imagines pas vivre avec lui ?

— C'est plus compliqué. Il ne veut pas s'engager dans une relation permanente, reconnut Harley, lui dévoilant l'objet de son tourment.

Beth serra sa tablette contre sa poitrine, les sourcils froncés.

— Lui as-tu demandé quels étaient ses sentiments pour toi ?

— Comment une femme peut-elle demander au père de son enfant s'il l'aimera un jour ? plaisanta Harley, dissimulant son anxiété derrière une note d'humour noir.

— Es-tu amoureuse de Grant ?

— Je ne sais pas. À vrai dire, je suis terrifiée à l'idée de m'engager sur ce terrain, admit Harley, songeant à son rejet brutal, cinq ans auparavant, et à sa détermination actuelle à éviter tout attachement sentimental.

Pourtant, il suffirait que Grant lui donne le moindre signe d'encouragement, qu'il lui fasse comprendre qu'il ne rejetterait pas son amour pour qu'elle donne libre cours à ses sentiments pour lui. Rien que d'y penser, elle avait envie de pleurer. Depuis cinq ans, le désir et la passion refoulés couvaient en elle, tel un volcan actif prêt à entrer en éruption. Et ces dernières semaines avec lui n'avaient fait qu'accélérer le processus en lui donnant un avant-goût de la vie fabuleuse qui pourrait être la sienne s'il lui offrait la clé de son cœur…

— Mais oui, je l'aime. Même si c'est sans espoir.

— Tu ne peux pas dire cela tant que tu ne t'es pas battue pour l'avoir. Encore faut-il que tu décides si Grant en vaut la peine. Si c'est le cas, mets tout en œuvre pour le conquérir.

Si seulement c'était aussi facile que sa sœur le disait !

— Ce n'est pas parce que tu as de la chance en amour qu'il en est de même pour les autres.

— Prenons l'exemple de Miles. Aurais-tu imaginé qu'il puisse être un jour aussi amoureux qu'il l'est de Chloe ?

— Non, admit Harley.

Elle repensa au dîner familial et à la façon dont son frère avait couvé des yeux sa fiancée. Cet aspect si différent du Miles qu'elle connaissait lui donna à réfléchir. Que ne donnerait-elle pas pour que Grant la regarde de cette façon, comme s'il lui offrait son cœur et son âme !

— Le véritable amour a raison de tous les obstacles.

Le sourire radieux de Beth la fit tressaillir.

— Si tu le dis.

Elle avait soudain l'impression que son cœur pesait une

tonne dans sa poitrine. Il aurait été plus simple que ses sentiments pour Grant ne soient que l'écho de son ancien béguin pour lui, associé à des rapports sexuels fabuleux et à une complicité en tant que parents de Daniel, mais elle était de plus en plus persuadée d'être vraiment amoureuse de lui.

— J'en suis convaincue, assura Beth avec ferveur. Je parie que Grant s'est déjà rendu compte que tu es la femme de sa vie et qu'il attend le moment idéal pour te le dire.

— Ce serait merveilleux, admit Harley loin d'être aussi optimiste que sa sœur. En attendant, j'aviserai au jour le jour.

Deux jours après son rendez-vous avec l'avocat spécialisé en droit de la famille en vue d'établir une demande en reconnaissance de paternité de Daniel, Grant rentra chez lui et trouva la maison vide. C'était le jour de congé de Franny, et il était convenu qu'il emmènerait Harley et Daniel dîner dehors. D'habitude, Harley allait chercher leur fils à la garderie et le ramenait à la maison pour qu'il profite de la piscine en attendant le retour de Grant. Il s'était habitué à l'énergie débordante et bruyante du garçonnet, et le silence qui l'accueillait à cet instant lui semblait oppressant.

Il vérifia son téléphone mais ne trouva aucun message au sujet d'un éventuel changement de programme. S'il était arrivé quelque chose, elle l'aurait sûrement prévenu. Ils étaient censés faire la fête. La veille, il avait réitéré son offre de financer intégralement l'association de Harley. Mais cette fois il avait passé outre ses objections et rédigé un chèque d'un montant conséquent en lui promettant que d'autres suivraient.

Bien qu'ayant grandi dans une des familles les plus riches de la ville, Harley avait appris à mener une vie simple en Thaïlande où elle mettait à profit les contributions caritatives de Wingate Enterprises pour aider les plus déshérités.

Plus il passait du temps avec elle, plus il reconnaissait la valeur de son travail. Désormais, il ne croyait plus que son métier était plus important que la croisade de Harley pour sortir les femmes de l'extrême pauvreté en leur donnant les moyens de se prendre en charge.

Voilà pourquoi il avait été tellement surpris par le manque d'empressement de Harley à accepter son chèque. Il avait cru qu'elle serait soulagée d'avoir enfin les fonds indispensables à la survie de Zest, mais il avait l'impression que, quoi qu'il dise ou fasse, les choses entre eux se détérioraient peu à peu. Et cette situation le préoccupait beaucoup.

Exhalant un profond soupir, il appela Harley. Comme elle ne répondait pas, il rédigea un texto :

Dînons-nous toujours ensemble ce soir ? Veux-tu que je passe te prendre ?

À peine avait-il envoyé le message que Harley franchissait le seuil de sa maison. Un immense soulagement l'envahit. Qu'avait-il pensé ? Qu'elle s'était enfuie à nouveau, emmenant Daniel avec elle ? À en juger par sa soudaine allégresse, c'était précisément ce qu'il avait supposé.

— Où est Daniel ? demanda-t-il un peu trop sèchement en constatant soudain que l'enfant n'était pas avec elle.

Elle le regarda d'un air étrange.

— Je l'ai déposé au ranch de tes parents pour qu'ils puissent passer du temps avec leur petit-fils.

Il aurait dû se sentir soulagé, mais la trace de froideur qu'il décela dans son attitude raviva son inquiétude.

— Nous allons donc le récupérer chez eux ?

— En fait, tes parents nous ont invités à dîner. J'espère que cela ne te dérange pas.

— Bien sûr que non.

Il l'observa, se demandant pourquoi elle semblait contrariée.

— Quelque chose ne va pas ?

— Avais-tu l'intention de me dire que tu avais rencontré un avocat cette semaine ?

Il jura à part lui.

— Comment le sais-tu ?

— J'ai vu le rendez-vous sur ton téléphone.

Bien qu'elle s'efforce visiblement de garder son sang-froid, le tremblement de sa voix la trahissait.

— Vas-tu demander la garde alternée de Daniel ?

Il sentit le remords l'envahir en prenant conscience qu'il aurait dû avoir une conversation avec elle avant de contacter un avocat. Il était habitué à agir sans prendre l'avis de personne. Et ses inquiétudes concernant ses droits sur Daniel lui avaient fait perdre tout discernement.

— J'ai rencontré Lloyd parce que je souhaite reconnaître officiellement Daniel, éluda-t-il, mal à l'aise.

Voyant que Harley ne le lâchait pas du regard, il ajouta :

— Je n'ai pris aucune disposition concernant sa garde.

— Mais tu y songes ?

Ils ne pouvaient plus faire semblant d'ignorer la réalité.

— Je serais stupide de ne pas y penser.

Harley porta la main à sa poche et en sortit le chèque qu'il lui avait donné.

— Je t'ai déjà dit que mon fils n'était pas à vendre, dit-elle en lui tendant le document.

Il avait commis une erreur en la traitant comme Paisley et en cherchant à l'apaiser avec des gages dépourvus de sens à ses yeux.

— Ce n'est pas pour cette raison que j'ai établi ce chèque.

Son regard sceptique était aussi éloquent que des mots.

— Et pour quelle raison ?

— J'espérais que tu resterais à Royal.

— Et si je partais ?

Soudain, la réaction virulente de Harley et l'inquiétude sourde qu'il avait ressentie toute la journée prenaient tout leur sens. Il se rendait compte maintenant que son geste s'apparentait à un pot-de-vin et à une menace. Il avait prévenu Harley qu'il avait les ressources nécessaires pour l'aider ou pour la combattre, lui laissant le soin de choisir.

— Je ne veux pas perdre mon fils, répondit-il. J'espère sincèrement que nous pourrons parvenir à un accord.

— Peut-être pourrais-je être plus ouverte à la discussion si les choses étaient différentes.

Harley le contemplait, l'espoir et la frustration se disputant la prééminence dans ses prunelles vertes.

— Quelles choses ? demanda-t-il, déterminé à trouver une solution susceptible de les satisfaire tous les deux.

Après leur week-end ensemble, cinq ans auparavant, il avait compris qu'elle était trop jeune pour lui car elle devait encore faire l'expérience de la vie avant d'être prête à se fixer.

Mais depuis qu'elle était revenue à Royal il la voyait sous un autre jour. Elle n'était plus la benjamine gâtée d'une famille riche. Elle vivait par ses propres moyens à l'autre bout du monde et élevait un enfant en tant que maman célibataire. Par ailleurs, il était impressionné de voir qu'elle s'était tellement émue des conditions de vie déplorables de certaines familles qu'au lieu de détourner les yeux elle avait créé une association caritative pour les aider à améliorer leur sort. Les expériences qu'elle avait vécues et les actions qu'elle avait menées dépassaient de loin celles des jeunes femmes de son âge.

Alors pourquoi était-il aussi réticent à reconnaître ses qualités ? Parce qu'il devrait la traiter sur un pied d'égalité et admettre qu'ils partageaient beaucoup de choses, notamment Daniel, leur désir passionné d'aider les autres et une alchimie sexuelle incroyable. De nombreux couples menaient une vie commune durable et épanouie en ayant beaucoup moins d'atouts qu'eux. Seulement voilà, Grant avait une peur panique de l'échec.

— Tu as toujours été très claire sur tes motivations. Si tu es revenue à Royal, c'est pour renflouer Zest, ajouta-t-il, conscient d'avoir vécu dans une bulle, évitant les questions épineuses sur l'avenir et refusant d'imaginer sa vie sans Harley.

— C'est vrai. Mais depuis mon retour, la situation a changé. J'aime être avec toi et Daniel, mais cela ne me suffit pas. Je veux davantage.

Elle leva un regard implorant vers lui.

— Je veux que nous formions un vrai couple.

— Tu me connais. Tu sais ce que je suis capable ou non de te donner.

— Je sais ce dont tu te crois capable, mais je veux être la femme sans laquelle tu ne peux pas vivre.

Elle prit une longue inspiration tremblante, révélant à quel point cette conversation l'angoissait.

— Et maintenant, c'est à toi de me dire ce que tu veux vraiment.

Depuis qu'elle était revenue à Royal, il ne se reconnaissait plus. S'agissant de Harley, au lieu de prendre des décisions mûrement réfléchies, il se comportait de façon inconsidérée. Il brûlait d'envie d'être avec elle, de l'attirer dans ses bras et de prolonger l'harmonie dans laquelle ils vivaient ces dernières semaines. Et en même temps, ce besoin si nouveau lui procurait un sentiment de vulnérabilité et de précarité. Et si le fait de lui accorder ce qu'elle voulait signifiait qu'il en serait toujours ainsi, c'était plus qu'il ne pourrait supporter.

— Pour l'instant, tout ce que je veux c'est passer davantage de temps avec mon fils.

Et avec elle. Mais il ne se résolvait pas à lui avouer un sentiment qu'il ne comprenait pas de peur de lui donner de faux espoirs.

Le visage de Harley se ferma aussitôt.

— Combien de temps ?

La brusquerie de son ton la faisait paraître déraisonnable, mais Grant savait qu'il était responsable de sa déception.

— Autant que tu voudras bien m'accorder.

Il lui saisit la main et la pressa doucement.

— Ne retourne pas en Thaïlande.

— Combien de temps veux-tu que nous restions ? Une semaine ? Un mois ? Un an ? Pendant combien de temps dois-je mettre ma vie entre parenthèses sans aucune promesse de ta part ?

Il était incapable de lui fournir un chiffre. Il se passait quelque chose entre eux. Mais il ne savait pas où cela les mènerait, ni la forme que cela prendrait. Et n'étant pas homme à prendre des décisions hâtives, il espérait qu'elle resterait à Royal le temps qu'il voie clair en lui.

— Je ne veux pas que tu mettes ta vie entre parenthèses.

Pourtant, c'était précisément ce qu'il lui demandait.

— Il doit bien y avoir un moyen pour te permettre de gérer Zest depuis Royal.

Harley retira sa main et ferma les yeux, faisant un effort visible pour se calmer. Quand elle les rouvrit, elle semblait s'être ressaisie. Elle le regarda avec une telle détermination qu'il recula d'un pas. Il eut l'intuition qu'elle allait lui demander de dévoiler ses sentiments pour elle. De mettre son âme à nu et d'exprimer les émotions de plus en plus intenses qui le submergeaient chaque fois qu'ils faisaient l'amour. Mais il n'était pas prêt à faire ce genre de confession intime. Et il n'était pas sûr de l'être un jour.

— J'ai besoin d'une raison pour rester, Grant.

Une panique soudaine le consuma, faisant pulser l'adrénaline dans ses veines. Et en même temps une part de lui brûlait d'envie de jeter toute prudence au vent, de lui avouer qu'il s'était habitué à sa présence et qu'il espérait qu'elle resterait à Royal car c'était la meilleure solution pour elle et Daniel.

— Il y en a beaucoup.

— Je me contenterai d'une seule, précisa-t-elle, d'un ton posé mais ferme. Une raison essentielle.

— Tu es chez toi à Royal, argua-t-il. Toi et Daniel y avez votre famille.

Harley secoua la tête.

— Je ne me considère plus chez moi à Royal, et cela fait des années que je vis loin de ma famille. Elle ne m'a jamais soutenue comme mes amis l'ont fait. Ici et en Thaïlande.

Elle marqua une pause et le fixa, l'air inflexible.

— Ta réponse ne me satisfait pas. Je vais donc m'exprimer plus clairement. Qu'en est-il de nous ?

Assailli par les doutes et la peur du rejet, Grant aurait aimé se défaire de son passé et devenir l'amant, l'ami et le partenaire dont Harley avait besoin. Tiraillé entre les injonctions contradictoires de son cerveau et de son cœur, il afficha une expression neutre pour dissimuler à quel point cette conversation l'angoissait. Voilà pourquoi il avait toujours évité les histoires d'amour compliquées, préférant mener une existence paisible et organisée.

— Nous ? répéta-t-il. Tu veux dire toi et Daniel ?

— Non. Toi et moi.

Elle ne le lâchait pas du regard.

— Je te donne l'occasion de me dire si c'est ce que tu veux.

— Tu me demandes si je veux de toi ?

Il cherchait désespérément à gagner du temps alors que ses pensées erratiques refusaient de lui fournir des réponses claires susceptibles de la satisfaire.

— Bien sûr ! reprit-il.

— Mais pas dans le sens où je l'entends, lui fit-elle remarquer. Il y a cinq ans, je suis tombée amoureuse de toi.

Son aveu le prit de court, et il resta coi quelques secondes.

— C'est ridicule ! répliqua-t-il à la fin. Nous n'avions passé qu'un week-end ensemble. Personne ne tombe amoureux en un laps de temps aussi court.

— Tu dois bien avoir entendu parler du coup de foudre amoureux. Eh bien, c'est ce qui s'est passé dans mon cas.

Elle paraissait si sûre d'elle qu'il ne pouvait pas s'empêcher de l'envier.

— À la fin de ce week-end, j'ai vraiment cru que nous étions faits l'un pour l'autre. Puis tu as découvert mon âge et tu t'es mis dans une rage folle. J'ai longtemps réfléchi à ce qui s'était passé et j'en ai conclu que nous nous entendions merveilleusement bien. Alors, qu'importait notre différence d'âge ? Tu m'as affirmé que tu n'étais pas inquiet à propos de ta réputation. Si c'est vrai, cela signifie que tu m'as rejetée pour une autre raison. Quelle est-elle ?

— Je n'avais pas l'intention de te revoir après ce week-end et, quand le moment de la séparation est arrivé, j'ai compris que tu ne te contenterais pas de partir et de tourner la page.

Harley secoua la tête, nullement convaincue.

— Au début, je n'étais peut-être qu'une aventure passagère pour toi, mais ensuite quelque chose de merveilleux est né entre nous. Tu proposais de m'emmener dans le golfe du Mexique pour me montrer ta plage préférée et m'inviter à déjeuner dans un nouveau restaurant que tu avais repéré. Pourquoi m'aurais-tu fait ce genre de promesses si tu n'avais pas eu l'intention de me revoir ?

Pourquoi ? Parce que avant de découvrir son âge véritable il était tombé sous le charme de la créature passionnée qui partageait son lit. Il avait toujours hésité à nouer une relation sérieuse avec une femme, persuadé qu'il finirait par être déçu. Mais il avait eu la certitude de pouvoir être heureux avec Harley.

— Tu étais tellement enthousiaste quand tu parlais

de choses que tu aimais, expliqua-t-il. Je t'ai simplement laissée croire que je les aimais aussi.

Elle balaya son argument d'un revers de main impatient.

— Cela ne s'est pas passé comme tu le prétends. Pourquoi réagis-tu ainsi ?

— Je réagis comment, selon toi ?

— Tu refuses d'admettre notre merveilleuse entente. À moins… que tu ne la juges pas si merveilleuse et qu'elle ne te suffise pas.

Elle se mordilla la lèvre inférieure et baissa les yeux pour dissimuler son chagrin.

— Que je ne te suffise pas.

— Tu n'y es pour rien, lui assura-t-il, prenant ses doigts et les pressant doucement. Je ne suis pas doué pour les relations humaines et je ne suis pas sûr de pouvoir te rendre heureuse.

— Qu'est-ce que tu en sais ? Tu n'as aucune idée de ce qui pourrait me rendre heureuse.

Il sentit sa gorge se nouer en percevant la note de désespoir dans la voix de Harley.

— Peut-être, mais je sais que Paisley n'était pas heureuse parce que j'étais incapable de lui donner ce qu'elle attendait de moi.

Son inaptitude à l'amour avait blessé Paisley, mais elle risquait de blesser davantage Harley dont les émotions étaient constamment à fleur de peau.

— Je ne suis pas Paisley ! protesta-t-elle. Et j'aimerais que tu cesses de nous comparer à tout bout de champ.

— Très bien. Oublions mon ex-femme. Parlons de la façon dont j'ai déçu mes parents en décidant de devenir médecin au lieu d'intégrer l'entreprise familiale.

Le ton de Grant se voila de tristesse tandis qu'il essayait de lui faire comprendre son point de vue.

— Je m'en voulais de les décevoir, mais j'aurais été très malheureux si je n'avais pas suivi la voie qui me convenait.

Elle l'observait, l'air sombre, tout en analysant ses propos.

— Et dans la voie que tu as choisie il n'y a pas de place pour moi.

Elle cligna les yeux rapidement et passa ses doigts sur ses joues humides.

— Si c'est tout ce que tu as à me dire, j'agirai au mieux de mes intérêts.

— Que veux-tu dire ?

Grant s'apercevait trop tard que ses efforts pour la repousser n'avaient que trop bien réussi.

— Puisqu'il n'y a pas d'avenir entre nous, je n'ai aucune raison de rester à Royal.

Il avait su que ses propos feraient voler en éclats la relation qu'ils entretenaient, mais il était persuadé d'agir pour le mieux. Jusqu'à maintenant.

— Dans ce cas, tu ne me laisses pas le choix, déclara Grant, furieux contre lui-même et contre elle. Je ne te laisserai pas emmener Daniel à l'autre bout du monde.

Elle devait s'attendre à sa réaction, car elle ne marqua aucune surprise.

— As-tu réfléchi aux conséquences que cela aurait pour Daniel ?

— Et toi, y as-tu réfléchi ? s'écria-t-il, furieux de devoir lui forcer la main.

Pourquoi se montrait-elle aussi déraisonnable ? Elle pouvait tout aussi bien gérer Zest depuis Royal. Au lieu de quoi, elle voulait lui enlever Daniel pour le punir de ne pas être follement amoureux d'elle. Pourquoi diable exigeait-elle plus de lui qu'il ne pouvait lui donner ?

— Manifestement, nous sommes dans une impasse, constata Harley, la mine sombre.

Grant réprima un gémissement de douleur tandis que chaque fibre de son être lui intimait d'accorder à Harley tout ce qu'elle voulait pour qu'elle soit à nouveau heureuse.

— En effet.

- 11 -

Durant les jours qui suivirent sa confrontation avec Grant et son refus de pousser leur relation plus loin, Harley reporta tous ses efforts sur Zest. Maintenant qu'elle ne passait plus de temps en compagnie de Grant, elle était beaucoup plus efficace dans son travail. Dire qu'elle aurait pu obtenir de bien meilleurs résultats si elle n'avait pas gaspillé autant d'énergie et de temps pour une chimère !

— Je devrais orienter mes recherches de financement sur Dallas et m'y consacrer à plein temps, suggéra-t-elle, guettant la réaction de Jaymes.

— Es-tu sûre de ne pas vouloir accepter l'offre de financement de Grant et lui accorder la garde alternée de Daniel, comme il le souhaite ? demanda patiemment Jaymes bien qu'elles aient déjà discuté à plusieurs reprises de ce sujet douloureux au cours de la semaine écoulée.

Elle était venue à Royal pour renflouer les finances de Zest et avait été assez stupide pour croire qu'elle avait accompli sa mission quand Grant lui avait proposé de soutenir son association. Sauf qu'il l'avait fait pour l'obliger à rester à Royal. Elle s'était sentie trahie, et la décision de Grant de reconnaître légalement Daniel n'avait fait qu'aggraver les choses.

— Oui. Je déteste qu'on me force la main.

Harley enfonça ses ongles dans sa paume pour se retenir de pleurer. Elle savait que la situation serait plus simple pour

Grant si elle demeurait au Texas avec Daniel, mais à cet instant elle n'avait aucune envie de lui faciliter les choses.

— Tu penses que Daniel a besoin de passer du temps avec son père, poursuivit Harley. Mais le travail que je fais en Thaïlande est aussi très important, et je ne supporte pas l'idée de laisser Daniel au Texas pendant que je serai à l'autre bout du monde.

— Et le fait que Grant ne veuille pas nouer une relation suivie avec toi n'est pour rien dans ta décision ?

Elle se sentait toujours aussi mortifiée par son rejet.

— Tu me reproches de lui en vouloir à cause de son refus de nous accorder une chance ?

— Il t'a dit que tu n'y étais pour rien et qu'il ne se remarierait jamais, lui rappela Jaymes.

— Et moi, qu'est-ce que je deviens dans tout ça ? demanda-t-elle, le cœur en miettes.

Elle ne pouvait plus nier qu'elle voulait avoir Grant dans sa vie en tant que père de son fils et en tant qu'amant. Chacun de ses regards faisait tressaillir son corps d'allégresse. Chaque fois qu'elle se trouvait dans la même pièce que lui, ses sens s'embrasaient, et elle brûlait d'envie de se jeter dans ses bras afin de revivre leurs ébats passionnés.

— Suis-je censée accepter que Grant soit satisfait de m'avoir dans son lit chaque fois qu'il en a envie, et que nous nous comportions comme une vraie famille uniquement quand ça lui convient ? demanda Harley, ulcérée. Toute ma vie, j'ai été ignorée ou dévalorisée par ma famille. Ai-je tort de vouloir que l'homme que j'aime m'aime en retour ?

En voyant la consternation se peindre sur le visage de son amie, elle s'en voulut d'avoir laissé libre cours à son amertume.

— Non, bien sûr que non, répondit Jaymes. Mais tu ne

peux pas t'attendre à ce qu'il t'aime simplement parce que tu penses qu'il le devrait.

— Je sais. Si seulement il arrêtait d'ériger des barrières autour de son cœur, soupira Harley.

S'il lui avait donné le plus petit signe d'encouragement quand elle lui avait avoué son amour, elle aurait fait des concessions et se serait arrangée pour gérer Zest sans séjourner à plein temps en Thaïlande. Au lieu de quoi, il lui avait clairement dit qu'il n'éprouverait jamais les mêmes sentiments à son égard. Et seul son orgueil l'avait empêchée de se ridiculiser davantage.

— Je l'aime, et il refuse de nous donner la moindre chance, poursuivit Harley, désespérée. Comment pourrais-je accepter une telle situation ?

— Je ne sais pas, admit Jaymes, pressant affectueusement le bras de son amie. Mais si tu retournes en Thaïlande, cela ne revient-il pas à renoncer à lui ?

— Peut-être. Mais si je reste, je devrais me contenter de ce que Grant voudra bien m'offrir, et j'en serai malheureuse.

— Manifestement, tu es décidée à retourner en Thaïlande. Quand comptes-tu partir ?

— J'ai dit à Beth que j'assisterai au bal du TCC. Ce sera une façon de clore la boucle de notre relation puisque nous nous étions rencontrés à ce même bal il y a cinq ans. Le gala de cette année marquera le moment où j'abandonnerai tout espoir que nous ayons un avenir commun.

— Tu n'abandonnes donc pas encore tout espoir ? demanda Jaymes, une note d'optimisme dans la voix.

Soudain en proie au doute, Harley était bien en peine de répondre à son amie. N'avait-elle pas accepté le refus de Grant de donner une chance raisonnable à leur relation ? Pourquoi se demandait-elle ce qui pourrait se passer si elle restait quelques semaines de plus à Royal ? Avec un peu de chance, elle arriverait à le persuader de revenir sur sa décision.

Écartelée entre abattement et espérance, Harley soupira.

— Non, peut-être pas.

Alors que sa vie personnelle volait en éclats, Grant était soulagé de retrouver son cabinet médical où régnaient la stabilité et la discipline. Mais, afin de procurer à ses patientes la qualité de soins qu'elles venaient chercher auprès de lui, il devait maîtriser la frustration qu'il éprouvait à cause de Harley, du fait de son entêtement à vouloir retourner en Thaïlande et emmener son fils loin de lui. C'était contraire à ses principes de ne pas prodiguer à ses patientes toute l'attention à laquelle elles avaient droit. Cette exigence avait rendu Paisley folle de rage parce qu'elle s'était attendue à recevoir le même degré d'attention de sa part. Bien qu'elle lui ait reproché à maintes reprises de se montrer distant envers elle, il n'avait jamais été capable de lui donner satisfaction.

Comme sa relation avec Harley était différente ! Depuis qu'elle était revenue à Royal, il était tout le temps distrait. Quand il ne s'attardait pas sur la douceur de sa peau ou le moelleux de ses lèvres, il recensait ses différents sourires et la façon dont chacun d'eux éveillait en lui toute une gamme d'émotions. Elles s'immisçaient dans ses pensées, l'empêchant de se concentrer sur son travail et parasitant sa routine bien huilée.

Après la façon dont il s'était conduit envers elle cinq ans auparavant, il aurait été bien inspiré de garder ses distances et de s'en tenir au partage des responsabilités parentales au lieu de succomber à l'alchimie sexuelle qui l'avait embrasé tout entier. S'il n'avait pas renoué avec elle, aurait-il mieux géré la situation ? Faire l'amour à Harley avait réveillé ses émotions et l'avait rendu impulsif, lui d'habitude si rationnel.

Son téléphone de bureau vibra, lui indiquant que sa prochaine patiente l'attendait. Grant se leva avec impatience. Si seulement il pouvait repousser ses soucis aussi facilement qu'un chien chasse l'eau de son pelage en s'ébrouant ! Hélas, l'anxiété lui collait à la peau sans qu'il puisse s'en débarrasser.

— Voici les résultats de Mlle Gracie Diaz, déclara l'infirmière, lui tendant un dossier. Elle se trouve en salle trois.

— Merci.

Soulagé de pouvoir se concentrer sur quelque chose de concret, il ouvrit le dossier et étudia les résultats tout en longeant le couloir.

Hélas, malgré ses efforts, les émotions continuaient de bouillonner en lui alors qu'il pénétrait dans la salle d'examen. Gracie Diaz était assise, les mains crispées sur son ventre, ses jointures blanchies trahissant sa nervosité. Remarquant le stress dans ses beaux yeux marron foncé, il se força à maîtriser sa propre agitation. D'habitude, il savait peu de chose concernant ses patientes, hormis les informations médicales renseignées dans leurs dossiers, mais Mlle Diaz avait fait la une des médias récemment après avoir gagné le gros lot à un tirage de loterie, la métamorphosant de simple assistante personnelle anonyme en une multimillionnaire célèbre.

— Bonjour, Gracie, dit-il avec un sourire cordial afin de la mettre à l'aise. Comment allez-vous aujourd'hui ?

Durant sa dernière visite, elle lui avait expliqué à quel point sa vie avait changé au cours des dernières semaines et lui avait exposé son projet de devenir mère. Comme la plupart des patientes célibataires de Grant, elle avait opté pour la technique de la fécondation *in vitro*. Et Grant lui avait fait passer une série de tests préliminaires. Les résultats étaient loin d'être parfaits, mais un traitement approprié les améliorerait.

— J'irai mieux quand vous m'aurez communiqué les résultats de mes tests. L'infirmière m'a dit que vous vouliez me revoir avant de commencer la procédure. Quelque chose ne va pas ?

— Rien de sérieux, la rassura Grant. Un léger déséquilibre hormonal susceptible de compromettre vos chances de tomber enceinte si nous ne le corrigeons pas.

Elle se détendit et lui adressa un grand sourire.

— Ouf ! Quel soulagement ! J'étais convaincue que vous alliez me dire que je n'étais pas une bonne candidate pour une FIV.

— Non, rien de tel.

— Tant mieux. Je désire un enfant depuis si longtemps ! Mais avant de gagner le gros lot, je n'avais pas les moyens financiers suffisants pour payer ce genre d'intervention.

Jamais auparavant il ne s'était appesanti sur la détermination de ses patientes, en couple ou célibataires, à fonder une famille. Mais après avoir passé du temps avec Harley et Daniel, il comprenait leur motivation. Son attachement farouche à Daniel n'était pas la conséquence d'une décision qu'il avait prise. C'était une réponse viscérale à un désir primitif. Il ne pouvait pas plus l'éradiquer de son organisme qu'il ne pouvait changer la couleur de ses iris. Cet attachement faisait partie intégrante de lui, et il l'acceptait d'emblée, sans se poser de questions.

La pensée de son fils réveilla son inquiétude et sa frustration. Pourquoi diable Harley ne comprenait-elle pas que Daniel était plus heureux à Royal avec ses deux parents ?

— Cela ne vous inquiète pas d'élever un enfant toute seule ? demanda-t-il, franchissant les limites professionnelles qu'il se fixait d'habitude.

— Oh ! non. Pas du tout, répondit-elle, nullement embarrassée par sa question indiscrète. Surtout maintenant que j'ai les moyens financiers suffisants pour donner à mon enfant tout ce dont il aura besoin ou qu'il désirera.

Grant s'éclaircit la gorge.

— Ne pensez-vous pas que votre enfant aura besoin d'un père ?

— Tant qu'il aura une solide influence masculine dans sa vie, je pense que tout ira bien.

À l'évidence, elle avait mûrement réfléchi à la question.

— Et si je me marie un jour, j'espère que mon époux voudra bien adopter mon enfant.

— Vous n'êtes donc pas contre le fait d'avoir un homme dans votre vie ?

Gracie le contempla avec surprise mais ne sembla pas se formaliser de l'incongruité de sa question.

— Non. Je ne peux pas contrôler ma vie amoureuse.

Elle haussa les épaules et exhala un soupir mélancolique.

— En revanche, je peux fonder une famille au moment que je juge opportun. C'est sans doute égoïste de ma part, mais je donnerai à mon enfant tout l'amour et le dévouement dont il aura besoin.

Il n'en doutait pas, l'enfant de Gracie serait aussi équilibré et choyé que Daniel. Harley était une maman formidable, et Daniel ne manquait de rien. Il savait qu'il était aimé. Mais Grant n'était pas disposé pour autant à faire machine arrière et laisser Harley emmener Daniel loin de lui.

Un lien s'était tissé entre lui et l'enfant. Il méritait d'avoir la garde alternée de son fils. Mais à quel prix ? Il ne pouvait pas s'empêcher de penser que chacun était perdant dans cette histoire. Grant vivant au Texas et Harley en Thaïlande, ce serait Daniel qui souffrirait le plus de leur séparation.

Lui aussi en souffrirait. Chaque fois qu'il essayait d'envisager une vie sans Harley, il avait l'impression qu'un étau lui comprimait la poitrine. Il avait ignoré le mal-être de Harley, persuadé qu'elle finirait par se satisfaire de leur petite famille. Mais en se rendant compte qu'il n'en était rien et qu'elle ne pensait plus qu'à fuir le Texas il se sentait terriblement malheureux.

Cinq ans auparavant, il l'avait rejetée, et elle était sortie de sa vie, le privant de son fils. Depuis qu'il connaissait Daniel, il se disait que s'il avait su ce qu'il risquait, il aurait discuté avec Harley au lieu de laisser ses émotions prendre le pas sur la raison. Il avait réagi sous le coup de la colère et de la honte parce qu'il avait été submergé de désir pour une femme qui était non seulement trop jeune pour lui, mais aussi trop jeune pour être traitée comme une amante occasionnelle.

Et maintenant il était sur le point de perdre son fils pour la deuxième fois. Non pas parce qu'il n'avait pas eu recours à la logique pour persuader Harley, mais parce qu'il était terrifié par les émotions intenses qu'elle suscitait en lui et par le malaise qu'il ressentait chaque fois qu'il s'y abandonnait.

Après avoir révélé à sa famille que Grant était le père de Daniel, la seule personne en dehors de sa mère qui continuait de tenir Harley à distance était Piper. Comme elle avait été très proche de sa tante en grandissant, celle-ci ayant fait figure de grande sœur et de mère de substitution, elle souffrait de leur éloignement. Et puisqu'elles n'avaient pas eu l'occasion de se parler entre-temps, la désapprobation de Piper demeurait un obstacle entre elles.

Maintenant que sa situation avec Grant devenait de plus en plus tendue, elle éprouvait le besoin de faire la paix avec Piper. Elle l'avait donc appelée pour l'inviter à dîner. Comme Jaymes et Sean se trouvaient à Houston pour le week-end à l'occasion d'une fête familiale, Harley avait décidé d'utiliser leur cuisine pour concocter des plats traditionnels thaïs. Daniel devant passer la nuit chez Grant, elle et Piper auraient tout loisir de s'expliquer.

Hélas, les choses ne se déroulèrent pas aussi bien que Harley l'avait prévu. Daniel s'était senti patraque toute la journée, se plaignant de maux de ventre. Bien qu'il n'ait pas de fièvre et peu de symptômes, il avait réclamé toute son attention. Et au lieu d'avancer dans ses préparations culinaires, elle était restée auprès de lui pour lui lire des histoires. Puis Grant avait appelé pour dire qu'il serait en retard et qu'il ne pourrait pas passer prendre Daniel avant 19 heures. Comme son fils couvait peut-être une maladie, elle avait été tentée de le garder auprès d'elle, mais Grant était médecin et donc capable de gérer les maux de ventre d'un petit garçon. Par ailleurs, elle ne voulait pas qu'il pense qu'elle cherchait à le priver de son fils.

Quand Piper arriva à 18 heures, Daniel se sentait suffisamment mieux pour regarder des dessins animés au salon. Harley était mortifiée de n'en être qu'au stade de l'épluchage des légumes mais, loin de se formaliser, Piper s'était versé un verre de vin avant de se retrousser les manches et de lui donner un coup de main. Une demi-heure plus tard, des odeurs délicieuses provenant de la cuisine embaumaient toute la maison.

Durant ces dernières semaines, les émotions de Harley avaient bouillonné à fleur de peau, menaçant de déborder. Et maintenant qu'elle et Piper travaillaient en harmonie, sans la tension qui avait assombri leur relation, Harley était sur le point de craquer.

— Je suis vraiment désolée de t'avoir caché que Grant était le père de Daniel, dit-elle d'une voix tremblante en se raccrochant au comptoir. J'étais blessée, humiliée et furieuse après lui. Et comme vous étiez amis, j'avais peur que tu lui dises que j'étais enceinte.

— Je regrette que tu ne m'aies pas fait confiance, remarqua

Piper, peinée. Mais tu as raison. J'aurais été tellement en colère contre lui que je serais allée le trouver séance tenante pour lui reprocher vertement sa conduite irresponsable.

Piper secoua la tête, l'air incrédule.

— Même maintenant, je n'en reviens pas qu'il ait pu…

— Coucher avec une fille de dix-huit ans et la mettre enceinte ? compléta Harley, voyant que sa tante ne se résolvait pas à terminer sa phrase.

— Bon sang, où avait-il la tête ?

— À vrai dire, je ne lui ai pas laissé l'occasion de réfléchir, admit-elle avec un sourire contrit.

Piper leva les mains en signe de reddition.

— Je ne veux rien savoir !

Elle marqua une pause avant d'ajouter :

— J'ai entendu dire que toi et Daniel passiez beaucoup de temps avec Grant.

— Ce n'est plus mon cas. Seul Daniel continue de voir son père. Grant et moi…

— Des fèves au curry ! Des fèves au curry !

Daniel fit irruption dans la cuisine, alléché par les odeurs familières qui avaient bercé ses premières années.

— J'adore les fèves au curry.

— Je sais, dit Harley en souriant.

Ce plat, appelé aussi *petai*, était composé de fèves au goût prononcé qu'elle faisait poêler avec une pâte de curry jaune et des crevettes.

— Te sens-tu capable d'en manger malgré ton mal de ventre ?

— Bien sûr !

Outre les fameuses fèves, Harley avait préparé un plat appelé *pad kra pao*, une nourriture de rue consistant en des morceaux de poulet frits agrémentés de piments, d'ail et de basilic, le tout servi sur du riz. Elle proposerait aussi une salade de papayes vertes assaisonnées de jus de citron vert, de sucre de palme et de sauce au poisson.

Le carillon de la porte d'entrée retentit alors qu'elles déposaient les différents plats sur la table de la salle à manger. Laissant Piper et Daniel finir sans elle, Harley alla répondre. C'était Grant qui passait prendre Daniel.

— Bonsoir, dit-elle, submergée par un flot de désir tandis que le regard de Grant s'attardait sur ses pieds nus, son tablier taché et ses joues écarlates. Tu es en avance.

— J'espère que cela ne te dérange pas.

Il reporta son regard au-delà d'elle, comme s'il espérait une invitation.

— Hum, ça sent divinement bon !

— Papa !

Entendant la voix de son père, Daniel se précipita à sa rencontre, ayant visiblement recouvré toute son énergie. Il se jeta dans les bras de Grant qui le souleva de terre.

— Maman a fait des fèves au curry. Tu en veux ?

Grant haussa un sourcil interrogateur en direction de Harley. Elle haussa les épaules, résignée, et l'invita à entrer. Que pouvait-elle faire d'autre alors que son fils avait très envie que son père se joigne à eux ?

— Tu es sûre que je ne te dérange pas ? demanda Grant, remettant Daniel sur ses pieds pour qu'il lui montre le chemin de la salle à manger.

— Pas du tout, mentit-elle. Plus on est de fous plus on rit.

Dans l'intérêt de son fils, elle rafistolerait son cœur brisé et ferait bonne figure.

Avant de rejoindre ses invités, elle fit un détour par la cuisine pour récupérer un couvert supplémentaire.

— Oh ! tu restes pour dîner, remarqua Piper. Cela tombe bien, Harley a vu grand.

— J'ai été alléché par les odeurs exotiques, déclara Grant en prenant place à table.

— Sers-toi, dit Harley, lui versant un verre de vin.

Durant tout le repas, sa détermination à rester courtoise en présence de Daniel était mise à rude épreuve chaque fois que Grant essayait d'accrocher son regard. Mais elle refusait de lui donner accès à sa douleur. Grant n'était pas un ami attentionné. Il était son ex-amant et, en tant que tel, il avait perdu le droit de s'enquérir de ses états d'âme. Il lui avait déchiré le cœur et était mal placé pour lui demander si elle s'en remettait.

— Il est temps de partir, dit-il à Daniel qui récupérait les dernières miettes de son sorbet à la mangue.

— On peut dormir ici ?

Harley sentit le regard insistant de Piper sur elle tandis qu'elle haussait les sourcils et laissait à Grant le soin de se sortir de cette situation délicate.

— Non, ce n'est pas possible, dit-il, évitant le regard de Harley.

— Maman et moi, on reste toujours chez toi, remarqua Daniel. Pourquoi tu ne pourrais pas rester ici ce soir ?

— Oui, Grant, susurra Piper, un sourire suave aux lèvres. Pourquoi ne pourrais-tu pas dormir ici ? Je suis sûre que Harley serait ravie de t'installer sur le canapé.

Harley était partagée entre l'envie de rire devant la mine déconfite de Grant et celle de donner un coup de pied sous la table à sa tante. Elle savait que c'était injuste de se servir de la remarque innocente de son fils pour tourmenter Grant, mais il méritait de goûter aux affres qu'elle subissait depuis qu'ils s'étaient séparés.

— Aucun de vous deux ne dormira ici, expliqua-t-elle à son fils. Tante Piper et moi passons une soirée entre filles. Et maintenant va chercher ton sac pour que Grant t'emmène chez lui.

Daniel observa les trois adultes avant de hocher la tête.

— D'accord, maman.

— Je vais lui donner un coup de main, annonça Piper.

Elle se leva de table pour suivre son petit-neveu, laissant Grant et Harley en tête à tête.

Harley se mit aussitôt debout et commença à débarrasser la table. À en juger par l'expression de Grant, il avait une idée en tête, mais elle refusait de rester assise pour écouter ce qu'il avait à dire. Elle n'avait pas non plus envie de lui faire part de toutes les pensées turbulentes qui s'agitaient dans son esprit. Ils s'étaient déjà tout dits, et même si cette situation la rendait malheureuse, elle savait reconnaître une impasse quand elle y était confrontée.

— Je te remercie de m'avoir permis de dîner avec vous, déclara Grant, la suivant dans la cuisine avec une pile d'assiettes sales.

— C'est Daniel qui t'a invité.

— Tu aurais pu dire non.

Elle se contenta de lui jeter un regard exaspéré.

— La nourriture était excellente, poursuivit-il. J'ignorais que tu cuisinais aussi bien. Et j'ai été ravi d'être en aussi bonne compagnie. Tu m'as manqué…

— Non !

Elle lui avait ouvert son cœur et offert une famille toute prête qui l'aimait, mais il n'était pas intéressé par une relation sentimentale avec elle. Il voulait faire les choses à sa façon, et cette façon ne convenait pas à Harley.

— Harley…

Percevant la note de mélancolie dans la voix de Grant, elle fut saisie de panique. Elle secoua la tête pour l'arrêter, redoutant qu'il dise quelque chose susceptible d'influencer son cœur perfide. Elle devait se tenir éloignée de Grant et garder les idées claires pour affronter une bataille pour la garde de Daniel, qui risquait de s'avérer cruelle.

— Inutile d'en rajouter. Les choses sont très bien ainsi.

Désireuse de fuir, elle passa à côté de lui, mais il lui prit le bras et enroula ses longs doigts autour de sa peau nue. Ce doux contact fit naître en elle un désir ardent chargé de nostalgie. Elle hésitait entre jeter ses bras autour du cou de Grant ou se libérer de son emprise quand il reprit la parole :

— Notre vie commune me manque terriblement.

Son murmure rauque s'échoua sur la digue qu'elle avait érigée autour d'elle pour mieux contenir son chagrin.

À moi aussi.

— Elle manque aussi à Daniel, dit-elle, réprimant un gémissement de soulagement quand il retira sa main.

Elle força son cœur à s'endurcir devant l'expression hébétée de Grant. Il paraissait presque aussi bouleversé que le jour où elle lui avait annoncé son intention de retourner en Thaïlande. Elle ne pouvait pas s'empêcher de penser qu'il devait y avoir un moyen de les rendre heureux tous les trois, mais elle ne l'avait pas encore trouvé. Soit elle demeurait au Texas et renonçait à son rêve d'étendre les activités de Zest à d'autres pays, soit elle consentait à partager la garde de Daniel avec Grant. Elle ne redoutait plus qu'il demande la garde exclusive de son fils, mais même une garde alternée représentait un trop grand sacrifice pour elle. C'était injuste d'exiger cela d'elle.

Après le départ de Grant et de Daniel, Harley et Piper remirent la cuisine en ordre. Alors que le lave-vaisselle commençait à bourdonner, Piper se tourna vers sa nièce, les yeux brillants.

— Vous deux…

— Oh ! non ! Ne me dis pas que nous nous comportons comme deux idiots.

Piper exhala un soupir.

— Pourtant, c'est le cas. Mais ce que je m'apprêtais à dire c'est que vous êtes éperdument amoureux l'un de l'autre.

Harley posa une main sur son cœur, en proie à un profond chagrin.

— J'aime Grant, mais ce n'est pas réciproque.

— N'en sois pas aussi sûre. Cet homme souffre.

— Parce qu'il a peur que j'emmène Daniel en Thaïlande avant qu'il obtienne sa garde alternée.

L'étau dans sa poitrine se desserra peu à peu.

— Cependant, je les aime trop pour les séparer. J'ai donc décidé de rester au Texas, même si ce ne sera pas facile de gérer Zest à distance. En tout cas, je ne resterai pas à Royal. Je ne supporterai pas de croiser Grant tout le temps. Et je veux éviter autant que possible la famille Wingate. Je m'installerai peut-être à Dallas.

— Je sais que ton association te tient à cœur, remarqua Piper. C'est un gros sacrifice que tu fais.

— Ce n'est que justice puisque c'est à cause de moi que Grant a manqué les quatre premières années de son fils.

Piper observa sa nièce pendant plusieurs secondes avant de l'étreindre chaleureusement.

— Tu es devenue une femme formidable. Je suis tellement fière de toi.

Harley lui rendit son étreinte.

— Et moi, je suis si heureuse que nous nous soyons réconciliées. Tu m'as tellement manqué !

— Nous nous sommes toutes les deux laissé dominer par notre entêtement.

Piper la repoussa à bout de bras et la secoua gentiment.

— Alors, mets à profit cette même détermination pour vaincre les réticences de Grant. Il t'aime mais il ne l'admettra jamais si tu renonces à lui.

Harley exhala un soupir frustré.

— J'ai dit et fait tout mon possible pour le convaincre. Sans succès. C'est à lui de savoir ce qu'il veut.

- 12 -

Quand Piper appela Grant pour l'inviter à un vernissage dans sa galerie d'art, il faillit décliner l'offre puis il décida qu'un week-end à Dallas lui permettrait de s'éclaircir les idées. Bien qu'il n'ait pas prévu de voir Daniel avant lundi, il envoya un texto à Harley pour l'informer de son absence. Elle lui répondit par la formule neutre : « Passe un bon week-end », et il quitta Royal le samedi matin, la mort dans l'âme.

Disposant de presque toute la journée avant le vernissage, il invita à déjeuner un ami de la faculté de médecine. Il n'avait pas vu Josh depuis la naissance de son troisième enfant et grâce à l'irruption de Daniel dans sa vie, il comprit beaucoup mieux la fierté de son ami quand il lui montra des photos de sa magnifique famille. Grant sortit son propre smartphone et fit défiler toutes les photos qu'il avait prises de Harley et Daniel. Il sentit son cœur se serrer douloureusement en remarquant à quel point ils paraissaient très heureux.

— Je n'en reviens pas que tu aies un fils, dit Josh, examinant une photo particulièrement touchante de Harley et Daniel, joue contre joue, un grand sourire aux lèvres. Où se trouvait-il durant tout ce temps ?

— En Thaïlande, expliqua Grant, la gorge nouée par l'émotion. Il est né là-bas.

— Et tu ignorais son existence ? lui demanda Josh, compatissant.

— Les choses se sont mal terminées entre nous avant que Harley parte en Asie. Puis je me suis marié, et elle n'a pas voulu s'immiscer dans ma nouvelle vie.

— Mais maintenant elle est de retour.

— Oui.

Sauf qu'un gouffre béant s'était creusé entre eux.

— Les enfants sont merveilleux, n'est-ce pas ? poursuivit Josh. Bien sûr, certains jours, les miens me rendent fous, mais ma vie serait tellement terne sans eux.

— Je n'avais jamais pensé à devenir père jusqu'à ce que Daniel fasse irruption dans ma vie, admit Grant, songeur. Et maintenant, je ne pourrais pas me passer de lui.

Josh jeta un nouveau coup d'œil à l'écran du téléphone de Grant.

— Vous semblez vraiment très heureux.

Grant contempla la photo où il apparaissait avec Harley et Daniel, et il se sentit soudain plus léger. Ils riaient tous les trois. Le lien entre eux était indéniable. Ce jour-là, ils s'étaient amusés comme des fous. Le temps qu'il avait passé avec Harley et Daniel lui avait apporté plus de joie qu'il n'en avait connu dans toute son existence.

Hélas, ce bonheur n'avait pas duré. Lui et Harley avaient des aspirations divergentes et, comme dans le cas de son mariage, il n'avait pas fallu longtemps pour que ces différences les séparent. Pour autant, comparer sa relation avec Harley à sa relation avec Paisley était injuste. Ses trois années de mariage n'avaient pas éveillé en lui la tempête émotionnelle qu'un seul week-end avec Harley avait déclenchée. À l'époque, cela l'avait rassuré. Mais puisque son mariage avait échoué, il en venait à se demander s'il savait ce qui était le mieux pour lui.

Il n'avait pas trouvé la réponse à sa question quand il pénétra dans la galerie de Piper en fin de journée. Il supposait qu'elle l'avait invité en tant qu'amateur d'œuvres d'art. Mais à sa grande surprise, elle ne chercha pas à le convaincre de lui acheter une toile. À la place, elle l'accula dans un recoin de la galerie et vrilla son regard vert sur lui.

— Que se passe-t-il entre toi et ma nièce ? demanda-t-elle sans préambule.

— Que veux-tu dire ?

Il n'avait pas l'intention d'éluder sa question mais attendait qu'elle précise sa pensée.

— Pendant des semaines, Harley ne tarissait pas d'éloges sur toi et sur la façon dont tu t'entendais avec Daniel. Et maintenant elle m'annonce qu'elle ne veut pas rester à Royal. Je croyais que vous faisiez en sorte que les choses fonctionnent entre vous.

Grant croisa les bras sur sa poitrine.

— Eh bien, elles ne fonctionnent pas.

Piper balaya son argument d'un revers de main impatient.

— Et que comptes-tu faire ?

— Je vais entreprendre une démarche juridique pour être reconnu comme le père biologique de Daniel.

— C'est un bon début.

— En effet. Daniel est mon fils. Je suis dans mon bon droit.

— Bien sûr. Mais n'y a-t-il pas un meilleur moyen d'obtenir ce que tu veux ?

— Lequel ? demanda Grant, déconcerté.

— En formant une vraie famille, Harley, Daniel et toi.

Cette suggestion ô combien tentante lui déchira le cœur.

— Trop de choses ont mal tourné entre nous. Elle ne veut plus entendre parler de moi.

— Le lui as-tu proposé ? insista Piper, ne se laissant pas démonter par son ton bougon.

— Oui.

L'avait-il vraiment fait ?

Il avait essayé de la soudoyer en lui proposant de renflouer Zest puis, quand elle avait refusé, il l'avait accusée de vouloir lui enlever Daniel.

— Je lui ai clairement dit que je voulais passer davantage de temps avec Daniel.

Piper leva les yeux au ciel, exaspérée.

— Tu as choisi la solution de facilité en ramenant tout à Daniel.

Parce que régler le problème de la garde était quelque chose de tangible et de maîtrisable.

— Daniel est au cœur du problème.

— Vraiment ? demanda Piper, haussant un sourcil sceptique. Ce n'est pas mon avis. Pourquoi n'essaies-tu pas de dire à Harley que tu l'aimes ? Tu verras bien ce qui arrivera.

Grant ouvrit la bouche, mais aucun son n'en sortit. Laisser parler son cœur était trop douloureux. Il en avait fait l'amère expérience et s'était juré qu'on ne l'y reprendrait plus. Pourtant, pouvait-il dire en toute honnêteté que c'était la logique qui avait guidé sa décision de devenir médecin contre l'avis de ses parents ? N'était-ce pas plutôt son besoin profond et sincère d'aider des couples ou des célibataires à fonder une famille ? Chaque intervention réussie lui procurait une immense satisfaction parce qu'il avait répandu la joie autour de lui. Si tout cela était vrai, pourquoi utilisait-il l'excuse du professionnalisme pour demeurer dans son coin au lieu de fêter l'événement avec ses patientes ?

Parce que s'il donnait libre cours à ses émotions, il ne pourrait peut-être plus les maîtriser.

— Harley t'aime, poursuivit Piper. Et tu l'aimes. De quoi as-tu donc peur ?

Avant qu'il puisse répondre, Piper porta son regard au-delà de lui, et quelque chose dans son expression fit courir un frisson de terreur dans tout son être. Il savait que Harley se tenait derrière lui, et la douleur qui lui étreignait la poitrine l'empêchait presque de respirer.

— C'est le moment de lui dire ce que tu ressens vraiment pour elle, déclara Piper, lui pressant le bras en guise d'encouragement.

— Je ne sais pas si j'en suis capable, admit-il.

Il avait tellement peur de souffrir. C'était comme si on lui demandait de pratiquer une opération chirurgicale sur lui-même sans anesthésie. La douleur serait intense, mais il devait en passer par là pour guérir.

— Et, moi, je suis sûre que si. Dis-lui tout ce que tu as sur le cœur, insista Piper en s'écartant de lui.

Il la suivit des yeux pendant quelques secondes avant de reporter son attention sur Harley. Dès que leurs regards se croisèrent, elle pivota sur ses talons et commença à s'éloigner. Non ! Dans cet instant de panique abjecte, il reconnut la vérité. Il l'aimait. Profondément, passionnément, au-delà de la raison ou du bon sens. Être confronté à cette réalité était aussi terrifiant et périlleux qu'il l'avait escompté, et il avait cherché à y échapper depuis que Harley était de retour à Royal.

— Harley, attends !

En trois grandes enjambées il franchit l'espace qui les séparait et lui prit la main.

— Il faut que je te parle.

Elle exhala un profond soupir.

— Tu as gagné, dit-elle, l'air défait. J'ai eu tort de te tenir éloigné de Daniel durant ces quatre années et je commettrais une nouvelle erreur si je retournais en Thaïlande avec lui. Aussi ai-je décidé de rester au Texas.

Sa décision aurait dû le transporter de joie. Pourtant, l'énormité de son sacrifice le mettait mal à l'aise.

— J'en suis heureux.

— Je m'en doute, remarqua-t-elle avec un sourire teinté d'ironie. Daniel aussi est ravi. Il s'est fait de nouveaux copains, et toute sa famille est ici.

Ce qui le frappa, c'était qu'à aucun moment elle ne parlait d'elle ou de l'intérêt qu'elle aurait à demeurer au Texas. Or, elle travaillait dur pour faire fonctionner son association, et il lui serait plus difficile de la gérer depuis le Texas. Malgré tout, elle était prête à revoir ses rêves à la baisse pour que son fils puisse profiter pleinement de son père. Qu'attendait-il pour lui dire à quel point elle comptait pour lui ?

— C'est fabuleux que tu décides de rester, parce que…

Il laissa sa phrase en suspens, conscient que ce qu'il allait dire ferait basculer son univers. Devait-il mettre son cœur à nu et tout mettre en œuvre pour la rendre heureuse ? Ou devait-il continuer à faire preuve de prudence mais risquer de perdre Harley en ne se montrant pas à la hauteur de ses espérances ? Elle ne se contenterait pas de demi-mesure ou d'excuse. Elle avait un caractère entier. Elle donnait tout d'elle-même et s'attendait à ce qu'il en fasse autant.

— J'aimerais que toi et Daniel vous installiez chez moi.

Harley haleta, prise de court. S'installer chez lui ?

— As-tu réfléchi à toutes les conséquences ?

La question s'échappa de ses lèvres avant qu'elle ait le temps de réfléchir à la meilleure façon de lui répondre.

— Non, admit-il, semblant sidéré par sa propre impulsivité. Mais c'est exactement ce que je veux.

Ce serait pure folie d'imaginer qu'il avait en tête autre chose que l'aspect pratique d'une telle cohabitation. Bien sûr, Grant avait besoin d'elle. Il avait besoin qu'elle demeure au Texas pour pouvoir profiter de son fils. Si elle retournait en Thaïlande, Daniel la suivrait. Grant envisageait d'intenter une action en justice pour faire valoir ses droits sur l'enfant, mais cette procédure prendrait du temps. Harley serait partie avant même que commence la bataille judiciaire pour la garde de Daniel, et Grant serait forcé d'attendre qu'elle revienne aux États-Unis pour entreprendre une nouvelle démarche judiciaire.

— Pourquoi ?

— J'ai besoin de toi et de Daniel dans ma vie.

— Tu as besoin de nous, répéta-t-elle, se forçant à ne rien lire dans sa réponse tellement insatisfaisante. Et tu penses que vivre avec moi est le prix à payer pour pouvoir être un père à temps plein ?

Elle sentit son cœur se briser en reconnaissant à quel point son rêve de former une famille avec lui était irréaliste. Pourquoi ne l'avait-elle pas écouté quand il lui avait dit qu'il n'avait pas les qualités requises pour faire un bon mari ? Elle s'était bercée d'illusions en croyant qu'il n'avait pas vraiment aimé Paisley. Ou qu'ils étaient mal assortis. Il lui avait expliqué que Paisley avait trop attendu de lui. Qu'elle avait exigé de lui plus qu'il n'était capable de lui donner.

Contre toute logique, Harley s'était convaincu qu'avec elle il laisserait parler son cœur. Il aimait Daniel, même s'il utilisait le terme besoin pour désigner l'affection qu'il ressentait pour l'enfant. Et elle commençait à croire qu'il éprouvait une sorte de tendresse pour elle. Mais sa tendre amitié ne lui suffisait pas. Elle ne pouvait pas se satisfaire du peu qu'il était disposé à lui donner. Elle voulait tout de lui et était prête à se donner à lui corps et âme en retour. Le meilleur et le pire de chacun d'eux. La passion et la raison. Être amis, amants et âmes sœurs.

— Ne sois pas ridicule ! répliqua-t-il, les sourcils

froncés. Si je te demande de t'installer chez moi c'est uniquement parce que je ne peux pas vivre sans toi.

Il y a quelques semaines, ces mots auraient été d'une exquise douceur à son oreille. Mais maintenant elle redoutait qu'il lui dise ce qu'elle avait envie d'entendre pour pouvoir arranger les choses à sa convenance. Et pourtant…, était-il possible qu'il soit vraiment disposé à donner une chance à leur relation ?

— Qu'est-ce qui t'a fait changer d'avis ?

Avant de capituler, elle avait besoin de connaître ses motivations.

— Que veux-tu vraiment ? insista-t-elle.

— C'est toi que je veux, dit-il, lui prenant les mains et les pressant gentiment. Depuis la minute où je t'ai rencontrée.

La gorge de Harley se noua sous le coup de l'émotion.

— Pourquoi me dis-tu cela maintenant ? Tu penses me rendre amoureuse de toi au point de me faire renoncer à la Thaïlande ? Ou est-ce un moyen de m'apaiser jusqu'à ce que nous ayons réglé les modalités de la garde de Daniel ?

Grant secoua la tête, l'air peiné.

— Crois-tu vraiment que je sois aussi manipulateur ?

— Non, admit-elle, scrutant son expression, le cœur battant la chamade. Mais il y a une semaine, tu m'as dit que nous n'avions pas d'avenir ensemble. Et aujourd'hui tu me demandes de m'installer chez toi. Je suis donc en droit de me demander si tu ne serais pas prêt à tout pour garder Daniel auprès de toi.

— Il y a une semaine, j'étais persuadé que ma seule façon d'être heureux était de faire les choses à ma convenance.

Grant libéra une main pour cueillir la joue de Harley au creux de sa paume.

Harley était tellement émue qu'elle dut se raccrocher

à son poignet de peur que ses jambes ne se dérobent sous elle.

— Il y a une semaine, tu voulais que je reste au Texas. Aujourd'hui, c'est cette option que j'ai choisie. N'est-ce pas tout ce que tu espérais ?

— Non, ce n'est pas tout, répondit Grant, effleurant ses lèvres avec les siennes avant de murmurer : j'ai besoin de toi.

Son ton fervent lui mit du baume au cœur, mais elle avait trop peur d'être déçue pour laisser fleurir l'espoir en elle.

— Parce que je suis la mère de Daniel…

— Parce que je t'aime.

Contre toute attente, les mots qu'elle avait tellement souhaité entendre éveillèrent son scepticisme et non sa joie.

— Grant…

Il posa son index sur ses lèvres pour la faire taire.

— Que puis-je faire pour te convaincre ?

Aussitôt, son vœu le plus cher et le plus extravagant s'imposa à elle, même si elle savait que jamais Grant n'y consentirait. Mais alors qu'elle contemplait l'homme qu'elle aimait, les mots tremblant sur ses lèvres, elle ne put se résoudre à lui demander un tel sacrifice.

— Tu n'as rien à faire, s'entendit-elle répondre.

Et c'était vrai. Comment pouvait-elle espérer qu'il se fie aux sentiments qu'il éprouvait pour elle si elle n'y croyait pas ?

— Et si j'allais en Thaïlande avec toi et Daniel ?

Voyant qu'il était sérieux, elle sentit son cœur tressauter de joie dans sa poitrine, et sa respiration se coupa un bref instant.

— Tu ne peux pas faire une chose pareille !

— Si, je le peux. Il me faudra simplement un peu de temps pour prendre mes dispositions. Je ne peux pas abandonner mes patientes en cours de traitement. Mais si je ne prends plus de nouvelles patientes, je pourrai partir avec toi dans deux mois.

Elle eut un rire mal assuré. Son offre était tellement mirifique qu'elle ne savait pas quoi répondre.

— Tu en es sûr ?

— Sûr et certain.

Se rendant compte qu'il était déterminé à tenir parole, elle fit aussitôt machine arrière.

— Je ne peux pas te demander une chose pareille.

— Mais tu ne m'as rien demandé, dit-il en souriant malicieusement. C'est moi qui t'ai proposé de t'accompagner. J'étais sérieux quand je t'ai dit que j'avais besoin de toi. Et de Daniel. Car vous êtes indissociables. Et c'est très bien ainsi. Je veux que nous formions une famille. Quoi que cela implique. Où que tu sois, à Royal ou en Thaïlande, je veux être avec toi. Mon cœur t'appartient. Et je te suivrai partout où tu iras.

C'était tout ce qu'elle avait rêvé d'entendre de sa bouche, et tellement plus encore. Elle ferma les yeux, tout son être vibrant d'allégresse. C'était le moment d'accepter ce qu'il lui offrait et de passer le reste de sa vie comme la femme la plus heureuse de la terre. De faire preuve de confiance. De croire en lui. En eux.

— Je t'aime, murmura-t-elle, toutes ses réserves envolées. Et à cause de cela je ne peux pas t'éloigner de ce qui est ta raison d'être.

— Ma raison d'être, c'est toi, Daniel et la famille que nous formons tous les trois. Le reste n'était que simple diversion qui m'empêchait de remarquer à quel point j'étais seul avant que tu refasses irruption dans mon existence.

Le trémolo d'émotion dans la voix de Grant était la musique la plus douce que Harley ait jamais entendue.

Toute la vie de Grant était régie par la logique. Le fait qu'il laisse enfin parler son cœur la comblait de joie.

— Ma place est auprès de toi et de Daniel poursuivit-il. Vous êtes mon point d'ancrage. Alors, peu importe que je me trouve ici ou à l'autre bout du monde. Je peux exercer la médecine partout. Ce que je ne supporte pas, c'est d'être loin de vous deux.

Des larmes de bonheur empêchaient Harley de distinguer nettement le sourire merveilleux qui éclairait le beau visage de Grant. Elle cligna les yeux pour affiner sa vision et sentit un filet humide rouler sur ses joues. Grant essuya délicatement ses larmes avec son pouce avant de s'emparer de ses lèvres pour un baiser déférent qui affola ses sens et fit courir plus vite son sang dans ses veines.

S'abandonnant à la joie, elle noua ses bras autour du cou de Grant et lui rendit son baiser avec ferveur. Elle lui donnait son cœur et exultait qu'il lui donne le sien en retour. La passion bouillonnait entre eux tandis que leur étreinte romantique durait encore et encore. Les doigts de Grant se glissaient dans ses cheveux et caressaient sa joue, lui donnant le sentiment merveilleux d'être en sûreté et adorée.

Maintenant que leurs malentendus étaient résolus, Harley se promit de toujours se montrer honnête avec Grant. Elle lui ferait part de ses sentiments et de ses pensées. Ils pourraient être en désaccord et même se disputer. Mais elle savait qu'il l'écouterait.

— Toi et Daniel êtes tout pour moi, avoua-t-elle, le cœur inondé de joie.

Elle n'en revenait pas d'avoir autant de chance. La solitude glaciale dont elle avait tant souffert au cours des cinq dernières années disparaissait tandis que le bonheur rayonnait en elle, tel un soleil.

— Je regrette qu'il m'ait fallu aussi longtemps pour

comprendre à quel point tu comptes pour moi. Si je ne m'étais pas comporté comme un idiot obstiné il y a cinq ans, nous n'aurions pas perdu tout ce temps.

— Tu n'avais pas tort, à l'époque, argua-t-elle. J'avais besoin d'acquérir de la maturité. La maternité et mon séjour à l'étranger sans personne sur qui compter m'ont permis de comprendre qui j'étais et ce que je voulais.

— J'ai désiré ardemment la femme que tu étais, déclara-t-il avec un sourire coquin. Mais j'adore celle que tu es devenue.

Harley sentit son cœur fondre devant tant de tendresse et de passion. Elle avait toujours rêvé qu'un homme l'aime et l'apprécie, et aujourd'hui elle était comblée.

— Tu sais, nous n'avons pas besoin de quitter Royal pour que je sois heureuse, dit-elle. Je comprends à quel point ton travail est important pour toi.

— Et c'est précisément pour cette raison que je suis capable de le laisser derrière moi.

Le regard empli de tendresse, il cueillit son visage entre ses paumes.

— Ma famille n'a jamais fait l'effort de me comprendre. En revanche, tu sais ce qui me motive et tu m'apprécies tel que je suis.

— Oh ! oui. J'aime ton intelligence brillante et ton dévouement désintéressé envers les femmes désireuses d'avoir un enfant. Tu n'aides pas les gens pour les honneurs ou l'argent. Tu crées des familles parce que cela rend les gens heureux. Il faut être stupide pour ne pas le comprendre.

À peine Harley avait-elle fini de parler que Grant la plaquait contre lui et l'embrassait ardemment. Elle noua les bras autour de son cou et s'abandonna à la joie immense qui inondait tout son être. Tandis qu'elle se perdait dans son étreinte passionnée, elle songea au chemin qu'elle avait parcouru depuis les revers de fortune des Wingate. La situation financière catastrophique de Zest l'avait obligée à revenir à Royal, mais c'était son cœur qui s'était appauvri. Il avait fallu qu'elle mette son orgueil de côté et qu'elle croie en l'amour pour devenir riche de la dévotion de Grant.

— Nous ferons en sorte que les choses fonctionnent entre nous, murmura-t-elle, émerveillée, quand Grant se résolut à mettre un terme à leur baiser.

— Nous ferons encore mieux, lui assura-t-il, les yeux emplis de tendresse et de passion. Nous améliorerons la vie des gens, et cela nous rendra très, très heureux.

JOSS WOOD

Un ardent désir

Traduction française de
ROSA BACHIR

PASSIONS

HARLEQUIN

Titre original :
BACK IN HIS EX'S BED

- 1 -

Lorsqu'elle sortit du taxi, Beah Jenkinson se félicita d'avoir pris son long manteau en cachemire. Ignorant la bruine, elle paya sa course, glissa son sac de soirée sous son bras et prit une profonde inspiration.

Tout irait bien. Il le fallait.

Ce n'était qu'un dîner avec l'un des collectionneurs d'art les plus importants et les plus secrets au monde.

Et avec son ex-beau-frère Carrick.

Et son ex-mari, Finn.

Qui se trouvaient aussi être deux de ses trois employeurs. Ce n'était pas si important.

Menteuse. C'était très important.

— Bonsoir, madame.

Beah offrit un sourire distrait au portier en livrée noire puis entra dans le hall du Claridge, splendide hôtel de luxe. Elle faillit regarder son reflet dans les portes vitrées afin de s'assurer que sa robe de cocktail bleu cobalt, avec son épaule dénudée et son bas à volant, était convenable. Mais elle s'abstint. Elle était élégante, elle le savait ; elle l'était toujours, et sa robe était un parfait mélange de chic et de sexy. Comme à son habitude, elle avait coiffé ses boucles rousses en un chignon strict, et couvert ses taches de rousseur honnies par un maquillage savamment appliqué.

Elle avait presque trente ans et ressemblait à ce qu'elle était : une femme sûre d'elle et de son allure. Elle avait une carrière impressionnante, une vie merveilleuse. Ce n'était que lorsqu'elle revoyait Finn Murphy qu'elle redevenait la jeune femme peu sûre d'elle et en quête d'amour qu'elle avait été neuf ans plus tôt.

Ce qui était très agaçant.

Parce qu'elle avait besoin d'une minute pour réguler sa respiration et ralentir son rythme cardiaque, Beah se rendit dans les toilettes où elle s'assit sur un tabouret de velours mauve, rivant son regard à ses escarpins beiges classiques.

Elle appuya la tête contre le mur et ferma les yeux.

Tu peux y arriver, Jenkinson. C'est juste un dîner d'affaires.

Et parce qu'elle avait besoin d'être rassurée, Beah sortit de son sac son téléphone et passa un appel. C'était le début de l'après-midi à Boston mais, si elle avait de la chance, sa meilleure amie répondrait. Beah retint son souffle tandis que les sonneries s'enchaînaient. Mince, Keely était occupée…

— Bonjour, Bee.

Beah se remit à respirer normalement, et son cœur ralentit. La voix de Keely l'avait toujours apaisée. Elle avait rencontré la jolie blonde par l'intermédiaire des frères Murphy et l'avait tout de suite appréciée. Quand Beah et Finn avaient annoncé leur divorce, Keely était venue chez elle avec une bouteille de vin, une pizza et des chocolats.

« Qu'est-ce que tu fais là ? lui avait demandé Beah, en pleurs. Je croyais que les Murphy avaient eu ta garde. »

« Finn a ses frères pour le soutenir. Tu as besoin de quelqu'un. »

Bien qu'elles soient séparées par l'Atlantique à présent, elles étaient aussi proches que jamais.

— Bee ? Parle-moi, trésor.

Beah se redressa et leva les yeux vers le plafond à moulures.

— Je suis assise dans les toilettes du Claridge.

Keely patienta une seconde puis lui demanda :

— Tu veux bien me dire pourquoi ?

Beah tourna la tête et vit son reflet dans le grand miroir. Elle était aussi pâle qu'un fantôme.

— Je suis sur le point de dîner avec Finn, Carrick et Paris Cummings.

— Ah ! Tu es nerveuse ?

Pas exactement.

— Déstabilisée, plutôt. Je suis douée pour mon travail, Keely, et je rencontre des clients tout le temps. De plus, je parle à Carrick et à Ronan au téléphone plusieurs fois par semaine. Finn…

— Finn quoi ? demanda Keely, le ton amusé.

— Finn…

— Attends une seconde, Bee. Mon assistante a une question…

Un répit temporaire, mais qui laissa à Beah le temps de réfléchir. Les souvenirs de sa rencontre avec Finn se bousculèrent dans sa tête. Elle avait alors vingt et un ans et venait de quitter Londres pour New York, ravie à l'idée de travailler dans une nouvelle ville. Diplômée en économie et en histoire de l'art, elle avait décroché un stage chez Murphy International. Après quelques jours, elle avait fait la connaissance de Finn Murphy, un homme brillant et terriblement séduisant.

Comme un papillon attiré par une flamme, elle n'avait pas pu résister à l'attraction qu'avait exercée Finn sur elle. Leur rapprochement avait été inévitable.

Quelques mois plus tard, elle l'avait épousé, grisée par leur alchimie sexuelle phénoménale.

Elle avait très peur qu'en se retrouvant devant lui ce soir l'histoire se répète.

Depuis leur divorce, et bien qu'ils travaillent tous les deux pour Murphy, Finn et elle s'évitaient par accord tacite. Le fait qu'ils vivent sur deux continents différents les y aidait, et lors des rares occasions où Beah avait besoin de l'opinion experte de Finn au sujet d'un tableau ou d'un objet d'art, elle lui envoyait des photos détaillées et, si cela ne suffisait pas, Finn rencontrait le client sans elle.

Ils avaient fait de leur évitement mutuel un art.

Keely reprit la parole.

— Écoute, je sais que tu ne peux pas être nerveuse à cause de ce dîner, parce que tu n'as plus rien à voir avec la jeune femme que tu étais autrefois. Tu es responsable des acquisitions, tu conseilles les riches clients de Murphy sur leurs collections, sur ce qu'ils pourraient acquérir et ce qu'ils devraient vendre. Tu es intelligente, drôle, et d'une beauté renversante.

Voilà pourquoi chaque femme avait besoin d'une meilleure amie. Pour être soutenue quand la façade commençait à se fissurer.

— Pense au chemin que tu as parcouru, et aux choses extraordinaires que tu as accomplies, Bee.

Beah ferma les yeux, laissant volontiers son amie parler.

— Tu as divorcé et, peu après, tu es retournée à Londres pour travailler dans l'agence britannique de Murphy International. Grâce à ton travail acharné, tu es devenue l'une des personnes les plus influentes de cette entreprise. Murphy a de la chance de t'avoir, Bee, et c'est pour ça qu'ils te paient cher, parce qu'ils savent que tes clients sont loyaux envers toi. Tu pourrais même fonder ta propre société de conseil en art et tu aurais une liste de riches clients longue comme le bras.

Oui, à propos de ça…

— Eh bien, ça me rappelle que j'ai quelque chose à te dire, répondit Beah.

Elle demanda à Keely de passer sur FaceTime. Quand la jolie blonde aux yeux noisette apparut sur son écran, Beah lui sourit.

— Te voilà…, dit-elle.

— Qu'est-ce que tu voulais me dire ? Tu as rencontré quelqu'un ? la questionna Keely, curieuse.

— Je n'ai pas le temps de fréquenter quelqu'un !

— Rectification, tu ne prends pas le temps de fréquenter quelqu'un. Tu te sers de ton emploi du temps surchargé comme d'un bouclier. Tu crois que si tu es occupée en permanence, tu n'auras pas le temps de ressentir quoi que ce soit pour quiconque.

C'était un peu trop près de la vérité. Et ce n'était pas un sujet auquel Beah avait envie de songer pour l'instant…

— Tu veux savoir, oui ou non ? rétorqua-t-elle.

Keely lui décocha un sourire narquois.

— Bien sûr, je suis tout ouïe.

— Michael Summers. Tu as entendu parler de lui ?

— Non.

— C'est un marchand d'art et un consultant très réputé. L'un des plus respectés au monde. Il a des années d'expérience, et c'est un véritable gourou dans le milieu de l'art…

Elle marqua un temps, faisant tourner sa bague ancienne en forme de fleur autour de son majeur.

— Il veut prendre une semi-retraite et cherche quelqu'un pour diriger son entreprise et commencer à reprendre sa clientèle.

— Toi ?

— Moi, en effet. C'est une occasion en or, Keels. Michael Summers est une légende, et je suis honorée qu'il veuille travailler avec moi. Mais…

— Mais tu devrais quitter Murphy International, finit Keely, tapotant l'index contre sa joue. Tu pourrais toujours travailler avec Murphy International, ou tu serais *persona non grata* ?

Beah sentit la panique monter en elle. Murphy International était la seule entreprise pour laquelle elle avait travaillé. Elle y avait tout appris.

Elle repoussa ses craintes ; elle avait simplement peur de l'inconnu. Et puis elle n'avait pas passé un pacte de sang ni signé un contrat à vie avec Murphy. Elle avait le droit de tourner la page.

— Ils seraient bêtes de me rejeter, car beaucoup de clients de Michael achètent des œuvres d'art à Murphy International. Ils se tireraient une balle dans le pied en refusant de collaborer avec moi.

— Et je présume que Murphy s'est déjà fait voler d'autres clients par d'anciens employés ?

— Bien sûr, ça arrive tout le temps.

— Et Murphy a survécu. Donc, tu ne réfléchis pas en tant qu'employée mais en tant qu'épouse de Finn.

— Ex-épouse, rectifia Beah, ressentant un pincement au cœur familier.

Elle avait adoré accoler le nom de Finn au sien. Beah Jenkinson-Murphy sonnait fichtrement bien.

Mais c'était Beah Jenkinson à présent…

— Si tu travaillais pour un autre groupe, tu hésiterais ? demanda Keely avec sa franchise coutumière.

— Non, sans doute. C'est une opportunité incroyable. Et je devrai m'investir encore plus. Si j'accepte le poste, je pourrai peut-être dîner avec toi dans cinq ans. Ma vie va devenir un tourbillon.

— Mm, intéressant.

Beah savait que Keely avait beaucoup à dire sur le sujet. Elle consulta sa montre et grimaça.

— Résume tes pensées en deux phrases, Keels, ou je vais être en retard.

— Pourquoi n'as-tu pas accepté tout de suite l'offre de Michael si elle est si géniale, Beah ? À mon avis, c'est parce que tu laisses tes sentiments personnels pour ton ex-mari et sa famille obscurcir ton jugement, ce qui est étrange puisque tu jures avoir tourné la page Finn Murphy.

Beah avait tourné la page, oui. Au bout de presque neuf ans, elle devait l'avoir tournée…

— Et puis, en plus du prestige de travailler avec quelqu'un de cette stature, l'offre de Michael te séduit, parce que tu serais si occupée que tu n'aurais pas le temps de penser, d'éprouver des sentiments, d'avoir des rendez-vous galants. Ce serait une nouvelle excuse pour ne pas t'engager dans la vraie vie.

Keely remettait cela sur le tapis ? Beah l'adorait, vraiment, mais sa meilleure amie était rigide et têtue. Parfois, l'attaque était la meilleure défense.

— Et toi ? rétorqua-t-elle. Tu vois quelqu'un ?

Keely ne cilla pas.

— On ne parle pas de moi mais de toi.

Keely s'éclaircit la voix, et Beah devina que ce que son amie allait ajouter pourrait être blessant. Directe et honnête, Keely prenait rarement des pincettes.

— Bien que cela m'ennuie que Finn et toi ayez souffert à cause de votre divorce, ça a été, sur bien des plans, une bonne chose pour toi, Beah. Tu as appris à te débrouiller seule, à réclamer ce que tu voulais, à poursuivre un but. Mais il m'arrive de penser que tu es devenue un peu trop indépendante.

— Je ne pensais pas qu'on pouvait être trop indépendant.

— Je vais le dire autrement… Ça m'inquiète que tu repousses les gens, que tu ne laisses personne t'approcher.

Ironie du sort, Beah reproduisait le comportement que Finn avait eu avec elle.

— Je suis proche de toi, protesta-t-elle.

— Parce que je m'accroche et que je tambourine à ta porte quand tu me la claques au nez, répliqua Keely.

C'était vrai. Ces neuf dernières années, Keely avait été sa boussole, son roc. Elle serait toujours de son côté, Beah le savait. L'amitié de Keely valait celle de trente femmes.

— Je t'ai, toi, Keels.

— Aussi fabuleuse que je sois, je n'ai pas des grands bras puissants, une voix grave et un point de vue non féminin. Tu as besoin d'amour, Jenkinson, et de sexe. À quand remonte ton dernier rendez-vous galant ? Et pour l'amour du ciel, ne me dis pas que la dernière personne avec laquelle tu as couché est Finn Murphy !

Beah secoua la tête. Elle avait eu des aventures depuis son divorce. Espacées et peu satisfaisantes, mais elles comptaient quand même. Un peu.

Elle vérifia de nouveau l'heure. Si elle ne se dépêchait pas, elle serait en retard, or elle n'était jamais en retard. Une excellente excuse pour mettre un terme à cette conversation pénible. Elle se leva et prit son sac.

— Il faut que j'y aille, Keely. Mes patrons ne seront pas contents si je ne suis pas ponctuelle, et Paris Cummings a horreur des retards.

— Je suppose que je devrais savoir qui est Paris, mais ce n'est pas le cas.

— Collectionneur d'art, issu d'une vieille famille fortunée, promoteur immobilier. Vieux grincheux, vit en reclus, énonça Beah tout en sortant dans le couloir.

Paris Cummings était un collectionneur qu'elle courtisait depuis des années, et elle devait participer à ce dîner pour aider les Murphy à le convaincre de leur faire confiance.

Cela signifiait qu'elle devait être à la même table que son ex-mari, et faire comme s'ils n'avaient pas passé près d'une décennie à s'éviter.

Elle envoya un baiser à Keely et rangea son téléphone dans son sac. Puis elle plaqua un sourire insouciant sur son visage.

Elle n'était plus la jeune fille impulsive qui, une semaine après sa rencontre avec Finn Murphy, avait emménagé chez lui, dans son luxueux appartement, et l'avait épousé après trois mois de relation.

Elle avait une brillante carrière. Elle était sûre d'elle. Elle avait le contrôle de la situation…

À l'entrée du restaurant haut de gamme, Beah sourit au maître d'hôtel et lui confia son manteau. Résistant à l'envie de vérifier qu'aucune boucle rousse ne s'était échappée de son chignon, elle observa la salle à la décoration somptueuse, son attention se portant immédiatement sur la meilleure table.

Comme s'il avait senti qu'elle l'observait, Finn releva la tête et croisa son regard.

Beah eut l'impression d'avoir les pieds collés au sol, et elle ne put s'empêcher d'admirer le visage si masculin et si séduisant de Finn. Il restait encore un peu de l'étudiant brillant qu'il avait été : les lunettes cerclées de métal, le regard vif et intelligent, le sourire hésitant. Une barbe courte et bien taillée recouvrait ses joues et sa mâchoire ; ses cheveux blond foncé étaient un peu plus longs qu'autrefois, et ses épaules, soulignées par un costume sur mesure parfaitement ajusté, encore plus larges.

Il se leva, déroulant son long corps musclé. Il portait une chemise noire sans cravate, et ses yeux vert pâle la scrutaient avec intensité.

Il la regardait ainsi autrefois quand ils faisaient l'amour, juste avant qu'il ne se glisse en elle. Comme si elle était une énigme qu'il devait absolument résoudre.

— Mademoiselle Jenkinson ? S'il vous plaît ?

Beah entendit vaguement son nom et détacha ses yeux de Finn pour les porter sur le maître d'hôtel.

— Les Murphy vous attendent et, j'en suis sûr, seront ravis que vous vous joigniez à eux.

Il lui fit signe de le précéder.

Beah se força à avancer, arborant un air neutre. Elle était certaine que Finn Murphy n'était pas ravi de la voir.

Et elle non plus n'était pas enchantée par ces retrouvailles.

Quinze minutes plus tôt…

Ce n'était qu'un dîner avec un client dans un restaurant chic, se dit Finn. Même s'il n'était pas friand des dîners d'affaires, il en avait connu beaucoup en tant que copropriétaire de Murphy International.

Il n'avait aucune raison d'être nerveux.

Finn leva la main pour desserrer la cravate qui l'empêchait de respirer et jura en silence quand il se rendit compte qu'il n'en portait pas et que le col de sa chemise était ouvert.

Il n'était pas nerveux. Sous pression, peut-être, mais pas nerveux. Ses frères aînés et lui étaient en pleine préparation de l'une des plus grandes ventes aux enchères des cinquante dernières années, et il devait s'assurer que toutes les pièces mises aux enchères, parmi lesquelles des tableaux de maîtres impressionnistes et cubistes, des négatifs d'Ansel Adams et l'une des plus belles collections de jade au monde, étaient irréprochables. La provenance de chacune des huit cents et quelques œuvres devait être soigneusement vérifiée et précisée.

Si ses nerfs ne s'affolaient pas quand il sautait en parachute de gratte-ciel ou qu'il dévalait des pistes noires sur ses skis, alors il n'avait aucune raison de se sentir fébrile pendant qu'il attendait l'arrivée de l'un des collectionneurs d'art les plus fortunés de la planète.

Ainsi que l'arrivée de sa femme.

Ex-femme, bon sang.

Il prit son verre d'eau, le reposa puis saisit son verre de vin rouge, portant le bord de cristal à ses lèvres. Il ne regarderait pas son frère aîné. Pas encore. Sinon, Carrick pourrait percevoir, sous la façade décontractée, le chaos qui faisait rage en lui.

Il n'avait pas envie d'expliquer qu'à l'idée de revoir Beah, même pour un simple dîner d'affaires, il se sentait nerveux. Un peu tendu, rectifia-t-il. Autrefois, Beah et lui avaient été aussi proches que deux personnes pouvaient légalement l'être ; à présent, ils n'étaient plus que des collaborateurs séparés par un océan, de vagues connaissances.

— Respire à fond, Finn.

Finn adressa un regard irrité à Carrick. Son aîné semblait impassible, mais une lueur amusée brillait dans ses yeux vert pâle. Finn envisagea de faire, aussi subtilement que possible, un doigt d'honneur à son frère. À quinze ans, quand il était le rebelle et le casse-pieds de la famille, il aurait pu réagir ainsi. À trente-trois ans, il ne se comportait plus comme un gamin. Il ne le devrait plus, en tout cas.

Mais l'envie était bien là.

— Je te trouve bien nerveux, ce soir, commenta Carrick, prenant son verre de whisky.

— Ça va, dit Finn entre ses dents. Tu sais que je préfère éviter les dîners avec les clients, d'habitude. Je ne suis pas doué pour faire la conversation.

Ce n'était pas un mensonge. Il n'était vraiment pas doué pour communiquer avec autrui. Carrick et Ronan savaient charmer et convaincre les clients, mais Finn avait tendance à être trop sec, trop abrupt. Sa brusquerie était connue dans toutes les agences de Murphy International. Ce n'était pas pour rien qu'il préférait travailler seul, se consacrant aux livres, aux textes, aux recherches. Il était plus doué avec l'art et avec les objets qu'avec les gens. Car les objets inanimés ne parlaient pas.

On disait de lui qu'il était l'intellectuel de l'entreprise familiale, le cerveau, le reclus. Il n'avait aucun problème avec ces descriptions. Elles étaient toutes, dans une certaine mesure, vraies.

Carrick l'observait calmement.

— Tu es ici parce que Cummings veut te rencontrer. Apparemment, c'est un grand fan.

Finn ricana.

— Un fan ? Tu parles comme si j'étais le chanteur d'un *boys band*.

— Ça l'a beaucoup impressionné que, bien que toutes les autorités sur d'Arcy te soient tombées dessus, tu aies refusé de céder quand le monde de l'art affirmait que tu avais tort.

Encore cette histoire ? Des années plus tôt, alors qu'il venait de décrocher un doctorat en histoire de l'art, Finn avait publié un article dans lequel il avançait que le tableau *Voleur dans la nuit*, du célèbre artiste français d'Arcy, avait été peint non pas par le maître lui-même mais par l'un de ses apprentis.

On l'avait accusé d'être arriviste, arrogant et pis encore, mais ça ne l'avait pas touché à l'époque, et ça ne le touchait pas aujourd'hui. Il était sûr de ses connaissances et avait rarement tort. Il avait fallu des années et une série de tests menés par des experts pour que le monde de l'art accepte le fait qu'il avait raison. Le propriétaire du tableau, qui avait perdu des millions, n'appréciait pas beaucoup Finn. Mais en tant que responsable mondial de l'art chez Murphy International, Finn se devait d'être loyal envers les œuvres d'art, et non envers leurs propriétaires.

— En tout cas, Paris Cummings a été épaté par tes recherches et par ta ténacité malgré la pression.

Finn fit tourner son vin dans son verre.

— Je ne regrette pas d'avoir campé sur mes positions, mais je déplore la mauvaise publicité générée par cet incident.

Son attitude arrogante n'avait fait qu'empirer les choses. À l'époque, il était particulièrement imbu de sa personne, pensant que ses diplômes en art et en droit ainsi que son polyglottisme faisaient de lui un être à part. Sa réputation de génie avait été mise à mal, ce qui l'avait vexé. Il fallait l'admettre, il avait été imbuvable.

Aujourd'hui, après un mariage raté et presque une décennie passée à mûrir, il n'était plus si prompt à affirmer qu'il était plus malin, plus intelligent, plus vif. Peu à peu, il avait pris conscience de ses limites. Bien qu'il soit brillant dans certains domaines - il excellait dans la recherche et était naturellement sportif - il était terriblement peu doué pour les relations sociales.

À l'inverse de ses frères, il n'avait pas une grande intelligence émotionnelle. Les concepts étaient faciles à appréhender ; les gens, non.

Les êtres humains, avec leur psychisme si complexe, étaient un mystère total pour lui. Il doutait que cela change un jour.

Il s'adossa à sa chaise et jeta un coup d'œil vers son aîné. Carrick avait trouvé l'amour en la personne de Sadie, la détective qu'il avait engagée pour enquêter sur un tableau qui pourrait être un Homer. Ils étaient fiancés et follement épris l'un de l'autre.

Ronan, le cadet des frères Murphy, était aussi amoureux. La nourrice qu'il avait engagée pour s'occuper de ses deux petits garçons allait bientôt devenir sa femme.

Finn était heureux que ses frères soient accaparés par leurs affaires de cœur ; cela détournait leur attention de lui. « Sauter en parachute d'un gratte-ciel, Finn, tu as perdu la tête ? Nager avec des requins ? Tu prends trop de risques ! » Et il se réjouissait de ce répit. Ni Carrick ni Ronan ne comprenaient son besoin d'adrénaline, sa volonté de repousser ses limites.

Lui ne comprenait pas pourquoi ils donnaient une autre

chance à l'amour alors que l'un était divorcé et l'autre veuf. Alors, il considérait qu'ils étaient à égalité.

Pour Finn, offrir son cœur était le plus grand risque de tous. Se permettre d'être sentimentalement vulnérable était, à ses yeux, la chose la plus dangereuse que l'on puisse faire.

Il avait expérimenté l'amour autrefois, mais il ne s'était pas autorisé à s'abandonner totalement avec Beah. Sans surprise, leur mariage avait tourné au désastre.

Carrick repoussa la manchette de sa veste pour regarder sa montre.

— Cummings voudra discuter avec toi. C'est un mordu d'histoire et de sciences. Laisse-toi simplement porter. Beah et moi interviendrons si tu montres des signes… d'impatience.

Pour Finn, tenir une conversation intellectuelle avec l'un des collectionneurs d'art les plus riches du monde, devant Beah, la femme qui était encore la star de ses fantasmes, serait un vrai défi.

— J'ai vu le mail dans lequel tu annonces prendre des vacances dans quelques semaines, dit son frère. Où est-ce que tu vas ?

— Dans le Colorado. Escalade sur glace.

Trois, deux, un…

— C'est sans risque ? demanda Carrick, l'air soucieux.

Eh bien, non. Car, si elle était sans danger, Finn ne pratiquerait pas cette activité. La moitié du plaisir dans les sports d'aventure résidait dans le risque. Finn ne pouvait pas et ne voulait pas prendre de risques avec son cœur, mais il n'avait aucun problème à mettre son corps en jeu.

Le danger lui donnait le sentiment d'être vivant. Et, oui, Finn aimait l'excitation que cela lui procurait. La concentration totale que les sports extrêmes requéraient lui permettait aussi de déconnecter son cerveau trop actif. Il cessait de penser, d'analyser, de planifier.

Et l'afflux de dopamine était génial…

— Tu n'as pas peur qu'il t'arrive quelque chose ?

Finn réfléchit à la question. Bien sûr, c'était une possibilité, mais il ne laissait pas la peur l'arrêter.

— Tu sais qu'on ne peut pas contrôler l'avenir, Carrick. Les drames arrivent, quoi qu'on fasse.

Carrick ne répondit pas, et Finn sut que son frère pensait à leur passé, et aux nombreuses tragédies que les Murphy avaient connues. Le monde les voyait comme une famille riche et puissante. Les gens se souvenaient rarement de l'enfer qu'ils avaient traversé.

Ils étaient restés soudés et avaient surmonté les épreuves. Ils étaient marqués, meurtris, mais ils étaient toujours plus forts ensemble que séparés.

Cependant, leur passé les avait marqués. Ses frères avaient leurs difficultés ; Finn, pour sa part, n'aimait pas la vulnérabilité inhérente à l'amour. Selon lui, il était plus facile et moins risqué de rester en retrait que d'aimer quelqu'un totalement.

Il valait mieux garder ses distances plutôt que d'aimer une personne que l'on pouvait perdre.

Redressant les épaules, il adressa à son frère un sourire rassurant.

— Ne t'inquiète pas, Carrick. Rien n'est certain, alors autant vivre le présent et ne pas se soucier de l'avenir. D'ailleurs, je compte être là pendant longtemps, ne serait-ce que pour vous embêter Ronan et toi.

— Cummings est là, annonça Carrick en se levant. Sois poli.

Finn se leva à son tour et boutonna sa veste. Il plaqua sur son visage ce qu'il espérait être un sourire sincère et regarda son client, un homme grand et maigre, traverser la salle. Apercevant un éclair de bleu cobalt derrière lui, Finn reporta son regard sur la rousse flamboyante qui parlait au maître d'hôtel, et dont les boucles sauvages étaient maîtrisées en un chignon impitoyablement strict.

Elle avait caché ses taches de rousseur sous un maquillage parfait, et sa silhouette autrefois pulpeuse s'était affinée.

Finn sentit son ventre se nouer. Beah semblait plus mûre, et elle était élégante et sophistiquée. Elle ressemblait tout à fait à une femme d'affaires londonienne, ce qu'elle était. Follement séduisante, mais froide et distante…

Il ne put s'empêcher de se demander s'il restait quoi que ce soit de son épouse impulsive, au tempérament artiste et à la crinière bouclée.

Ex-épouse. Tu parles six langues, Murphy, tu es donc capable de te rappeler que c'est ton ex-femme.

- 2 -

Beah accepta le bref baiser sur la joue de Carrick, l'entendit murmurer « beau travail » et sourit. Un peu plus tôt dans la soirée, Paris Cummings avait donné son accord verbal pour vendre des œuvres d'art de sa collection ou en acheter par l'intermédiaire de Murphy, et Beah avait aidé à convaincre le milliardaire que Murphy International était le bon choix pour se séparer de certaines œuvres mineures, parmi lesquelles un petit Lowry.

Certes, aucun document n'avait été signé, mais dans le milieu de l'art les contrats les plus importants et les plus audacieux étaient scellés par une poignée de main. La confiance était impérative dans le monde au sein duquel ils évoluaient.

Le lendemain, elle se rendrait avec Finn chez Paris, dans sa maison de Hyde Park, afin qu'ils passent en revue sa collection, décident avec lui ce qu'il était prêt à vendre et lui donnent des estimations sur le montant qu'il pouvait espérer. Oui, cela impliquait une autre rencontre avec Finn mais, pour ajouter à sa liste un client aussi important que Paris Cummings, Beah rencontrerait le diable en personne.

Elle regarda Carrick escorter Paris jusqu'à la sortie, très consciente que Finn était à côté d'elle. Le tissu de son costume effleurait son épaule nue. Il sentait toujours aussi bon, songea-t-elle. Son parfum était un mélange de soleil, d'air frais, de sexe et de péché, et Beah sentit la tête lui tourner.

Elle n'aurait peut-être pas dû prendre un second verre de prosecco.

Oh ! mais de qui se moquait-elle ? Ce n'était pas le vin qui lui faisait tourner la tête, c'était son mari au corps parfait… *Ex-mari.*

Se comporter en professionnelle pendant le repas avait failli l'achever. Elle n'avait fait que déplacer les aliments dans son assiette, embarrassée par les yeux verts splendides qui guettaient chacun de ses gestes. Elle avait remarqué les grandes mains de Finn, les reflets dorés dans ses cheveux blonds, la façon dont sa chemise noire épousait ses pectoraux puissants et son ventre ferme.

En sa présence, elle se sentait aussi troublée qu'autrefois, et l'effet qu'il avait sur elle - les pulsations dans son bas-ventre, l'onde de chaleur entre ses jambes - l'irritait. Elle n'était plus la jeune femme enivrée par les talents sexuels de son mari qu'elle était à vingt et un ans. Elle ne devrait rien éprouver pour Finn…

Elle ne le devrait plus.

Beah porta la main à son chignon, vérifiant que ses boucles étaient toujours sous contrôle. Elle détestait ses cheveux. Quand elle les laissait lâchés, elle semblait instantanément sauvage, et plus jeune de dix ans. Et cela lui rappelait qu'autrefois Finn aimait plonger les mains dans sa crinière et y enfouir le visage.

Un souvenir qu'elle détestait. Et qu'elle adorait en même temps.

Désormais, elle attachait systématiquement ses cheveux. Il était plus facile de les maintenir sous contrôle…

Garder le contrôle était très important pour elle.

— Tu es en beauté, Beah.

Surprise par le compliment inattendu, elle releva la tête et plongea le regard dans celui de Finn. En apparence, il semblait détendu, courtois et sûr de lui. Mais elle le connaissait suffisamment bien pour remarquer la tension dans ses épaules raides. Elle savait que Finn détestait les dîners d'affaires, et ces deux dernières heures avaient sans doute été aussi pénibles pour lui que pour elle. Mais pour des raisons tout à fait différentes.

Elle voulut répondre, lui retourner le compliment puis se ravisa. À quoi bon ? Elle dirait quelque chose, il répondrait et, après une minute, ils ne trouveraient plus rien à dire. Faire la conversation n'avait jamais été leur point fort.

Elle posa les doigts sur son front, sentant des pulsations lui marteler les tempes.

— Nous ne sommes pas obligés d'échanger des banalités, dit-elle.

Le regard de Finn s'assombrit. D'irritation, supposa-t-elle.

— Ça fait longtemps qu'on ne s'est pas vus, Beah, mais tu devrais savoir que je ne fais pas dans les banalités.

Elle avait été malpolie, s'avisa-t-elle.

— Merci pour le compliment, concéda-t-elle.

— Allons prendre un verre au bar.

— Pourquoi ? demanda-t-elle, consciente de la main que Finn avait posée au creux de son dos.

Ça ne voulait rien dire. Finn était juste bien élevé, comme à son habitude.

Seulement, ce contact l'électrisait et faisait danser des étincelles sur sa peau. Pourquoi avait-elle toujours des réactions aussi vives avec lui ? Malgré toutes ces années, Finn avait encore la capacité de transformer en moins de dix secondes la femme contrôlée qu'elle était en femme impulsive.

Elle s'écarta pour remettre de la distance entre eux. Leur alchimie intense lui rappelait pourquoi elle avait mis un océan entre eux, pourquoi ils ne pourraient jamais travailler dans la même ville, dans le même immeuble. Sur le même continent…

Finn la troublait, et elle n'aimait pas ça. Elle avait fourni beaucoup d'efforts pour se créer un monde calme et ordonné, mais après un seul dîner et cinq minutes de conversation avec Finn, elle était déstabilisée.

Maudit Finn.

Lorsqu'ils furent hors du restaurant, elle se tourna vers lui.

— Je ne peux pas prendre un verre avec toi. Je suis fatiguée et j'ai encore du travail à faire ce soir.

Finn glissa les mains dans ses poches et l'observa.

— Poule mouillée, murmura-t-il.

Elle plissa les yeux.

— Tu crois que j'ai peur de prendre un verre avec toi ?

Comment osait-il insinuer qu'elle était lâche ? Après leur divorce, elle avait refusé de prendre le moindre centime de sa part, avait regagné son pays d'origine et avait travaillé très dur pour gravir les échelons de l'entreprise. Elle n'avait jamais demandé aucune faveur à son ex-mari ou à ses ex-beaux-frères, et peu de gens chez Murphy savaient qu'elle avait été mariée à l'un des propriétaires.

S'élever dans l'organigramme en utilisant son nom de jeune fille avait requis du cran et beaucoup de travail… Comment Finn osait-il insinuer qu'elle manquait de courage ?

Il l'étudiait toujours.

— Voyons ça de manière logique, dit-il.

Il sous-entendait qu'il était toujours logique et elle non… *Grrr.*

— Dans trois mois, nous allons organiser les ventes de printemps, notamment la collection Mounton-Matthews. Le service des relations publiques va être en surchauffe, et tu vas recevoir une centaine de questions de ma part, concernant les différents objets en vente. Tu sais comme moi que c'est la collection la plus importante mise aux enchères depuis une génération, voire deux. Nous pouvons continuer à échanger des mails froids et brefs, ou nous pouvons nous remettre en question et essayer d'être amis, d'établir une relation de travail qui fonctionne vraiment. Nous nous sommes mariés il y a longtemps. Tu ne crois pas qu'il serait logique que nous tentions de trouver une nouvelle normalité ?

Beah le soupçonnait d'employer le « nous » collectif alors qu'il pensait seulement à elle. Et cela l'agaçait qu'il agisse comme si l'attirance était unilatérale, comme s'il ne posait jamais le regard sur ses lèvres, ses seins… comme s'il n'avait absolument aucun intérêt sexuel pour elle.

Il avait beau être un Murphy et l'un de ses patrons, il avait tout de même besoin de redescendre sur terre.

Elle n'était pas seule sur ces montagnes russes de désir.

Elle se dirigea vers les ascenseurs, appuya sur un bouton d'appel et attendit que les portes s'ouvrent. Elle pourrait dire à Finn ses quatre vérités, ou prendre un verre avec lui et discuter. Ils pourraient parler de la vente aux enchères à venir, d'art, de leurs clients, de l'état du marché ces derniers temps.

Elle choisit la seconde option. Elle ne laisserait pas Finn Murphy soupçonner qu'elle le désirait encore, que son corps d'Apollon lui manquait, que parfois elle se réveillait la nuit en sueur, au bord de l'orgasme, parce qu'elle avait rêvé qu'elle faisait l'amour avec lui.

Son époux peu communicatif et émotionnellement distant ne lui manquait jamais, mais son amant talentueux, très souvent.

Les portes de l'ascenseur s'ouvrirent, et Beah entra dans la cabine, consciente que Finn était juste derrière elle et la dominait de toute sa hauteur. Deux autres couples entrèrent après eux, puis un troisième, et elle se retrouva acculée dans un coin, le corps puissant de Finn la protégeant des autres occupants de ce petit espace. Ses seins effleuraient son torse ferme, et sa robe touchait ses cuisses musclées.

Elle commit l'erreur de lever les yeux, remarquant sa barbe blonde coupée court, sa bouche sensuelle, ses yeux ourlés de longs cils… Elle pourrait le contempler des heures.

Il était l'incarnation de la virilité, du sexe et du désir.

Elle vit son regard s'assombrir, et Finn posa la main sur sa taille, ses doigts la brûlant à travers sa robe. Son regard prit une teinte dorée tandis qu'il serrait sa hanche. Il la désirait.

Beah le voyait dans ses yeux, dans la façon dont il fixait sa bouche. La proéminence dans son pantalon était aussi un bon indicateur.

Il posa la main sur son visage, et elle retint son souffle quand il approcha les lèvres des siennes. Parce qu'elle avait besoin de savoir s'il avait la même saveur qu'autrefois - un mélange de sexe, de soleil, de vent et de chaleur - elle serra les revers de sa veste. S'il ne l'embrassait pas, ce serait elle qui le ferait.

Elle effaça les derniers centimètres qui les séparaient et se mit sur la pointe des pieds. Il effleura ses lèvres, et elle émit un petit gémissement que lui seul pouvait entendre. Elle le sentit sourire contre ses lèvres, respira son parfum. Puis, il posa la bouche sur la sienne, sa barbe courte chatouillant sa peau. Glissant la main au creux de son dos, il l'attira contre lui, et elle sentit son sexe en érection se presser contre son ventre. Enivrée de désir, elle entrouvrit les lèvres, et Finn inséra la langue dans sa bouche, provoquant une onde de chaleur en elle qui se propagea dans tout son corps.

Elle était perdue, dans son parfum, dans les souvenirs, dans la pure masculinité de cet homme qu'elle n'avait jamais réussi à oublier…

Vaguement, Beah entendit les portes de l'ascenseur s'ouvrir et des personnes sortir. Elle devrait interrompre ce baiser. Mais c'était si bon, et cela faisait si longtemps…

Ce fut lui qui mit fin au baiser. Ils étaient seuls dans la

cabine, et les portes étaient encore ouvertes, remarqua-t-elle. Elle devrait s'échapper et rentrer chez elle.

Mais elle n'arrivait pas à bouger, et pas seulement parce que Finn lui bloquait le passage. Elle savait que si elle le poussait très légèrement, si elle donnait le moindre indice qu'elle se sentait mal à l'aise, Finn reculerait et la laisserait partir.

Mais elle n'avait envie d'aller nulle part. Pour l'heure, être dans les bras de Finn était exactement ce dont elle avait besoin.

Finn appuya sur un bouton, et les portes de l'ascenseur se refermèrent aussitôt.

— Tu as trois choix, Bee, dit-il. Je peux rouvrir ces portes, et tu peux rejoindre le hall, ou nous pouvons aller au bar et prendre un verre.

— Et le troisième choix ?

— Ma chambre. Et dès l'instant où tu passeras la porte de ma suite, je t'enlève ça, ajouta-t-il en tirant sur sa robe. Je t'enlève tout.

Elle ne devrait pas céder, car c'était une très mauvaise idée. Seulement, elle était sage depuis trop longtemps…

— Tu me le promets ? demanda-t-elle, glissant la main sous sa veste pour la poser sur sa taille.

Elle souleva sa chemise et soupira de plaisir lorsqu'elle sentit ses muscles fermes et chauds sous ses doigts.

— Ta chambre, Finn. À condition que tu sois nu aussi.

Elle vit un éclair de soulagement jaillir dans ses yeux. Il appuya sur le bouton de son étage puis se remit à l'embrasser.

C'était la manière dont ils communiquaient le mieux. La seule manière qui fonctionnait pour eux.

Keely Matthews sortit de sa salle de bains, observa l'homme extrêmement séduisant allongé dans son lit et poussa un soupir agacé. Dare Seymour, son amant aux épaules puissantes et au fessier parfait, était endormi.

Elle rêvait de se pelotonner contre lui, d'appuyer la tête sur son épaule et de fermer les yeux.

Elle aussi était fatiguée. Agréablement fatiguée. Après deux séances d'ébats prodigieux, elle se sentait détendue et affectueuse. Le premier sentiment ne la dérangeait pas ; le second était inacceptable.

Car elle refusait d'avoir des sentiments pour Dare Seymour, qui était son amant mais aussi son avocat. Il était trop viril, trop attirant, trop renversant, et Keely n'était pas du genre à se pâmer devant les hommes.

Surtout ceux qu'elle ne pensait pas apprécier.

Ou ceux qu'elle appréciait trop.

Mince.

Elle s'appuya contre le chambranle de la porte et se frotta les tempes. Elle n'aurait jamais dû commencer une liaison avec Dare, mais il lui avait été impossible de résister. Cet homme savait embrasser comme personne. Son talent pour les *french kiss* n'était surpassé que par ses talents entre les draps.

Et, parce que le sexe était une bonne manière de développer des sentiments, Keely se surprenait souvent à penser à lui à des moments inopportuns et passait bien trop de temps à se rappeler leurs exploits sexuels.

Elle devait remettre de la distance entre eux. Elle ne voulait pas d'une relation sérieuse, encore moins avec quelqu'un d'aussi têtu, obstiné et autoritaire que Dare.

Dans un couple, il n'y avait de la place que pour une personne autoritaire et, en temps normal, c'était elle qui endossait ce rôle. Elle savait bien qu'elle ne plaisait pas à tout le monde. Son côté dictatorial et sa franchise ne lui valaient pas que des amis. Adolescente, elle avait sincèrement essayé d'être moins rigide, mais ses bonnes intentions s'étaient toujours envolées au bout d'une semaine ou un mois.

Elle n'y pouvait rien si elle voyait les problèmes avec clarté et si les solutions à ces problèmes jaillissaient dans son esprit. Certes, elle pourrait garder ses opinions pour elle, mais pourquoi devrait-elle regarder souffrir les gens qu'elle aimait alors qu'elle avait les réponses ?

Keely savait qu'elle était difficile à vivre ; on le lui avait dit maintes fois, en maintes occasions. Et toutes ses relations sentimentales suivaient le même schéma : ses amants affirmaient qu'ils pouvaient composer avec une forte femme, que son assurance les excitait, et elle les croyait.

Mais après deux ou trois mois, invariablement, ils commençaient à se plaindre, à lui reprocher d'être trop excessive, trop autoritaire, trop tout court.

Au bout du compte, ils faisaient leurs bagages et sortaient de sa vie, laissant son cœur pas si solide en lambeaux.

Après bien des chagrins, elle avait appris à limiter ses liaisons à des aventures superficielles et purement charnelles ; ainsi, elle évitait de souffrir. Dare Seymour, son avocat au physique de bûcheron, ne lui briserait pas le cœur.

Réveille-le et mets-le dehors. Allons, Keely, tu ne peux pas le laisser passer la nuit ici…

— Laisse-moi deviner. Tu es sur le point de me mettre dehors.

Même s'il avait marmonné contre l'oreiller, elle avait entendu l'irritation percer dans la voix de Dare. Il se retourna et s'assit dans le lit, décoiffé et sexy. Keely réprima l'envie de se jeter à son cou et de l'embrasser…

Il passa la main dans ses cheveux et lui décocha un regard aiguisé.

— On couche ensemble depuis six semaines, Keely. Je peux quand même passer toute la nuit chez toi sans que le ciel nous tombe sur la tête ?

Elle baissa les yeux. Bien sûr, il pouvait rester, mais dormir ensemble, c'était ce que faisaient les vrais couples, pas les amants occasionnels. Et Dare devait rester un amant très occasionnel.

Elle leva le menton et soutint son regard bleu azur.

— Je n'aime pas avoir des gens dans mon espace.

— Ce n'est qu'un prétexte. Tu as peur, c'est tout.

Elle haussa un sourcil arrogant.

— Rien chez toi ne me fait peur, Seymour.

— Oh ! chérie, tout chez moi te fait peur, répliqua-t-il en souriant.

Elle inclina la tête sur le côté et ignora les battements affolés de son cœur.

— Qu'est-ce qui t'arrive ? Une petite attaque cérébrale ? ironisa-t-elle. Une rupture d'anévrisme ? Parce que tu te comportes de manière étrange.

— Tu te sers de sarcasmes pour éviter le sujet. Tu as peur de moi parce que je suis assez fort pour composer avec ta langue bien pendue et ta personnalité autoritaire.

C'était ce qu'ils disaient tous. Elle avait cru ses précédents amants. Mais ils avaient pris la tangente. Les hommes prenaient toujours la tangente.

Elle n'était pas assez stupide pour croire que Dare serait l'exception à la règle.

— Ce n'est que du sexe, Dare, affirma-t-elle en désignant le lit. Tu imagines des choses qui n'existent pas.

Il écarta les draps et se leva avec grâce. Il avança vers elle, l'air confiant, et elle soutint son regard avec tout autant d'assurance.

— Tu peux te raconter des salades, Keely, mais n'essaie pas de me les servir. Je vois ton expression quand je te touche. J'entends tes gémissements, la façon dont ta voix s'adoucit quand tu me susurres des mots doux.

— C'est ce que font les femmes dans le feu de l'action. Ne prends pas ça au sérieux.

— Arrête de mentir.

Il prit son visage entre ses mains, et Keely plissa les yeux.

— Je peux lire en toi, Keely, et tu n'as pas le cuir aussi dur que tu le penses. Il y a quelque chose entre nous, et c'est plus que de l'attirance physique.

Ses paroles la troublaient.

Non, s'avisa-t-elle. Elle ne pouvait pas répéter les mêmes erreurs.

— Il n'y a que le sexe entre nous, Seymour. Tu confonds le charnel et l'émotionnel.

— Mais bien sûr, marmonna-t-il en laissant retomber ses mains.

Il afficha un sourire sarcastique.

— Parfait, dit-il. Alors trouve quelqu'un d'autre qui soit capable de te procurer le même frisson.

La terreur qui la saisit se voyait sans doute dans ses yeux, car Dare arbora un air satisfait.

— Pas très fan de cette idée, hein ? pavoisa-t-il.

Elle prit un air implacable. Elle ne laisserait pas Dare remporter ce débat. Il en gagnait la plupart, en général grâce à son raisonnement logique. C'était très agaçant, d'ailleurs.

— Cette conversation est ridicule, et il est temps qu'elle se termine, décréta-t-elle.

Elle traversa la pièce pour ramasser le pantalon de Dare sur le sol. Elle le lança sur le lit puis prit sa chemise sur une chaise, résistant à l'envie de porter le vêtement à son visage pour en respirer le parfum.

Il enfila son caleçon puis son pantalon. Keely n'aimait pas cet air songeur sur son visage, car elle savait que son esprit si vif était en train de tourner à plein régime. Oui, il mijotait quelque chose, et elle n'était guère rassurée…

De plus, elle avait horreur d'attendre.

— Crache le morceau, tu veux ? lâcha-t-elle.

Il mit sa chemise mais ne la boutonna pas. Glissant les mains dans ses poches, il soutint son regard.

— Tu veux arrêter notre liaison ? demanda-t-il.

— Non ! Bien sûr que non !

Mince. Elle n'aurait pas dû répondre si vite. Elle aurait dû paraître plus froide, feindre l'indifférence.

— C'est bon à savoir, répondit-il avec un petit sourire. Le problème, Keely, c'est que je veux davantage.

Davantage ? Jusqu'à quel point ? Elle posa la main sur sa gorge soudain serrée.

— Eh bien… que… Hum…

— Je t'ai coupé le sifflet. Je n'en reviens pas, commenta-t-il.

Elle le fusilla du regard, et il leva la main en signe d'apaisement.

— D'accord, voilà le topo…, commença-t-il.

Son air déterminé, la tension qu'elle percevait en lui ne lui disaient rien qui vaille.

— Je suis un homme, donc, évidemment, je ne veux pas cesser de partager ton lit et d'explorer ton corps splendide…

— Mais ?

— Mais si tu veux coucher avec moi, tu vas devoir me donner quelque chose en échange.

Comme quoi ? Et avait-elle vraiment envie de le savoir ? Elle n'en était pas sûre, car elle était prête à presque tout pour coucher avec Dare.

Maudit soit-il.

— Si tu veux une nuit de sexe, je veux d'abord un rendez-vous galant.

Un rendez-vous galant… Quoi ?

— Mais de quoi parles-tu ? lui demanda-t-elle, un peu perdue.

Il inséra les pans de sa chemise dans son pantalon et boucla sa ceinture en cuir d'autruche.

— Pour chaque heure que nous passerons au lit, je veux deux heures pendant lesquelles nous parlerons, nous danserons, nous interagirons.

— Tu sais danser ? s'étonna-t-elle.

— Je me débrouille.

Il la rejoignit et lui prit la main, effleurant ses phalanges avec ses lèvres.

— On dirait que je viens de te proposer d'essayer les fouets, les chaînes et les combinaisons de cuir, plaisanta-t-il.

— Je… je…

Bon sang, pourquoi ne trouvait-elle pas les mots ? Elle n'était jamais à court de mots, d'habitude.

— Tu tiens à ce que notre relation reste purement physique, Keely. Je tiens à la faire évoluer

— Jusqu'à quel point ?

— Je veux que tu m'épouses et que tu portes mes enfants.

Elle parut sans doute choquée car Dare se mit à rire.

— Si tu voyais ta tête ! Je plaisantais, Killer.

Elle se renfrogna, car elle n'aimait pas qu'il l'appelle par ce surnom. Et elle se détourna rapidement, espérant cacher sa déception maintenant qu'il avait retiré son offre mariage et enfants. Se marier et fonder une famille avait toujours été le véritable désir de Keely, son rêve le plus cher.

Dare roula des épaules, l'air pensif.

— Nous ne sommes plus des gamins, Keely, et cette histoire d'ennemis amants commence à me lasser. Je veux juste voir si l'étincelle entre nous peut se transformer en feu.

Elle avait connu beaucoup d'étincelles, et quelques feux rapidement étouffés ou éteints par sa forte personnalité ou par l'incapacité de son partenaire à s'y adapter.

Non, elle ne pouvait pas accepter ce marché. Pas avec Dare. Pas avec cet homme qui, elle en était convaincue, briserait son cœur en mille morceaux.

— Ça ne marchera pas, Dare.

Il passa le pouce sur sa lèvre inférieure, la faisant frissonner.

— Bien sûr que si, Keels. Fais-moi confiance.

Elle ne le pouvait pas ; elle avait trop à perdre. Son cœur avait déjà pris bien trop de coups. Il fallait qu'elle se protège.

Elle s'écarta de lui et s'enlaça la taille.

— Non. Je refuse ton offre.

Elle lui offrit une poignée de main.

— Ça a été un plaisir, Dare.

Il eut l'audace de sourire. Il lui serra la main puis l'attira contre lui et lui donna un baiser. Elle était sur le point de s'abandonner à son étreinte quand il recula.

— Trésor, tu veux la même chose que moi, tu es juste trop têtue et effrayée pour l'admettre. Je parie que dans moins de deux semaines, tu m'appelleras pour m'inviter à dîner.

— Je t'appellerai quand les poules auront des dents.

Il l'embrassa sur le nez, l'air toujours amusé.

— C'est toi qui paieras le dîner, et nous discuterons, Keely. Si j'estime que tu as fait suffisamment d'efforts, je te laisserai faire des folies avec mon corps.

Elle eut envie de le gifler.

— Quel mufle tu fais !

— Parce que je n'accepte plus que tu dictes les règles de notre relation ? demanda-t-il, parlant comme l'avocat impitoyable qu'il était. Parce que je veux davantage que ton corps ?

— Parce que tu me pousses à faire ce que je ne veux pas faire.

— Je t'y pousse parce que tu es plus courageuse et que tu mérites mieux que tu ne le crois, ma belle.

Il ramassa ses chaussures et lui adressa un sourire tendu.

— J'attends ton appel, dit-il.

Il se dirigea vers la porte de la chambre.

— Quand il neigera en enfer, lança-t-elle alors qu'il lui tournait le dos.

Il se retourna et afficha un sourire nonchalant et sensuel.

— Ce sera avant ou après que les poules auront des dents ? Je suis impatient de voir ces deux phénomènes se réaliser.

Argh ! Elle prit sa brosse à cheveux sur la table de chevet et la lança en direction de Dare, mais il était déjà sorti de la pièce.

Elle ne lui téléphonerait pas. Elle ne lui paierait pas à dîner, ne passerait pas des heures à lui parler. Il avait perdu la tête s'il la pensait aussi faible…

Néanmoins, l'idée de ne plus le revoir glaçait son cœur.

Mais, au moins, il n'était pas brisé.

- 3 -

Beah sentit Finn quitter le lit et, dès qu'elle entendit la porte de la salle de bains se refermer derrière lui, elle se leva et se mit en quête de ses vêtements. Ne trouvant pas sa robe ni ses dessous - ses vêtements avaient volé dans les airs dès qu'elle était entrée dans la suite luxueuse - elle enfila la chemise de Finn. Heureusement, les pans lui arrivaient aux genoux. Prenant un verre d'eau sur la table de chevet, elle laissa le liquide glisser dans sa gorge asséchée.

Elle donnerait n'importe quoi pour un café.

Elle écarta les boucles qui lui barraient le front, se souvenant que, la veille, Finn lui avait retiré ses épingles pour plonger les mains dans sa crinière incontrôlée. Elle savait que l'essentiel de son maquillage avait été effacé par les baisers et les caresses de Finn. Ses taches de rousseur étaient sans doute apparentes, lui donnant l'air d'une jeune fille et non d'une femme.

Son maquillage et ses coiffures strictes comptaient parmi les nombreux boucliers qu'elle dressait entre le monde et elle. Et elle continuerait de les dresser. Elle ne laisserait pas un homme au corps musclé et aux immenses talents sexuels s'infiltrer à nouveau dans son cœur. Elle avait fourni énormément d'efforts pour changer, pour devenir financièrement et émotionnellement indépendante. Finn lui avait appris que la seule personne à qui elle pouvait se fier était elle-même.

Elle devait lui faire comprendre qu'il ne s'agissait que de

sexe. Ils avaient partagé une nuit de plaisir, mais cela n'irait pas plus loin. Entre eux, il existait une alchimie physique, pas un lien amoureux.

Quand la porte de la salle de bains s'ouvrit, Beah rassembla sa masse de boucles. Elle aurait aimé avoir des épingles ou un élastique pour les attacher mais, puisque ce n'était pas le cas, elle fit un chignon désordonné. Tout valait mieux que de ressembler à une pauvre orpheline irlandaise.

Sentant le regard de Finn sur le haut de ses cuisses, elle baissa les bras, et la chemise descendit de quelques centimètres. Elle devrait trouver quelque chose d'intelligent à dire, ou, à tout le moins, saluer Finn mais…

Bon sang, comment pouvait-on feindre le détachement lorsqu'on était face à une montagne de muscles sculptés ?

Elle laissa son regard danser sur ses abdominaux en relief, ses pectoraux recouverts par une légère toison blonde, ses bras puissants. Il était encore plus musclé que neuf ans plus tôt, ce qu'elle n'aurait pas cru possible. Il avait enroulé autour de sa taille une serviette blanche, et Beah posa les doigts sur ses lèvres pour vérifier qu'elle n'était pas en train de baver.

Reprends-toi, ma petite.

Finn n'était pas parfait ; il ne l'avait jamais été. Il était solitaire, distant et, bien que brillant, il était peu doué pour communiquer. Dans ce domaine, il avait encore beaucoup de progrès à faire…

Finn alla prendre le téléphone de la chambre. Beah fixa son dos nu, l'entendit commander du café et remercia le ciel que l'un d'eux ait le sens des priorités. Une douche, un café vite avalé, et elle filerait d'ici.

Il reposa le téléphone sur sa base et se tourna vers elle. Son regard vert d'eau, mystérieux et insondable, la figea net.

Il désigna le lit.

— C'était…, commença-t-il.

Il cherchait ses mots, ce qui ne lui ressemblait pas.

— Une expérience amusante ? Intéressante ? Une erreur ? suggéra-t-elle.

Il croisa les bras.

— Une expérience amusante et intéressante, oui. Une erreur ? Cela dépend de nous.

Finn était maître dans l'art de faire des phrases énigmatiques.

— C'est-à-dire ?

— Ce ne sera une erreur que si nous la laissons en être une. Pour moi, c'était une nuit extraordinaire, passée avec une femme que j'adorais autrefois.

Qu'il adorait, pas qu'il aimait, nota-t-elle. Elle ne devrait pas se sentir blessée, mais c'était le cas. Elle redressa les épaules, plus irritée contre elle-même que contre lui. Ils étaient divorcés depuis longtemps, pourtant il avait encore le pouvoir de la contrarier. C'était ridicule. Elle était ridicule.

— Si tu veux aller prendre une douche, je me charge de rassembler tes vêtements pendant que j'attends le *room service*, proposa-t-il.

Manifestement, il avait hâte qu'elle s'en aille. Il adorait peut-être son corps, mais il n'appréciait pas sa compagnie. Peu de chose avait changé en une décennie, à l'évidence.

Mais Beah ne laisserait pas paraître sa déception. Et elle ne verrait rien de plus dans cette nuit que des moments de plaisir partagé.

— Oui, je prendrai volontiers une douche. Et ensuite, un café rapide. Je dois repasser chez moi avant de me rendre chez Paris. Nous avons rendez-vous à 9 heures, rappela-t-elle.

— Je peux m'occuper de Paris seul, si tu veux.

Sûrement pas ! Elle essayait de faire affaire avec Cummings depuis des années et elle ne laisserait pas Finn terminer le travail à sa place. Elle serait présente à cette réunion, et elle convaincrait Paris de signer un contrat officiel avec Murphy

International. Ainsi, elle ajouterait un grand collectionneur à sa liste de clients déjà impressionnante.

Tandis qu'elle se dirigeait vers la salle de bains, elle entendit le téléphone de Finn émettre un bip. Elle-même avait sans doute reçu une douzaine de mails et autant de SMS, tous provenant de clients ayant besoin de conseils pour vendre ou pour acheter.

Fermant la porte derrière elle, elle résista à l'envie de prendre son téléphone pour voir ce qu'elle avait manqué. Un quart d'heure de plus ne changerait pas grand-chose. Elle avait le droit de prendre un peu de temps pour profiter de cette douche de luxe et des lotions et crèmes à disposition.

Elle ôta la chemise de Finn puis entra dans la cabine de douche. Elle poussa un soupir de plaisir quand l'eau ruissela sur ses épaules et que la tension au bas de son dos disparut peu à peu. Elle adorait son appartement de Notting Hill, mais la pression de l'eau était épouvantable, et ses douches ressemblaient davantage à des bruines légères qu'à des averses d'été chaudes et drues. Elle pourrait rester sous ce jet éternellement.

Quand elle entendit la porte s'ouvrir, elle regarda par-dessus son épaule et vit Finn s'appuyer contre le plan de toilette, le regard fixé sur son téléphone dernier cri.

— Hé ! protesta Beah, gardant le dos tourné.

Finn lui lança un regard distrait.

— Bee, j'ai vu chaque centimètre de ton corps hier soir. C'est un peu tard pour être pudique.

Exact. Elle se retourna vers lui et remarqua son air soucieux.

— Que se passe-t-il, Finn ?

Il agita son téléphone.

— Tu te souviens de Ben ?

Bien entendu. Ben était le plus vieil ami de Finn. Sa petite amie Piper et lui avaient été les seuls invités de leur mariage à Las Vegas. Puis Ben et Piper avaient rompu et, après son divorce, Beah les avait perdus de vue. Ce qui était regrettable, car elle les appréciait tous les deux.

— J'ai perdu le contact avec eux. Toi, non, apparemment, et je m'en réjouis, dit-elle, versant une généreuse dose de gel douche dans sa main.

— Ben et moi échangeons des coups de fil tous les deux ou trois mois. Il vit toujours à Hong Kong, où il est banquier d'investissement.

Elle attendit qu'il poursuive, consciente qu'il ne servait à rien de le presser. Finn se confierait à son rythme ou pas du tout.

Il passa la main sur sa nuque.

— Il veut me demander un service, dit-il.

Finn n'était pas le plus sociable des hommes, mais une fois qu'il se liait à quelqu'un, en général, c'était pour la vie. Il s'accrochait à ses amis, mais il l'avait laissée partir aisément, nota-t-elle.

Disparaissez, douleur et désappointement. Il n'y a pas de place pour vous dans ma tête.

— Piper et lui vont se marier. Dans six semaines.

— C'est fantastique ! Quand se sont-ils remis en couple ? Elle est à Hong Kong ?

— Ils ont renoué il y a un an, et Piper a déménagé pour s'installer chez Ben.

Ce n'étaient que des bonnes nouvelles, alors pourquoi Finn était-il dans la salle de bains avec elle ?

— Eh bien, que dit le message ?

Il regarda son écran de téléphone.

— « Nous nous marions. Besoin d'un immense service », lut-il. C'est bizarre, parce que Ben n'est pas du genre à demander des faveurs.

Elle commença à se rincer.

— Quel genre de faveur ? demanda-t-elle. Tu aurais une brosse à dents en plus ?

Finn ouvrit un tiroir et en sortit une brosse à dents encore emballée. Il posa son téléphone le temps de la déballer et d'appliquer du dentifrice sur la tête. Puis il ouvrit la porte de la cabine de douche et lui tendit la brosse.

Tout cela était très normal, très domestique, comme si c'étaient des habitudes bien ancrées. Mais rien dans cette situation n'était normal.

Beah glissa la brosse dans sa bouche et ferma le robinet. Elle prit la serviette que Finn lui tendait et l'enroula autour d'elle. Du coin de l'œil, elle le vit taper un message et, après une minute, il reçut une réponse.

— Alors ? demanda-t-elle.

— Il veut que je lui téléphone.

Elle acheva de se brosser les dents puis défit son chignon désordonné et laissa ses boucles retomber le long de son dos. Une mèche effleura le poignet de Finn. Il l'attrapa aussitôt et l'enroula autour de son index.

— Ils sont bien plus longs qu'autrefois, lui fit-il remarquer.

— Il faut que je les fasse couper.

Elle les tressa rapidement, une autre manière de les contrôler.

— Quand tu iras chercher mes vêtements, peux-tu aussi trouver mon sac ? demanda-t-elle. Il y a un élastique dans la poche latérale.

Il hocha la tête, son regard passant de ses cheveux à sa bouche. L'espace d'un instant, Beah crut qu'il allait l'embrasser. Elle ne pouvait pas le laisser faire. Sinon, leurs serviettes se retrouveraient au sol, et ils seraient à nouveau dans le lit, ou sous la douche…

Et ils se mettraient en retard.

Leur nuit était terminée ; ils devaient tourner la page.

Parce qu'elle devait rompre le charme, elle lui donna un coup de coude.

— Oublie ça, Murphy, ta chance est passée.

— Mais je pourrais la rattraper, rétorqua-t-il, caressant son bras nu du revers de la main.

Sois forte, Bee. L'un de vous doit être raisonnable.

On frappa à la porte de la chambre, et Finn marmonna un juron.

— Je vais aller chercher le café, dit-il.

— Et mes vêtements. Et mon élastique.

Elle plaqua un sourire insouciant sur son visage, faisant comme si elle n'avait pas été à deux doigts d'arracher la serviette de Finn et de plaquer son corps encore humide contre le sien.

Elle attendit une minute, puis deux. Pourquoi Finn mettait-il autant de temps ? Quand elle fut certaine que le serveur était reparti, elle prit encore dix minutes pour s'enduire le corps de lait corporel. Puis, toujours drapée dans sa serviette, elle alla dans le salon de la suite richement décorée. Finn était assis au bord d'une chaise, les avant-bras sur les genoux, le regard rivé au sol.

Elle s'arrêta net, soudain inquiète.

— Finn ? Qu'y a-t-il ?

Il releva la tête, et la tristesse dans son regard la frappa.

— Je viens de parler à Ben. Comme il l'a dit, Piper et lui se marient aux États-Unis dans six semaines.

C'était une heureuse nouvelle, alors pourquoi Finn semblait-il si abattu ?

— Ben m'a demandé d'organiser le mariage. Piper n'a pas de famille et celle de Ben n'est pas fiable. J'ai accepté de les aider.

Beah ne comprenait toujours pas. On pouvait presque tout faire à distance, de nos jours, grâce à Internet. Mieux, Piper pourrait prendre un avion, passer une semaine à

Boston et tout préparer elle-même. Bien que Beah admire la volonté de Finn d'aider ses amis, elle ne voyait pas pourquoi il acceptait d'apporter son concours alors qu'il avait tant à faire. La vente Mounton-Matthews, notamment. Finn jouait un rôle clé dans la vente aux enchères la plus attendue de cette décennie. Et puis, il y avait la réunion avec Paris Cummings, et l'authentification du tableau de Keely, qui était peut-être un Homer.

Pourquoi le mariage d'un ami figurerait-il en haut de la liste ?

— Piper veut se marier, à Boston, dans six semaines, répéta-t-il d'une voix blanche. Elle a un cancer du pancréas de stade quatre. Ben dit qu'elle a, au maximum, six mois à vivre.

Beah se laissa tomber sur le bras du fauteuil le plus proche, avec l'impression que quelqu'un venait de lui décocher un coup de poing en plein ventre. Elle plaqua la main contre sa bouche, et ses yeux s'emplirent de larmes lorsqu'elle songea que Piper, si gaie et si pleine de vie, essayait de donner un sens à son avenir.

Ou plutôt à son manque d'avenir.

Elle se mordilla la lèvre.

— Comment pouvons-nous les aider ? demanda-t-elle. Que peut-on faire ?

— Tu peux aider Piper en m'aidant à organiser un mariage dont tout le monde se souviendra dans cette vie. Et dans celle d'après.

Beah se dirigea vers le plateau de café et versa le breuvage odorant dans une tasse de porcelaine. N'ajoutant ni sucre ni crème, elle porta la tasse à ses lèvres et prit une gorgée.

Elle avait besoin de cette dose de caféine presque autant qu'elle avait besoin de sortir d'ici.

Mais elle ne pourrait pas s'en aller tant qu'elle ne serait pas habillée. Elle parcourut le salon du regard et repéra sa robe sur le sol. Elle la ramassa, la secoua puis prit une autre gorgée de café. Ensuite, elle prit son slip sur le dossier d'une chaise. Elle irait dans la salle de bains pour finir de s'habiller, puis elle partirait.

C'était un plan efficace, et raisonnable. Si elle s'en allait maintenant, elle pourrait avoir une heure ou deux devant elle, pour prendre du recul, et essayer d'analyser ce qui s'était passé hier soir.

— Qu'est-ce que tu fais ? demanda Finn.

Elle l'observa. Il était pâle et semblait encore sous le choc. Découvrir qu'une vieille amie avait très peu de temps à vivre était terrible, et Beah savait que Finn avait besoin de temps pour se faire à cette idée. Quand elle avait appris que sa mère était condamnée, elle s'était effondrée.

Elle compatissait ; c'était une nouvelle horrible, et très triste. Finn étant autonome et distant, elle supposait qu'il préférait être seul.

Elle brandit sa robe.

— Je m'habille et ensuite je m'en vais, répondit-elle.

— Mais il faut qu'on discute du mariage de Ben et Piper.

Elle ouvrit de grands yeux. Certes, il avait lancé l'idée qu'elle l'aide à organiser la noce, mais elle avait cru qu'il avait dit cela sur le moment, sans réfléchir. Pas un instant, elle n'avait cru qu'il était sérieux. Et elle le lui expliqua.

— Je dis rarement des choses que je ne pense pas, Beah, répondit-il, se levant pour se servir une tasse de café.

— Écoute, je suis vraiment triste pour Piper et pour Ben. Je sais à quel point c'est terrible.

Elle passa les mains sur son visage, tentant de repousser les souvenirs de sa mère amaigrie et livide.

— Mais, Finn, je n'ai eu aucun contact avec eux depuis

neuf ans. Je n'ai vu Piper que quelques fois après Las Vegas. Je ne la connais pas.

— Mais tu sais organiser un mariage. Tu l'as déjà fait.

— De quoi parles-tu ?

— Tu as organisé le mariage de Nell.

Nell… Elle n'avait pas repensé à elle depuis des années. Elles avaient été stagiaires ensemble chez Murphy International, et Beah l'avait aidée à préparer la réception de son mariage. Elle secoua la tête, impressionnée par la mémoire infaillible de Finn.

— Je n'en reviens pas que tu t'en souviennes !

— Je me souviens de tout, dit-il, soutenant son regard. Écoute, je suis doué pour beaucoup de choses, mais les mariages… Ce n'est pas mon point fort. Ben est mon meilleur ami, et il traverse un enfer, alors, tu veux bien m'aider ?

Elle se mordilla la lèvre, retenant le « non » qui voulait s'échapper de ses lèvres. Elle n'avait pas de temps à consacrer à un mariage. Elle avait des clients à voir, des voyages à effectuer. Rien qu'aujourd'hui elle devait voir Paris Cummings, puis déjeuner avec un autre client au Ritz. Et une princesse koweïtienne l'avait invitée à un spectacle sur West End.

Et, pour être franche, elle avait une autre raison pour refuser d'aider Finn : elle ne pouvait pas se permettre de passer plus de temps avec lui. Car, en sa présence, elle se sentait vulnérable. Elle avait travaillé très dur pour créer la vie qu'elle souhaitait, or Finn la poussait à reconsidérer ses choix.

Des questions bien trop familières tournaient en ce moment même dans sa tête. Et si elle s'était battue pour garder Finn, pour faire fonctionner leur mariage ? Et s'ils avaient consulté un conseiller conjugal ? Si elle lui avait laissé plus d'espace, si elle avait été un peu moins exigeante ?

Mais elle n'était pas la seule responsable de l'échec de

leur union. Et si Finn avait été plus communicatif, plus compréhensif ? S'il l'avait fait passer avant son travail ou son besoin de solitude, seraient-ils encore ensemble aujourd'hui ?

Elle remit ses cheveux en arrière. Les souvenirs de leurs nuits d'amour étaient fantastiques, mais les autres souvenirs, beaucoup moins.

Leur mariage était fini, c'était un fait. La nuit qu'ils venaient de passer ensemble, aussi merveilleuse avait-elle été, était terminée. Ils devaient redevenir des collaborateurs, qui communiquaient par mail.

Elle avait le droit de dire non à la requête de Finn, de ne pas s'impliquer. Cela ne faisait pas d'elle un monstre. Elle essayait juste de se protéger.

— Je n'ai pas le temps, répondit-elle. Et puis, je vis ici, à Londres, pas à Boston. Même si j'acceptais de t'aider, je ne peux pas faire grand-chose d'ici.

C'était la vérité, mais pas toute la vérité. Seulement, Finn n'avait pas besoin de le savoir.

Il prit une grande gorgée de café, puis une autre.

— Nous savons tous les deux que tu pourrais te réinstaller à Boston pendant quelques semaines, si tu le voulais, argua-t-il.

— Mais je ne le veux pas, Finn. Mes clients sont ici. Mon travail est ici.

Je ne peux pas passer plus de temps avec toi, Finn. Je ne peux pas prendre un tel risque.

— Mais je ne connais rien à l'organisation d'un mariage ! s'exclama-t-il.

— Tu as bien réservé deux billets pour que nous allions à Las Vegas, non ?

Presque dix ans et un divorce plus tard, elle se sentait encore flouée, parce qu'elle n'avait pas eu de belle robe de mariée, ni la sensation d'être une princesse. Ce voyage à

Las Vegas avait été une décision de dernière minute. Et leur mariage, un coup de tête, une décision impulsive prise par deux jeunes gens inconscients. Elle avait acheté une robe de soirée dans la boutique de l'hôtel et volé quelques roses dans le jardin de la chapelle pour confectionner son bouquet. C'était peut-être pour cela qu'elle avait accepté d'aider Nell par la suite.

Finn reposa sa tasse sur le plateau d'argent.

— Quand es-tu devenue si têtue ? demanda-t-il, contrarié.

Elle prit une grande inspiration, espérant que cela l'aiderait à être patiente.

— J'ai appris à dire non quand j'ai divorcé de toi, Finn. J'ai appris à faire ce qui était bon pour moi, à ne pas me laisser diriger, à ne pas me plier en quatre pour faire plaisir aux gens. Je me sens triste pour Piper, je t'assure. Mais je ne t'aiderai pas à organiser son mariage.

Elle ne le pouvait pas, car Finn lui faisait éprouver des sentiments. Il lui faisait aussi perdre le contrôle, or il fallait qu'elle se ressaisisse.

Elle devait rentrer chez elle, et ils devaient continuer à s'ignorer comme ils le faisaient depuis neuf ans. C'était la seule solution.

Elle retourna dans la chambre immense et jeta ses vêtements sur le lit confortable.

Laissant tomber sa serviette, elle enfila son slip et ravala des larmes traîtresses.

Elle repassa la conversation dans sa tête, pour être certaine d'avoir fait le bon choix. Oui, elle était occupée, surmenée. Elle avait une série de ventes à préparer avec ses clients, à commencer par la très grosse vente Mounton-Matthews au début du printemps. Elle avait aussi des rendez-vous prévus avec son avocat, son comptable, et quand elle aurait repris ses esprits, elle rencontrerait Michael pour discuter de son incroyable proposition.

Elle regarda la porte close et se mordilla la lèvre, tentant d'étouffer sa culpabilité pour avoir dit non à Finn, pour faire faux bond à Piper et, tant qu'elle y était, pour vouloir quitter son poste chez Murphy International.

Ce n'était pas une défection. Elle avait le droit de rejoindre une autre entreprise, de restructurer sa vie professionnelle. Elle avait été mariée à un Murphy, mais elle n'était pas un membre de la famille. Elle n'avait pas à rester avec les Murphy jusqu'à ce que la mort les sépare.

Il lui avait fallu beaucoup de temps pour accepter le fait qu'elle avait le droit de rechercher de nouvelles opportunités, un nouveau défi, et de penser à sa carrière. Les hommes le faisaient sans problème.

Elle avait le droit de penser d'abord à elle, de se protéger. Alors, si tel était le cas, pourquoi luttait-elle non seulement contre ses larmes mais aussi contre l'envie de courir retrouver Finn pour lui dire qu'elle l'aiderait à organiser un mariage inoubliable bien que précipité ?

Beah avait rapidement regagné son appartement de Notting Hill. Après s'être changée, elle se servit son deuxième café de la matinée et alla dans son salon baigné de soleil. Elle adorait son appartement. Il était coloré, confortable, et c'était le seul endroit où elle pouvait pleinement se relaxer.

Elle regarda en souriant une photo de sa mère et elle, sur le manteau de cheminée. Le cliché avait été pris peu avant l'annonce de la maladie. Deux semaines plus tard, leur vie avait été bouleversée à jamais.

Elle soupira en songeant que la vie de Ben et Piper aussi était bouleversée. Elle se demandait comment ils composaient avec la terrible réalité.

Beah n'avait pas de regrets concernant la mort de sa mère… Non, c'était faux. Bien sûr, elle regrettait que sa mère soit décédée ; elle ressentait son absence encore chaque jour, mais elle n'avait pas de remords ni de regrets concernant sa fin de vie. N'ayant que dix-neuf ans à l'époque, elle avait arrêté ses études pendant un semestre afin de prendre soin de sa mère, et si c'était à refaire, elle le referait sans l'ombre d'une hésitation. Durant les derniers mois, elles s'étaient donné beaucoup d'amour.

Sa mère et elle avaient toujours formé une équipe, et bien qu'elles aient eu leurs différends - quel duo mère et fille ne connaissait pas de disputes ? - elles avaient toujours fait preuve d'honnêteté l'une envers l'autre. Quand le père de Beah était parti, elles s'étaient soutenues, toutes deux blessées et stupéfiées par cet abandon.

Elles s'étaient réconfortées mutuellement, chacune étant un roc pour l'autre. Jusqu'à ce que sa mère soit plongée dans le coma, elles avaient ri et pleuré ensemble. Elles avaient créé des souvenirs heureux, à leur manière, et s'étaient dit au revoir. À l'époque, en regardant sa mère s'en aller, Beah avait compris que la vie devait être vécue pleinement, chaque seconde de chaque jour.

C'était pourquoi elle avait sauté à pieds joints dans son histoire d'amour avec Finn. Elle avait emménagé avec lui dès qu'il le lui avait proposé et l'avait épousé à Las Vegas. Pour ne pas laisser passer la moindre seconde de bonheur.

Néanmoins, quelque part entre son divorce et aujourd'hui, elle avait perdu cette volonté de prendre des risques, de se lancer dans de nouvelles aventures. Elle avait eu le cœur meurtri lorsque son mariage s'était effondré, et sa tentative avortée de renouer avec son père après avoir signé les papiers du divorce n'avait rien arrangé. Depuis, elle éprouvait le besoin de se protéger à tout prix.

Elle sursauta quand son téléphone sonna. Elle prit l'appareil et sourit en voyant le numéro affiché sur l'écran.

— Comment se fait-il que tu sois encore debout ?

demanda-t-elle à Keely, calculant machinalement le décalage horaire. Tu viens de chasser un amant de ton lit et de le renvoyer chez lui ?

— En gros, oui.

— C'est vrai ! Qui est-ce ?

— C'est une longue histoire, répondit Keely d'un ton détaché.

Ce qui signifiait qu'elle n'était pas prête à en parler, devina Beah.

— Tu ne m'as pas envoyé de message pour me dire comment s'était passé ton dîner. Finn et toi avez résisté à l'envie de vous entre-tuer ?

— Nous nous sommes bien tenus, jusqu'à ce qu'il me déshabille.

Il fallut un instant à Keely pour comprendre.

— J'espère que ça n'est pas arrivé quand vous étiez encore à table, commenta-t-elle d'un ton placide. Donc, tu as couché avec lui ?

— Non, coucher est un mot un peu faible. Disons plutôt que nous avons partagé des ébats époustouflants, répondit Beah, sans parvenir à masquer l'amertume dans sa voix.

— Je ne sais pas quoi dire, ni comment réagir, avoua Keely.

— Nous sommes deux.

Beah prit une grande inspiration puis raconta tout à son amie. Comment Finn lui avait demandé de l'aider à organiser le mariage, ce qu'elle ressentait concernant la maladie de Piper, le flot des souvenirs et les vieilles blessures qui se rouvraient.

— Et parce que je suis masochiste, je me suis même souvenue que mon père n'était pas ravi de me voir quand je suis revenue à Londres après mon divorce, ajouta-t-elle d'une voix émue.

Durant cette conversation gênante avec son père, elle

avait appris qu'il avait quitté le foyer conjugal pour aller vivre chez sa maîtresse. Sur le manteau de cheminée, elle avait vu une photo de sa belle-mère et de son père le jour de leur mariage qui avait eu lieu quatre jours après l'enterrement de sa mère.

Pendant que Beah soignait sa mère malade, son père avait reconstitué une famille heureuse avec sa maîtresse et la fille de celle-ci, une enfant de six ans qui l'appelait papa.

Beah avait senti que quelque chose était mort en elle ce jour-là. Peut-être était-ce sa naïveté, sa croyance innée que les gens étaient pour la plupart bons, que l'amour était censé rendre heureux, que les hommes qu'elle aimait l'aimaient en retour.

Mais ces horribles années lui avaient appris à être forte, indépendante, à ne se fier à personne. Les gens, surtout ceux qui étaient censés vous aimer le plus, finissaient toujours par vous abandonner.

— Je n'arrête pas de penser qu'à Hong Kong deux amoureux arrivent à la fin de leur histoire, qu'une vie approche de son terme, dit-elle, essuyant les larmes qui coulaient sur son visage. J'ai peur de passer du temps avec Finn, Keels, car il me déstabilise. Mais j'ai de la peine pour Ben. Car je sais ce que c'est que de voir quelqu'un que l'on aime s'éteindre peu à peu. Il va osciller entre l'espoir et le désespoir, essayer d'être fort et de rester fort…

— Oh ! trésor !

— Et Piper veut un beau mariage, une célébration de leur amour, de merveilleux souvenirs auxquels s'accrocher. Moi-même, je suis en bonne santé et j'aimerais avoir ce genre de souvenirs ! J'aurais aimé que Finn et moi ayons notre jour parfait.

Piper et Ben avaient besoin de moments de bonheur auxquels ils pourraient se raccrocher quand la maladie progresserait. Et Beah avait refusé de les aider à cause de… Oui, sa réticence à s'impliquer avait tout à voir avec Finn.

Elle ratissa le sable blanc de son petit jardin de méditation posé sur la table basse. Elle avait cru que ses ébats avec Finn seraient juste des moments de plaisir. Mais ils avaient été bien davantage…

Ces instants avaient été à la fois doux et torrides, familiers et surprenants. Et cela, c'était parce que Finn et elle partageaient un lien, qu'ils se connaissaient bien.

Beah ne pouvait pas se permettre d'avoir une relation sérieuse avec Finn Murphy. Dieu merci, elle vivait à Londres. Si elle vivait à New York ou n'importe où sur la côte est américaine, elle devrait voir Finn plus souvent, ce qui augmenterait la probabilité qu'elle se retrouve dans son lit. Et qu'elle retombe amoureuse de lui, ce qui serait une situation intenable.

— Je suis faible et Finn est séduisant, Keely. Je ne veux pas retomber amoureuse de lui.

— Et tu crois que ça arrivera si tu l'aides à organiser ce mariage ? Comment ça pourrait arriver ? Je te rappelle qu'il retourne à Boston et que, hélas, tu restes à Londres. Si tu proposais de l'assister, tu échangerais quelques mails et quelques coups de fil ?

— Oui, des appels brefs, et des mails encore plus brefs. Je serais tout à fait professionnelle.

— Alors où est le problème, et en quoi cela serait-il différent de ce que tu as fait ces neuf dernières années ?

En rien, effectivement.

— Tu te trouves des excuses, Jenkinson. Tu veux aider Ben et Piper, oui ou non ? reprit Keely avec sa franchise habituelle.

— Je ne crois pas que je pourrais me regarder dans une glace si je ne le faisais pas.

— Bien parlé ! Ma mission est terminée. Je t'adore, *bye*.

Décontenancée par cet au revoir abrupt, Beah secoua la tête et posa le téléphone sur la table basse. Oui, elle voulait que Piper ait le mariage qu'elle-même n'avait pas eu, qu'elle vive une journée parfaite, merveilleuse, pleine d'amour.

Et, en vérité, Finn aurait besoin d'aide pour choisir les menus, les fleurs, décider des étapes de la cérémonie. Comment un homme qui avait trouvé génial d'être marié par un sosie d'Elvis Presley dans une chapelle clinquante pourrait-il organiser une noce digne de ce nom ?

Beah ravala sa rancœur, se rappelant qu'elle avait été sacrément heureuse de se marier, malgré tout. Car elle avait eu peur que Finn change d'avis au dernier moment. Elle avait accepté tout ce qu'il voulait, afin qu'il glisse une alliance à son doigt.

Néanmoins, en secret, elle avait rêvé de marcher jusqu'à l'autel dans une robe superbe, en tenant un bouquet de roses et de lis, et d'échanger des vœux avec Finn devant leur famille, leurs amis, et un vrai prêtre.

Malheureusement, elle n'avait pas eu la chance de vivre un mariage de conte de fées. Elle ne voulait pas que Piper manque cette chance. Beah ne pouvait pas faire grand-chose depuis Londres, mais elle pouvait découvrir ce que Piper souhaitait exactement et transmettre ses requêtes à Finn. Si elle lui donnait des instructions détaillées, il ne pourrait pas se tromper. Elle l'espérait, en tout cas.

Elle prit son ordinateur portable et tapa le nom de Ben dans ses comptes de réseaux sociaux. Par le biais d'amis communs, elle découvrit où il travaillait et, après quelques minutes, elle obtint les coordonnées de Piper.

Les réseaux sociaux étaient fantastiques.

Une heure plus tard, elle termina sa conversation téléphonique avec Piper qui l'avait chaleureusement remerciée d'accepter de les aider. Comme elle, Piper doutait de la capacité de Finn et de Ben à organiser un mariage romantique. Les hommes qui ne comprenaient pas l'importance de lancer des fleurs fraîches ne devraient pas se charger des mariages, avait-elle argué.

Deux minutes après que Beah eut raccroché, son téléphone émit un bip. C'était un message de Ronan.

> La vente Mounton-Matthews approche, et Carrick et moi pensons qu'il vaut mieux que tu viennes à Boston pour les huit prochaines semaines. On a besoin de toi ici. Au plus vite.

Beah fixa son téléphone, la peur lui nouant la gorge. L'adage se vérifiait : aucune bonne action ne restait impunie.

Finn sortit du taxi et observa la maison ancienne et splendide de Paris Cummings. Géorgienne, peut-être ? Comme il l'avait précisé durant le dîner la veille, Paris avait vue sur la cathédrale Saint-Paul, et on pouvait presque se rendre de chez lui à Hyde Park en marchant. Finn passa les mains dans ses cheveux et roula des épaules pour évacuer la tension puis consulta sa Rolex ancienne. Sa montre avait appartenu à son grand-père et, soixante ans plus tard, elle donnait toujours l'heure exacte.

Il avait dix minutes d'avance, constata-t-il. Il emploierait ce temps à rappeler Ben, qui avait dû écourter leur conversation pour assister à une réunion. Il passa l'appel et s'appuya contre la clôture métallique qui entourait la propriété.

Le visage de Ben apparut sur son écran. Finn expliqua à son ami qu'il ne savait pas quoi dire, ni comment le réconforter. Ben lui sourit avec bienveillance puis prit la parole.

— Elle va vaincre cette maladie, dit-il, essayant de prendre un ton enjoué. Je refuse d'accepter l'idée que le sort m'arrache Piper alors qu'elle vient de revenir dans ma vie.

Finn hocha la tête. Mais d'après ses recherches sur

Internet, il savait que les chances de Piper de vaincre son cancer du pancréas étaient minces. Presque inexistantes.

— Piper voulait que je te remercie d'avoir accepté d'organiser le mariage. Elle aura fini la chimiothérapie et la radiothérapie d'ici là, et j'espère qu'elle sera assez en forme pour pouvoir profiter de cette journée. Nous prendrons l'avion quelques jours avant la cérémonie.

Son camarade tapota son écran avec l'extrémité de son stylo.

— Merci de nous aider, Finn. Piper n'a pas de famille, et comme tu le sais, je ne peux pas compter sur la mienne pour faire ce qu'il faut.

Finn acquiesça d'un signe de tête. Il savait que la vie familiale de Ben avait été chaotique. Ses parents avaient alterné entre richesse et pauvreté et, étant donné leur situation financière en dents de scie, Ben avait passé beaucoup de temps dans la maison de Finn, à Beacon Hill.

— Tu peux m'envoyer une liste des souhaits de Piper ? demanda Finn. Tu sais si elle a des idées sur les fleurs ou le menu ? La musique ? Vous voulez un orchestre ?

Ben hésita.

— Puisque Piper est fragile, nous devrions peut-être nous contenter d'une petite cérémonie. Et parce qu'elle se fatigue facilement, quelque chose de pas trop long ?

Ce serait bien plus facile si Beah avait accepté de l'aider, songea Finn. Elle avait fait un travail formidable pour organiser le mariage de Nell, alors que cette dernière et son fiancé n'avaient pas beaucoup d'argent. Elle s'était beaucoup investie, presque comme s'il s'agissait de son propre mariage.

Était-ce parce que Beah et lui s'étaient mariés à Las Vegas ? Après qu'il lui avait assuré, désinvolte, qu'ils n'avaient pas besoin d'un grand mariage ?

Il n'avait pas souhaité de cérémonie à l'église ni de grande réception. Beah avait-elle partagé sa vision des choses, ou avait-elle rêvé en secret d'un mariage de conte de fées ? C'était drôle, il se rappelait les détails du mariage de Nell, mais pas la réaction de Beah concernant leur propre union.

Mémoire sélective, Murphy ?

Et pourquoi cela le tracassait-il maintenant ? Beah et lui avaient eu un mariage agréable, avec Piper et Ben comme témoins, et avaient passé un week-end génial à Las Vegas. Et leur mariage, comme Beah le lui avait froidement rappelé tout à l'heure, était terminé.

— Je songe à engager une organisatrice de mariages pour m'aider à tout préparer, dit-il.

— J'ai essayé d'en engager une, pensant que ce serait la solution la plus logique, répondit Ben. Mais toutes celles que j'ai contactées sont débordées. Apparemment, le printemps est la saison la plus chargée, et personne n'a le temps ou l'envie d'organiser un mariage précipité. Étant à Hong Kong depuis longtemps, je n'ai plus de contacts à Boston ni aucune relation à faire jouer.

Les Murphy étant la famille la plus célèbre de la ville, Finn avait un immense réseau de relations. Mais il savait aussi que Sadie, la fiancée de Carrick, avait décidé de reporter leur mariage car la plupart des couples se mariaient en mai ou en juin.

— Je sais que je t'en demande beaucoup, Finn, mais j'ai les mains liées. Nous ne pouvons pas quitter Hong Kong pour l'instant. Piper a encore des traitements, et je dois être auprès d'elle.

L'angoisse de Ben transparaissait dans son regard vide.

Finn se débrouillerait. Il ne laisserait pas tomber ses amis. Il n'arriverait peut-être pas à trouver une organisatrice de mariage, mais il restait Beah.

Ben et Piper avaient besoin d'elle, et Finn n'hésiterait pas à faire jouer sa corde sensible pour la convaincre. Beah et lui étaient adultes ; ils pouvaient se comporter comme tels, et mettre de côté leur passé et leur attirance.

— Envoie-moi toutes vos idées, dit-il. Et, Ben… je suis désolé. C'est vraiment terrible, ce qui vous arrive.

Son ami afficha un petit sourire triste.

— Oui, en effet.

Finn raccrocha et poussa le portail de fer forgé. Beah était-elle déjà arrivée ? Tout serait plus facile si elle avait dit oui d'emblée. La Beah de son souvenir, celle qu'il avait épousée, aurait tout suite accepté de l'aider, et aurait été ravie de lui faire plaisir. À l'époque, elle faisait tout ce qu'il disait.

Il marmonna un juron. Bon sang, il avait été un tel goujat !

Aujourd'hui, Beah était sûre d'elle, et très indépendante. Et cela ne la rendait que plus fascinante.

Finn n'avait pas le temps d'être fasciné par une femme. Encore moins quand la femme en question était son ex-épouse.

- 4 -

Dare Seymour relut le mail affiché sur son ordinateur et se dit que son client n'avait rien dans la tête. Il était 20 heures passées, bien trop tard pour s'occuper de cet individu qui essayait de contourner la loi. La patience de Dare s'était évaporée depuis des heures.

Cher Monsieur,

Vous vous comportez en crétin. De telles actions vous conduiront droit en prison, et vous aurez un compagnon de cellule nommé…

Il proféra un juron puis effaça son début de réponse et ferma sa messagerie. Il s'occuperait de son idiot de client le lendemain matin, lorsqu'il saurait faire preuve de plus de tact. Quand il se sentait aussi irrité et frustré, cela signifiait qu'il était temps de quitter son bureau. En général, un bon dîner, une séance de sport ou des ébats sexuels exceptionnels suffisaient pour qu'il retrouve son calme.

Il pourrait aisément dîner ou faire du sport. Et il trouverait sans doute une partenaire d'un soir s'il allait dans un bar. Le problème, c'était qu'il n'avait pas envie de coucher avec une inconnue. Il ne voulait que Keely.

Aussi agaçante, exaspérante et obstinée soit-elle.

Il observa son téléphone d'un œil noir. Il n'avait pas eu de nouvelles de Keely depuis des jours et mourait d'envie de l'appeler. Il pourrait être dans sa voiture dans dix minutes. Et nu dans le lit de Keely dans moins de quarante minutes.

Après quelques séances de sexe inoubliable, ils reviendraient à la case départ… Ce qui n'était pas un problème, puisqu'il adorait le sexe et qu'il était plutôt doué dans ce domaine. Simplement, cela ne lui suffisait plus. Pour la première fois de sa vie, il désirait quelque chose de plus profond, de plus tangible qu'une simple liaison charnelle. Avec Keely, il souhaitait une vraie relation.

Mais la jolie blonde aux yeux noisette était plus têtue que dix mules.

Eh bien, lui aussi pouvait avoir la tête dure, et il ne céderait pas. Keely devait comprendre qu'il était le seul être dans sa vie qui ne ploierait pas sous le poids de sa personnalité, qui n'était pas intimidé par son côté autoritaire, qui était de taille face à elle. Elle était déterminée et entêtée, mais lui aussi.

Il voulait davantage d'elle, d'eux. En quoi consistait ce « davantage », il ne le savait pas exactement, mais cela impliquait certainement une sorte d'engagement sentimental. Et il parviendrait à ses fins.

Aucun doute là-dessus.

Il se leva et s'étira. Tandis qu'il refermait son ordinateur portable et le glissait dans sa sacoche, il se demanda si l'un de ses frères ou de ses associés serait partant pour une séance de boxe et un dîner. Il n'avait pas envie de passer la soirée seul.

Alors qu'il prenait son téléphone afin d'envoyer un message sur son groupe de discussion, il entendit quelqu'un frapper doucement à sa porte. Il lança un regard par-dessus son épaule. Keely… Ses longs cheveux blonds tombaient en cascade sur ses épaules, et elle avait un air malicieux.

Eh bien, eh bien… Que lui valait le plaisir de cette visite ?

Quand Keely avança vers lui, Dare le vit dans ses yeux, dans la rougeur sur ses joues. Un désir brûlant.

Oh ! oui, elle avait envie de lui autant qu'il avait envie d'elle. C'était bon à savoir.

Prenant un air impassible, il se percha sur son bureau, serrant le bord des deux mains. Il fallait qu'il s'accroche à quelque chose, sinon, ce serait Keely qu'il saisirait, et ce bureau serait témoin de choses qui n'avaient rien à voir avec le droit.

— Keely, je ne m'attendais pas à te voir.

Elle avança jusqu'à lui, se plaça entre ses jambes et agrippa sa cravate desserrée pour l'attirer vers elle. Il se laissa faire, car il avait envie de goûter ses lèvres.

— Bonsoir, beau brun.

Il sourit, amusé par son entreprise de séduction. Elle posa les lèvres sur les siennes et suivit le tracé de sa bouche avec sa langue. S'ils commençaient à s'embrasser, à vraiment s'embrasser, il ignorait s'il pourrait lui résister. Or, il devait résister. Il fallait qu'il garde la main.

Au prix d'un effort, il serra les lèvres.

Keely recula. Elle semblait agacée, mais aussi déterminée.

— Cesse de te faire désirer, Wilfred.

C'était drôle, il adorait entendre son prénom de naissance démodé dans sa bouche. Personne ne l'appelait Wilfred. Il était Dare depuis l'enfance mais, quand Keely l'appelait ainsi, cela ressemblait à un terme affectueux. Parfois, cela sonnait aussi comme un juron, mais il préférait ignorer ces moments.

— Je ne suis pas un homme facile, Killer. Tu connais mes conditions…

— La ferme.

Elle posa la main contre son torse et renouvela son assaut sensuel. Il ne la toucherait pas, décida-t-il. Mais sa résolution fut mise à mal quand Keely promena sa main sur ses pectoraux, son ventre, et qu'elle s'arrêta à la proéminence dans son pantalon.

Elle se mit à le caresser, et il serra les dents. Puis elle baissa la fermeture Éclair de son pantalon et tira sur son caleçon pour poser ses doigts chauds et avides sur son sexe en érection. Bon sang, c'était si bon !

— Tu n'as pas envie de ça, Dare ? Tu n'as pas envie de moi ? demanda-t-elle, ponctuant ses mots de petits baisers le long de sa mâchoire.

Bien sûr que si, il avait envie d'elle. Il était un homme, pas une machine.

Keely défit le crochet de son pantalon, puis reprit ses caresses, l'enveloppant de ses deux mains.

Elle le mettait au supplice.

Lorsqu'elle passa le pouce sur le sommet de son sexe, il sentit la sueur perler sur son front.

— J'ai vérifié, les autres bureaux sont vides, dit-elle. Il n'y a plus que toi.

Ce n'était pas inhabituel. Il était souvent le dernier à partir.

— Ça veut dire que nous pouvons faire l'amour ici, ajouta-t-elle. Personne ne viendra nous déranger. J'aime l'idée que tu te souviennes de ce que tu m'as fait quand tu recevras des clients dans ton bureau.

Et si cela se produisait, il serait un avocat bien moins efficace, car son QI baisserait de quinze points.

Il faillit pousser un cri de protestation quand Keely le relâcha. Elle retira son manteau puis, en souriant, se mit déboutonner lentement son chemisier. Sous l'étoffe de soie noire, Dare vit apparaître un soutien-gorge vert émeraude. En dentelle, transparent et sexy.

Keely ne jouait pas à la loyale, se dit-il. Et ça ne l'étonnait guère de sa part.

Mais s'il ne mettait pas un frein à ses ardeurs maintenant, il était fichu. Keely gagnerait leur bras de fer.

Elle lui prit la main et la posa sur son sein. Il ne put s'empêcher de le masser, passant le pouce sur son téton très réactif. Elle avait une poitrine de rêve, généreuse, haute et délicieusement tendre. Il savait qu'il pourrait la faire jouir rien qu'en taquinant ses seins…

Reprends-toi, Seymour, et mets un terme à ce petit jeu. Maintenant, tant que tu le peux encore.

Il la relâcha puis fourra les mains dans ses poches. Son geste fit descendre son pantalon sur ses hanches. Marmonnant un juron, il remonta rapidement la fermeture à glissière et grimaça quand le tissu se referma sur son sexe engorgé.

C'était très inconfortable.

— Et maintenant ? demanda Keely, déroutée.

Sois fort, Seymour. Tu es un adulte ; tu es capable de dire non au sexe.

— Maintenant, tu m'emmènes dîner, nous buvons du vin, et nous discutons. Après cela, selon l'évolution de la soirée, nous pourrons coucher ensemble, ou pas.

Il fallut une bonne minute pour que Keely enregistre ses paroles. S'il n'avait pas été en train de lutter contre son désir de prendre possession d'elle contre le mur, sur le sol ou sur le bureau, il aurait pu s'esclaffer. Il n'avait jamais vu Keely désarçonnée et muette. Il prit un instant pour savourer ce moment rare.

— Je… Tu…

Elle bredouillait maintenant ? De mieux en mieux. Dare s'écarta d'elle - encore une fois, il était un homme et non une machine - et risqua un petit sourire.

— Ça ne te ressemble pas de balbutier, Keely. En temps normal, tu as une meilleure élocution.

Il vit la vague de fureur, rouge et brûlante, monter de sa gorge jusqu'à ses joues.

— Tu me repousses, Dare ? À quoi est-ce que tu joues ?

s'exclama-t-elle, plantant les mains sur ses jolies hanches féminines.

Tu pourrais tenir ces hanches, te glisser en elle…

Je ne fais que différer le plaisir.

Mais si tu ne gagnais pas, en fin de compte ?

— Je ne joue à rien, Keely. Je m'en tiens à l'accord que nous avons passé. Si tu veux coucher avec moi, tu vas devoir sortir avec moi.

— Je ne veux pas sortir avec toi ! Ni avec personne !

— Pourquoi ?

— Parce que ça ne marche jamais !

Elle remit ses cheveux en arrière.

— Pourquoi ne peut-on pas s'en tenir à une simple aventure ? demanda-t-elle. Quel est le problème chez toi ?

Il haussa une épaule. Keely semblait effrayée… Par quoi ? Elle semblait si vulnérable à cet instant…

— De quoi as-tu peur, Keels ? De t'engager ? D'être aimée ?

Elle émit un grondement rauque.

— Cette conversation ne rime à rien. Tu ne veux pas de vraie relation avec moi, Dare, pas vraiment.

— Comment le sais-tu ?

— Je ne veux pas de relation !

— Encore une fois, pourquoi ? Parce que tu as peur ? De quoi ? De souffrir ? C'est un risque à courir, Keels.

Elle reprit son manteau d'un geste rageur. Sans prendre la peine de refermer son chemisier, elle enfila le vêtement, en marmonnant que les hommes étaient stupides, qu'elle avait été bête de venir ici, qu'elle trouverait ce dont elle avait besoin ailleurs. Dare savait qu'elle n'en ferait rien.

Car elle ne voulait pas coucher avec quelqu'un. Elle voulait coucher avec lui. Et bien qu'elle soit furieuse, il savait qu'elle était intriguée par cette possibilité d'avoir « davantage ». Elle était juste trop têtue pour se jeter à l'eau.

Mais elle finirait par le faire.

Parce qu'il pouvait être encore plus têtu qu'elle. Ce ne serait pas facile, mais Keely en valait la peine.

Elle empoigna son sac et l'accrocha à son épaule. On aurait dit une guerrière en furie. Conscient qu'il risquait une gifle ou un coup de pied dans les mollets, il approcha et, parce qu'il voulait être le seul à voir ses seins splendides dans ce soutien-gorge si sexy, il boutonna son chemisier.

Quand il eut fini, il afficha un petit sourire.

— Tu es sûre que je ne peux pas te faire changer d'avis ? Je meurs de faim et j'ai très envie d'une pizza.

Il savait que les pizzas du restaurant italien au coin de la rue étaient son point faible. Comme il l'avait prévu, Keely l'observa d'un air soupçonneux.

— Tu essaies de me soudoyer ?

— Ça fonctionne ?

En guise de réponse, elle planta le talon pointu de sa bottine dans son gros orteil. Il fallut à Dare toute sa volonté pour ne pas réagir. Il ne lui donnerait pas cette satisfaction. Quand elle retira son pied, il se força à sourire.

— C'est un non ? demanda-t-il.

— C'est un immense non ! siffla-t-elle avant de faire volte-face. Tu me le paieras, Seymour.

— De quelle manière ?

Elle se retourna vers lui, le regard noir, et il sentit sa bouche s'assécher.

— Je ne sais pas, mais tu me le paieras.

Une vague d'excitation monta en lui, et il sourit.

— Il me tarde, Keely.

Il saisit sa veste, s'efforçant de paraître calme bien que son orteil pulse de douleur.

— Tu ne veux pas de pizza, tu en es sûre ?

Elle leva les mains, les laissa retomber puis sortit en trombe de son bureau.

Oui, Keely était la femme que son cœur désirait. La vie serait bien plus intéressante avec elle.

Et elle partagerait sa vie. C'était certain.

La haute porte de Mounton House s'ouvrit, et Beah sourit quand son amie la serra chaleureusement dans ses bras. Beah ne pouvait pas l'étreindre en retour car elle tenait dans une main une bouteille de champagne - Moët, cadeau de sa princesse koweïtienne - et dans l'autre, des chocolats belges, présents d'un autre client.

Keely finit par la relâcher et la fit entrer dans le grand vestibule.

— Enfin, tu es de retour à Boston !

Beah posa la bouteille de champagne et les chocolats sur la console - XVIIIe siècle, française - et laissa tomber son sac fourre-tout sur le sol.

— C'est temporaire, Keels. Je retourne à Londres à la fin du mois de mai. Merci de m'héberger.

— Je n'allais tout de même pas te laisser séjourner ailleurs ! Et ce n'est pas la place qui manque. D'autant que l'équipe du film a quitté les lieux.

Beah se souvint que Keely et sa sœur adoptive Joa, par ailleurs fiancée avec Ronan Murphy, avaient récemment loué leur maison des années 1900 - quinze chambres, plusieurs salons, deux bibliothèques, deux salles à manger, une salle de bal, une salle de projection et des quartiers pour le personnel - à un réalisateur qui tournait un film d'horreur.

— Tu n'as pas eu de problèmes avec eux ?

— Quelques verres cassés, un vase brisé. Heureusement, aucun objet de valeur.

Keely prit le champagne et les chocolats.

— Allons déguster ça.

— Bonne idée, approuva Beah.

Elle suivit Keely jusqu'à la cuisine, à l'extrémité de la vaste demeure.

Keely prit deux flûtes - en cristal, évidemment - et fit signe à Beah de déboucher le champagne. Ne voulant pas gâcher une seule goutte du millésime exceptionnel, Beah ouvrit la bouteille avec précaution.

Lorsqu'elles eurent porté un toast et bu quelques gorgées, Keely demanda :

— Qu'est-ce que cela te fait d'être de retour à Boston ?

Beah savait ce que Keely voulait vraiment lui demander. Qu'est-ce que cela lui faisait de devoir côtoyer Finn tous les jours ? Beah eut envie de mentir, à son amie et à elle-même, mais elle décida de dire la vérité.

— Ce n'est pas idéal, mais je n'ai pas le choix. Les Murphy veulent que je sois ici, alors je suis là.

— Et la proposition de travail de ce monsieur Winters ?

— Summers. Michael Summers, rectifia Beah. Il veut une réponse bientôt. J'essaie de le faire patienter jusqu'à ta vente.

— Pourquoi ?

Beah sirota son champagne puis répondit :

— En ce moment, c'est le chaos. Les Murphy ont une pression immense sur les épaules. Je ne crois pas que Joa et toi mesuriez vraiment à quel point votre vente est importante, à quel point la collection d'Isabel est exceptionnelle. Le service relations publiques est en ébullition. Nous sommes en contact constant avec nos plus gros clients ainsi qu'avec les agents de tous les clients que nous ne représentons pas directement. Si le monde de l'art apprenait que je quitte le navire, ou simplement que je songe à changer d'emploi, ça ferait des vagues, et ça susciterait des questions auxquelles ni les Murphy ni moi n'avons le temps de répondre maintenant. Les ragots iraient bon train, et cela entacherait notre campagne de communication. Je ne peux pas tout gâcher.

— Tu es si importante que ça ?

Beah n'était pas vexée par la question de Keely. Mais, oui, elle était une personne importante dans l'organigramme de Murphy International, et son départ ferait jaser. Des histoires seraient inventées, colportées, modifiées. Beah ne voulait pas que ce genre de choses éclabousse les ventes de la saison printemps-été, période la plus chargée dans le monde de l'art haut de gamme.

— Oui, je le suis.

Keely hocha la tête d'un air compréhensif.

— Eh bien, ce n'est pas moi qui vendrai la mèche.

Beah le savait. Elle avait une totale confiance en Keely.

— Et Finn et toi ? demanda Keely.

Il n'y avait pas d'histoire entre Finn et elle. Ils avaient couché ensemble ; cela ne se reproduirait pas. Car elle ne pouvait pas se le permettre. Elle avait beaucoup de travail et ne pouvait pas se laisser distraire. Et puis, elle était un peu fâchée contre Finn.

Une semaine plus tôt, elle lui avait envoyé une liste détaillée des choses à faire pour le mariage de Ben et Piper, mais quand elle lui avait demandé où il en était - oui, elle surveillait Finn de près - elle avait découvert qu'il n'avait presque rien fait.

Au sommet de sa propre liste de choses à faire : allumer un feu sous le délicieux postérieur de Finn.

Keely sourit.

— Je te parie cent dollars que tu ne pourras pas t'empêcher de toucher son délicieux postérieur.

Beah gémit.

— Est-ce que j'ai dit ça à voix haute ?

— Oui ! Nous reparlerons de Finn et de son postérieur, mais donne-moi une seconde pour annuler mes projets de ce soir, dit Keely en prenant son téléphone.

Beah la saisit par le poignet.

— Quels projets ? Tu as un rendez-vous galant ?

— Oui. Non… en quelque sorte.

Keely avala d'un coup la moitié de son champagne, ce qui surprit Beah.

— Que se passe-t-il, Keels ?

Son amie se massa les tempes.

— Ce fichu avocat… Wilfred - Dare - Seymour.

— Tu as un rendez-vous avec lui ?

— Pas par choix, marmonna Keely.

Comme Beah fronçait les sourcils, son amie s'empressa d'ajouter :

— Non, il ne me force pas ! En fait, il m'a mise au défi de passer quelques heures avec lui durant lesquelles nous n'avons pas le droit de discuter de quoi que ce soit qui concerne le travail. Ou Isabel. Ou l'art. Ou cette maison.

— Et pourquoi t'a-t-il lancé ce défi ?

— Il prétend que la seule raison pour laquelle je n'arrête pas de m'emporter contre lui, c'est parce que j'ai peur de ne pas pouvoir lui résister.

Beah avala son champagne de travers. Quand elle eut fini de tousser, elle tâcha de ne pas sourire et posa la question qui lui brûlait les lèvres.

— Et tu peux lui résister ?

Keely lui décocha un regard menaçant. Mais après quelques secondes elle eut l'air dépité, et ses épaules s'affaissèrent.

— Non, sans doute.

— Et pourquoi voudrais-tu lui résister ?

— Nous avons une aventure depuis quelque temps, avoua-t-elle d'un ton embarrassé. Je n'arrête pas de lui dire que c'est juste une liaison charnelle. Lui ne cesse de répéter que c'est plus que ça, et que je suis trop têtue pour admettre qu'il a raison. Il a imposé cette règle ridicule… Bon sang, je n'arrive pas à croire que je te raconte tout ça !

Beah se pencha vers elle.

— Si tu arrêtes maintenant, je te jure que je te gifle. Quelle règle ?

Son amie rougit.

— Si je veux qu'il couche avec moi, je dois d'abord avoir un rendez-vous galant avec lui. Il ne cédera pas tant que je ne l'aurai pas invité à dîner et que je n'aurai pas pris le temps de discuter avec lui.

Beah plaqua la main contre sa bouche pour ne pas éclater de rire.

— Je ne pensais pas qu'il était du genre à refuser une relation sans attaches. Qu'est-ce qu'il cherche ? reprit Keely.

— Je n'en ai pas la moindre idée, répondit Beah.

Mais elle était convaincue que Keely n'était pas prête à entendre que Dare Seymour était manifestement fou d'elle. Et encore moins prête à affronter le fait qu'elle était peut-être folle amoureuse, elle aussi. Ils devaient le découvrir par eux-mêmes ; Beah ne voulait pas leur gâcher ce plaisir.

— Ce type a un sacré toupet, commenta-t-elle, riant en son for intérieur.

Keely pointa sa flûte dans sa direction.

— Pourquoi ai-je l'impression que tu te moques de moi ?

— Je ne me moque pas de toi, rétorqua-t-elle, feignant l'innocence.

— C'est ça, fit Keely.

Elle consulta sa montre et grimaça.

— Je vais être en retard si je ne me dépêche pas.

Apparemment, l'annulation du rendez-vous n'était plus d'actualité. Beah sourit, consciente que Keely avait une longue et délicieuse soirée devant elle.

— D'accord. De mon côté, je vais aller chez Murphy. Je dois discuter avec mes patrons de ta vente aux enchères.

Keely se mordilla la lèvre.

— J'ai encore l'impression qu'Isabel se retourne dans sa tombe en nous voyant vendre sa collection adorée.

— Les morts sont morts, Keels. C'est aux vivants de vivre. Et puis, l'argent que Joa et toi récolterez ira à la fondation d'Isabel. C'est une très bonne chose.

Elle termina son champagne puis se leva.

— Je vais aller me rafraîchir. Et, toi, tu dois te préparer pour ton rendez-vous avec ton bel avocat.

Keely se leva à son tour et lui pinça la taille.

— Tu apprécies un peu trop la situation, Bee.

Beah sourit.

— Mais rappelle-toi, ce n'est pas parce que tu invites un homme à dîner qu'il est obligé de coucher avec toi.

— Je te déteste tellement à cette seconde ! s'exclama Keely, prenant la boîte de chocolats et la plaquant contre sa poitrine. Je les confisque. Ça t'apprendra à te moquer de moi !

Beah l'embrassa sur la joue puis sortit de la cuisine. Même si elle aimait regarder Keely se débattre avec la confusion des sentiments, elle n'avait aucune intention d'en faire autant.

Mais dans ce cas pourquoi l'idée de revoir Finn l'emplissait-elle d'excitation ?

Il était près de 18 heures quand Beah entra dans le hall de Murphy International. L'hôtesse d'accueil, qu'elle ne connaissait pas, s'apprêtait à partir. Quand elle lui montra son badge, l'employée l'informa que Finn était dans son bureau souterrain, un immense espace qu'il avait fait rénover peu après avoir rejoint Murphy, à la fin de ses études.

Beah prit l'ascenseur pour descendre au sous-sol, où se trouvait notamment la salle de stockage, dans laquelle étaient conservées des œuvres d'art dont la valeur totale se chiffrait en millions. Cela l'étonnait encore que les Murphy lui accordent une telle confiance et, oui, elle se sentait coupable d'envisager de les quitter.

Elle gagnait bien sa vie. Très bien, même. Et son envie de travailler avec Michael n'avait rien à voir avec l'argent. Elle voulait avoir la liberté de prendre ses propres décisions, et découvrir si elle pouvait se débrouiller seule dans le monde rude et secret du commerce de l'art.

Quand elle quitterait Murphy, elle n'aurait plus de supérieur hiérarchique et serait totalement indépendante. Elle pourrait enfin prouver sa valeur.

Et se prouver qu'elle n'avait pas besoin d'un père. Ou d'un mari. D'un homme. Elle espérait aussi que ce nouveau défi apaiserait son esprit agité, et cette part d'elle toujours en quête de quelque chose d'autre, quelque chose de plus…

Quelque chose pour emplir les vides dans sa vie qu'elle essayait d'ignorer.

Son existence n'avait pas suivi le cours prévu. Beah avait cru qu'à bientôt trente ans elle aurait un mari et des enfants. Elle aurait continué à travailler, bien sûr, mais elle serait passée aisément du rôle d'épouse à celui de mère ou de femme d'affaires. À l'évidence, sa vie ne ressemblait pas du tout à cela. Et maintenant elle ne pouvait plus s'imaginer avec une famille, parce qu'elle avait compris, à ses dépens, que les gens vous quittaient quand vous aviez le plus besoin d'eux. Les trois êtres qu'elle avait le plus aimés l'avaient tous quittée. À différents moments et de différentes manières, certes. Mais en fin de compte, que ce soit volontaire ou non, tous l'avaient abandonnée.

Elle ne se mettrait plus jamais dans cette position de dépendance.

Et son ex-mari avait beau être séduisant et désirable, elle ne serait pas assez bête pour attendre davantage de lui que ce qu'il pouvait lui donner. D'ailleurs, elle n'avait besoin de rien de sa part ; sa vie était agréable. Elle se sentait comblée.

Non ?

Quelque peu irritée contre elle-même, elle entra en trombe dans le bureau de Finn et laissa la porte claquer derrière elle.

Debout devant les étagères pleines de livres, ce dernier était en train de consulter un ouvrage épais. Ses lunettes à monture noire lui donnaient l'air d'un intellectuel sexy.

Finn avait un cerveau performant et le corps d'un athlète. Un cocktail irrésistible.

Contrariée par le chemin qu'empruntaient ses pensées, Beah les chassa de son esprit et planta les mains sur les hanches.

— Tu as appelé le fleuriste ? Confirmé l'heure de la cérémonie à la chapelle ? Communiqué au traiteur le nombre d'invités ?

Il referma son livre, le replaça sur l'étagère et, lentement, contourna son bureau et le canapé en cuir pour la rejoindre. Tandis qu'il avançait, Beah admira sa démarche, la façon dont son T-shirt épousait ses pectoraux, son ventre plat et ses biceps saillants. Ses longues jambes moulées dans un jean délavé avalèrent l'espace qui les séparait, ses bottes de cuir ne faisant aucun bruit sur le parquet de luxe.

Elle devait rectifier sa pensée précédente : elle n'avait peut-être pas besoin de lui, mais elle avait envie de lui.

Sans dire un mot, Finn prit son visage en coupe, lui releva la tête puis l'embrassa. Beah envisagea, l'espace d'une seconde, de protester. Au lieu de quoi, elle laissa Finn glisser la langue entre ses lèvres et la mêler à la sienne. Bien vite, elle s'abandonna à son baiser ardent et torride.

S'accrochant à ses poignets, elle se cambra, plaquant ses seins contre lui, faisant danser sa langue sur la sienne, accueillant volontiers sa saveur, son parfum. Finn caressa sa joue, son cou, puis s'arrêta sur son sein. Il taquina son téton sensible à travers la dentelle de son soutien-gorge.

Elle avait envie de lui, maintenant. Reculant d'un pas et entraînant Finn avec elle, elle continua de l'embrasser tout en parvenant à verrouiller la porte.

Finn détacha ses lèvres des siennes. Elle vit ses yeux vert pâle briller dans la lumière douce de la pièce.

— Ici ? demanda-t-il. Maintenant ?

— Oui.

Elle noua les bras autour de son cou, impatiente de reprendre leur étreinte. Elle lui mordilla la lèvre inférieure, et il lui fallut une minute pour se rendre compte que Finn ne lui rendait pas son baiser.

Avec l'impression qu'elle venait de plonger dans un étang glacé, elle recula et laissa retomber ses mains.

— Un problème ? demanda-t-elle d'un ton qu'elle espérait détaché.

Finn soutint son regard.

— Ronan a prévu un rendez-vous dans - il consulta sa montre de luxe - dix minutes.

Exact, et c'était la raison de sa présence chez Murphy International. Elle était censée voir ses trois patrons.

Mince.

Elle sentit ses joues s'empourprer et baissa la tête. Il avait suffi qu'elle pose un regard sur Finn pour perdre le sens des convenances. Et la notion du temps.

— Je te fais vraiment beaucoup d'effet, dit-il. Ça me plaît.

Beah eut une furieuse envie de le gifler pour faire disparaître son sourire narquois.

— Tu es sûr que ton ego démesuré pourra passer la porte ?

— Je me débrouillerai.

Il se percha sur le bureau, étendit ses longues jambes devant lui et croisa les chevilles.

— Cela t'arrive souvent d'entrer dans les bureaux et d'embrasser éperdument tes collaborateurs ?

— Cela t'arrive souvent de commencer tes conversations avec tes collaboratrices par un *french kiss* ? répliqua-t-elle.

— Touché.

Elle devait se ressaisir et revenir aux priorités.

— Je suis venue pour te parler du mariage…

— Merci de m'aider, au fait.

— Je fais ça pour Piper et Ben, mais surtout pour Piper. Toutes les femmes méritent un mariage de conte de fées.

— C'est juste.

Il prit une balle de base-ball sur son bureau et la lança d'une main à l'autre.

— Donc, tu débarques ici, quelques heures après ton arrivée à Boston, pour me parler du mariage. Tu es une vraie maniaque du contrôle, Beah.

— Je ne suis pas…

En fait, si, elle l'était. Le contrôle dominait maintenant sa vie ; tout était soigneusement compartimenté. Ce serait bien plus facile si elle se chargeait seule de l'organisation du mariage ; ainsi, elle serait sûre que tout serait fait selon ses critères précis.

Le fait que Finn soit impliqué lui donnait l'impression qu'un enfant de trois ans jetait sur le sol tout le contenu du coffre à jouets qu'elle venait de ranger.

Elle glissa les mains dans les poches de son pantalon fuselé. Elle n'allait pas perdre son calme mais, tout de même, Finn ne se rendait-il pas compte que le mariage devait avoir lieu dans quatre semaines ? Que Piper et Ben seraient à Boston dans trois semaines, et que tout devrait être prêt d'ici là ? Piper n'avait pas besoin de sources d'angoisse supplémentaires ; elle avait juste besoin de savourer chaque seconde de son grand jour. Un grand jour qui devait être parfait…

— Les fleurs ? La chapelle ? Le traiteur ? le questionna-t-elle.

— Pour quelqu'un qui ne voulait pas m'aider, tu t'impliques beaucoup, fit-il valoir, croisant les mains sur ses abdominaux de rêve. Pourquoi ?

— Parce que j'ai peur que tes recherches t'accaparent et que tu fasses les choses à la dernière minute. Ou que tu partes en voyage pour t'adonner à tes sports extrêmes en laissant le mariage en plan.

— Ce n'est pas juste, Beah. J'admets volontiers que je n'étais pas le meilleur des maris, mais je n'ai jamais fui mes responsabilités ni trahi mes promesses.

Si, justement. Il lui avait promis de l'aimer jusqu'à ce que la mort les sépare, mais quand leur mariage était devenu trop compliqué à gérer pour lui, il avait pris la tangente. Son besoin de liberté avait été plus important qu'elle.

Et la blessure était encore vive. Hélas.

Mais Beah ne comptait pas revenir sur le passé ni faire des reproches à Finn. Ils étaient divorcés. Leur mariage était fini depuis longtemps, alors tout cela ne devrait plus compter.

Pourtant…

Non, assez. Tourne la page, Beah. Cesse de perdre ton temps.

Avant qu'elle puisse changer de sujet, Finn reprit la parole.

— Tu essaies d'aider Ben et Piper parce que ça te rappelle ce que tu as vécu avec ta mère ?

Cette fois, elle ne put contenir la vague de colère et de ressentiment qui montait en elle. Finn n'avait pas le droit d'évoquer sa mère. Combien de fois avait-elle essayé de lui parler de ce qu'elle avait traversé en regardant sa mère s'éteindre ? À chaque fois, il avait changé de sujet ou l'avait distraite en ayant recours au sexe.

— Le sujet est clos, Finn.

— Pourquoi ?

Elle lui décocha un regard noir.

— Tu n'arrivais pas à me parler quand j'en avais le plus besoin, Murphy. J'ai surmonté mes difficultés liées au décès de ma mère et au départ de mon père toute seule, sans aide de ta part. Ni de quiconque. Pourquoi voudrais-je en reparler maintenant, et pourquoi voudrais-je le faire avec toi ?

Elle crut voir des regrets dans ses yeux, mais l'émotion était trop fugace et trop subtile pour qu'elle en soit certaine. D'ailleurs, peu importait.

Elle pointa l'index sur lui.

— Nous sommes peut-être attirés l'un par l'autre et, oui, j'étais prête à coucher avec toi il y a quelques minutes. Mais l'attraction sexuelle est la seule chose qui nous lie. Je n'ai pas envie de parler du passé, ni de notre bref mariage.

Au lieu de répondre, Finn se leva, saisit un dossier et alla ouvrir la porte. Il fit signe à Beah de le précéder.

Elle avança, contrariée qu'il n'ait rien répondu et déroutée par son air songeur. Au moins, elle avait dit ce qu'elle avait à dire, dressant ainsi une solide barrière entre eux.

Redressant les épaules, elle sortit de la pièce. Il fallait qu'elle ignore Finn Murphy, car rien de bon ne se produisait quand elle était dans le même espace que lui.

Elle se retourna pour voir pourquoi il ne la suivait pas, et grimaça quand elle le vit prendre le sac et le manteau qu'elle avait laissés dans son bureau.

Finn avait encore la capacité de mettre le chaos dans son esprit, de la désarçonner…

De lui faire perdre le contrôle.

- 5 -

Troublé et déconcerté, Finn suivit Beah jusqu'à l'ascenseur. Il n'était pas du genre à regarder en arrière, préférant laisser le passé derrière lui. Bien sûr, il avait pensé à Beah au fil des années, sans doute plus qu'il n'aurait dû. Il se remémorait souvent leurs nuits torrides, les reflets dorés de ses cheveux, le regard plein d'amour qu'elle posait sur lui quand elle se réveillait chaque matin… Mais jusqu'à la récente réapparition de Beah dans sa vie, il n'avait jamais vraiment analysé leur mariage et s'était simplement dit qu'à l'époque, ils étaient trop jeunes et trop bêtes pour prendre un engagement à vie.

Le téléphone de Beah sonna. Elle le sortit de son sac et prit l'appel.

— Votre Altesse, je suis ravie de vous entendre.

Beah n'était pas en train de plaisanter. Plusieurs de ses clients portaient des titres royaux.

— Je suis désolée, je suis à Boston, mais comment puis-je vous aider ?

Tout en écoutant la conversation, Finn admit en son for intérieur qu'il était le principal responsable de l'échec de leur mariage. Oui, Beah avait été dépendante et émotionnellement exigeante, mais s'il avait été un peu plus mûr, un peu moins égoïste, il aurait pris conscience que n'importe quelle femme qui venait de perdre sa mère d'un cancer et d'être abandonnée par son père avait besoin d'être particulièrement rassurée.

— C'est un sculpteur marocain qui travaille sur la glace. Il est phénoménal, dit Beah.

Il ne l'avait jamais vraiment laissée parler lorsqu'elle avait évoqué la maladie de sa mère, ce qu'elle avait traversé adolescente, et il s'en voulait à présent. Les rares fois où il avait essayé de l'écouter, il n'avait pas su quoi dire, comment réagir, comment la réconforter… comment adoucir son chagrin.

La communication et la gestion de ses émotions n'étant pas son fort, il avait choisi de ne pas s'investir du tout. Pourquoi avait-il trouvé si difficile d'écouter Beah ? Parce que l'entendre parler de sa mère lui rappelait ses propres deuils : sa mère, puis sa belle-mère Raeni ? Ou était-ce parce qu'il ne pouvait pas changer le passé de Beah et qu'il avait le sentiment d'être un incapable ?

— Mais aimez-vous son travail, princesse Sofia ? Ou l'achetez-vous en tant qu'investissement ?

Quoi qu'il en soit, il savait qu'il n'avait pas été à la hauteur. Il avait minimisé la peine de Beah, essayant de mettre un pansement sur une blessure béante. S'il le pouvait, il retournerait dans le passé pour se donner un bon coup de pied aux fesses.

Il avait mal agi et il était fautif. Mais que pouvait-il faire ? Que voulait-il faire ? Et surtout, qu'avait-il à offrir à Beah aujourd'hui ?

Malheureusement, il n'avait pas beaucoup changé. Cette pensée le déprimait, car il avait cru que l'âge lui apporterait une sorte de maturité émotionnelle, or il n'était toujours pas à l'aise avec les sentiments. Il aimait toujours avoir son propre espace. Et il pensait encore qu'il valait mieux rester sur la réserve que d'aimer quelqu'un totalement.

Mais il appréciait Beah, ainsi que les moments qu'ils passaient ensemble. Quand il faisait l'amour avec elle, cela provoquait chez lui le même afflux de dopamine que lorsqu'il enfilait une combinaison ailée et sautait d'une falaise.

Avec Beah, il se sentait intensément vivant.

Et cela le terrorisait.

— Il ne produit que quelques sculptures par an, et elles se vendent très vite. Je peux tâter le terrain, lui demander si cela l'intéresserait de réaliser une commande. Je peux aussi contacter quelques collectionneurs pour voir s'ils veulent se séparer de l'une de ses œuvres.

Elle était intelligente, instruite et charmante. Et elle était très douée pour son travail.

Il observa son joli profil, remarquant que sa chevelure spectaculaire était encore domptée en un chignon strict et complexe. Il s'imagina lui retirer ses épingles, sentir ses jolies boucles caresser ses mains, son ventre et ses cuisses…

— D'accord, je vous rappelle bientôt. Merci de m'avoir appelée, et mes amitiés à votre famille, conclut Beah avant de raccrocher.

Il appuya la tête contre la paroi métallique de l'ascenseur. Il aurait besoin de toute sa volonté pour ne pas gâcher leur réunion avec Ronan. Car pour l'instant, il rêvait de retourner dans son bureau et de faire l'amour avec Beah sur le canapé.

Elle le déconcentrait si aisément… Tout à l'heure, il s'était senti coupable d'avoir été un mauvais mari et maintenant il l'imaginait nue…

Ses pensées érotiques n'étaient pas près de disparaître, il en avait bien peur.

Mais il devait tout de même présenter ses excuses à Beah, pour avoir été un goujat égoïste dix ans plus tôt.

— Je suis désolé, se força-t-il à dire, les yeux clos.

— Désolé pour quoi, Finn ?

Il avait entendu la froideur dans sa voix, la pointe d'irritation.

— Pour t'avoir ignorée quand tu voulais me parler de ta mère.

Il s'obligea à ouvrir les yeux et à la regarder.

— J'aurais dû t'écouter davantage, ajouta-t-il.

Elle sembla très surprise. Elle ouvrit la bouche pour répondre, mais aucun son ne sortit. Elle fit une nouvelle tentative, avec le même résultat.

Elle secoua la tête.

— Je…, commença-t-elle.

Avant qu'elle puisse finir sa phrase, les portes de l'ascenseur s'ouvrirent. Carrick apparut devant eux, l'air impatient. Percevant immédiatement la tension ambiante, il posa la main contre une porte pour la maintenir ouverte et déposa un bref baiser sur la joue de Beah.

— Salut, Bee. Content de te revoir.

Ses frères avaient toujours adoré Beah et avaient maintes fois répété à Finn qu'il commettait une erreur en la laissant partir. Mais, comme eux, il était têtu, et il avait sincèrement cru qu'un divorce était la meilleure solution.

Carrick les observa tour à tour, l'air intrigué.

— Je peux prendre un autre ascenseur, si vous devez discuter tous les deux.

— Non, viens, dit Beah, lui faisant signe d'avancer.

Carrick se plaça entre eux, tel un solide bouclier. L'ascenseur reprit sa montée, et Finn jeta un regard furtif vers Beah. Les bras croisés, elle fixait le sol.

Ce silence était très gênant. Dieu merci, ils n'auraient à supporter que vingt secondes de tension supplémentaires. Quand les portes de l'ascenseur s'ouvrirent, Carrick les regarda, Beah et lui, et secoua la tête.

— Ces prochaines semaines vont être très longues, commenta-t-il avant de sortir de la cabine.

Beah s'apprêtait à le suivre, mais Finn la retint par le poignet. Il attendit que Carrick se soit éloigné puis regarda

Beah dans les yeux. Elle se dégagea de son emprise et lui décocha un regard réprobateur.

— Oh ! je t'en prie ! fit-il. Tout à l'heure, tu avais la main dans mon pantalon.

Il regretta aussitôt ses paroles. Il n'était vraiment pas doué pour discuter. Marmonnant un juron, il joignit les mains derrière son cou.

— Désolé, encore une fois.

Dans les yeux de Beah, la confusion et l'irritation se mêlaient.

— Contentons-nous d'aller retrouver tes frères, Finn.

Il se risqua à prendre sa main dans la sienne.

— Juste une minute, Beah. Laisse-moi te dire ce que j'ai à dire.

Il chercha les mots justes puis décida de suivre son instinct. Carrick avait raison, les prochaines semaines seraient compliquées si Beah et lui ne trouvaient pas un moyen de s'entendre.

Finn et elle avaient des missions importantes à remplir, un mariage à organiser, des œuvres d'art à vendre.

— Peut-on au moins essayer d'être amis ? lui suggéra-t-il.

— Encore ce refrain ! rétorqua-t-elle en retirant sa main. Tu es sérieux, Finn ? Après tout ce qui s'est passé, tu veux que nous soyons amis ?

Il haussa les épaules.

— Je n'étais pas un très bon ami pour toi quand nous étions mariés, Bee. J'aimerais me rattraper.

Elle sembla sidérée. Il ne pouvait guère lui en vouloir, d'autant que lui-même avait du mal à comprendre sa requête.

— Eh bien, qu'en dis-tu ? insista-t-il.

Elle consulta sa montre puis poussa un soupir.

— D'accord, si tu veux. Fais de ton mieux, lâcha-t-elle d'une voix sceptique.

Elle s'attendait à être déçue, comprit-il tandis qu'il la suivait jusqu'à la salle de conférences.

Une fois devant la porte, elle demanda :

— Et qu'allons-nous faire à propos de notre alchimie sexuelle toujours aussi forte ?

Il sourit.

— Nous pourrions être des amis amants.

Il remarqua aussitôt son air choqué et retint un petit rire. Posant la main au creux de son dos, il ouvrit la porte et lui fit signe de le précéder.

— Après toi.

Carrick leur lança un regard puis sourit à Ronan.

— Et c'est reparti, dit-il.

Finn vit que ses frères affichaient des sourires moqueurs. Qu'est-ce que Carrick voulait dire, au juste ?

Finn se gara devant Mounton House, coupa le moteur de sa Porsche Cayenne et prit un instant pour observer son ex-femme qui descendait les marches du perron. Il lui avait envoyé un SMS tôt le matin pour lui demander si elle pouvait passer une partie de la matinée avec lui afin d'avancer dans l'organisation du mariage. Il s'était attendu à une réponse négative, mais Beah avait accepté sa demande. Lorsqu'elle arriva à la voiture, il se pencha pour ouvrir la portière côté passager. Elle accepta la main qu'il lui tendait et grimpa dans l'habitacle.

Il observa son joli visage.

— Tes taches de rousseur me manquent.

Elle parut surprise.

— Je te demande pardon ?

Il démarra et répondit :

— Tu caches tes taches de rousseur avec du maquillage, et je trouve ça dommage.

— C'est vrai ?

— Tes boucles aussi me manquent.

Elle croisa les jambes.

— Ma chevelure de feu et mes taches de rousseur me donnent l'air d'avoir quinze ans, et ce n'est pas comme ça que je veux que mes clients me voient.

Elle était très séduisante dans son pull irlandais, son jean noir moulant et ses bottes hautes.

Il s'engagea sur la route et baissa la climatisation, songeant que c'était l'une des premières journées ensoleillées à Boston depuis bien longtemps. L'hiver avait été long, et Finn avait hâte que le printemps arrive.

— Qu'y a-t-il au programme aujourd'hui ? demanda-t-elle.

Avant qu'il puisse répondre, le téléphone de Beah sonna, et elle le sortit de son sac. Puisqu'il était arrêté à un feu, il en profita pour la regarder. Elle observait son écran, se demandant manifestement si elle devait répondre ou non.

Il eut envie de jeter un coup d'œil vers son téléphone pour savoir qui suscitait chez elle cette expression à la fois hésitante et enthousiaste.

Elle finit par prendre l'appel.

— Bonjour.

Ce n'était pas par un simple bonjour que Beah saluait ses interlocuteurs en temps normal. Elle ne souhaitait pas qu'il sache qui était à l'autre bout de la ligne, supposa-t-il. Ce qui ne faisait qu'attiser sa curiosité.

Le feu passa au vert, et Finn redémarra.

— Je vais bien, merci. Je suis juste très occupée.

Elle se tut un instant, totalement absorbée par la conversation.

— Je ne sais pas exactement quand je rentrerai à Londres, mais je vous promets d'organiser un rendez-vous dès que je le saurai.

Un rendez-vous ? Avec un autre amant ? Finn sentit la bile monter dans sa gorge. Oui, il était rongé par la jalousie.

— Je ne peux pas répondre à votre question pour l'instant, dit-elle après un long silence. Mais vous savez que j'y réfléchis.

Bon sang, qu'envisageait-elle de faire ? De prendre des vacances ? D'accepter un rendez-vous galant ? De coucher avec quelqu'un ? D'emménager avec quelqu'un ? Finn serra le volant et fixa d'un regard noir la berline devant lui.

Il sentit que Beah l'observait et l'entendit murmurer :

— Je vous rappelle… quand je pourrai parler.

Cette fois, c'était sûr, elle lui cachait quelque chose. Pourquoi éprouvait-elle le besoin d'avoir des secrets ?

Peut-être parce que tous les deux, vous n'êtes plus mariés, et que tu lui as à peine parlé en neuf ans.

Beah raccrocha et rangea son téléphone dans son sac. Il ne poserait pas de questions ; il n'avait pas le droit d'être indiscret. Il avait perdu ce droit quand il avait demandé le divorce.

— Qui est ce type ?

C'était terrible quand votre bouche n'obéissait pas à votre esprit…

— Ce ne sont pas tes affaires, répliqua-t-elle.

Et c'était vrai, ce n'étaient vraiment pas ses affaires.

— Tu couches avec quelqu'un d'autre ? demanda-t-il, tentant de paraître détaché et échouant lamentablement.

— Ça t'ennuierait si c'était le cas ? lui répondit-elle, amusée.

Il n'y avait pourtant rien de drôle là-dedans.

— Bien sûr que oui. Je ne suis pas partageur.

— Je ne suis pas partageuse non plus. Pour ton information, je ne couche avec personne d'autre.

Finn sentit les griffes de la jalousie le lâcher et se détendit un peu.

— D'accord.

Il attendit qu'elle s'explique ou qu'elle ajoute quelque chose. Mais rien ne vint.

Mince. Il n'aimait pas être maintenu dans l'ignorance. Pas quand cela concernait Beah. Et il savait, d'instinct, que la personne qui avait téléphoné à Beah était très importante pour elle.

De qui s'agissait-il ? Pourquoi cet appel ? Que mijotait Beah ?

Avant qu'il puisse poser d'autres questions, elle demanda :

— Où allons-nous en premier ?

Finn savait qu'il n'obtiendrait rien d'elle tant qu'elle ne serait pas prête à parler. Or, elle ne serait peut-être jamais prête. Une pensée qui ne le réjouissait guère.

Il étouffa son agacement et tourna à droite.

Concentre-toi, Murphy. Tu n'as aucun droit de poser des questions indiscrètes.

Comment le prendrais-tu si elle te passait sur le gril ?

Il espéra, juste une seconde, qu'elle le fasse. Ainsi, ils pourraient commencer à abattre les barrières qui se dressaient entre eux.

Mais pourquoi voulait-il que Beah et lui se rapprochent ? Il n'avait aucune intention de retomber amoureux d'elle, alors à quoi bon ?

Beah le plongeait en pleine confusion. Pourtant, il n'était pas facile à déstabiliser.

— Finn ? Le programme ?

Il revint à l'instant présent et passa la main sur son visage.

— Je n'ai pas été totalement inefficace, dit-il. J'ai contacté des prestataires et, hier soir, j'ai envoyé différents mails à différentes personnes : le fleuriste, le pâtissier et le coordinateur pour la chapelle. Nous allons les rencontrer ce matin.

— Ils ont accepté de venir en étant prévenus la veille ?

Il comprenait son étonnement. C'était la saison des

mariages en ce moment, et peu de professionnels avaient du temps pour des demandes de dernière minute. Mais être un Murphy avait ses avantages.

— Je suis un Murphy, et notre nom attire l'attention. Sans nul doute, mes questions sur l'organisation d'un mariage ont suscité des rumeurs sur mon union imminente. Quand je vais me montrer avec toi, ces rumeurs vont se répandre comme une traînée de poudre, alors ne t'étonne pas si, demain, des journaux annoncent nos fiançailles. Ce serait un problème pour toi ?

Une façon détournée d'en savoir plus sur le mystérieux coup de fil qu'elle avait reçu. Mais Beah, trop maligne, ne mordit pas à l'hameçon.

— Va-t-on dire aux gens que les mariés sont Piper et Ben, et pas nous ? esquiva-t-elle.

— Si on nous pose la question. Je n'ai pas l'habitude de m'expliquer et je me fiche de ce que les gens disent ou écrivent sur moi. Cependant, c'est une période très sensible pour Murphy en ce moment, et nous ne pouvons nous permettre aucune mauvaise publicité. Nous devrions peut-être préciser que nous organisons ce mariage pour nos amis. Nous dirons qu'ils sont à Hong Kong et que nous faisons le travail de terrain pour eux.

— Vous redoutez vraiment l'attention négative de la presse, tes frères et toi ?

— Tu sais bien que oui, Beah. La vente Mounton-Matthews est très importante, et nous ne pouvons pas laisser quoi que ce soit gâcher cet événement capital.

Elle hocha la tête et regarda par la vitre. Finn aurait aimé savoir à quoi elle pensait. Car il était sûr qu'elle cogitait.

Elle fit tourner son bracelet ancien en argent autour son poignet. Était-ce celui qu'il lui avait offert pour leur premier Noël ensemble ? Il lui semblait que oui, mais il n'en était pas certain.

— Je suis désolée d'avoir supposé que tu n'avais absolument rien fait pour le mariage. Je suis une maniaque du contrôle, c'est vrai, et je tiens à ce que Piper ait son mariage de conte de fées.

Parce qu'elle-même n'en avait pas eu ? Avant qu'il puisse lui poser la question, elle reprit :

— Ma mère ne voulait pas grand-chose quand elle était mourante, à part être avec moi. Mais elle souhaitait revoir la mer, alors je l'ai emmenée dans ma voiture, avec sa perfusion de morphine, et nous sommes allées dans le Devon. Elle n'a pas pu faire grand-chose à part rester assise dans son fauteuil roulant sur la jetée, elle semblait apaisée. Je me rappelle qu'elle avait levé le visage vers le soleil, en souriant.

La voix de Beah se brisa, et Finn réprima une vague d'émotion inattendue.

— C'est important pour moi que Piper ait sa version d'une journée au bord de la mer, et si c'est un mariage de rêve qu'elle souhaite, alors c'est ce que je lui offrirai. Nous sommes devenues assez proches ces deux dernières semaines, peut-être parce que je sais à quel point le cancer est dévastateur.

Finn avait cru que Piper et elle avaient échangé quelques mails, quelques coups de fil. Il n'aurait jamais cru que Beah s'investirait à ce point, d'autant qu'elle avait accompagné sa mère jusqu'à son dernier souffle. Il l'admirait pour son courage, et pour la compassion dont elle faisait preuve envers Piper.

— Je suis désolé.

Du coin de l'œil, il la vit se raidir. Mais il fallait qu'il s'exprime enfin.

— J'aurais dû t'écouter quand tu me parlais de ta mère, dit-il. Je n'aurais pas dû changer de sujet ou te distraire. C'était mal de ma part.

Elle pivota sur son siège pour lui faire face.

— Pourquoi me repoussais-tu ? demanda-t-elle. Je n'ai jamais compris ton attitude.

Il ne pouvait pas lui avouer qu'elle suscitait trop d'émotions en lui, et qu'être proche d'elle, aussi proche que deux personnes mariées devraient l'être, l'effrayait.

— Je ne suis pas très doué pour communiquer, Bee.

Il regarda par le pare-brise et sentit sa poitrine se serrer.

— Néanmoins, j'aurais dû faire plus d'efforts. Essayer de comprendre. Et, à tout le moins, te laisser parler.

— Tu étais censé être mon meilleur ami, Finn, dit-elle calmement.

Ses paroles lui fendirent le cœur.

— Je sais et je n'ai pas été présent pour toi.

Il posa la main sur la sienne.

— J'en suis vraiment navré.

Il ne savait pas si son aveu changerait quoi que ce soit. Mais au moins il avait réussi à dire ce qu'il avait eu besoin de dire. Beah ne répondit pas, mais elle finit par entrelacer leurs doigts.

— Tes paroles me touchent, Finn. Mais notre mariage remonte à loin, et j'ai tourné la page.

Il savait bien que leur histoire était finie, mais son cœur n'était pas de cet avis.

Et sa libido non plus. Beah demeurait la meilleure amante qu'il ait connue.

— Si nous pouvions dépasser notre envie de nous arracher nos vêtements, nous pourrions être amis, lança-t-elle.

Pourquoi ne pouvaient-ils pas être amis et coucher ensemble ? Tant qu'elle serait à Boston ? Pour lui, c'était une solution gagnant-gagnant. Et il le lui expliqua.

Elle réfléchit un bon moment à sa suggestion puis finit par répondre :

— Je ne sais pas, Finn. Notre alchimie sexuelle nous a

poussés à nous marier, et moins d'un an après nous avons divorcé.

— Nous étions jeunes et stupides. Nous sommes plus âgés, plus sages, moins impétueux.

— Nous avons échangé un baiser dans un ascenseur et nous nous sommes retrouvés nus dans ta chambre dix minutes plus tard, fit-elle valoir.

Certes, ils avaient fait preuve d'impulsivité, mais ils avaient le droit de faire un écart, non ?

— Nous ne ferons rien de stupide, Beah.

Ils ne confondraient plus amour et désir, n'échangeraient pas d'alliances ni de vœux.

— Des amis amants, Finn ? lui demanda-t-elle, sceptique. Je croyais que tu plaisantais hier soir.

Il ne plaisantait jamais sur le sexe. Et encore moins avec elle.

— Pourquoi pas ? Nous sommes deux adultes célibataires et consentants, attirés l'un par l'autre.

Très attirés.

— Nous avons l'art et Murphy en commun, ajouta-t-il. Nous sommes tous les deux investis dans la même compagnie et pour notre carrière.

Il s'arrêta à un feu tricolore et se tourna vers elle. Son expression étrange, mélange de culpabilité et de détermination, piqua sa curiosité.

Mais que se passait-il, enfin ?

— Quel est le problème ? la questionna-t-il.

Elle releva la tête, semblant déroutée par sa question.

— Je ne vois pas de quoi tu…

— Qu'est-ce que tu ne me dis pas ? Et ne me réponds pas « rien ». Je ne t'ai peut-être pas beaucoup vue ces dernières années, Bee, mais je sais encore quand tu me caches quelque chose.

Elle afficha un sourire forcé puis désigna le feu qui était passé au vert.

— Avançons, Murphy.

Il savait qu'elle ne parlait pas seulement de leur trajet en voiture mais aussi de leur conversation. Il comprit qu'elle ne se confierait pas à lui, et cela le perturba.

Son ex-femme semblait avoir plus de secrets que le Vatican. Et il n'aimait pas se sentir exclu de sa vie.

Trois heures plus tard, ils avaient visité la chapelle, s'étaient décidés pour un gâteau au chocolat blanc et à la framboise et avaient discuté avec le fleuriste. Ils avaient engagé un quatuor à cordes, et il ne leur restait plus qu'à rencontrer le traiteur pour finaliser le menu. La réception aurait lieu dans la salle de bal de Mounton House, le seul endroit encore libre qui pouvait accueillir plus de cinquante personnes.

Ils avaient bien avancé, songea Beah tout en prenant des notes sur son iPad. Le mariage de Piper et Ben était sur les rails. Tout ce que les fiancés avaient à faire, c'était se montrer et être heureux.

Beah nota une dernière information puis regarda la route et remarqua que Finn ne prenait pas la direction de Murphy International.

— Où allons-nous ? demanda-t-elle.

— Je fais un détour.

— Il faut que je retourne travailler, Finn.

— Il n'est que midi. Nous pourrons retourner au bureau pour 14 ou 15 heures.

Il posa sa main sur son genou.

— Viens chez moi, Bee. Pour une heure ou deux.

Elle se mordilla la lèvre, oscillant entre la tentation et la raison. Si elle acceptait la demande de Finn, leur nuit sans lendemain se transformerait en liaison. Une liaison à laquelle il serait plus difficile de mettre un terme.

Certes, elle ne la laisserait pas se transformer en relation sérieuse, mais ce serait tout de même plus qu'une nuit torride et impulsive.

Elle devait peser le pour et le contre.

Finn se gara sur une place de parking, à environ un kilomètre du chantier naval de Boston. Il possédait un appartement sur le quai Constellation. Elle savait qu'il l'avait acheté peu après leur divorce, réalisant ainsi son désir de vivre au bord de l'eau.

— Si tu hésites, je fais demi-tour et je te reconduis chez Murphy, dit-il, et elle sut au ton de sa voix qu'il était sincère.

Il appuya les avant-bras sur le volant et plongea le regard dans le sien.

— Je ne veux pas que tu te sentes obligée de faire une chose que tu n'as pas envie de faire, Beah.

Elle avait bientôt trente ans, et personne ne la commandait, surtout quand il s'agissait de son corps.

— Je suis parfaitement capable de dire non, Murphy.

— Je sais, Bee.

Il passa la main dans ses cheveux, l'air frustré.

— Tu n'es plus la jeune femme que j'ai épousée, mais tu ne vois pas que j'essaie de ne plus être le crétin que j'étais autrefois ?

Elle réfléchit un instant. L'ancien Finn l'aurait simplement conduite chez lui, sans vraiment lui laisser le choix. Il l'aurait taquinée, charmée, persuadée de faire ce qu'il voulait. Le Finn plus mûr lui laissait le choix, ce qu'elle appréciait.

Mais elle ne savait toujours pas si elle devait l'accompagner chez lui.

— Je ne sais pas quoi faire, Finn. Le sexe pourrait compliquer la situation.

Il soutint son regard.

— Tu réfléchis trop, Bee.

Avait-il raison ? Se posait-elle trop de questions ?

Coucher avec Finn ne signifiait pas que les choses devaient changer ; elle serait toujours la même personne. Simplement, elle aurait une vie sexuelle.

Elle n'aurait pas à faire de compromis ni à changer sa façon de penser. Finn lui demandait de partager son lit, et non sa vie. Ce qui était une bonne chose, car elle ne renoncerait à son indépendance pour personne. Et elle ne ferait plus confiance à un homme. Plus jamais elle ne commettrait ces erreurs.

— Ça t'aidera peut-être à te décider, murmura-t-il.

Sur quoi, il lui donna un baiser étonnamment tendre. Elle émit un son approbateur tandis qu'il explorait doucement sa bouche.

C'était un premier baiser, un baiser pour réapprendre à se connaître, un baiser sans début ni fin. Beah oublia qu'elle était dans la voiture de Finn, à seulement un kilomètre de son appartement. Elle avait l'impression d'être sur une plage des Cyclades, au clair de lune.

Elle avait envie de cela, de Finn…

Avait-elle jamais cessé de le désirer ? Non, pas vraiment.

Sa décision était prise. Elle allait assouvir son désir.

- 6 -

Lorsqu'ils arrivèrent dans son appartement avec vue sur le port, Finn ne prit pas la peine de lui faire une visite guidée. Comme à son habitude, il semblait déterminé et concentré. Beah savait bien ce qu'il voulait.

Qu'elle soit nue dans son lit.

Tandis qu'il l'entraînait dans son luxueux triplex, elle aperçut par les baies vitrées les quais du port, les yachts de luxe et les bateaux. Ils montèrent au premier étage, où une cuisine moderne, un salon et une salle à manger occupaient l'espace ouvert. Finn ne lui laissa pas le temps d'apprécier sa collection éclectique d'œuvres d'art et la conduisit au second étage, où il s'arrêta enfin dans un vaste couloir.

— Le bureau est à droite, la chambre principale à gauche, dit-il, le regard rivé à sa bouche. Dernière chance de changer d'avis, Bee.

Elle posa une main sur ses pectoraux et l'autre sur sa joue, passant le pouce sur sa lèvre charnue. Elle n'avait pas besoin de réfléchir. Elle savait exactement ce qu'elle voulait : lui. Au-dessus d'elle, autour d'elle, en elle.

— Emmène-moi dans ta chambre, Finn.

Sans hésiter une seconde, il la prit par la taille et ouvrit la porte de sa suite. Beah remarqua aussitôt la vue splendide. Ce devait être fantastique de pouvoir admirer au réveil les bateaux qui flottaient sur les eaux bleu-vert. Le soleil brillait, et pas un nuage ne barrait le ciel. Beah avait l'impression qu'elle pourrait passer aisément du lit au quai et monter sur un yacht.

— J'adore la vue, Murphy.

Elle se retourna vers lui et vit une lueur de désir dans son regard.

— La vue que j'ai d'ici est encore mieux, commenta-t-il.

Elle sentit une onde de chaleur l'envahir. Elle avait l'impression d'être une jeune mariée, ravie et émue que l'homme qu'elle vénérait la trouve belle.

Attention, Beah. Il n'est plus ton mari, et quelles que soient les sensations qu'il fait naître en toi, ce n'est qu'une aventure charnelle, rien de plus.

Ce n'étaient qu'une heure ou deux passées ensemble, et non un passeport pour une relation sérieuse.

Ne t'avise pas de l'oublier.

Il fallait qu'elle cesse de réfléchir. Elle s'assit au bord du grand lit et retira ses bottes. Finn l'étudia, les bras croisés, tandis qu'elle faisait glisser son jean moulant le long de ses jambes. Son regard était si intense que des picotements la parcoururent.

— Tu vas rester là, sans bouger ? demanda-t-elle, le sourcil arqué.

— Je profite du spectacle.

Il afficha un petit sourire narquois qu'elle trouva très sexy. Puis il agita l'index pour lui enjoindre de continuer.

Ce qu'elle fit. Se sentant sensuelle, enhardie et féminine, elle lui tourna le dos et remonta lentement son pull irlandais. Elle regarda par la vitre et se demanda si elle était en train d'offrir un *strip-tease* gratuit aux plaisanciers. Hésitante, elle lança un regard à Finn, dont les yeux étaient fixés sur son postérieur. Aimait-il son string jaune vif ?

La proéminence dans son pantalon prouvait qu'elle lui faisait de l'effet, en tout cas.

Néanmoins, Beah n'avait aucune intention de partager

ce moment très intime avec des inconnus. Elle n'aimait pas les démonstrations d'affection publiques, et l'idée que quelqu'un puisse la voir la pétrifiait.

— Peut-on avoir un peu d'intimité ? demanda-t-elle.

— Nous pouvons voir dehors mais personne ne peut voir dedans. Cela dit, je peux baisser les stores si tu es mal à l'aise.

Faisant confiance à Finn, et à présent vêtue uniquement d'un minuscule soutien-gorge à demi-bonnets et de son string assorti, elle alla se poster devant la baie vitrée et plaqua les mains contre le verre.

— Tu es sûr que personne ne peut voir ce que je fais ? lui demanda-t-elle, mais c'était uniquement pour l'exciter.

Elle l'entendit bouger mais ne se retourna pas. Elle savait qu'il était en train de se déshabiller. Quand elle sentit le torse nu de Finn contre elle, son sexe en érection se pressant contre le bas de son dos à travers l'étoffe de son caleçon, elle fut parcourue d'un frisson. Puis il l'attira contre lui, une main contre son ventre et l'autre s'étalant sur ses seins.

— Tu es terriblement sexy, Beah Murphy.

Elle n'était plus une Murphy, mais elle ne rectifia pas, pour ne pas gâcher ce moment. « Une rose sous un autre nom… », etc. Ce n'était plus le moment de parler. À présent, elle avait besoin que Finn la touche, qu'il la goûte, qu'il la fasse crier de plaisir.

Elle tendit la main derrière elle et saisit son sexe dressé. Elle sentit la bouche de Finn se poser sur son épaule, ses doigts glisser jusqu'à l'un de ses tétons déjà durcis. Elle rejeta la tête en arrière et contempla le ciel bleu. Elle avait l'impression de ne faire qu'un avec l'eau, le ciel et Finn.

Il dégrafa son soutien-gorge et le laissa tomber sur le sol. La faisant pivoter vers lui, il l'entraîna jusqu'au lit et la fit asseoir au bord du matelas. Puis il se plaça entre ses genoux, sans la toucher.

Mais Beah voulait davantage qu'un regard appréciateur et enfiévré.

— J'ai besoin que tu me touches, Finn.

— Dans un instant. Libère ta chevelure, chérie.

Ne songeant même pas à protester, elle retira l'élastique qui retenait ses cheveux. Finn la poussa doucement en arrière, et elle se retrouva étendue sur le lit. Il s'agenouilla à côté d'elle et plongea les mains dans ses boucles, les étalant sur le couvre-lit d'un blanc immaculé.

— Tu n'imagines pas combien de fois je t'ai imaginée ici, comme ça.

Elle le croyait, car elle aussi l'avait imaginé dans son lit, à Londres. Autrefois, ils avaient énormément compté l'un pour l'autre ; il était naturel qu'ils regrettent les meilleurs moments de leur vie à deux.

Néanmoins, les paroles de Finn ne prouvaient rien. Elle ne devait pas s'emballer.

Elle était si lasse de réfléchir, de tout analyser.

Heureusement, quand Finn la toucha, son cerveau en surrégime cessa de fonctionner, ne laissant place qu'à des sensations. De délicieuses sensations. Parce qu'elle avait besoin de se perdre en lui, elle caressa ses épaules musclées, ses pectoraux fermes. S'asseyant sur le lit, elle glissa la main sous l'élastique de son caleçon. Finn ferma les yeux quand elle enroula les doigts autour de son sexe engorgé, si délicieusement, si merveilleusement viril…

Elle savait qu'elle était déjà moite et prête à accueillir Finn en elle.

— Retire ça, maintenant, lui ordonna-t-elle en tirant sur son caleçon.

Il obtempéra puis lui écarta doucement les cuisses et posa le regard sur la partie la plus secrète de son corps. Elle éprouva le besoin de se couvrir, avant de se rappeler que Finn l'avait vue nue à de nombreuses reprises.

Il passa le doigt sur sa toison bouclée, puis explora ses replis intimes.

— Si moite, déjà.

— Finn, murmura-t-elle.

Elle noua les mains autour de son cou et l'embrassa. Il glissa la langue entre ses lèvres tout en appuyant son sexe contre son point le plus sensible. Elle pourrait bien jouir sur-le-champ s'il répétait ce mouvement.

Marmonnant un juron, il se pencha au-dessus d'elle et ouvrit le tiroir du chevet. Elle entendit un livre tomber au sol et rebondir sur le parquet. Finn jura encore puis soupira de soulagement.

Il se rassit sur le lit, déballa le préservatif et le déroula sur lui. Puis, il se caressa. Elle trouvait cela terriblement sexy… Elle gémit de désir, et Finn plongea le regard dans le sien.

— C'est excitant, dit-elle.

— Ça ? demanda-t-il en se caressant encore.

Elle hocha la tête. S'il ne la touchait pas bientôt, elle pourrait bien subir une combustion spontanée.

Ne pouvant s'en empêcher, elle glissa la main entre ses cuisses, mais elle n'eut pas le temps de se donner du plaisir car Finn la souleva, s'enfonçant enfin entre ses replis chauds et humides, jusqu'à la garde.

Elle adorait sentir le poids rassurant de son corps sur elle. Et elle aimait respirer son eau de toilette mêlée au parfum enivrant du sexe. Poussant un soupir de plaisir, elle se cambra afin que ses seins se pressent contre son torse.

Finn, immobile, serrait les dents.

Elle ignorait ce qu'il attendait. Mais, concentrée sur son propre orgasme à venir, elle se mit à onduler des hanches, de manière à intensifier son plaisir.

Elle ne savait pas si elle serait capable d'attendre Finn. Et, à vrai dire, elle s'en souciait peu. Elle sentit les doigts de Finn s'enfoncer dans ses fesses, vit un muscle tressauter dans sa mâchoire. Il ne bougea pas, la laissant établir le rythme des va-et-vient.

Le temps se suspendit, et les galaxies entrèrent en collision quand elle atteignit l'orgasme libérateur, dans une explosion de lumière.

Quand elle revint peu à peu sur terre, elle agrippa les biceps de Finn et plongea le regard dans ses yeux assombris. Il était encore en elle, rigide et lourd.

Il sourit, écartant les boucles qui barraient son visage.

— C'était bon ? lui demanda-t-il.

Incapable de parler, elle hocha la tête en guise de réponse.

Il alla plus loin en elle, et elle ressentit un autre spasme de plaisir, plus lent et plus profond mais non moins exquis.

— Bien, dit-il en souriant. Maintenant, je veux que tu jouisses à nouveau.

C'était l'un des rares ordres auxquels Beah obéissait volontiers.

Dix jours plus tard, Beah essayait de faire en sorte que Finn se concentre sur le mariage de Ben et Piper. Mais Finn, debout derrière la chaise sur laquelle elle était assise, ne cessait de la distraire en lui mordillant le cou ou en jouant avec ses cheveux.

Elle sentit ses doigts experts caresser sa clavicule et repoussa sa main.

— Finn Murphy ! Concentre-toi ! Ces décisions ne vont pas se prendre toutes seules, or le mariage a lieu dans à peine trois semaines.

En guise de réponse, il glissa la main sous son chemisier et caressa son téton à travers son soutien-gorge. Gardant un œil sur la porte et sur les murs de verre, elle appuya la tête contre son avant-bras, prenant un instant pour savourer les ondes de désir qui la parcouraient.

Il se pencha pour lui murmurer à l'oreille :

— Je ne t'ai pas vue depuis dix jours, et tu me demandes de me concentrer sur les fleurs et autres détails. Impossible.

— Quelqu'un pourrait nous voir.

— Détends-toi, chérie. Si quelqu'un arrive dans le couloir, je l'entendrai avant qu'il ne nous voie. Mais il y a une autre solution : viens dans mon bureau. Nous pourrons fermer la porte à clé et nous cacher pendant une heure. Peut-être deux. Ou mieux, si on oubliait le travail ? Il est plus de 16 heures. Allons chez nous.

Elle était tentée. Très tentée. Mais elle ne pouvait pas céder. Elle avait un rendez-vous avec l'un de ses plus récents clients, un millionnaire du net qui avait pris l'avion spécialement pour la voir. Et puis, chez elle, ce n'était pas chez Finn. Chez elle, c'était son appartement de Notting Hill, même si elle n'était pas retournée à Londres depuis près d'un mois.

Certes, elle pouvait travailler n'importe où.

Son client devait arriver dans - elle vérifia sur sa montre Cartier - cinq minutes. Il était peut-être dans le couloir en ce moment même. Pas le temps de faire quoi que ce soit d'intéressant… Et par intéressant, elle voulait dire filer avec Finn dans son bureau souterrain, le déshabiller et explorer son corps sculpté avec ses lèvres et sa langue.

Elle soupira et retira à contrecœur la main de Finn de son chemisier. Il n'était pas le seul à être follement excité.

Elle se leva et regarda par les murs de verre du bureau. Comme il n'y avait toujours personne dans le couloir, elle déposa un baiser rapide et ferme sur sa bouche sensuelle.

— Plus tard, dit-elle. Maintenant, sois sage !

Elle tenta de ranger sa chaise sous le bureau, mais Finn la maintint devant lui.

— Accorde-moi une minute, trésor. Personne n'a besoin de voir la proéminence dans mon pantalon.

Non, en effet. Beah rougit mais soutint le regard de Finn, car le même désir brillait dans leurs yeux.

— Nous aurons notre récréation privée plus tard, dit-elle. C'est promis.

— Chez moi ? Dès que tu pourras t'échapper ?

Elle ne pouvait pas lui résister et elle ne le souhaitait pas. Car elle avait trop envie de lui. Deux semaines plus tôt, Ronan l'avait envoyée à São Paulo afin qu'elle rencontre le comité directeur d'un musée privé de la ville. Ils songeaient à écouler une partie de leur collection et voulaient l'opinion de Beah sur les pièces qu'ils devraient ou non garder, et discuter d'un éventuel contrat avec Murphy.

Une fois à São Paulo, elle en avait profité pour aller jusqu'à Bariloche, une ville montagneuse pittoresque dans le sud-ouest de l'Argentine. Une habitante de la ville avait envoyé, quelques mois plus tôt, la photo d'un Renoir potentiel via un formulaire de contact, et le tableau avait semblé suffisamment ressemblant pour que Beah juge bon de se déplacer.

Au grand désarroi de la propriétaire, elle avait établi que le tableau était une imitation. Un faux de bonne qualité, mais un faux tout de même. La propriétaire s'était emportée et avait déclaré qu'elle demanderait une seconde opinion. En guise de réaction, Beah avait haussé les épaules et lui avait laissé sa carte.

Ce n'était pas la première fois qu'elle annonçait à des gens pleins d'espoir que leur trésor adoré, transmis de génération en génération, était un faux et ne valait rien. Et ce ne serait pas la dernière.

Pendant son absence, Beah avait pensé à Finn souvent. D'accord, tout le temps. Et il lui avait terriblement manqué. Ses rêves étaient torrides et remplis de souvenirs de leurs nuits de passion…

— Sérieusement, gronda Finn, si tu ne chasses pas cette

expression sensuelle de ton visage, je vais te plaquer contre le mur le plus proche et t'embrasser à perdre haleine. Et peu m'importe qu'on nous voie ou non.

Il fallait éviter cela, s'avisa-t-elle. Elle chassa ses pensées érotiques de son esprit, contourna le bureau pour mettre un peu d'espace entre Finn et elle - mieux valait faire preuve de prudence - et désigna la pile de magazines de mariage sur le bureau. Elle prit le premier et l'ouvrit à une page marquée par un Post-it jaune vif.

— Roses blanches et jasmin, ou gerberas gais et colorés ? le questionna-t-elle.

Il regarda les images, fronça les sourcils puis haussa les épaules.

— Je n'en sais rien.

Les hommes !

— C'est pourtant simple, Finn, quel bouquet préfères-tu ?

— Aucun. Les deux. Je suis sûr que Piper aimera les deux. Pourquoi ne pas lui poser la question ?

— Je lui ai envoyé des mails et des SMS mais elle ne m'a pas répondu. Tu as parlé à Ben récemment ?

— Non, pas depuis une semaine environ. Mais j'ai été très occupé.

Étrange, songea-t-elle en se mordillant la lèvre. Mais le temps pressait, et ils ne pouvaient pas attendre que Ben et Piper leur répondent.

— Il faut qu'on se décide aujourd'hui, décréta-t-elle. Le fleuriste doit passer commande.

Finn rangea la chaise sous le bureau.

— Je te fais confiance, Bee. Ben et Piper aussi. Appelle le fleuriste.

Les fleurs étaient un choix très personnel. C'était beaucoup trop de pression.

— Pourquoi tu ne le ferais pas, toi ? geignit-elle.

Il montra d'un geste sa tenue.

— Je porte des hauts noirs et des jeans la plupart du temps parce que ça va ensemble et que ça m'évite de réfléchir. Mon appartement a été rénové par une décoratrice d'intérieur. Je ne suis pas doué pour tout ça. Choisis un bouquet, Bee.

Soit. Beah promena son regard sur les photos du magazine. Les gerberas étaient joyeux, mais les roses et le jasmin étaient romantiques. C'étaient les fleurs qu'elle choisirait s'il s'agissait de son mariage.

— D'accord, jasmin et rose. Ensuite, le dessert.

Il sourit.

— Nous avons opté pour un gâteau à la framboise et au chocolat blanc, dit-il. Trois étages, parce que mes frères seront là et qu'ils mangeront chacun un étage entier.

— Et tu mangeras le troisième, plaisanta-t-elle tout en prenant des notes sur son agenda. Tu as pu jeter un coup d'œil aux menus que les traiteurs ont envoyés ?

— Oui. Malheureusement, ils n'ont pas le temps de préparer une dégustation.

Cet homme ne pensait qu'à son estomac. Ou au sexe.

— Étant donné les délais courts, nous allons devoir leur faire confiance, dit-elle. Quel menu as-tu choisi ?

— Celui avec du canard rôti. J'aurais juste préféré que nous puissions le goûter avant.

— C'est l'un des meilleurs traiteurs de Boston. Leur cuisine sera exemplaire, lui assura-t-elle. Tu penses avec ton ventre, une fois de plus.

— Quand tu te penches sur le bureau et que tu me montres les bords de ton très joli soutien-gorge rose, ce n'est pas la seule partie de mon corps avec laquelle je pense…

Beah plaqua la main contre son chemisier et plongea le regard dans le sien. Elle vit de l'envie, du désir dans ses yeux… Il fallait qu'elle écourte cette réunion, pour contenir ce feu qui brûlait entre eux.

Sinon, il pourrait embraser toute la ville.

— Bon sang, Finn, cesse de me regarder comme ça !

— Impossible.

Le téléphone de Beah émit un bip, annonçant un message. Eli, l'assistant de Ronan, l'informait qu'il arrivait avec son client. Elle montra le message à Finn qui se remit derrière le dossier de la chaise. En effet, il lui fallait encore un peu de temps pour retrouver son état normal. Elle aussi aurait bien besoin de quelques minutes pour se ressaisir…

Elle devait reprendre le contrôle sur cette attraction qui faisait rage entre eux. Sinon, elle finirait par la consumer.

Mais Beah s'occuperait de ce problème plus tard. Pour l'instant elle avait un client à voir. Des affaires à mener. Et elle avait une décision à prendre. Elle jeta un coup d'œil à son téléphone, songeant au mail qu'elle avait reçu de Michael Summers pendant qu'elle était à São Paulo. Il avait besoin d'une réponse définitive, et il en avait besoin bientôt. Le temps de la réflexion touchait à sa fin.

Entre la vente à venir, ses clients exigeants, Michael, et le mariage à organiser, Beah se sentait dépassée. Et puis, il y avait Finn…

Musclé, sensuel et séduisant. Et, malgré son badinage, aussi émotionnellement distant que jamais.

Quoi qu'il en soit, elle avait une mission à accomplir. Elle prit une profonde inspiration, s'assura que ses boucles étaient sous contrôle et lissa sa jupe. Redressant les épaules, elle plaqua un sourire sur son visage et alla ouvrit la porte.

Elle salua Eli puis offrit une poignée de main à Marshall Ford, son nouveau client. Il était bâti comme un joueur de football américain et ne ressemblait pas du tout à ce qu'elle avait imaginé.

Marshall Ford était, eh bien… Époustouflant.

Si elle n'avait pas un séduisant ex-mari dans son lit, elle serait tentée de flirter. Ou plus…

— Beah, je vous présente M. Ford, dit Eli. Je peux vous apporter du café et des pâtisseries, si vous le souhaitez.

Beah serra la main de Marshall.

— Café et pâtisseries, monsieur Ford ? demanda-t-elle.

— Volontiers, je meurs de faim. Et, je vous en prie, appelez-moi Marsh, répondit-il d'une voix grave et claire.

— Pour moi aussi, Eli, merci, intervint Finn.

Beah fut surprise. Finn comptait rester ? Pourquoi ? Elle le regarda d'un air méfiant quand il approcha d'eux. Finn l'ignora et serra la main de Marshall.

— Finn Murphy, directeur.

Elle se retint de lever les yeux au ciel. En temps normal, Finn se présentait comme le responsable des recherches.

Se pouvait-il que son ex-mari se sente un peu menacé, un peu jaloux ? L'idée l'amusait, car elle ne l'aurait pas cru capable d'éprouver un tel sentiment.

En tout cas, jalousie ou pas, elle ne le laisserait pas gâcher cette entrevue. Finn n'était pas le bienvenu.

— Eli, dit-elle, Finn prendra son café dans son bureau puisqu'il allait partir.

Finn voulut protester, mais elle lui décocha un regard assassin et, sans lui laisser le temps de parler, ajouta :

— Je te verrai plus tard, Finn.

Elle reporta son attention sur Marshall Ford.

— Venez vous asseoir, Marsh. Installez-vous sur le canapé, vous y serez plus à l'aise.

Profitant du fait que Marshall leur tournait le dos, Beah donna une tape sur le bras de Finn et lui fit signe de partir. Il lui envoya un regard agacé mais, Dieu merci, il sortit de la pièce. Elle vit Eli réprimer un sourire.

Elle leva les yeux au plafond puis ferma la porte vitrée. Quand elle se retourna vers Marshall, elle sentit le regard de Finn sur elle.

Une fois installée face à son client, elle vit qu'Eli entraînait Finn dans le couloir. Elle poussa un petit soupir de soulagement.

— Marsh, bienvenue chez Murphy International. Comment puis-je vous aider ?

Finn versa le curry de crevettes thaï - le préféré de Beah - dans une boîte de conservation et ferma le couvercle.

Dieu merci, il n'avait pas encore débouché le champagne. Il avait fait l'effort de cuisiner le plat favori de Beah, et cela l'ennuyait d'avoir gâché de la nourriture et perdu son temps. Mais s'il avait perdu en plus une bouteille de champagne à deux mille dollars - Bollinger Vieilles Vignes Françaises 1996 - sa pression sanguine aurait grimpé en flèche.

Il retira la bouteille du seau à glace et la posa sur le plan de travail en granit.

Puis il prit une bière dans le réfrigérateur et se dirigea vers le balcon, soufflant au passage sur les bougies parfumées qui ornaient la table.

Le dîner romantique qu'il avait prévu pour fêter le retour de Beah était un fiasco.

Une fois sur le balcon, il s'appuya contre la rambarde, sa bière à la main. Une brume s'élevait sur la mer calme, cachant les bateaux. Il faisait bon ce soir ; l'hiver desserrait peut-être enfin ses griffes sur Boston. Finn était impatient d'arriver aux beaux jours, et à l'été. La vente Mounton-Matthews serait passée, et tout le monde pourrait enfin se détendre. Il avait déjà prévu de faire du kayak en eaux vives et du kitesurf.

Sa résidence disposait d'une piscine, dans laquelle il nageait souvent, mais ce n'était pas la même chose que de pêcher au harpon ou de faire de la plongée.

Il avait renoncé à un séjour en montagne car Beah lui avait dit qu'elle serait de retour à Boston cette semaine.

Il était resté parce qu'elle lui manquait. Plus qu'elle ne le devrait.

Il prit une longue gorgée de bière. Comme il avait été bête de concocter un repas romantique pour son ex-épouse… Ils n'avaient fait aucun projet ferme pour ce soir, mais il avait supposé, après leur badinage sensuel plus tôt dans la journée, qu'ils passeraient la nuit ensemble.

La réunion de Beah avec Marshall Ford avait sans doute conduit, comme ses propres réunions, à un verre, puis à un dîner. Divertir les clients faisait partie du travail de Beah, il le comprenait, mais il n'était pas obligé d'apprécier cet aspect.

Et il l'appréciait encore moins quand le client de Beah était un type séduisant, riche comme Crésus, jeune et célibataire. Oui, Finn s'était renseigné sur Ford dès qu'il était retourné dans son bureau…

Sa jalousie était pathétique.

Voilà pourquoi il avait évité Beah toutes ces années, se dit-il. Manifestement et inconsciemment il avait senti que leur attirance était trop forte, et qu'il était plus facile de garder leurs distances que de céder à leur attirance toujours vivace. Le fait qu'il y ait un océan entre eux lui avait facilité la tâche.

Une fois la vente Mounton-Matthews passée, la vie reprendrait son cours normal. Beah rentrerait à Londres, leur liaison serait terminée, et il retrouverait son quotidien.

Il devait l'admettre, quand il était avec Beah, il se sentait plus léger, plus gai, moins sérieux. Elle parvenait toujours à lui changer les idées, à alléger sa charge mentale, à le faire rire. Elle était comme un vent chaud et tropical qui soufflait sur les parts sombres de son être, privées d'air et de lumière depuis très longtemps.

Plus elle resterait, plus il s'appuierait sur elle, et ce serait une mauvaise chose. Car la vie lui avait appris que les femmes sur lesquelles il se reposait et qu'il aimait - sa mère, sa belle-mère, et même Thandi, la défunte épouse de Ronan - l'avaient toutes quitté.

Alfred Tennyson s'était trompé : il valait mieux ne pas avoir aimé que d'avoir aimé et perdu.

Était-ce vrai ? Ou était-il juste un lâche ? Bien sûr, il pouvait sauter d'un hélicoptère à douze mille pieds d'altitude pour atterrir dans la neige, se jeter du haut d'un gratte-ciel avec un parachute, emprunter des pistes raides sur sa moto tout-terrain… mais l'amour et les relations sentimentales requéraient une autre sorte de courage.

Et Beah était la seule femme qui provoquait chez lui des sensations aussi fortes que lorsqu'il dévalait une piste noire ou qu'il sautait d'un avion.

L'excitation, la peur, l'euphorie.

Pas étonnant que Beah l'effraie autant.

Les sports d'aventure pouvaient briser son corps, mais il était toujours prêt à prendre ce risque. En revanche, il n'avait aucune envie de mettre son cœur en jeu.

Il entendit la porte d'entrée s'ouvrir et les talons de Beah marteler le parquet. Il ne s'était pas retourné, pourtant son corps réagissait déjà à sa présence : le désir affluait dans son aine, et son cœur battait à se rompre.

Beah était là.

Elle en avait mis, du temps !

Son parfum exquis l'enveloppa en premier, puis elle noua les bras autour de sa taille et appuya la joue contre son omoplate.

— Désolée d'être en retard, dit-elle.

Il n'allait pas lui poser de questions. Vraiment pas.

— Comment s'est passé ton dîner avec Marsh ? demanda-t-il.

Il n'avait pas pu s'en empêcher.

— Très bien, répondit-elle. Son compagnon Alex nous

a rejoints. Il est styliste à Los Angeles, et c'est lui qui a conseillé à Marsh de commencer une collection. Il devait nous rejoindre chez Murphy mais il a été retardé.

Marsh Ford était homosexuel. Finn ne savait pas s'il devait se sentir soulagé ou stupide. Les deux, sans doute. Il se retourna et attira Beah dans ses bras. Elle déposa un baiser sur sa joue.

— Pardon de ne pas t'avoir prévenu, la batterie de mon téléphone était vide.

Il voulut lui répondre que ce n'était pas grave, mais il était encore irrité d'avoir préparé un repas pour rien et de l'avoir attendue en se demandant où elle était.

Elle l'observa.

— Ça va ? demanda-t-elle.

— Oui, pourquoi ?

— Pour rien.

Elle renifla.

— Est-ce que tu as préparé un curry thaï pour le dîner ? reprit-elle.

— Oui.

— Tu m'en as laissé ? S'il n'y en a plus, je serai déçue. Tu sais à quel point j'adore ton curry de crevettes !

Oui, il le savait. C'était pour cela qu'il l'avait cuisiné. Mais elle n'avait pas besoin de savoir qu'il avait fait beaucoup d'efforts pour elle, il se sentait assez idiot comme cela. Pourvu qu'elle n'ait pas remarqué la bouteille de champagne sur le plan de travail et les chandelles sur la table !

Il connaissait un très bon moyen de détourner son attention… Prenant son visage en coupe, il posa les lèvres sur les siennes. Il comptait s'en tenir à un baiser doux, du moins au début. Mais quand Beah se blottit contre lui et entrouvrit la bouche, il sentit le désir monter en lui.

Puis elle fit danser sa langue sur la sienne, et le monde de Finn trembla puis se stabilisa. Tenir Beah dans ses bras lui semblait normal. Et même naturel. Il y avait eu d'autres femmes après elle - il était divorcé, pas moine - mais aucune ne l'avait étreint comme elle le faisait, aucune ne lui avait fait autant d'effet.

Aucune n'avait sa saveur.

Aucune femme ne lui arriverait jamais à la cheville.

Beah continuait de l'embrasser, de mêler sa langue à la sienne. Finn prit le contrôle du baiser, mordillant doucement la lèvre inférieure de Beah avant d'apaiser la douleur par une caresse de sa langue. Et il ne put s'empêcher d'explorer son corps avec ses mains…

Beah avait un dos parfait et un postérieur rebondi. Il se baissa légèrement pour caresser l'arrière de ses cuisses, les fossettes au-dessus de ses fesses, et sourit quand il sentit la marque de son string. Elle portait toujours des dessous sexy, et il adorait cela. Il glissa la main entre eux et effleura son sexe tandis qu'elle gémissait contre ses lèvres. Ils venaient de commencer, et déjà il était au comble de l'excitation.

Dans ses bras, il se sentait heureux. Le sentiment était-il réciproque ?

Beah repoussa sa main le temps de baisser la fermeture Éclair de son pantalon. Le vêtement descendit sur ses hanches rondes et, acceptant cette invitation tacite, Finn passa la main sur le petit triangle de dentelle. Elle s'agita contre lui tandis qu'il glissait le doigt sous la couture, s'insérant entre ses replis chauds et humides pour trouver le cœur de sa féminité.

Elle s'appuya contre lui, comme si ses jambes ne la portaient plus, et il resserra le bras autour de sa taille tandis qu'elle écartait légèrement les jambes. Il enfonça les doigts en elle tout en taquinant son clitoris avec son pouce.

— Beah, tu es tellement sexy, chuchota-t-il contre sa bouche, contemplant ses yeux embrumés par le désir.

— Nous devrions arrêter.

Mais tout en disant cela, elle avait collé les hanches contre lui, l'encourageant à aller plus loin. Finn décida d'écouter ses actes et non ses paroles.

Ils n'avaient pas à arrêter. Ils allaient poursuivre cette étreinte. Ici. Maintenant.

Rien n'était plus important que ces instants…

— Profite du présent, Beah, et laisse-toi porter. Laisse-toi aller.

— Je ne sais pas si j'en suis capable.

Il tapota les doigts contre l'intérieur de son sexe, et elle retint brusquement son souffle. Oui, elle aimait ça.

— Tu peux jouir, Beah. Et tu vas jouir.

Elle était sur le point d'exprimer des doutes, mais il l'empêcha de parler en pressant la bouche sur la sienne. Il augmenta la pression sur son clitoris, et elle se pressa contre lui.

Entravé par le pantalon de Beah, il le lui retira. Puis il la prit par la main et l'entraîna vers la table basse.

Lui relevant la jambe, il plaça son pied sur la table. Ainsi, elle était à sa merci, et offerte à son regard. Elle était si belle dans le clair de lune… Écartant son string sur un côté, il effleura du bout de l'index sa fine toison rousse, pour attiser son plaisir. Beah le regardait faire, comme hypnotisée.

Elle posa la main sur sa mâchoire et fit pivoter son visage vers le sien. Elle l'embrassa fougueusement, exprimant ainsi ce qu'elle attendait de lui. À présent, elle était entièrement absorbée par son propre plaisir ; elle ne pensait pas à lui ni à ce dont il avait besoin. Et il n'y voyait aucun inconvénient.

Car, ce dont il avait le plus besoin, c'était de la voir s'atomiser entre ses bras. Le plaisir de Beah était tout ce qui comptait.

Pour la satisfaire, il se concentra pleinement sur ses gestes, allant et venant en elle à un rythme lent et régulier. Mais elle avait besoin de quelque chose de plus. Il ne savait pas exactement quoi, alors, sans réfléchir, il écarta les pans de son manteau et se mit à déboutonner son chemisier, dévoilant son soutien-gorge couleur ivoire. Il glissa la main sous le bonnet et, aussitôt, sentit son téton se dresser contre sa paume.

Pour lui faire perdre tout contrôle, il continua ses mouvements entre ses cuisses et sur son sein et fut récompensé par le son de sa respiration saccadée, signe qu'elle était tout près du précipice. Elle s'appuya contre lui, languide, et ondula des hanches, en quête d'une libération. Comment était-ce pour les femmes ? se demanda-t-il. Cela commençait-il, comme pour lui, à la base de la colonne vertébrale ? Était-ce comme un éclair intense et violent qui frappait tout le corps ? Ou plutôt comme une vague brûlante ?

En tout cas, il n'avait jamais rien vu de plus sensuel que l'expression de Beah à cet instant. Elle avait les lèvres entrouvertes et les joues empourprées. Son chignon était défait, et son regard avait une teinte dorée, sombre et fascinante. Elle semblait sauvage.

— Tu es tout près, Beah, gronda-t-il contre son oreille. Et tu es sexy, tellement sexy.

Elle appréciait ses mots, il le sentait. Alors il poursuivit :

— Je pourrais jouir rien qu'en te regardant trembler de plaisir.

C'était la vérité. Il était au bord de l'explosion, alors qu'elle ne l'avait pas encore touché.

— Finn, j'ai besoin…

— Tu as besoin que je fasse ça, dit-il, glissant un autre doigt en elle et pressant le pouce sur son clitoris.

Elle gémit. Puis frissonna.

— Jouis pour moi. Maintenant !

Obéissant à son ordre, elle s'atomisa, se cambrant d'instinct tandis qu'elle s'accrochait à chaque sensation de son orgasme. Elle ne remarqua pas qu'il avait retiré sa main de son sein pour la glisser dans son propre pantalon. Il n'eut besoin que de quelques mouvements pour atteindre à son tour le plaisir suprême.

Le souffle court, il ferma les yeux.

Il avait voulu faire perdre le contrôle à Beah mais, au passage, il avait aussi perdu le sien.

- 7 -

C'était leur sixième rendez-vous depuis l'ultimatum de Dare, et Keely n'avait toujours pas revu son amant nu. Mais elle ne lui demanderait certainement pas quand et où ils referaient l'amour. Elle n'était pas désespérée à ce point.

En réalité, si, elle était désespérée, mais elle ne l'avouerait pas à Dare. Elle avait sa fierté. Cela dit, puisqu'elle n'obtenait pas les ébats exceptionnels promis, pourquoi avait-elle accepté ce dîner dans le bar préféré de Dare ? Parce qu'elle appréciait sa compagnie, voilà pourquoi ! Dare, maudit soit-il, était intelligent, plein d'esprit, capable de conversations profondes, et Keely adorait discuter avec lui. Et puis elle aimait être courtisée, charmée, couverte d'attentions. Elle aimait les fleurs, les SMS, le fait qu'il lui téléphone juste avant 23 heures pour lui souhaiter une bonne nuit.

Oui, elle appréciait Dare.

Mais il fallait qu'elle reprenne les commandes, qu'ils reviennent à une liaison purement physique. C'était le seul type de relation qui fonctionnerait entre eux.

À la vérité, elle aimait un peu trop ces rendez-vous galants. Et ce n'était pas acceptable. Elle ne tomberait pas amoureuse de Dare. C'était hors de question.

Ce soir, parce qu'elle devait se protéger et protéger son cœur trop tendre, elle lui poserait un ultimatum, elle aussi. Soit ils reprenaient le sexe, soit ils rompaient…

Elle se glissa sur une banquette et soupira quand Dare

s'assit non pas face à elle mais à côté d'elle, épaule contre épaule, cuisse contre cuisse. Une serveuse vint à leur table, et Keely ne put lui en vouloir de contempler son compagnon. De contempler Dare, rectifia-t-elle.

Il commanda un verre de chardonnay pour elle et une bière pour lui, et lorsque la serveuse finit par repartir, il lui donna un petit coup de coude et demanda :

— Tu es bien silencieuse. Tout va bien ?

Elle se décala jusqu'au coin de la banquette, pour mettre à distance l'homme qui occupait ses pensées chaque nuit et qui, quand elle parvenait à trouver le sommeil, était la star de ses rêves très érotiques.

Elle pourrait y arriver. Il fallait qu'elle y arrive. Et ce bar sans prétention était l'endroit idéal pour mettre les choses au clair.

— Il faut qu'on parle, déclara-t-elle.

— Je m'attendais à ce que tu dises ça, et la réponse est non. Nous n'allons pas revenir à notre relation d'avant.

Il eut même le toupet de ponctuer sa phrase d'un sourire. Keely sentit la moutarde lui monter au nez.

— Tu n'es pas seul dans cette relation, rétorqua-t-elle.

— Je suis le seul qui ait un peu de jugeote.

Il s'adossa à la banquette, ferma les yeux et secoua la tête.

— Je suis fatigué, Keels. J'ai eu une sale journée. Et je suis en manque de sexe. Reportons cette discussion à une autre fois, d'accord ?

Elle avait remarqué les ombres sous ses yeux, les marques de fatigue autour de ses lèvres. Elle voulait savoir pourquoi il semblait épuisé, et mécontent. Mais elle ne pouvait se permettre d'aller sur ce terrain ; c'était trop dangereux.

— Je peux m'occuper du manque sexuel, susurra-t-elle de sa voix la plus séductrice, posant la main sur sa cuisse.

Le sexe était à sa portée. C'étaient les émotions qui l'effrayaient terriblement.

Il parut déçu, puis fâché.

— Ta réaction est tellement prévisible, Killer. Et ennuyeuse à mourir.

Ennuyeuse à mourir ? Il y allait fort ! Elle retira sa main et lui décocha un regard cinglant.

— Je suis ennuyeuse ?

Il roula des yeux.

— Je n'ai pas dit que tu étais ennuyeuse, j'ai dit que ta réponse l'était.

— Que veux-tu que je te réponde, Wilfred ?

La serveuse apporta leurs boissons et, percevant manifestement la tension ambiante, les observa Dare et elle. Dare l'ignora et se pinça l'arête du nez.

— Tu aurais de l'aspirine ? demanda-t-il.

— Oui, répondit Keely, un peu déroutée.

Pendant que la serveuse s'éloignait, Keely sortit de son sac une petite boîte en métal dans laquelle elle avait toujours quelques cachets. Elle en versa quelques-uns dans sa main.

— Combien t'en faut-il ? demanda-t-elle.

Il prit trois pilules sur sa paume tendue et les avala avec quelques gorgées de bière. Puis il se tourna vers elle.

— J'ai eu une journée calamiteuse. J'ai perdu une affaire au tribunal, et l'un de mes plus anciens clients a été arrêté pour fraude, ce qui me met hors de moi parce que je l'avais prévenu. Mon assistante juridique préférée a quitté mon cabinet pour aller travailler ailleurs, et j'ai un mal de tête terrible, énonça-t-il. Et au lieu de me demander ce qui ne va pas, la personne que j'étais impatient de retrouver, la seule qui améliore toujours mon humeur, réduit immédiatement ce que nous partageons au sexe.

D'accord, il était réellement fâché. Et à en juger par la douleur dans son regard bleu nuit, il était blessé. Elle n'avait pas voulu lui faire de peine ; elle avait simplement peur.

Mais, peur ou pas, elle aurait dû le questionner sur sa

journée, essayer de faire comme si cela l'intéressait. Car cela l'intéressait, énormément. Elle but un peu de vin et se demanda ce qui se produirait si elle cessait de mettre de la distance entre Dare et elle, si elle s'autorisait à apprécier sa compagnie, à savourer ces instants excitants et merveilleux.

Mais si elle tombait amoureuse de lui ? Que se passerait-il alors ?

Peut-être que Dare l'aimerait aussi. Et dans ce cas, elle ne finirait pas avec un cœur en miettes. Peut-être que tout irait bien.

Peut-être…

— Tu sais quoi ? Tu as sans doute raison, lâcha-t-il.

Elle recula contre la banquette, soudain en alerte. Elle observa son visage sombre, vit la déception dans ses yeux.

— Nous devrions revenir à avant, mais pas au sexe. Nous devrions remonter jusqu'à la période où nous avions une simple relation avocat-cliente. Quand nous étions juste des connaissances, conclut-il d'une voix froide.

Elle plaqua la main sur son cœur, espérant l'empêcher de se fendre en deux.

— Dare…

Ce n'était pas du tout ce qu'elle voulait.

— J'ai essayé avec toi, Keely, j'ai fait tout ce que je pouvais pour te montrer que nous pourrions être heureux ensemble, que nous pourrions construire quelque chose.

Il se leva et glissa les mains dans les poches de son jean, la mâchoire serrée et les yeux plissés. Il avait son air d'avocat, l'air « ne me cherchez pas ».

Il allait la quitter…

— Mais ce n'est pas une relation à sens unique, et il m'en faut plus. J'ai trente-cinq ans, Keely. Je veux une compagne, une amie, quelqu'un sur qui me reposer. Mais tu es décidée à croire que je vais te faire souffrir. Tu rejettes une relation qui pourrait être fantastique parce que tu as peur.

Bien sûr qu'elle avait peur ! N'en avait-elle pas le droit ?

— J'ai peur, moi aussi, mais j'en ai assez d'être le seul qui se batte pour nous. J'en ai assez d'être le seul à avoir foi en nous. Je ne crois pas aux âmes sœurs. Dans un monde de huit milliards d'êtres humains, il doit bien y avoir plus d'une personne avec qui je peux être heureux. Puisque tu ne veux pas m'accompagner dans ce voyage, je trouverai quelqu'un d'autre.

Ses paroles lui lacéraient le cœur et l'âme. Elle voulut protester, mais aucun mot ne sortit de sa bouche. Après une minute passée à l'observer, Dare sortit son portefeuille de la poche de son jean, prit quelques billets et les posa sur la table.

— D'accord. Merci pour rien, assena-t-il.

Les bras autour de la taille, Keely le regarda partir. Elle aurait aimé avoir assez de courage pour le retenir, pour jeter sa prudence aux orties et s'autoriser à aimer Dare.

Il la quittait, comme ses autres amants. Seulement, cette fois, c'était elle la seule responsable.

Ne trouvant pas le sommeil, Beah sortit de la chambre et alla sur le balcon. Uniquement vêtue d'une chemise empruntée à Finn, elle appuya les bras sur la rambarde et contempla le port. Il faisait frais, mais elle appréciait la sensation de la brise sur ses jambes nues. Elle avait toujours aimé le froid, car il lui donnait l'impression d'être encore plus vivante.

Le sexe avec Finn avait le même effet sur elle. Elle était à Boston depuis plusieurs semaines à présent, et ils avaient partagé de nombreuses nuits, toutes plus fantastiques les unes que les autres. Bien qu'elle ait laissé quelques vêtements à Mounton House, la plupart étaient accrochés dans le placard de Finn, ses chaussures étaient à côté des siennes sur l'étagère, et ses produits de beauté jonchaient le plan de toilette de la salle de bains. Elle s'était installée chez lui, en somme.

Retourner à Londres, dans son appartement vide, serait difficile. Beah n'avait jamais vraiment souffert de la solitude, mais elle craignait que cela ne change quand elle rentrerait chez elle. Ici, à Boston, elle était devenue amie avec la sœur de Finn, Tanna, ainsi qu'avec les compagnes de Carrick et Ronan, Sadie et Joa. Elle avait été invitée à un déjeuner, à une soirée entre filles, et même à un café matinal avant le travail. Toutes ces jeunes femmes étaient intelligentes, drôles, et bien qu'elles soient des personnalités de premier plan dans cette ville, elles avaient su rester simples.

Beah avait des amies… et cela lui plaisait.

En ce moment, son travail aussi était plaisant. Elle aimait travailler dans les bureaux du siège, à quelques pas de son supérieur direct, Ronan. La communication par mail et par téléphone avait fonctionné toutes ces années, mais c'était agréable de pouvoir passer la tête dans le bureau de Ronan, de discuter en face-à-face d'un client ou d'un projet. Ici, elle se sentait moins isolée.

Décidément, le retour à Londres ne serait guère réjouissant. Mais bientôt elle s'installerait dans les bureaux luxueux de Michael à Kensington, et elle aurait un nouveau défi à relever, de nouveaux clients. Elle serait si occupée qu'elle n'aurait pas le temps de réfléchir ni d'éprouver des sentiments.

C'était ce qu'elle souhaitait… Non ?

Elle entendit Finn la rejoindre sur le balcon et sourit quand il enroula les bras autour d'elle et appuya le menton sur le sommet de sa tête. Elle saisit ses poignets et soupira, savourant la chaleur de son corps contre le sien.

Entre ses bras, elle se sentait chérie et protégée. Comme dix ans plus tôt, avant que tout ne s'écroule.

Ne t'y habitue pas, Beah. Ce n'est qu'une liaison temporaire.

— Il fait un froid de canard ici, Bee !

Finn n'avait jamais aimé la fraîcheur.

— Encore quelques minutes, dit-elle.

— Ne viens pas te plaindre si tu récoltes des engelures.

— Cesse de dramatiser, Murphy ! répliqua-t-elle, amusée.

Elle regarda les bateaux de luxe dans le port.

— Tu sais naviguer ? demanda-t-elle. Je ne m'en souviens plus.

— Levi, le fiancé de Tanna, possède une marina et quelques bateaux. Je navigue de temps en temps avec lui, mais je ne suis pas un passionné.

Elle déposa un baiser sur son poignet, sous la manche de son sweat-shirt.

— Et tu aimes toujours les sports à risque ? demanda-t-elle.

Quand il la serra plus fort et frissonna, elle eut pitié de lui. S'extirpant de son étreinte, elle retourna dans la chambre chauffée, où le lit était défait après leurs ébats.

Finn la suivit et referma la baie coulissante derrière lui.

— Oui, je skie toujours et je saute encore en parachute.

Une manière édulcorée de décrire ce qu'il faisait vraiment.

— Pistes noires et sauts du haut des gratte-ciel ?

Beah était contente que ses paroles n'aient pas sonné comme une accusation. Finn et elle avaient eu bien des disputes sur la question. Son besoin de s'échapper, les risques insensés qu'il prenait l'avaient toujours perturbée. Avec le recul, elle se rendait compte qu'elle n'avait pas voulu qu'il abandonne sa quête d'adrénaline. Elle avait simplement souhaité qu'il lui consacre autant d'attention qu'à ses sports. Elle avait rêvé qu'il se repose sur elle, qu'il s'ouvre à elle, qu'il passe une partie de son temps libre avec elle.

Finn la prit par la main et l'emmena dans la cuisine

spacieuse et éclairée. Il lui demanda si elle voulait du café, et lorsqu'elle répondit oui, il alluma la machine dernier cri.

— Tu ne vas pas me faire de sermon ? s'étonna-t-il.

— Je ne suis plus ta femme, Finn. Je n'ai pas à commenter la façon dont tu passes ton temps libre.

Une étrange expression passa sur le visage de Finn, que Beah ne parvint pas à déchiffrer. Était-ce de la tristesse ? Du soulagement ? De la confusion ?

Il ouvrit le réfrigérateur.

— Mais je n'ai jamais compris pourquoi tu aimais ça, ajouta-t-elle.

Et pourquoi tu préférais risquer ta vie plutôt que de parler avec moi.

— Tu as faim ? Moi, oui, dit-il.

Beah l'observa tandis qu'il cherchait ce qu'il pourrait manger. C'était un comportement d'évitement classique. Finn ne voulait pas discuter de ce sujet, alors il détournait la conversation.

Certaines choses ne changeraient jamais, et elle était stupide de penser et espérer le contraire.

Elle versa de l'eau dans un verre, et après avoir bu quelques gorgées, appuya le verre froid contre son front. Quand cesserait-elle de nourrir de vains espoirs ?

Elle aurait aimé que les choses soient différentes… mais mentalement et émotionnellement elle était revenue à la case départ. Malgré ce qu'elle s'était promis, à savoir se contenter d'une liaison charnelle, elle souhaitait encore que Finn se confie à elle. Pourquoi ?

Elle était même à un cheveu de retomber amoureuse de lui… Une possibilité terrifiante mais qu'elle ne pouvait plus ignorer.

Finn referma le réfrigérateur, et elle remarqua qu'il avait les mains vides. Il appuya l'épaule contre l'appareil en inox et se frotta la nuque.

— Les sports extrêmes me vident la tête, dit-il. Ils chassent les pensées parasites et me permettent de voir les situations plus clairement.

Finn, en train de lui faire des confidences ? C'était une première.

— Je n'ai pas envie de mourir, Beah. Je ne fais pas ça en pensant que je pourrais mourir. Bien sûr, le risque existe, mais je n'y pense pas, car je n'ai pas l'intention de perdre la vie.

Il hésita un instant puis poursuivit :

— Quand je saute d'un gratte-ciel ou que je fais de l'escalade libre, c'est mon propre choix. Ce sont les seuls moments où j'ai le sentiment d'avoir un contrôle total.

— Je ne comprends pas.

— Je ne sais pas si j'arriverai à t'expliquer

Elle sentit son regard sur elle, l'entendit soupirer. Elle crut qu'il allait se taire, mais il reprit :

— Quand j'étais petit, les gens me posaient des questions et essayaient de discuter avec moi, mais je n'avais jamais l'occasion de répondre parce que Carrick et Ronan intervenaient et parlaient à ma place. Alors à force j'ai cessé de parler. C'est devenu une habitude, je suppose.

Oui, cela paraissait logique. Finn réglait seul ses problèmes. Il ne partageait jamais ses pensées intimes avec quiconque, pas même avec elle. Elle en souffrait encore, hélas.

— D'accord. Mais je ne comprends toujours pas pourquoi tu penses que c'est une bonne idée de te jeter du haut des immeubles.

Finn avança vers elle et lui prit le verre des mains. Il le remplit d'eau puis le but d'un trait.

Il porta son regard vers la nuit sombre.

— Ça me donne le sentiment d'être vivant, et ça me rappelle qu'il faut profiter de l'existence. J'ai souvent côtoyé la mort : ma mère, puis Raeni, Thandi. Même Tanna a failli perdre la vie. Alors j'ai l'impression que j'ai besoin de me sentir vivant. Ce que je fais requiert une concentration totale. Je dois mettre de côté les problèmes, les broutilles, et ne penser qu'à ce que je fais dans l'instant. Et c'est dans ces moments-là que j'ai le sentiment de ne faire qu'un avec le monde.

Il lui offrit un de ses sourires dévastateurs.

— Et, oui, j'apprécie l'adrénaline, ajouta-t-il.

Il replaça une boucle de cheveux derrière son oreille et passa le pouce sur sa pommette.

— J'ai remarqué que tu parlais beaucoup moins qu'avant, observa-t-il.

En effet. Elle était un moulin à paroles autrefois, lui racontant tout, les choses importantes comme les choses mineures, pensant que si elle s'ouvrait à lui, il en ferait autant.

Incapable de le regarder, elle alla vers la machine à café sortit des tasses du placard.

— J'étais bavarde, c'est vrai. Maintenant, je te ressemble davantage. J'ai tendance à régler mes problèmes toute seule.

— C'est moi qui t'ai changée ? demanda-t-il.

Elle haussa les épaules. Il ne l'avait pas changée ; personne n'avait ce pouvoir. Mais après leur divorce elle avait choisi de se retirer en elle-même, de s'isoler. Ainsi, quand elle cherchait un réconfort émotionnel et ne le trouvait pas, c'était moins douloureux.

— Nous sommes libres de nos actes, Finn.

Elle n'avait pas envie de gâcher ce qui avait été une charmante journée en parlant du passé.

— C'est vraiment un bel appartement, commenta-t-elle pour changer de sujet.

Il regarda autour de lui et hocha la tête.

— Oui. Je m'y sens bien.

Elle prépara un café pour Finn, se souvenant de ses préférences, et un autre pour elle. Après en avoir bu une gorgée, elle poussa un soupir et fit un mouvement circulaire avec sa tête pour tenter d'évacuer la tension dans ses cervicales.

Finn grimpa sur un tabouret de bar et serra sa tasse entre ses grandes mains. Il l'étudia de son regard intense.

— Tu parles moins, mais je sens que tu luttes contre quelque chose, Beah. Que tu essaies de prendre une décision… Je peux t'aider ?

Elle fixa ses pieds nus ornés d'un vernis rouge vif. Finn lui accordait plus d'attention qu'elle ne l'avait cru… Elle avait envie mentir, de lui dire qu'il avait trop d'imagination, mais ce serait une solution de facilité. Finn avait été honnête avec elle ; elle pouvait, jusqu'à un certain point, être honnête avec lui.

Mais elle ne pouvait pas tout lui révéler maintenant. Elle leva la main, lui demandant silencieusement de lui accorder un instant de réflexion.

Quand les ventes de printemps seraient passées, elle demanderait un rendez-vous avec les frères Murphy et leur expliquerait pourquoi elle voulait poursuivre sa carrière de son côté. D'ici là, elle garderait le secret sur ses projets. Ni les Murphy ni elle n'avaient besoin d'une pression supplémentaire. La vente Mounton-Matthews était capitale, et Beah devait fournir le meilleur service à ses clients…

Des clients qu'elle espérait emmener quand elle quitterait Murphy International. Pourquoi se sentait-elle coupable à cette pensée ? Ce n'était pas comme si elle allait conseiller à ses clients de ne pas commercer avec Murphy. Cela signifiait seulement qu'ils seraient ses clients, et non ceux de Murphy. Elle pourrait collaborer avec d'autres sociétés de ventes aux enchères, accroître ses revenus et faire prospérer ses affaires…

Non pas qu'elle ait besoin de davantage que ce qu'elle possédait déjà. Elle était propriétaire de son appartement et d'un autre qu'elle avait acheté comme investissement.

Elle possédait un portefeuille d'actions solide et un fond de retraite conséquent. Tous ses besoins, et la plupart de ses désirs, étaient couverts par son salaire mensuel et par les immenses commissions qu'elle touchait chez Murphy International.

Alors, si ce n'était pas pour l'argent, pourquoi voulait-elle partir ?

Beah ignora l'expression interrogatrice de Finn et sortit de la cuisine. Elle passa devant la salle à manger et descendit les marches menant au salon en demi-niveau pour se poster devant la baie vitrée. Pourquoi était-elle si décidée à voler de ses propres ailes, à ouvrir un nouveau chapitre de sa vie professionnelle ?

Sans doute parce qu'elle espérait qu'une nouvelle aventure, un nouveau défi rempliraient le vide en elle, et qu'ils feraient taire la petite voix qui lui rappelait fréquemment qu'il lui manquait quelque chose. Elle voulait un nouveau défi pour ne pas avoir le temps de réfléchir, pour que ses pensées indésirables soient noyées dans le travail…

En étant très occupée, elle n'aurait pas le loisir de regretter son mariage, ni de songer à son rêve brisé de fonder une famille.

Tandis qu'elle buvait son café, Finn la rejoignit. Au lieu de la toucher, il appuya l'épaule contre la vitre, sentant manifestement qu'elle avait besoin de temps. Et d'espace.

— Je vois que tu es préoccupée, Beah, dit-il calmement. Comment puis-je t'aider ?

Il ne le pouvait pas. Car ce qu'elle voulait le plus de lui, il ne pouvait pas le lui offrir.

Elle secoua la tête.

— Je ne vais pas te mentir en te disant que tout va bien. Oui, j'ai un problème. Mais je dois le régler seule.

Elle s'attendit à ce qu'il proteste. Au lieu de quoi, il lui offrit un petit sourire.

— Je suis là si tu as besoin d'une écoute, Bee. Tu le sais, n'est-ce pas ?

— Parce que nous sommes amis et amants ? rétorqua-t-elle, sans parvenir à masquer l'amertume dans sa voix.

— Parce que je tiens encore à toi, répondit-il avec douceur.

Il tenait encore à elle…

Elle était sur le point de retomber amoureuse, de lui offrir son cœur, alors qu'il tenait simplement à elle. Cela lui fit l'effet d'une douche froide.

Finn sirotait son café, le regard fixé sur les eaux sombres au-delà du balcon.

— Comment va ton père ? demanda-t-il à brûle-pourpoint. Tu as des nouvelles de lui ?

Un peu décontenancée par sa question, elle ignora le froid qui s'infiltra dans son cœur comme à chaque fois qu'elle pensait à son père.

— Non, une telle action exigerait de lui qu'il fasse un effort, or mon père n'a jamais été du genre à se retrousser les manches.

Finn alla s'asseoir dans le fauteuil le plus proche et posa les pieds sur la table basse.

— Tu sembles amère.

Bien sûr qu'elle l'était !

— Mon père a quitté ma mère quand il s'est rendu compte de tous les soins et du soutien dont elle aurait besoin. Il m'a laissée m'occuper seule d'un parent malade et condamné. Il s'est installé chez sa maîtresse de longue date, une femme qu'il a épousée quelques jours après l'enterrement de ma mère, et dont il a adopté la fille. Est-ce que j'ai le droit d'être amère ?

En guise de réponse, il lui adressa un sourire doux et compréhensif.

— Moi-même, je suis amer et furieux contre lui pour ce qu'il t'a fait. Quel crétin !

Elle faillit sourire. Finn avait raison : son père était un crétin.

— Et ta demi-sœur ? Elle sait que tu existes ? Tu l'as rencontrée ?

Le froid dans son cœur se mua en glace.

— Non, nous n'avons jamais été présentées. Elle aura quinze ou seize ans cette année.

— Elle connaît ton existence ?

— Aucune idée. Probablement pas.

Elle consulta sa montre, gênée par la tournure que prenait la discussion. Finn et elle n'étaient que des ex qui couchaient ensemble. Ils n'étaient pas censés aborder des sujets aussi intimes.

Le sexe était facile, sans complications. Ce n'était rien de plus qu'un échange mutuel de plaisir. Le sexe n'avait pas besoin de mots, d'émotions ou de conversations.

Et ce genre de conversations la poussait à croire qu'elle pourrait être davantage pour Finn qu'une partenaire sexuelle, davantage que quelqu'un à qui il tenait. Les discussions comme celle-ci lui donnaient de l'espoir, or l'espoir était, elle l'avait appris à ses dépens, terriblement dangereux.

Elle devait reconstruire toutes les barrières émotionnelles qu'elle avait dressées entre eux. Pour se protéger. Elle refusait de se retrouver dans la même position que neuf ans plus tôt, quand elle avait voulu davantage que ce que Finn pouvait lui donner.

Et elle connaissait un très bon moyen de les distraire tous les deux…

Elle posa son café sur la table, noua les bras autour de son cou et posa la jambe sur ses cuisses.

— J'aime tes yeux, murmura-t-elle, admirant le cercle vert foncé qui entourait le vert pâle de ses iris.

Il haussa un sourcil et remonta la main de sa cuisse nue jusqu'à sa hanche.

— J’aime tout de toi, dit-il.

Elle sentit son cœur tressauter puis se rappela qu’il parlait uniquement de son corps. Il ne fallait pas qu’elle s’imagine des choses, s’avisa-t-elle. Elle n’était plus la même fille idéaliste et naïve qu’il avait épousée dix ans plus tôt.

Elle déposa un baiser sur le côté de sa bouche et mordilla sa mâchoire. Leur relation n’était pas sentimentale. Ce n’était pas la renaissance d’une histoire d’amour.

Finn et elle étaient deux personnes qui travaillaient ensemble. Deux personnes attirées l’une par l’autre, qui assouvissaient leur désir mutuel.

Rien de plus.

Mais elle devait s’assurer qu’ils étaient sur la même longueur d’onde.

— Tu veux dire que tu aimes ce que nous faisons ensemble, c’est ça ?

Il prit son visage entre ses mains, lui offrit un sourire énigmatique puis l’embrassa avec ardeur.

Ce ne fut que bien plus tard que Beah se souvint qu’il n’avait pas répondu à sa question.

- 8 -

Assise dans le salon à la décoration chargée de Paris Cummings, Beah fixait ses mains et non les superbes œuvres d'art accrochées aux murs. Il y avait une toute petite écaille sur son vernis rose pâle, et le solitaire qu'elle portait à la main droite - la bague de fiançailles de sa mère - aurait bien besoin d'un nettoyage.

Elle aurait aimé que son esprit reste concentré sur ces deux détails. Hélas, mille pensées tournaient dans sa tête, la principale étant que Finn lui manquait énormément.

Elle avait quitté Boston en hâte la veille, car l'un de ses plus anciens clients, un oligarque russe, l'avait informée qu'il serait à Londres le lendemain et qu'il ne pourrait la voir qu'à 15 heures ce jour-là. Il avait ajouté qu'il était d'humeur acheteuse.

Beah avait donc pris le premier avion pour Londres et retrouvé son client à l'heure dite. Accompagné de sa nouvelle et jeune épouse, Yuri lui avait expliqué vouloir commencer une collection de bijoux. Beah n'était pas dupe, Yuri ne s'intéressait pas aux bijoux. Mais sa femme qui portait un solitaire en diamant de dix carats s'y intéressait beaucoup, manifestement.

Parce que son client était très puissant et immensément riche, Beah avait gardé ses remarques pour elle, arboré un air aimable et pris des notes. Yuri n'était pas intéressé par les pièces qu'il pouvait facilement acquérir. Il voulait des bijoux célèbres, fabuleux, des pièces portées par des rois, des reines, des légendes de Hollywood et des princes indiens. Il voulait des joyaux d'exception, et c'était le travail de Beah de les lui trouver.

Ce qui ne serait pas facile, car ce genre de pièces était rarement à vendre. Beah passerait des coups de fil aux collectionneurs pour leur demander s'ils étaient prêts à se séparer de pièces de grande valeur. Elle savait déjà que la réponse serait « non ». Ou « certainement pas ».

Si l'on possédait la parure en diamants et émeraudes de Catherine II de Russie, ou le diamant Krupp d'Elizabeth Taylor, on les gardait, car on n'aurait plus jamais la chance de posséder à nouveau ces magnifiques bijoux. Yuri, elle le craignait, allait être déçu.

La veille, avant de rentrer chez elle au terme d'une longue journée, elle avait aussi dîné avec Michael Summers, et lui avait assuré que la perspective de travailler avec lui l'intéressait beaucoup. C'était un nouveau défi qu'elle trouvait excitant, et même si elle ne disait pas oui tout de suite, elle le ferait sans doute bientôt, avait-elle conclu.

Dès qu'elle avait prononcé ces mots, elle avait senti son ventre se nouer et sa gorge se serrer. Michael Summers avait battu des mains, ravi. Puis il l'avait embrassée et avait commandé du champagne, n'ayant manifestement pas remarqué qu'elle était au bord de la nausée.

Michael Summers se réjouissait bien plus qu'elle de leur possible collaboration. Qu'est-ce que cela signifiait ? Pourquoi Beah n'était-elle pas plus heureuse de cette opportunité incroyable ? Et pourquoi avait-elle soudain l'impression que l'offre de Michael n'était pas ce dont elle avait vraiment besoin, ce qu'elle désirait réellement ?

Peut-être parce qu'elle commençait à se dire que seul le fait de partager la vie d'un Bostonien séduisant et réservé comblerait les vides dans son cœur et dans sa vie…

Son téléphone sonna, et elle jeta un coup d'œil vers la porte avant de répondre.

— Beah à l'appareil.

— Bonjour, trésor.

Elle sourit et regarda l'heure sur sa montre. Il était 6 heures du matin à Boston, Finn venait donc de se réveiller. À l'idée qu'elle soit la première personne à laquelle il pensait en ouvrant les yeux, une douce et merveilleuse sensation l'envahit.

— Comment se passe ta journée ? demanda-t-il.

— Bien, merci. Tu as la voix encore assoupie.

— Hum. J'ai fait des rêves érotiques.

— J'étais dedans ? chuchota-t-elle.

— Il n'y avait que toi. Quand rentres-tu à la maison ?

« À la maison. » Il avait dit ces mots si naturellement qu'elle était tentée de croire qu'il les pensait. Mais elle savait que rien n'avait réellement changé. Finn ne lui avait pas montré le moindre signe d'engagement. Ils étaient de simples amants qui avaient été mariés autrefois.

Finn avait toujours besoin de distance, et elle avait toujours besoin d'intimité…

Lorsqu'elle entendit la porte s'ouvrir, elle prévint Finn qu'elle devait le laisser puis raccrocha. Elle se leva et boutonna sa veste par-dessus son chemisier de soie noire.

Serrant la main de Paris Cummings, elle s'enquit de sa santé puis se rassit sur le canapé Chesterfield XIXe siècle et croisa les jambes. Elle accepta le café que Paris lui proposa et sourit au majordome en guise de remerciement.

Paris prit place dans un siège face à elle : un fauteuil Howard & Sons XIXe siècle, au tissu bleu et blanc d'origine, tout à fait splendide. Lorsqu'il posa sur elle son regard perçant, elle fut impressionnée. Et elle oublia Finn, et ses rêves sensuels quand son client l'interrogea sur les pièces de la vente à venir. Il lui demanda ce que, selon elle, il devrait acheter, quel prix les pièces pourraient atteindre, et quelles œuvres de sa collection il devrait envisager de vendre.

Le cerveau de Beah se mit en marche, et ils passèrent l'heure suivante à passer en revue la collection Mounton-Matthews et celle de Paris.

Lorsqu'il eut fini sa série de questions, il se cala dans son fauteuil.

— Mon majordome ne va pas tarder à nous apporter le café.

Il saisit un plat de petites pâtisseries et lui tendit une assiette à dessert.

— Mangez quelque chose, dit-il. Vous êtes toute pâle.

— Je suis rousse, j'ai toujours l'air pâle.

Le sourire de Paris illumina ses yeux, et Beah trouva que cela le rajeunissait de dix ans.

— Prenez une part de cake au citron. Il est fabuleux.

Beah posa un petit carré spongieux sur l'assiette puis le glissa dans sa bouche. Le gâteau fondit aussitôt sur sa langue. Elle émit un son approbateur et s'empressa de prendre un autre morceau.

— Ce gâteau est tout simplement incroyable. Léger et plein de saveur. Mes compliments à votre cuisinier !

— Merci.

Elle remarqua la légère rougeur sur les pommettes de Paris.

— C'est vous qui avez fait ce gâteau ? s'étonna-t-elle.

— Oui. Ainsi que les éclairs au chocolat et les *brandy snaps*.

— Vraiment ?

— La pâtisserie m'aide à me détendre, à réfléchir. Je pâtisse depuis l'enfance.

Eh bien ! Beah n'aurait jamais pu l'imaginer. Son client si discret était un pâtissier de classe mondiale. Elle prit un mini-éclair et le croqua. Puis elle goûta un *brandy snap*.

Enfin, elle reposa l'assiette sur la table basse et s'adossa au canapé.

— Le cake au citron est encore meilleur que les deux autres gâteaux qui étaient excellents.

Elle attendit, le cœur battant, que Paris sourie. Et son sourire finit par arriver, avec une pointe d'approbation. Ils n'étaient pas des amis mais, au moins, leurs rapports devenaient plus cordiaux.

Le majordome apporta le café et, après avoir bu une tasse, Beah se mit à rassembler les documents qu'elle avait posés sur le canapé. Elle était en train de remettre son ordinateur portable dans sa sacoche quand Paris lui posa une question qui la figea net.

— Dites-moi, allez-vous vraiment quitter Murphy pour rejoindre Michael Summers ?

Beah sentit que son ordinateur lui glissait des mains et le rattrapa. Elle avait l'impression que l'air dans la pièce avait soudain disparu. Si Paris connaissait ses projets, qui d'autre dans le monde de l'art était au courant ?

Les frères Murphy savaient-ils ? Quelqu'un avait-il vendu la mèche ? Mais comment serait-ce possible, puisque ses discussions avec Michael Summers étaient privées ? À qui Michael en avait-il parlé ? Et jusqu'où étaient allées les rumeurs ?

Assez loin, si Paris Cummings, un homme qui vivait en reclus, avait eu vent de ses projets.

— Eh bien…, commença-t-elle.

— Je vois que l'idée vous a traversé l'esprit. Êtes-vous malheureuse chez Murphy International ? On ne vous traite pas bien ?

Ce n'était pas la raison pour laquelle elle s'en allait. Ils avaient été bons avec elle, expliqua-t-elle rapidement. Elle vit dans les yeux de Paris qu'il ne comprenait pas son choix.

Il y avait encore quelques semaines, elle aurait eu une

réponse toute prête à lui donner : elle se sentait entravée, elle voulait avoir la liberté de prendre ses propres décisions, de travailler avec d'autres maisons de ventes aux enchères. Elle voulait déployer ses ailes. Mais, pour une raison étrange, elle décida de révéler à Paris la véritable raison.

— J'ai besoin de quelque chose de plus, quelque chose de différent…

— Et vous pensez que continuer votre chemin seule, et couper vos liens avec les Murphy, vous aidera à trouver ce que vous recherchez ?

Elle appuya le menton dans sa paume. Elle devrait mettre un terme à cette conversation en disant qu'elle n'avait pas encore pris sa décision, mais le regard bienveillant, presque paternel de Paris l'en dissuada.

— Êtes-vous sûre que vous trouverez ce dont vous avez besoin en changeant de carrière ?

Elle ne comprenait pas où il voulait en venir.

— Je vous demande pardon ?

— Peut-être que vous cherchez le changement au mauvais endroit. Peut-être que travailler davantage n'est pas ce dont vous avez besoin.

Elle redressa les épaules.

— Le travail est tout ce que j'ai, Paris.

Elle ignorait si c'était lui qu'elle voulait rassurer ou elle-même.

Il se leva et glissa les mains dans les poches de son pantalon élégant.

— Dans ce cas, ma chère, vous allez finir comme moi. Je vis seul dans une belle maison avec une incroyable collection d'art, et plus d'argent que je ne peux en dépenser.

Elle se leva à son tour.

— Ça n'a pas l'air si mal, fit-elle valoir.

— C'est vrai. Jusqu'à ce qu'on se retrouve dans sa cuisine

à 3 heures du matin, en train de faire de la pâtisserie, parce qu'on se sent si seul qu'on n'arrive plus à respirer.

Paris la surprit en déposant un baiser sur sa joue. Puis il posa la main sur son épaule.

— Vous ne trouverez pas ce que vous recherchez en travaillant plus, Beah. Faites-moi confiance, je sais de quoi je parle. Benson va vous raccompagner.

Beah le dévisagea, à la fois stupéfiée et touchée par sa considération.

Lorsqu'ils furent à la porte, il ajouta :

— Parlez de vos projets aux Murphy. Car, si j'ai entendu les rumeurs, alors eux aussi. Et si ce n'est pas le cas, ça finira par arriver. Bientôt. Prévenez-les, Beah. Vous leur devez bien ça.

Sur quoi, il disparut dans le couloir. Beah croisa les bras et marmonna un juron, luttant contre une vague de panique.

Néanmoins, au fond d'elle, elle savait que Paris avait raison.

Elle devait prévenir les Murphy, même si cette perspective ne l'enchantait guère.

Dans la salle de conférences, Finn fusilla du regard Ronan, qui venait d'ajouter un nouveau sujet à la réunion du jour. Ce que son frère pouvait être bavard ! D'habitude, Ronan détestait autant que lui ces sessions entre directeurs, mais ces derniers temps, Finn était le seul à essayer de les écourter.

Et il avait besoin que celle d'aujourd'hui soit brève, car il venait de recevoir un message de Beah. Elle était de retour à Boston et se trouvait dans son bureau, au bout du couloir. Il était impatient de la voir, or Ronan était en train de parler d'une nouvelle conceptrice de sites Internet.

Finn réprima l'envie de se taper la tête contre la table et supplia mentalement Carrick de mettre fin à la séance…

En tout cas, bavard ou pas, Ronan était bien plus heureux ces derniers temps. Après la mort de son épouse Thandi, il avait vécu l'enfer, essayant d'élever ses deux petits garçons tout en faisant son deuil. Joa apportait un nouveau souffle dans la vie de Ronan, et Finn et ses neveux ne pourraient jamais assez la remercier. Sadie aussi avait bouleversé la vie de Carrick. Ses deux frères aînés arboraient maintenant des sourires confiants, comme pour dire : « Nous avons trouvé le bonheur ».

Oui, ils étaient heureux, et Finn s'en réjouissait pour eux. Vraiment. D'un autre côté, il était un peu jaloux que ses frères aient eu le courage de donner une autre chance à l'amour, de s'engager envers leurs compagnes respectives. Finn ne pensait pas être capable de les imiter. Il avait essayé une fois, avec Beah, et il avait échoué.

Et s'il choisissait d'être courageux ? Si Beah et lui faisaient un autre essai ? Finirait-il par avoir cet air béat, lui aussi ? Il aimerait tant que ce soit le cas… Il rêvait de connaître le même bonheur que ses frères.

Bien entendu, c'était une entreprise risquée. Son cœur était en jeu, tout comme celui de Beah. Finn comprenait maintenant qu'elle avait besoin de quelqu'un qui puisse communiquer avec elle, se confier à elle. Il pourrait s'efforcer d'être cet homme. Il ne se transformerait sans doute pas en personne extravertie, mais il pourrait parler davantage. Et surtout, il écouterait Beah. Il l'écouterait réellement, même quand la conversation deviendrait pénible. S'il pouvait sauter du haut d'une montagne en portant uniquement une combinaison ailée, il pouvait bien prendre le risque d'aimer…

Car, oui, il aimait Beah.

Avait-il jamais cessé de l'aimer ? Elle avait toujours été là, dans un coin de son esprit. Cela expliquait-il pourquoi il s'était senti coupable chaque fois qu'il avait couché avec une autre femme ? Divorcé ou pas, il la considérait toujours comme son épouse. Sa femme.

Et s'il n'agissait pas, s'il ne trouvait pas un moyen de la convaincre de rester, dans quelques semaines - trois, pour être précis - elle repartirait pour Londres.

Il ignorait s'il pouvait continuer à vivre sans elle. Et il ne se satisferait pas d'un week-end de temps en temps. Il voulait la voir tous les jours, la tenir dans ses bras quand elle dormait, se réveiller auprès d'elle chaque matin. Il avait besoin d'être à Boston ; sa famille et son travail étaient ici. Beah serait-elle d'accord pour s'installer chez lui ?

S'il lui disait l'aimer, s'il lui offrait de l'épouser et de fonder une famille, envisagerait-elle de lui accorder une autre chance ?

— Il n'y a qu'un moyen de le découvrir, il faut le lui demander.

Les paroles de Carrick l'arrachèrent à ses pensées.

— Qu'est-ce que tu viens de dire ? demanda-t-il à son frère, voulant être sûr d'avoir bien entendu.

— Si on ne lui pose pas la question, on n'aura pas la réponse, répondit Carrick.

Finn recula sa chaise si fort qu'elle heurta le mur derrière lui. Il plaqua les mains sur la table et sourit.

— Exactement, approuva-t-il.

Laissant son ordinateur et ses notes, il passa devant Ronan pour aller poser la main sur l'épaule de Carrick.

— Merci, grand frère.

— Euh… merci pour quoi ?

Finn ne prit pas la peine de répondre. Parler à Beah était bien plus important.

Derrière lui, il entendit le commentaire placide de Carrick.

— Je parlais de la nouvelle conceptrice de sites web,

mais il est manifeste que notre petit frère parlait d'autre chose.

— En effet, approuva Ronan d'un ton amusé.

Finn courut jusqu'au bureau que Beah avait investi deux mois plus tôt. Il regarda à travers les murs de verre et vit Beah plongée dans un épais dossier, l'air très concentré.

Il l'observa. Avec sa peau claire, ses traits fins et sa chevelure de feu, elle était aussi belle qu'une déesse irlandaise. Il la trouvait non seulement renversante, mais aussi admirable. Elle était devenue l'une des meilleures consultantes en art au monde et elle avait réussi grâce à son travail, sans faire jouer ses relations. Peu de gens savaient que Beah et lui avaient été mariés autrefois. Elle ne devait son succès qu'à elle-même. Il était incroyablement fier d'elle.

Et il l'aimait, plus que jamais.

Il frappa à la porte et entra sans attendre d'y être invité. Beah parut perturbée par cette interruption, puis elle sourit. Mais son sourire était réservé.

Elle n'était pas aussi heureuse de le voir qu'il ne l'aurait cru. Pourquoi ? Il sentit son cœur s'emballer et son ventre se nouer d'angoisse. Avait-il pris la bonne décision ? Devrait-il avouer à Beah qu'il l'aimait et qu'il voulait qu'elle reste à Boston ? Ou plutôt lui laisser le temps de décompresser après son voyage à Londres ? Leur lieu de travail n'était peut-être pas l'endroit idéal pour parler de leur avenir…

Il déposa un petit baiser sur ses lèvres et, quand il recula, il vit passer dans son regard une étrange émotion, qu'il ne put identifier. De la peur ? De l'appréhension ?

Ou voyait-il seulement chez elle ce qu'il ressentait lui-même ?

— Bonjour, trésor.

— Bonjour, dit-elle, d'une voix aussi prudente que son regard.

Que se passait-il ? Et pourquoi avait-il l'impression que Beah allait lui annoncer une nouvelle déplaisante ?

Il se percha sur le bureau et étendit les jambes.

— Tout va bien ? s'enquit-il.

— Oui… Non… Il faut qu'on parle.

En général, cette formule n'augurait rien de bon… Finn se força à afficher un sourire confiant.

— Je préférerais de loin t'embrasser éperdument, dit-il.

Et ce n'était pas un mensonge.

Beah ne sourit pas, et il n'y eut pas de lueur de désir dans ses yeux. Mince. Il y avait vraiment un problème.

— Qu'est-ce qui ne va pas, Beah ? Et ne me réponds pas qu'il n'y a rien, car je vois bien que quelque chose te tracasse.

— Il faut que je te parle, et ce que j'ai à t'annoncer n'est pas facile.

Elle joignit les mains et les appuya contre ses lèvres, cherchant manifestement ses mots. Un geste qui ne lui disait rien qui vaille… Beah allait-elle mettre un terme à leur relation ?

— J'ai vu Paris Cummings à Londres.

Rien d'étonnant à cela. Il s'était douté qu'elle profiterait de son passage à Londres pour voir son plus récent client.

— D'accord. Et comment va le vieux grincheux ?

— Il n'est pas vieux et il n'est pas très grincheux.

Elle marqua un temps, et Finn retint son souffle, conscient qu'il n'allait pas aimer la suite. Il le devinait au regard fuyant de Beah, à son air coupable. Il était sur le point d'apprendre ce qu'elle lui avait caché, et cela n'allait pas lui plaire.

Or, il n'était pas très patient.

— Dis-moi, Beah, la pressa-t-il.

Elle se frotta les tempes puis serra le bord du bureau.

— Depuis deux ans, Michael Summers me demande régulièrement de travailler avec lui.

Dans le domaine de l'art, tout le monde connaissait Michael Summers. C'était l'un des consultants en art les plus influents, un homme respecté, voire vénéré.

Finn avait besoin qu'elle lui en dise plus, pour être sûr d'avoir bien compris.

— Explique-toi.

— Il veut prendre une semi-retraite et il veut que je reprenne sa société. Il m'a proposé un partenariat, et je pense accepter son offre.

Beah voulait quitter Murphy ? Mais pourquoi ? Elle était une Murphy. Elle ne pouvait pas les quitter ! Il se leva et plaqua les mains sur le bureau.

— Pas question, lâcha-t-il.

Beah le toisa froidement.

— Tu sais que tu n'as pas ton mot à dire, n'est-ce pas ?

— Tu es une Murphy. Tu dois être loyale envers nous, gronda-t-il.

Il avait l'impression que le sol se dérobait sous ses pieds. Pendant qu'il avait pensé à leur vie à deux, à leur avenir, elle n'avait songé qu'à quitter le navire et à retourner à Londres.

Il avait un QI très correct, mais il pouvait être vraiment stupide par moments.

Beah se leva et se pencha vers lui.

— Je ne suis plus une Murphy, Finn. Tu as renoncé à moi quand tu as demandé le divorce, tu t'en souviens ?

La chose la plus bête qu'il ait jamais faite, sans aucun doute. Mais il ne pouvait pas le lui avouer, car pendant qu'il avait imaginé un futur avec elle, elle avait fait des projets d'avenir dont il ne faisait pas partie. Pour elle, leur relation n'avait été qu'une histoire de sexe.

C'était donc cela qu'on ressentait quand un train vous percutait…

Une colère, brûlante et acide, monta en lui. Donc, Beah ne pensait qu'à sa carrière ? Soit.

— Nous t'avons donné ta chance, nous t'avons payé un énorme salaire et nous t'avons promue à un poste très élevé.

— Ce sont des salades ! J'ai repris mon nom de jeune fille et j'ai travaillé très dur pour arriver là où j'en suis ! Vous ne m'avez rien donné que je ne méritais pas.

Elle avait raison. Bien sûr qu'elle avait raison. Mais il ne pouvait pas le lui dire, pas alors que son cœur se brisait en mille morceaux. Il voulait lui demander de refuser l'offre de Summers, de rester chez Murphy, la supplier de le choisir, lui.

Mais peut-être ne partageait-elle pas ses sentiments. Et s'il ne s'agissait vraiment que d'une liaison physique ? Avait-il pris ses désirs pour des réalités ?

C'était fort possible. Après tout, c'était de Beah dont il s'agissait. Elle avait toujours réussi à lui embrouiller l'esprit. Peut-être souhaitait-il une relation sérieuse parce qu'il était jaloux du bonheur de ses frères. Ou parce qu'il ne voulait pas renoncer aux ébats d'exception avec Beah. Ou parce qu'il était fatigué d'être seul…

Peut-être n'aimait-il pas Beah et réagissait-il de manière excessive.

Quoi qu'il en soit, cela ne changeait rien au fait que Beah allait sortir de sa vie. Et cette idée lui faisait peur. Or Finn détestait ce sentiment. Étant donné qu'il n'éprouvait jamais de peur quand il était suspendu à un rocher ou quand il sautait d'une falaise, cela l'ennuyait qu'une jolie rousse puisse provoquer cette émotion en lui.

— Je voulais que tu sois au courant avant que la nouvelle ne se répande, dit-elle.

— S'il n'y avait pas eu de rumeur, tu m'aurais prévenue ? rétorqua-t-il d'une voix glaciale.

— Je comptais informer Ronan après la vente Mounton-Matthews.

— Tu comptais en parler à Ronan et pas à moi ?

— Je t'en parle maintenant, Finn.

Elle marmonna un juron quand le téléphone de son bureau sonna. Elle ignora la sonnerie incessante et soutint son regard, comme si elle attendait qu'il dise quelque chose. Devrait-il parler ? Devrait-il la convaincre de rester ?

Le téléphone se tut, et Beah soupira. Elle s'apprêta à reprendre la parole, mais ce maudit appareil se remit à sonner. Elle décrocha d'un geste rageur, échangea quelques mots avec la personne au bout de la ligne puis lui tendit le combiné.

— C'est Eli. Il dit que c'est important.

Rien n'était aussi important que Beah. Au diable Summers ! La place de Beah était chez Murphy, avec lui. Elle était à lui et, dès qu'il en aurait fini avec ce coup de fil, il le lui expliquerait.

— Eli, je ne prends aucun appel.

— Finn, c'est moi. Ben.

Finn regarda aussitôt sa montre et fit un rapide calcul. Il était un peu plus de 3 heures du matin à Hong Kong. Pourquoi Ben téléphonait-il si tard ? Seigneur, non !

— Ben, qu'est-il arrivé ? C'est Piper ?

Finn croisa le regard de Beah et la vit pâlir.

— Elle ne va pas bien, Finn, répondit Ben d'une voix tremblante.

Finn poussa un long soupir et mit le téléphone sur haut-parleur.

— Beah est avec moi. Nous t'écoutons, Ben. Que se passe-t-il ?

— Son état s'est dégradé. Elle est très faible et elle souffre. Je l'ai emmenée chez l'oncologue qui lui a fait passer un nouveau scanner.

Ben marqua un temps.

— Le cancer s'est propagé, reprit-il. Il touche maintenant sa colonne vertébrale et d'autres organes. Elle a moins de temps que nous ne le pensions.

Et ils n'en avaient déjà pas beaucoup.

Beah s'assit brusquement sur le bras de son fauteuil. Finn vit les larmes sur ses joues et sentit ses propres yeux s'embuer. Il tenta de parler, mais les mots restèrent coincés dans sa gorge.

Voilà pourquoi l'amour était si terrible, pourquoi il valait mieux l'éviter. Aimer quelqu'un était si risqué…

— Comment pouvons-nous t'aider, Ben ? Y a-t-il quoi que ce soit que nous puissions faire ? demanda Beah d'une voix posée malgré ses larmes.

Ben prit un instant avant de répondre.

— Comme vous le savez, nous devions venir à Boston bientôt. Nous voulions passer la semaine précédant le mariage avec vous.

Bon sang, la cérémonie ! Finn l'avait complètement oubliée.

— Nous voulons toujours nous marier, mais Piper est trop faible pour prendre l'avion. Nous devrons nous contenter d'une petite cérémonie ici, dans notre appartement. Je suis vraiment désolé, mais je dois annuler tout ce que vous avez organisé.

Finn déglutit, tentant de chasser la boule d'émotion dans la gorge.

— Ce n'est pas un problème, lui assura-t-il. Tu veux que je vienne à Hong Kong pour assister au mariage ?

— Oh ! oui, j'aimerais beaucoup. La sœur de Piper fera le voyage, et nous inviterons quelques-uns de nos plus proches amis, dit-il d'une voix émue. Mais peux-tu venir rapidement ?

— Dis-moi quand, et je remuerai ciel et terre pour être là.

Quoi qu'il arrive, il serait présent si Ben avait besoin de lui.

— Après-demain.

Si tôt ? Eh bien, soit.

— D'accord. Je te dis à bientôt, Ben.

Finn raccrocha et passa les mains sur son visage. Il avait entendu la dévastation dans la voix de Ben. Et il n'arrivait pas à croire que Piper, si jeune et exubérante, si courageuse et dynamique, n'avait plus que quelques mois à vivre. Comment Ben allait-il traverser cette épreuve ? Comment allait-il faire pour s'en remettre ?

Voilà pourquoi il valait mieux se retenir d'aimer quelqu'un totalement. Pourquoi il était si important de garder Beah à distance. *Car quand on perd l'amour, quelle que soit sa forme, cela vous anéantit.* C'était idiot de songer à consolider sa relation avec Beah, car l'amour finissait toujours par disparaître.

Beah serra son bras, et il plongea le regard dans ses yeux tristes et pleins de compassion.

— Finn… Je suis vraiment désolée. Je m'occupe des billets d'avion pour Hong Kong et je réserverai l'hôtel.

Il ferma les yeux, s'avisant qu'il avait besoin de mettre Beah à distance.

— J'y vais seul, décréta-t-il d'une voix bourrue.

— Mais, Finn… Tu ne peux pas faire ça !

Il retira sa main de son bras et s'écarta de quelques pas.

— Bien sûr que si. Tu n'as pas besoin de Murphy ni de moi, et je n'ai certainement pas besoin de toi. Si tu peux nous quitter sans scrupule, alors je n'ai pas besoin que tu me tiennes la main au mariage de mon ami.

— Ce n'est pas juste, murmura-t-elle d'une voix faible.

On aurait dit qu'il venait de la frapper.

— Tu ne m'as pas demandé de refuser l'offre de Michael, tu ne m'as donné aucune raison de continuer à travailler pour Murphy. Pourquoi devrais-je rester avec toi ?

Il lutta contre la vague de vulnérabilité qui s'abattait sur son âme.

— Tu ne devrais pas rester, lâcha-t-il. Nous sommes juste des amants, Beah. Il n'y a rien de plus entre nous que le sexe.

— Mensonges ! Tu sais que ce n'est pas vrai. Si tu me donnais une bonne raison de rester, de m'installer à Boston, je le ferais.

Finn avait une furieuse envie de s'en aller. Il détestait les conversations tendues et chargées d'émotion. Elles étaient compliquées, affreuses, et en général il les évitait.

— Je veux que tu restes à Boston uniquement pour que tu continues de coucher avec moi. C'est tout.

Elle rougit violemment et serra les poings. Puis elle baissa la tête, et il vit des larmes couler sur ses joues.

Il réprima l'envie de la prendre dans ses bras. Il pouvait supporter les disputes, mais ses pleurs l'ébranlaient.

Il se dirigea vers la porte, mais Beah prononça des mots qui le figèrent net.

— Tout ce que je voulais, c'était que tu m'aimes, Finn.

Il se retourna vers elle. Elle était en train de lui ouvrir son cœur.

— Autrefois comme aujourd'hui, tout ce que je voulais, c'était que tu m'aimes, que tu me parles, que tu te reposes sur moi, peut-être. Je t'ai parlé de Michael dans l'espoir que tu me persuades de rester à Boston, que tu nous donnes une nouvelle chance. Mais il n'y a pas de « nous », parce que tu ne veux pas qu'il y en ait un.

Elle essuya ses larmes du revers de la main.

— Je n'aurais jamais dû coucher avec toi, reprit-elle. Je n'aurais jamais dû te laisser revenir dans ma vie. Parce que tu n'as pas changé. Oui, tu es plus influent, et peut-être même plus séduisant, mais tu n'as pas du tout mûri. Tu cadenasses toujours tes émotions, tu as toujours peur de moi et des sentiments que je t'inspire.

Chaque mot était comme une gifle, chaque larme comme un coup de poing. Beah se redressa de toute sa hauteur et secoua la tête. Elle désigna la porte d'un geste de la main.

— Va-t'en, Finn, prends la fuite. C'est ce que tu sais faire de mieux.

— Que vas-tu décider ? se força-t-il à demander.

Car il fallait qu'il sache.

Elle afficha un sourire glacial.

— Ne t'inquiète pas pour ça, Murphy. Ce que je fais ou ne fais pas ne te concerne pas. Ta priorité est de te protéger, et au diable le reste, n'est-ce pas ? ! À ta guise, mais j'irai à Hong Kong. Je serai présente pour Piper.

— Je ne veux pas de toi là-bas.

— Ça m'est bien égal. Il ne s'agit pas de nous ou de notre relation en miettes. Il s'agit de Ben et Piper, et il est hors de question de gâcher leur cérémonie de mariage.

Elle montra la porte à nouveau et reprit :

— Va-t'en, Finn. C'est ce que tu veux, et tu le sais. Et après Hong Kong, je sortirai de ta vie, professionnelle et personnelle. Pour de bon, cette fois.

Conscient qu'il ne pouvait pas l'empêcher de se rendre en Asie, il baissa les mains dans un geste de reddition. Beah avait raison, le mariage de Ben et Piper était le plus important.

— Je vais prendre le jet du groupe pour me rendre à Hong Kong, dit-il. Je t'enverrai l'heure du vol, et un chauffeur passera te prendre.

— Je préférerais aller à Hong Kong à la nage que de voyager avec toi.

Elle passa devant lui, et son coude lui heurta le ventre. Un accident volontaire, sans doute.

— Je te verrai à Hong Kong, Murphy. Et quand nous nous retrouverons, je te demanderai une dernière faveur.

Il l'interrogea du regard.

— Ne prends pas la peine de m'adresser la parole, lui assena-t-elle. Nous n'avons plus rien à nous dire.

- 9 -

Finn traversa le couloir d'un pas furieux, et les gens s'écartèrent rapidement sur son passage. Chassant de son esprit les larmes de Beah et la peine sur son visage - il lui avait fait du mal, une fois de plus ! –, il poussa d'un geste brusque la porte de la salle de conférences et fusilla du regard toutes les personnes assises autour de la table.

Carrick fut le premier à réagir.

— Finn ? Que se passe-t-il ?

Ronan se leva et l'interrogea du regard. Finn se laissa tomber sur une chaise et mit la tête entre ses mains, avant d'appuyer les paumes contre ses yeux.

— Qu'y a-t-il, Finn ? insista Carrick.

Bon sang, il avait l'impression d'être la pire des ordures.

Vaguement, il entendit Carrick ordonner aux membres du personnel de partir, et quand Ronan lui mit une tasse de café noir sous le nez, Finn la repoussa.

— Qu'est-il arrivé ? demanda Carrick d'un air inquiet.

— Nous devons annuler le mariage de Ben et Piper. Elle est plus malade que nous ne le pensions et trop faible pour venir à Boston.

— Je suis vraiment navré de l'apprendre, dit Carrick, posant la main sur son épaule.

Finn le repoussa et se leva brusquement.

— Combien de temps pensent-ils qu'il lui reste ? demanda Ronan.

— Pas autant que nous ne le croyions. Je n'ai pas osé

poser de questions précises. Mais il faut que j'aille à Hong Kong. Ben et Piper vont se marier quand même, et j'ai promis à d'être là.

— Quand veux-tu partir ? demanda Carrick. Je vais envoyer un message à notre pilote et lui demander d'enregistrer un plan de vol.

— Aujourd'hui, ce soir, le plus tôt possible. Je vais rentrer chez moi, préparer mes bagages et ensuite, j'irai à l'aéroport.

Carrick hocha la tête et tapa un message sur son téléphone. Finn remarqua l'expression de Ronan. La compassion qu'il vit dans ses yeux, si semblables aux siens, le perturba.

— Quoi ? tonna-t-il.

— Beah vient avec toi ? demanda son frère.

Finn sentit son cœur tressauter, et il en fut surpris. Il avait cru que cet organe était mort.

— Qu'est-ce qui te fait penser ça ? lâcha-t-il, amer.

— Parce que vous organisiez le mariage tous les deux. Parce que vous couchez ensemble. Parce que tu l'aimes. Parce que nous ne voulons pas que tu sois seul, énonça Ronan, du même ton calme qu'il employait pour rassurer les clients.

— Beah et moi sommes des partenaires de sexe, Ronan, rien de plus.

S'il pouvait commencer à croire ce qu'il disait, peut-être parviendrait-il à vivre sans Beah.

Ronan ricana.

— Tu dis n'importe quoi, Finn, et tu le sais. Beah devrait être auprès de toi. Tu as besoin d'elle.

— Je n'ai besoin de personne ! Je suis parfaitement bien tout seul.

Carrick et Ronan échangèrent un long regard, et Finn se demanda lequel des deux il allait frapper en premier.

Évacuer un peu de sa fureur - de sa douleur amère - par ses poings l'aiderait à se sentir mieux.

— Si tu nous frappes, on te frappera aussi, l'avertit Carrick calmement.

Finn savait qu'il disait vrai, et cela lui donna encore plus envie de lui décocher une droite.

Mais il n'avait pas le temps de se bagarrer et il n'avait pas envie d'arriver au mariage avec un œil au beurre noir ou une lèvre fendue. Il devait faire en sorte que ses frères le laissent tranquille, les entraîner sur un autre sujet, et il savait exactement lequel.

Oui, il allait dévoiler les projets secrets de Beah. Ce n'était pas très loyal, mais peu lui importait.

— Beah songe à quitter Murphy pour travailler avec Michael Summers.

Aucun de ses frères ne sembla surpris, et Finn sentit sa colère déjà brûlante augmenter de quelques degrés.

— Vous saviez ?

Carrick haussa les épaules.

— Nous avons entendu des rumeurs.

— Et vous n'avez pas jugé bon de me prévenir ?

— Beah et toi êtes divorcés, fit valoir Ronan.

Je le sais, crétin.

— Je suis toujours associé dans cette entreprise, rétorqua-t-il.

— J'ai appris la nouvelle le lendemain de notre dîner à Londres avec Paris Cummings, expliqua Carrick, s'asseyant sur une chaise. J'allais te le dire, mais n'importe quel idiot pouvait voir que Beah et toi aviez passé la nuit ensemble. Tu semblais heureux, pour une fois. Alors j'ai décidé de ne pas jouer les trouble-fête.

— Carrick m'a mis au courant, et nous avons décidé de faire venir Beah à Boston, renchérit Ronan. Nous pensions que si elle travaillait ici, elle pourrait changer d'avis concernant Summers.

Finn était surpris par leur ton raisonnable, leur absence de colère.

— Pourquoi n'êtes-vous pas plus perturbés que ça ? demanda-t-il.

— Pour être franc, répondit Ronan, je suis surpris qu'elle soit restée aussi longtemps avec nous. Elle est très respectée dans le métier, et son réseau est exceptionnel. Ses clients l'adorent. Et si elle change d'entreprise, ça ne veut pas dire que nous ne travaillerons plus avec elle, ça signifie seulement qu'elle ne sera plus une employée mais une partenaire.

— Sa place est chez Murphy, insista Finn.

Mais pourquoi protestait-il, au juste ? Ne serait-ce pas plus facile si Beah s'en allait, tout simplement ? Si leur rupture était totale, s'ils coupaient le dernier lien qui les unissait ?

— Non, sa place est avec toi, pas dans notre entreprise, répondit Carrick. Et même si vous étiez en couple, ça ne me poserait pas de problème qu'elle rejoigne Michael Summers. Tu réfléchis avec ton cœur, Finn, pas avec ta tête.

Oui, en effet, et quand cela arrivait, ça ne se passait jamais bien. Quand il laissait ce stupide organe commander, il finissait par souffrir. Et par faire souffrir Beah.

C'était officiel : il ne savait pas gérer ses relations sentimentales. Il était bien mieux seul.

Et il en avait assez de cette conversation.

— Le pilote a répondu ? demanda-t-il à Carrick.

Son frère consulta l'écran de son téléphone.

— Oui, tout est prêt.

Finn le remercia d'un signe de tête et gagna la porte. Avant de sortir, il lança par-dessus son épaule :

— Je serai à Hong Kong pour deux ou trois jours. À

mon retour, j'irai peut-être à Aspen ou au bassin Arapahoe dans le Colorado. J'ai besoin…

Il vit la déception dans le regard de Ronan.

— Tu as besoin de Beah mais, parce que tu es trop têtu pour le reconnaître, tu vas dévaler des pistes pour te prouver que tu es vivant et libre. La véritable liberté s'accompagne de courage, Finn. Le courage de décider de ce que tu veux, et de faire tout ce qu'il faut pour l'obtenir. Peut-être que, entre Beah et toi, ça ne marchera pas une seconde fois, mais dans le cas contraire ce sera l'aventure de ta vie.

Finn n'avait pas besoin d'une aventure sentimentale ; il avait besoin d'une aventure sportive. Il préférait de loin finir avec quelques fractures qu'avec un cœur brisé.

Car son cœur bosselé avait déjà assez souffert comme cela.

Beah se rassit dans son fauteuil et tourna le dos au mur de verre, en espérant que son mascara *waterproof* avait tenu le choc. Agitant les mains devant son visage, elle tenta de penser au travail et de dresser mentalement une liste de choses à faire, pour oublier le fait que Finn était, une fois de plus, sorti de sa vie.

Peine perdue, les larmes coulèrent à nouveau.

Elle croisa les bras sur sa taille et se pencha en avant, acceptant le fait qu'elle ne pourrait pas se débarrasser de la douleur. Elle avait été bête de croire que Finn avait changé, qu'il était plus mûr, plus sage, et qu'il était, peut-être, enfin capable de l'aimer comme elle avait besoin d'être aimée.

Les cicatrices de Finn étaient trop profondes, et sa peur trop grande. N'était-ce pas ironique ? Il n'avait aucun problème à prendre des risques avec son corps, mais pas avec son cœur.

Tu es déjà passée par là, Beah ; tu survivras. Tu as

survécu à la mort de ta mère et à la désertion de ton père ; tu as déjà aimé et perdu Finn une fois et tu t'en es remise.

Tu peux surmonter cela. Et même si tu penses en être incapable, il faut que tu y arrives.

Car le problème ne disparaîtrait pas, et Beah ne pourrait pas le régler.

Tu dois composer avec les choses telles qu'elles sont, et non telles que tu voudrais qu'elles soient.

Elle porta la main à sa gorge. Elle avait l'impression qu'une lame de rasoir était en train de la taillader de l'intérieur. Elle essaya de prendre une grande inspiration, mais l'air semblait manquer. Tout ce qu'elle voulait, c'était s'asseoir sur le sol, ramener ses jambes contre sa poitrine et pleurer à chaudes larmes. Mais elle devait quitter ce bureau avec un peu de dignité, sans que personne ne soupçonne que Finn avait mis son cœur en miettes.

La lame de rasoir descendit dans sa poitrine et s'arrêta dans son ventre, où elle agrandit le vide avec lequel Beah vivait depuis une décennie.

Un vide plus grand et plus profond qu'il ne l'avait jamais été.

Ce n'était pas le travail qui pouvait remplir ce vide ; c'était Finn. Ces dernières semaines, avec lui, Beah s'était sentie heureuse, épanouie et, oui, complète. Le vide avait presque disparu…

Et maintenant, il était plus béant qu'avant.

Je veux que tu restes à Boston uniquement pour que tu continues de coucher avec moi.

Des mensonges ! Quel crétin !

En réalité, Finn avait eu besoin d'une raison pour prendre la fuite. Le fait qu'elle lui ait parlé de l'offre de collaboration de Michael Summers puis l'appel de Ben l'avaient effrayé. Au lieu de résister et de se battre pour elle, il s'était accroché à ces deux excuses et avait renoncé.

Elle était très en colère contre lui, et furieuse contre elle-même pour avoir à nouveau offert son cœur. Ne retiendrait-elle donc jamais les leçons du passé ?

Elle était pourtant intelligente et maligne. Alors pourquoi, dès qu'il s'agissait de Finn, devenait-elle si stupide ?

Elle trouverait peut-être la réponse pendant son vol de seize heures pour Hong Kong.

Keely regarda son amie aux yeux rougis, songeant qu'elle aurait aimé serrer Beah dans ses bras jusqu'à ce qu'elle se sente mieux. Mais, elle le savait, Beah avait besoin de verser des larmes sur ce qu'elle ne pouvait pas avoir. Quand elle aurait fini de pleurer, elle pourrait commencer à se ressaisir, et aller de l'avant.

Car c'était ce que faisaient les femmes fortes. La vie pouvait leur briser les ailes, mais elles trouvaient toujours un autre moyen de voler.

Keely versa du vin dans son verre et s'assit sur le canapé à côté de Beah, dans le moins formel des salons d'Isabel. Elle mit le bras autour des épaules tremblantes de Beah, en se félicitant d'avoir évité ce genre de chagrin. Car c'était exactement dans cet état que Dare l'aurait mise, au bout du compte.

Dare lui manquait, il fallait bien l'admettre. Mais cette souffrance si dévastatrice ne valait pas quelques mois de félicité. Keely savait par expérience que Dare se lasserait d'elle rapidement… Ils pourraient tenir six mois ; huit mois constitueraient un record.

Ensuite, l'alchimie sexuelle s'émousserait, et Dare commencerait à être agacé par sa forte personnalité, ses manières autoritaires, ses opinions bien arrêtées. Il en aurait assez de se disputer avec elle, de se sentir castré.

Elle n'était pas de ces femmes avec qui les hommes

restaient. Ils avaient besoin de quelqu'un de plus doux, de plus calme, de plus facile à vivre.

Elle ne serait jamais ce dont Dare avait besoin.

Oui, ils avaient eu raison de rompre avant que l'un d'eux ne souffre, avant qu'ils n'aient l'impression que leur âme était en lambeaux.

Elle regarda Beah prendre une bonne gorgée de vin puis essuyer ses larmes du bout des doigts.

— La dernière fois que j'ai pleuré autant, c'était… Eh bien, quand Finn m'a annoncé qu'il voulait divorcer.

Keely lui offrit un sourire compatissant. Elle se garda de lui dire que le meilleur indicateur de ce qui se produirait à l'avenir était ce qui s'était produit dans le passé.

Les hommes l'avaient abandonnée ; Dare aurait fini par le faire, lui aussi. Elle n'avait aucun doute là-dessus.

Mais il ne s'agissait pas d'elle, en l'occurrence.

— Ça finira par passer, Bee.

— Il paraît.

— Laisse-toi du temps.

Elle relâcha son amie et mit les pieds sur la table basse.

— Tu es allée au bureau depuis ton retour de Hong Kong ? demanda-t-elle.

— Non. Je comptais demander quelques jours de congé, mais Ronan m'a devancée en m'envoyant un mail. Il veut que je prenne des vacances.

Beah esquissa un petit sourire.

— C'était un court message, ajouta-t-elle, dans lequel il me disait qu'il ne voulait pas me revoir au bureau avant au moins une semaine, et que son frère était un crétin.

— C'est gentil de sa part.

— Oui, surtout la partie où il dit que son frère est un crétin.

— Comment était le mariage ?

— Tendre, touchant, merveilleux. Piper et Ben s'aiment

tellement… Piper était… magnifique, murmura Beah d'une voix émue. Ben a pris quelques semaines de congé pour être avec elle. Ils semblaient contents que nous soyons là.

— Et comment cela s'est-il passé avec Finn ?

Beah haussa les épaules et recula sur le canapé, comme si elle cherchait à fuir la question.

— Nous nous sommes salués, puis nous avons fait ce que nous savons faire de mieux : nous ignorer mutuellement.

Elle replia ses jambes sur le canapé, les entourant de ses bras. Puis elle s'essuya les yeux sur ses genoux et y appuya la joue.

— Ça faisait longtemps que je ne t'avais pas vue, Keely. Quand es-tu rentrée de Floride ?

— Avant-hier. Et ça m'ennuie que tu ne m'aies pas téléphoné tout de suite. Tu sais que je serais rentrée plus tôt pour toi, Bee.

— Je sais. Mais j'avais besoin d'être seule.

Keely pencha la tête sur le côté.

— Est-ce que Finn ou toi avez annulé la réception de Ben et Piper ?

— C'est le problème de Finn. Je ne vais pas m'en mêler.

— Je te demandais ça parce que le traiteur est venu hier pour inspecter la salle de bal. Il a pris des mesures pour la disposition des tables et de la scène.

Beah ouvrit de grands yeux.

— Oh ! zut ! Manifestement, Finn n'a prévenu personne. Et, tel que je le connais, il est dans un endroit perdu, en train d'escalader une falaise. Je suppose que c'est à moi de me charger de ça.

Keely consulta sa montre.

— Il est plus de 18 heures, dit-elle. Il n'y a rien que tu puisses faire ce soir.

— Je m'en occuperai demain matin. Maudit Finn !

Beah vida son verre puis prit celui de Keely et en avala

une bonne rasade. Keely ne protesta pas ; Beah en avait plus besoin qu'elle.

— Je suis une très mauvaise amie, je ne sais même pas ce qui se passe dans ta vie en ce moment. Comment va Dare ?

En entendant ce prénom, Keely sentit son estomac se nouer. Comme à chaque fois, hélas.

— Je ne sais pas, nous avons rompu.

— Pourquoi ? s'étonna Beah.

Keely ne tenait pas à en parler. Pas alors que Beah rêvait d'avoir ce qu'elle-même avait refusé.

— Eh bien ? insista Beah.

— Il voulait plus que je ne pouvais lui donner, finit-elle par avouer.

Elle n'avait aucune envie de discuter de ça maintenant.

— Je te demande pardon ? demanda Beah, l'air irrité.

Elle reposa ses pieds au sol, et son regard ferme enjoignit à Keely de s'expliquer. Et vite.

— Il m'a dit qu'il ne pouvait pas être le seul à se battre pour nous, qu'il était fatigué d'être le seul à croire au potentiel de notre relation. Oh ! et parce que je n'étais pas encline à céder, il a ajouté qu'il trouverait quelqu'un d'autre. Dare est sans doute en train de faire un casting pour trouver l'amour de sa vie, conclut-elle d'un ton aigre.

— Et ça te contrarie.

Beah secoua la tête et se leva brusquement.

— Bon sang, Keels ! Qu'est-ce qui te prend ?

Keely prit le verre de vin des mains de Beah de peur qu'elle ne répande du liquide sur le tapis persan ancien et hors de prix.

— Je pense avoir pris la bonne décision pour nous deux, parce qu'il aurait fini par me quitter, plaida Keely.

Beah la dévisagea, et Keely se sentit mal à l'aise. Elle s'agita sur le canapé et résista à l'envie de baisser les yeux.

— C'est la meilleure solution, Beah, finit-elle par déclarer.

— Si Dare est un tant soit peu comme moi, je parie qu'il en a plus qu'assez que des gens se pensant intelligents décident de la façon dont nous pouvons aimer. J'aime Finn, et je sais que nous pourrions être très heureux ensemble. Dare, un homme intelligent et mature, veut aussi une relation sérieuse, apparemment, mais Finn et toi vous avez tous les deux décidé que nous n'avons pas notre mot à dire ? Eh bien, au nom de Dare, va au diable ! Et que Finn aille au diable !

Keely fut bouche bée. Elle ne trouva rien à dire pour sa défense. Car Beah avait raison.

— L'arrogance, l'intelligence et la peur sont un mélange mortel, ajouta Beah.

Keely voulut répondre, mais Beah l'interrompit en levant la main.

— Je ne peux pas te parler pour l'instant, Keels. Je t'adore, mais je suis fâchée contre toi. Et je sais que les trois quarts de cette colère sont dirigés contre Finn, mais tu es dans ma ligne de mire. Je préfère m'en aller avant de dire quelque chose qui pourrait altérer notre amitié.

Elle pivota sur ses talons, et Keely la regarda s'éloigner, en se demandant comment elle s'était retrouvée au centre de la conversation, et pourquoi c'était si inconfortable.

Keely se trouvait dans le hall de la résidence de Dare et attendait que le portier le prévienne, afin qu'elle ait la permission de prendre l'ascenseur pour rejoindre son appartement situé au dernier étage.

Dare refuserait peut-être de la recevoir…

Elle secoua la tête et regarda son écran, en se rappelant la raison de sa visite. Dare et elle n'avaient pas cessé de communiquer, mais leurs messages étaient courts, directs, et concernaient toujours Mounton House, la succession d'Isabel ou la vente aux enchères prochaine. Il était toujours son avocat et celui de Joa, et elle lui avait parlé du mariage de Ben et de Piper, puisqu'il aurait dû avoir lieu à Mounton House.

Elle devait le prévenir que la fête était annulée. Un peu plus tôt, elle lui avait envoyé un SMS afin de le prévenir de ne pas attendre un chèque de Finn pour la location de la salle de bal. Il lui répondit pendant qu'elle patientait en bas de son immeuble :

Dommage. Tant de travail pour les préparatifs de ce mariage. Y a-t-il un couple qui aimerait se marier à cette date à leur place ?

Et avant même que Keely n'ait eu le temps de déchiffrer son message - pourquoi se souciait-il de l'annulation ? - il lui en envoya un second.

Je me disais que nous pourrions le faire, toi et moi. Nous marier, je veux dire.

Il se moquait d'elle, songea-t-elle, contrariée. Elle entra dans l'ascenseur en pestant intérieurement. Comment Dare pouvait-il être si désinvolte ? Ce n'était pas drôle.

Rien dans cette situation n'était drôle.

Les portes s'ouvrirent, et Keely entra en trombe dans l'appartement, laissant tomber son sac sur le sol. Dare était devant la baie vitrée et regardait la vue superbe sur la ville.

— C'était vraiment un message stupide ! s'exclama-t-elle.

Elle fut consternée de sentir des larmes lui monter aux yeux. Elle ne révélerait pas à Dare que le mariage était son plus grand souhait, son désir de toujours. Deux êtres qui se promettaient un amour éternel… Comment osait-il plaisanter sur un engagement si profond, si important ?

— Celui dans lequel je suggère notre mariage ? demanda-t-il en se retournant vers elle.

Elle ne l'avait pas vu depuis des semaines et, dans son

T-shirt bleu marine et son jean délavé, il semblait grand, fort, et exquis. Il lui avait tant manqué !

— Pourquoi est-ce une idée stupide ? reprit-il d'une voix bien trop calme.

— Parce que tu ne m'aimes pas. Tu ne veux pas réellement passer toute ta vie avec moi !

Dare ne bougea pas, mais un petit sourire se peignit sur ses lèvres.

— Comment le sais-tu, Keely ? Ou est-ce encore l'une de tes suppositions idiotes, comme l'idée que je vais te quitter quand je ne te supporterai plus ?

— Mais je suis insupportable, Dare !

Elle s'assit sur le bras d'un fauteuil carré élégant, agacée que des larmes coulent sur ses joues.

— Je suis autoritaire, exigeante, j'ai des opinions arrêtées, j'ai un fort caractère et…

Elle sentit les grandes mains de Dare sur ses genoux, respira son eau de toilette boisée. Elle leva la tête vers lui. Dans son regard, une lueur amusée brillait. Mais il y avait aussi de l'amour.

— Pourquoi crois-tu que je n'arrête pas de penser à toi, Keels ? J'aime ta forte personnalité, ta fougue, j'aime le fait que tu n'hésites pas à te battre pour ce que tu crois juste. Je t'ai vue sous ton meilleur jour et sous le pire. J'aime tout en toi.

Elle se mordilla la lèvre, soudain terrifiée.

— Dare, je suis…

— Non, ça suffit, l'interrompit-il en secouant la tête. Je ne suis pas du genre à me laisser marcher sur les pieds, Keels, et je sais exactement où je vais avec toi. C'est toi que je veux. Tout de toi. Je suis assez fort pour te dire quand tu vas trop loin et je suis tout à fait capable de me battre à ton côté. Je n'ai pas peur de toi, Keely. Quand vas-tu donc l'accepter ?

Le cœur battant, elle se força à répondre.

— Si tu t'en vas, comme les autres avant toi, je ne sais pas si je pourrai m'en remettre, Dare. Tu comptes bien plus pour moi que tous les autres hommes que j'ai connus.

— J'ai plutôt tendance à m'accrocher quand les difficultés arrivent. Prendre la tangente, ce n'est pas mon style. Et j'en ai assez que tu nous sépares sans cesse.

Il prit son visage en coupe.

— Aime-moi, chérie, laisse-moi t'aimer, et soyons heureux. Car vivre sans toi est horrible.

Keely songea brièvement à s'en aller. Mais c'était davantage une pensée fugace qu'une décision. Et si elle restait ? Si elle prenait le risque d'aimer ?

Dare lui sourit, sentant manifestement qu'elle était sur le point de capituler.

— J'ai une idée, dit-il. Répète après moi : « Je t'aime, Dare ».

— Je t'aime, Dare.

— Dieu merci. Maintenant : « Épouse-moi dans la salle de bal de Mounton House samedi prochain, Dare ».

— Épouse-moi… Quoi ? Comment ça ? Nous ne pouvons pas…

— Pourquoi pas ? Tout est prêt. Je t'aime, tu m'aimes, nous savons tous les deux que nous finirons par nous marier. Et puis, comme ça, tu me croiras quand je te dis que je ne compte pas m'en aller.

Elle n'en revenait pas.

— Je… Seigneur… Dare ?

— Nous reporterons à une autre fois la discussion sur le mariage, car je vois que ton esprit est en surchauffe. Mais ce que nous n'allons pas reporter, c'est ça : toi, nue dans mon lit.

Il glissa les mains sous ses cuisses et la porta dans ses bras.

Se sentant en sécurité et protégée, elle noua les bras

autour de son cou et embrassa son épaule à travers le tissu de son T-shirt. Tandis qu'il l'emmenait dans la chambre, elle murmura :

— Dare ?

— Mm ?

— Je t'aime.

Il y avait une telle paix dans ces trois petits mots. Et elle comptait les utiliser à l'excès pour les soixante prochaines années. Au moins.

Il déposa un tendre baiser sur ses cheveux.

— Je t'aime aussi, ma chérie. À la folie.

Il disait vrai, elle le savait. Alors qu'attendait-elle ?

— Dare, veux-tu m'épouser samedi prochain ? Pour le meilleur et pour le pire ? Rester à mes côtés dans les disputes et les querelles, dans la maladie et la santé, etc. ?

— J'ai cru que tu ne me le demanderais jamais, ma chérie. Et la réponse est oui, évidemment !

Elle sourit et scella leur amour par un tendre baiser.

Avant-hier, Finn était à Hong Kong et regardait Ben faire de Piper sa femme. La cérémonie, à la fois gaie et triste, avait été poignante et, comme tous les autres invités, il avait eu les larmes aux yeux quand Ben avait pris son épouse dans ses bras pour danser avec elle. Ils avaient coupé le gâteau, prononcé des discours, et Finn avait même réussi à porter un toast à l'heureux couple sans que sa voix ne se brise.

La journée avait été joyeuse, mais il avait remarqué que Beah se tenait aussi loin que possible de lui. Il l'avait trouvée si distante, si belle, que cela lui avait fendu le cœur.

À Hong Kong, et à chaque minute depuis son retour aux États-Unis, il avait lutté contre le besoin d'aller vers elle, de la prendre dans ses bras, de la supplier de lui accorder une seconde chance. Mais leur histoire était impossible. Ils n'étaient pas faits pour vivre ensemble.

Tout était fini.

Finn tâcha d'oublier son découragement, son désespoir. Il n'allait tout de même pas songer à Beah alors que le soleil brillait, que le ciel était clair et la neige fraîche. Il allait savourer ces quelques jours dans le Colorado, profiter de la neige et de la solitude, appuyer sur le bouton pause de sa vie et de ses émotions.

Quand il se sentirait mieux et que son cœur serait un peu plus vaillant, il retournerait à Boston et s'efforcerait de se créer une vie sans Beah. Il lui faudrait fournir beaucoup d'efforts, mais il était déterminé.

Il réussirait.

Au bout du compte.

Étant un client régulier du complexe touristique, il avait été informé qu'un groupe de skieurs expérimentés allait skier ce matin avec quelques snowboardeurs, dans une zone idéale pour faire du hors-piste. C'était sa dernière chance de skier avant un moment. Finn savait qu'à cet endroit, appelé la piste de l'Enfer, plusieurs avalanches s'étaient produites. Mais aujourd'hui, il n'y avait pas d'alerte, et l'appel de la poudreuse était trop fort. La descente à ski requerrait une totale concentration de sa part, exactement ce dont il avait besoin pour chasser une certaine jeune femme rousse de ses pensées.

Il chaussa ses lunettes et s'élança, voulant être le premier à glisser sur la neige vierge. Il vit un snowboardeur le dépasser, et son esprit de compétition se réveilla aussitôt. Il n'allait tout de même pas laisser un adolescent le battre ! Savourant le silence et la neige fraîche, il accéléra, virant à droite pour dépasser le jeune homme. La veste de ce dernier était de la couleur exacte des yeux de Beah…

Finn sentit l'un de ses skis heurter le snowboard et jura

quand il tomba et recracha de la neige. Il sentit ses skis voler et lâcha une série de jurons, tout en tâchant de se rappeler à quand remontait sa dernière chute. Dix ans ? Quinze ans ? C'était plutôt embarrassant. Il n'avait aucune envie de dévaler cette pente sur son postérieur.

Une vague de neige lui frappa le visage, et il crut que l'un des skieurs venait de le dépasser en projetant de la poudreuse sur son passage. Mais au lieu de ralentir, Finn sentit qu'il prenait de la vitesse. Ce fut à ce moment qu'il comprit qu'il y avait un problème. Un très gros problème.

Il avait du mal à respirer…

Enfin, après des minutes qui lui parurent des siècles, il s'arrêta et se retrouva à plat ventre contre la neige. Chaque centimètre de son corps semblait contusionné et douloureux. Il s'appuya sur ses mains pour se relever mais ne bougea que de deux ou trois centimètres avant de heurter un solide mur. Que se passait-il, bon sang ? Il prit une grande inspiration, et se rendit compte que l'air manquait. Il avait l'impression de respirer à travers une épaisse couverture.

Une couverture faite de neige, et causée par une avalanche. Il y avait un problème, en effet. Un problème du genre : « je vais peut-être mourir ici ».

Finn envisagea de crier mais décida qu'il était plus important d'économiser l'air. Il avait un transpondeur dans sa veste ; avec un peu de chance, son groupe remarquerait son absence et ne penserait pas qu'il était devant eux. Il payait sa tentative d'être le plus rapide. La meilleure chose à faire à présent était d'essayer de se détendre, de ne pas réfléchir…

Malheureusement, il se mit à penser.

Le visage de Beah, si pâle et si joli, ses boucles rousses qui tombaient en cascade sur ses épaules, apparut dans son esprit et il songea…

Il songea qu'il aurait aimé avoir une autre chance. Il

regrettait de ne pas avoir aimé Beah comme elle méritait d'être aimée, d'avoir passé une décennie à essayer de se protéger. Il aurait dû être plus courageux, plus intelligent, et accepter l'amour qu'elle lui offrait.

C'est un peu tard, idiot.

Du coin de l'œil, Finn vit l'obscurité croître. Depuis combien de temps était-il pris au piège ?

Il l'ignorait, mais il était presque sûr qu'il était en train de s'étouffer lentement, et qu'il ne lui restait plus beaucoup de temps. Encore quelques minutes et il serait un cadavre.

Il bougea la main pour dessiner un cœur dans la neige, et parvint à tracer les initiales de Beah et les siennes avec son doigt, conscient qu'elle ne les verrait pas mais ayant besoin de laisser quelque chose de tangible sur cette terre qu'il était sur le point de quitter.

Puis, tout devint noir…

Dans la voiture de location qui se dirigeait vers l'hôpital, Beah pivota sur son siège et regarda Carrick qui avait la main posée sur son dos.

— Redis-moi ce qui s'est passé, dit-elle d'une voix rauque de peur.

— Il a été emporté par une avalanche, répéta patiemment Carrick.

Il lui avait donné la même explication au moins vingt fois depuis qu'il était passé la chercher pour l'emmener à l'aéroport, cinq heures plus tôt.

— Quand ils l'ont trouvé quinze minutes plus tard, il n'avait pas de pouls. Ils l'ont ranimé grâce à un massage cardiaque. Il souffre d'une hypothermie sévère, mais il va s'en sortir.

— Pas de dommages cérébraux à cause du manque d'oxygène ? demanda Beah, une fois de plus.

Elle connaissait la réponse, mais les voix calmes de Carrick et Ronan la rassuraient.

— Aujourd'hui, c'était une journée chaude, il ne portait pas beaucoup de vêtements. Il s'est donc retrouvé rapidement en hypothermie, ce qui a ralenti son métabolisme et réduit les besoins en oxygène de son cerveau. Le fait que Finn soit en très bonne forme physique l'a aidé.

— Je vais le tuer ! s'exclama-t-elle.

— Nous aussi, Bee, enchérit Ronan avec un sourire compatissant.

Il était au volant, et Joa était assise à côté de lui. Sadie était à la droite de Beah et avait la main posée sur son genou tremblant.

— Mais pas de récriminations, de cris ou d'accusations tant que Finn ne sera pas pleinement remis, prévint Carrick.

Ronan croisa dans le rétroviseur le regard de Beah. Lorsqu'il roula des yeux, elle parvint à sourire malgré sa peur. Elle savait qu'elle n'arriverait à fonctionner correctement que lorsqu'elle verrait le visage de Finn, qu'elle l'entendrait respirer, qu'elle sentirait les battements de son cœur sous sa main. Une part d'elle pensait encore qu'il était mort, qu'elle l'avait perdu et, à cette pensée, un frisson la parcourut.

Elle ne voulait pas vivre dans un monde sans Finn.

Elle enfouit le visage dans ses mains, et de nouvelles larmes mouillèrent ses doigts. Puis elle sentit la voiture ralentir et releva brusquement la tête. Ils étaient arrivés à l'hôpital, constata-t-elle. Ronan freina et, dès que le grand monospace fut à l'arrêt, Beah se pencha par-dessus Sadie pour sortir et faillit tomber.

Elle entendit ses amis lui crier de les attendre, mais elle les ignora et se mit à courir vers l'entrée. Elle ne pouvait pas attendre une seconde de plus. Elle passa les portes automatiques et chercha frénétiquement du regard des panneaux indicateurs. Carrick avait mentionné que Finn était dans la chambre 201.

Elle vit un panneau et, sans prendre la peine d'attendre l'ascenseur, trouva l'escalier et monta les étages en courant. Une fois dans le couloir, elle esquiva un chariot de nettoyage, passa devant le poste d'accueil des infirmières et regarda autour d'elle, au comble de l'inquiétude.

Enfin, elle vit le nombre 201 en surbrillance sur une porte, et quand elle jeta un coup d'œil par la vitre de la chambre de Finn, elle sanglota en voyant ses yeux clos, son visage livide et ses lèvres bleutées.

Elle sentit des mains la soutenir. C'était Ronan.

— Bee, cesse de pleurer, trésor.

Elle déglutit, agrippa la chemise de Ronan et s'obligea à plonger le regard dans ses yeux, si semblables à ceux de son frère cadet.

— Ne me dis pas qu'il est mort, Ronan. Je t'en supplie !

Carrick approcha, la prit par la taille et la conduisit dans la chambre jusqu'au chevet de Finn. Puis il prit sa main pour la poser sur la poitrine du blessé.

— Tu sens son cœur battre, Beah ? Regarde cette machine, elle montre son rythme cardiaque. Il va bien, Beah, il dort, c'est tout.

Beah posa la tête sur la poitrine de Finn. Et elle fondit en larmes.

- 10 -

Une semaine plus tard, Finn arriva à Mounton House pour le mariage de Keely et Dare avec une bonne heure d'avance. Il savait que Beah était arrivée à l'aéroport Logan International plus tôt dans la journée. Et il fallait qu'il la voie. Certes, ce n'était pas le meilleur endroit ni le meilleur moment, mais il ne pouvait plus attendre…

Lorsqu'il avait repris connaissance à l'hôpital, ses frères et leurs compagnes étaient autour de son lit, mais il n'avait pas vu le visage qu'il aurait tant aimé voir.

Il savait que Beah lui avait rendu visite à l'hôpital. Ses frères lui avaient raconté que, pendant qu'il était endormi, elle avait pleuré sur son corps encore froid puis avait bombardé de questions les médecins sur ses blessures, les lésions cérébrales possibles, le temps que prendrait sa guérison.

Lorsqu'elle avait été sûre qu'il ne garderait aucune séquelle, elle avait quitté l'établissement sans le revoir, sans lui laisser une chance de lui parler.

Finn passa la main sur sa barbe. Il aurait préféré que Beah reste à Boston au lieu de rentrer directement à Londres. Il lui avait laissé des messages vocaux toute la semaine et, comme elle ne l'avait pas rappelé, il lui avait envoyé une flopée de SMS pour lui demander de le contacter.

Pour seule réponse, il avait eu droit à un bref message de deux phrases…

> Contente que tu t'en sois sorti. Cela prouve que Dieu protège les imbéciles.

Beah était furieuse, et il ne pouvait guère lui en vouloir. Il avait été un imbécile, mais pas sur le plan sportif. Son accident était le fruit de la malchance, et Finn comptait bien remonter sur des skis dès qu'il le pourrait. Il ne laisserait pas une avalanche tuer son amour pour son sport préféré.

Mais quand il retournerait skier, il aimerait être accompagné de ses frères et de la femme qu'il aimait. Il espérait que d'ici là elle serait à nouveau son épouse.

Car, dans son cœur, Beah était encore sa femme, celle qui faisait battre son cœur.

Il avait été stupide de la laisser s'en aller par deux fois. Il le reconnaissait volontiers.

Il monta les marches du perron et sonna à la porte. Après quelques instants, Dare Seymour vint lui ouvrir. Le futur marié portait une chemise blanche et un nœud papillon défait autour du cou.

— Ravi de te voir, Finn. Et je suis content que cette avalanche ne t'ait pas tué.

Oui, lui aussi.

— Tu n'es pas censé arriver plus tard ? demanda Finn en lui serrant la main. Tu sais, cette histoire de ne pas voir la mariée avant la cérémonie ?

Dare sourit.

— J'ai le droit d'être au rez-de-chaussée, mais Keely m'étranglera si je monte à l'étage. Je suppose que tu cherches Beah ?

— En effet.

Dare désigna d'un signe de tête le vaste escalier.

— Elle est avec Keely, à l'étage, seconde porte à droite.

Finn le remercia et monta les marches. Pour une fois, il ne prêta pas attention aux œuvres d'art ni au grand portrait d'Isabel Mounton sur le palier.

Il arpenta le couloir d'un pas alerte et s'arrêta devant la porte indiquée, lissant les revers de sa veste de smoking. Il s'apprêtait à vivre un moment capital. Il fallait qu'il trouve les mots justes, qu'il dise à Beah ce qu'elle avait besoin d'entendre…

Ne gâche pas tout, Murphy.

Il frappa à la porte et, sans prendre la peine d'attendre une réponse, entra en trombe. Quatre paires d'yeux - la maquilleuse, la coiffeuse, Keely et sa sœur Joa - se posèrent sur lui, mais aucune n'appartenait à la femme qu'il voulait voir.

Keely tourna la tête, et il suivit son regard. Beah était là, dans un coin de la pièce, à côté d'une robe de mariée complexe et luxueuse. Elle portait une longue robe couleur argent au décolleté plongeant. Ses cheveux étaient rassemblés en un chignon flou et, pour une fois, son maquillage ne cachait pas ses taches de rousseur.

Elle était si splendide qu'il en eut le souffle coupé, mais son regard était triste. Il fallait que cela change… immédiatement.

Beah lança un regard à Keely puis reporta son attention sur Finn et se mordilla la lèvre.

— Finn ? Qu'est-ce que tu fais ici ?

— Ça fait des jours que j'essaie de te joindre, mais tu ne réponds pas à mes appels.

— Si tu tenais tant à me parler, tu aurais pu sauter dans un avion, ou utiliser le jet de la compagnie. Il me semble que ces appareils peuvent voyager dans les deux sens.

Aïe.

— Mes médecins et mes frères refusaient que je quitte l'hôpital, sinon, c'est exactement ce que j'aurais fait.

Beah plissa les yeux, comme si elle essayait de décider s'il disait la vérité ou non. Il disait vrai. Il n'était sorti de l'hôpital que la veille au soir après avoir expliqué aux médecins qu'il devait assister à un mariage. Il se sentait encore endolori et épuisé.

Beah semblait toujours furieuse. Il ne pouvait guère

lui en vouloir. Si elle avait failli mourir, il réagirait de la même manière.

— Allons discuter, Bee, dit-il avec douceur.

Beah interrogea Keely du regard. Son amie lui sourit.

— Vas-y, Bee. Garde simplement un œil sur l'heure. Dare a promis de me traîner jusqu'au rez-de-chaussée si j'ai une seule minute de retard.

Finn sourit à sa vieille amie qui avait des rouleaux dans les cheveux et dont le maquillage était à moitié terminé.

— Dare est dans le couloir, en train de faire les cent pas, lui apprit-il. Il est impatient de t'épouser. Et tu es superbe, Keels.

— Menteur, dit-elle en affichant un sourire éclatant. Mais je serai superbe tout à l'heure. Emmène ta femme hors d'ici, Finn.

— Je ne suis pas sa femme, protesta Beah en levant les mains.

Ne voulant pas se disputer avec elle devant des inconnues, Finn ouvrit la porte et attendit que Beah le suive. Quand elle finit par sortir de la pièce, il referma la porte puis contempla l'amour de sa vie.

Beah plaqua les mains contre ses pectoraux.

— Je ne suis pas. Ta. Femme.

L'envie de l'embrasser était si forte qu'il glissa les mains dans ses poches pour s'empêcher de la toucher.

— Légalement, non. Mais dans ma tête et dans mon cœur tu l'es.

Puisque communiquer n'était pas son point fort, il décida de faire simple.

— Je t'aime, Beah, et j'adorerais t'épouser à nouveau. Quand tu voudras, et comme tu le voudras.

Sous l'effet de la surprise, Beah entrouvrit ses jolies lèvres roses.

— Mais si tu ne veux pas te marier ou même vivre avec

moi, je l'accepterai, continua-t-il. Si tu veux rester à Londres, et que nous nous voyions quand nous le pourrons, cela m'ira aussi. Je suis prêt à partager ta vie selon tes conditions.

Ce n'était pas la solution idéale, mais quel autre choix avait-il ? Ne pas la voir du tout ? Inacceptable.

Elle leva la main, comme si elle essayait de repousser ses paroles.

— Tu m'as quittée, Finn. Pour la seconde fois.

— Et si je pouvais me botter les fesses moi-même, je le ferais. J'ai eu peur, Beah. Tu me fais peur.

Elle baissa les yeux et fixa ses sandales argentées.

— Mais tu sais ce qui m'effraie le plus ? demanda-t-il.

Elle releva les yeux vers lui, et il se risqua à caresser du pouce sa lèvre inférieure.

— Ne plus jamais embrasser cette bouche me terrifie. Ne plus t'entendre rire, ne plus t'avoir dans ma vie me terrorise, ma chérie.

Elle voulut intervenir, mais Finn secoua la tête. Il fallait qu'il lui dise tout ce qu'il était venu dire.

— Quand j'étais piégé dans la neige, incapable de bouger, la dernière chose que j'ai vue avant de perdre connaissance, c'était ton visage. J'ai éprouvé énormément de regrets pour tout le temps que nous avons perdu, pour l'amour et les années que nous n'avons pas partagés, pour les enfants que nous n'avons jamais faits. Rien de tel que de frôler la mort pour savoir ce qu'on veut le plus dans la vie.

À présent, les yeux de Beah brillaient d'émotion.

— Et c'est… ? demanda-t-elle.

— Toi. Rien que toi, dit-il d'une voix grave et émue.

Il était sur le point de la supplier, mais peu importait. Beah était tout pour lui…

— Trouvons un moyen d'être ensemble, Bee. Je ne plaisantais pas quand je disais que je prendrais tout ce que tu voudras bien me donner.

Elle joignit les mains en pointe et les appuya contre ses lèvres. Elle fit un pas en arrière, et Finn sentit son espoir s'amenuiser. Elle s'éloignait de lui ; elle réfléchissait trop et laissait son esprit gouverner son cœur. Finn était sur le point d'être terrassé, quarante-cinq minutes avant le mariage de Keely.

Bon sang.

— Je veux toujours quitter Murphy pour accepter l'offre de partenariat de Michael, finit-elle par répondre, levant son joli menton obstiné.

Elle pourrait même briguer la Maison Blanche ou cesser de travailler pour toujours, il n'y verrait pas d'inconvénient. Beah pouvait faire tout ce que bon lui semblait.

— Et j'aimerais garder mon appartement à Londres, puisque je ferai des affaires là-bas, ajouta-t-elle, l'air songeur.

Si elle voulait en venir quelque part, elle prenait bien trop de temps pour y arriver. Il commençait à être à bout de patience.

— Tu m'aimes, oui ou non ? s'exclama-t-il, sa voix résonnant entre les murs centenaires.

Elle sourit.

— Peut-être. Peut-être que mon amour pour toi explique pourquoi j'étais dans tous mes états à l'hôpital, pourquoi j'ai pleuré toutes les larmes de mon corps, pourquoi j'ai cru que mon monde s'était arrêté quand tu m'as quittée.

— Je suis vraiment désolé. Si tu veux bien de moi, je passerai le restant de mes jours à me racheter auprès de toi.

Beah tendit enfin la main vers lui et la plaça sur sa veste de smoking, à l'endroit où battait son cœur.

— Je n'ai pas besoin que tu te rachètes. Je veux juste ça.

— Mon cœur ?

Elle hocha la tête, et il posa la main sur la sienne.

— Tu l'as toujours eu, ma douce. J'étais juste trop bête pour le comprendre.

Elle cligna les yeux pour refouler ses larmes.

— J'ai quelques conditions, Murphy, des règles inflexibles.

Et voilà, pensa-t-il. Elle allait exiger qu'il cesse de s'adonner à des sports dangereux. Évidemment, il accepterait. Il dirait oui à tout. Beah était sa plus grande priorité. Et elle le serait toujours.

— Je veux un mariage, dans une église cette fois, avec des demoiselles d'honneur et un prêtre, des fleurs et une robe magnifique.

Il était facile d'accepter ses exigences, puisqu'il voulait la même chose. Il acquiesça d'un signe de tête et prit son magnifique visage entre ses mains.

— Quoi d'autre ?

— Nous devons communiquer davantage, Finn. Nous devons entretenir notre relation, chaque jour, de toutes les manières.

— Je peux travailler là-dessus. Je vais travailler là-dessus. Je te promets de m'améliorer, Beah. Autre chose ?

Au lieu d'émettre d'autres exigences, elle lui offrit un sourire plein de joie et d'amour.

— Je t'aime, Finn. J'espère que tu le sais.

Il déposa un doux baiser sur ses lèvres puis appuya son front contre le sien.

— Et je t'aime aussi, Beah. Pardon d'avoir été un tel idiot.

Elle émit un rire qu'il trouva très sensuel.

— Tu es pardonné, mais si tu manques de mourir à nouveau, je te tuerai moi-même.

Il recula, un peu intrigué qu'elle n'ajoute rien. Puisqu'elle ne le lui demandait pas, il le proposerait lui-même.

— J'arrêterai les sports extrêmes si tu le souhaites, Bee. Si cela t'apporte la tranquillité d'esprit, je ne courrai plus après les frissons. Tu es mon plus grand frisson, de toute façon.

Elle secoua la tête, et son regard miel s'emplit de tendresse.

— Je ne vais pas te demander d'arrêter, Finn. Je ne veux pas te priver de quelque chose que tu adores. Je peux accepter ta passion pour le danger. Je te demande seulement de redoubler de prudence, parce que mon cœur a failli s'arrêter quand le tien a cessé de battre. Aime ce que tu fais, Finn, mais aime-moi assez pour toujours revenir auprès de moi.

Avec l'impression d'avoir emporté tous les jackpots du monde, il la prit dans ses bras et, les larmes aux yeux, déposa un baiser sur ses cheveux. Aimer Beah serait la plus grande joie et le plus grand privilège de sa vie.

— Veux-tu m'épouser à nouveau, Beah Jenkinson-Murphy ? demanda-t-il, la voix rauque d'émotion.

— Absolument ! Mais pas maintenant. Aujourd'hui, nous devons assister au mariage de notre blonde autoritaire préférée qui va rendre Dare chèvre pour les cinquante prochaines années.

Il lui donna un autre baiser puis s'écarta, car s'il continuait de l'embrasser, il ne pourrait plus s'arrêter.

— Dare est impatient de relever le défi, commenta-t-il.

Elle se mit sur la pointe des pieds, l'embrassa puis effaça avec son pouce la trace de rouge à lèvres qu'elle avait laissée sur sa bouche.

— J'aimerais rester avec toi, Finn, mais Keely a besoin de moi.

— Je sais, et ça me va. Je te vois tout à l'heure ?

Elle hocha la tête, serra sa main puis s'éloigna à contrecœur.

Finn la regarda s'en aller, le cœur débordant d'amour.

Son épouse était sienne à nouveau.

Épilogue

Il était près de minuit, la vente Mounton-Matthews très attendue touchait à sa fin, et Beah était épuisée. Après une campagne de six mois, une vente en ligne et deux jours de ventes aux enchères en salle, la cession de la collection d'Isabel venait de s'achever par la vente du Winslow Homer authentifié par Sadie pour un montant de… Était-ce deux millions et demi, ou vingt-cinq millions ?

Beah plissa les yeux pour lire le nombre sur le grand écran au-dessus de la scène. Vingt-cinq millions… Ce qui portait le total de la vente à plus d'un demi-milliard de dollars. Bonté divine, c'était une fortune colossale.

Dans la salle en pleine effervescence, l'adrénaline et le soulagement étaient palpables.

La vente était un immense succès.

Beah se trouvait derrière le comptoir avec les autres membres du personnel qui avaient pris les enchères par téléphone. Elle avait accepté d'être l'intermédiaire pour Paris Cummings, car il avait tenu à ce que son anonymat soit préservé. Il était le nouveau propriétaire à la fois du tableau de Homer et du Vermeer.

Elle jeta un regard circulaire dans la salle. Joa était avec Carrick, Sadie, Keely et Dare. La jeune épouse de Ronan pleurait de joie et avait les yeux rivés sur son mari qui se tenait derrière le pupitre sur la scène. Beah ne pouvait pas voir le visage de Keely car son amie était blottie dans les bras de Dare.

Joa et Keely devraient maintenant décider à quelles œuvres de charité elles reverseraient les bénéfices de la vente. Elles avaient déjà proposé de faire un don conséquent à la recherche sur le cancer, ce dont Beah leur était reconnaissante.

À travers ses yeux embués, Beah remarqua le sourire satisfait de Carrick qui entourait Sadie de ses bras, une main posée sur le ventre arrondi de la jeune femme. La future maman avait refusé de rester chez eux, disant à Carrick qu'elle était enceinte et non invalide.

Beah sourit quand Joa se précipita vers la scène pour se jeter dans les bras de Ronan. Et elle fut émue quand ce dernier étreignit sa femme et déposa un baiser sur ses cheveux.

C'était une soirée joyeuse et merveilleuse…

Carrick et Sadie rejoignirent Ronan et Joa derrière le pupitre, et Carrick fit signe à Keely et Dare de monter sur scène. Ronan chercha Finn du regard.

Beah sourit quand elle vit Finn monter les marches puis échanger des accolades et des tapes dans le dos avec ses deux frères. Il semblait heureux. Satisfait. Et apaisé.

Si elle en croyait Finn, elle était en grande partie responsable de cet état de fait.

Parce qu'il n'aimait pas être sous les projecteurs, Finn quitta rapidement la scène et retourna dans la foule. Beah suivit sa tête blonde du regard, espérant qu'il viendrait la retrouver ; elle tenait à partager ce moment incroyable avec lui. C'était sa dernière soirée en tant qu'employée de Murphy International.

Elle était à la fois triste et enthousiaste à l'idée de changer d'horizon. Mais où que sa carrière l'emmène, elle reviendrait toujours auprès de Finn.

Carrick tapota son micro, et un silence relatif se fit dans la salle.

— Mes frères et moi aimerions remercier Joa Jones et Keely Matthews-Seymour pour avoir fait à Murphy International l'honneur de représenter la collection de leur mère Isabel Mounton-Matthews. Nous sommes fiers d'avoir battu plusieurs records ce soir, mais surtout nous sommes heureux d'avoir récolté une somme exceptionnelle qui sera distribuée à des œuvres de bienfaisance.

Beah sentit les mains puissantes de Finn se glisser autour de sa taille puis l'attirer contre lui. Elle tourna la tête vers lui et contempla ses magnifiques yeux vert et or.

Il déposa un petit baiser sur son nez puis sur ses lèvres.

— Bonsoir, beauté.

— Bonsoir, dit-elle, s'appuyant contre lui.

Elle était très fatiguée, et Finn était toujours ravi de la laisser se reposer sur lui.

Lorsque Carrick s'éclaircit la voix, Beah reporta son attention sur la scène. L'aîné des Murphy prit Sadie par la main puis prit la parole.

— Ces derniers mois ont été très chargés pour les membres de Murphy International, et j'aimerais remercier chacun d'entre eux pour le formidable travail accompli.

Des applaudissements retentirent dans la salle. Après un instant, Carrick leva la main, l'air sérieux, et poursuivit :

— Cette vente restera l'une des plus mémorables de Murphy, mais pas seulement grâce à l'immense collection d'Isabel et à tout l'argent récolté. Isabel et ses trésors ont apporté le bonheur à beaucoup d'entre nous. Keely, sa fille, à la surprise de tous, a récemment épousé l'avocat d'Isabel. Ronan et Joa, sa fille adoptive, se sont trouvés, et les fils de Ronan ont désormais une adorable maman. En ce qui me concerne, j'avais engagé Sadie pour authentifier le Winslow Homer, et non seulement elle a accepté de devenir ma femme mais, comme vous pouvez le voir, nous allons bientôt agrandir le clan Murphy. Et pour finir, Beah était une Murphy il y a quelques années, et je sais de source sûre que Finn est impatient de l'épouser une seconde fois.

— Et comment, murmura Finn à l'oreille de Beah.

— À Isabel et à son incroyable collection, dit Carrick, levant le verre de champagne qu'une serveuse lui avait apporté sur un plateau d'argent.

Finn déposa un baiser sur les cheveux de Beah.

— À nous, chérie. Je t'aime.

Elle se retourna dans ses bras et l'étreignit.

— Je t'aime encore plus, Finn. Si nous rejoignions la famille ?

Il acquiesça d'un signe de tête.

— Nous avons beaucoup de chance, Bee, tu ne trouves pas ?

Il lui offrit un sourire tendre, si plein d'amour et de désir qu'il fit vibrer son cœur - et son corps.

Elle vivait un rêve et, oui, Finn et elle avaient énormément de chance.

Ils avaient attendu longtemps pour se retrouver, et ni elle ni Finn ne gâcheraient une seule minute de leur bonheur retrouvé.

Retrouvez prochainement,
dans votre collection

PASSIONS

Un dangereux pari, de Karen Booth - N°924

Mindy est furieuse : l'entrepôt qu'elle convoitait pour son entreprise a été acheté par son ex, Sam Blackwell ! Bien décidée à négocier son rachat, elle se rend dans son bureau. Sam accepte à une condition : Mindy doit l'inviter au mariage de sa sœur, un événement mondain très utile au développement de sa société. Mais Mindy hésite : elle a peur de ranimer la flamme qui brûle toujours entre eux...

Un si séduisant célibataire, de Katherine Garbera

Pendant la vente aux enchères des célibataires, événement caritatif à Cole's Hill, Pippa est déterminée à avoir Diego Velasquez. Elle gagne l'enchère, et ils passent une merveilleuse nuit ensemble. Tout chez Diego lui donne envie de le revoir, or Pippa sait bien que leur relation ne peut être qu'éphémère car elle doit bientôt rentrer à Londres... Dès lors, que choisir ? Écouter son cœur et laisser une chance à leur amour naissant ou suivre sa raison et retourner en Angleterre ?

Une proposition très tentante, de Naima Simone - N°925

« Épouse-moi. » Reagan est sous le choc. Ezekiel, un ami d'enfance, vient de lui proposer de se marier avec lui afin qu'elle puisse toucher l'héritage de sa grand-mère. Cependant, il a été très clair : il ne sera pas question d'amour entre eux. Le cœur de Reagan est sur le point d'exploser : évidemment cette offre est très tentante, mais elle veut plus qu'une union de convenance. Et comment respecter les termes du contrat quand elle se noie déjà dans le regard d'Ezekiel ?

Les secrets d'une fiancée, de Yahrah St. John

Minée par des problèmes familiaux, Morgan se réfugie dans les bras de Jared Robinson. Face à lui, elle sent dans tout son corps se réveiller une chose qu'elle a fait taire depuis très longtemps : le désir. Jared ne tarde pas à lui proposer un marché qu'elle ne peut refuser : jouer sa petite amie pour qu'il puisse améliorer son image en tant que P-DG. Morgan accepte, bien qu'elle redoute cette intimité nouvelle...

Un nouveau départ à deux, de Janice Maynard - N°926

SÉRIE : LES HÉRITIERS DE STONE RIVER TOME 2

Ivy doit à tout prix trouver un travail. Depuis le décès de son mari il y a plusieurs mois, elle se retrouve sans ressources, avec son bébé. Aussi est-elle plus que soulagée lorsque Farrell Stone l'engage pour qu'elle s'occupe de sa maison dans le nord du Maine. Enfin, elle va pouvoir souffler et reconstruire sa vie avec sa fille. Mais comment cohabiter avec cet homme qui fait déjà battre son cœur bien trop vite ?

Une nuit pour l'éternité, de Joss Wood

Lachlyn vient d'apprendre qu'elle est la fille illégitime de Connor Ballantyne. Elle se retrouve héritière d'une fortune colossale et la cible des paparazzis. Alors, pour la protéger, sa nouvelle famille fait appel à un garde du corps, Reame Jepsen. Dès que celui-ci pose son regard sur elle, elle se sent plus désirable, plus femme que jamais... Pourtant tout avenir entre eux est impossible, car Lachlyn ne veut plus souffrir à cause d'un homme...

Un héritier aux yeux bruns, d'Andrea Laurence - N°927

« Où est mon fils ? » Ces mots, Sabine a tant redouté de les entendre qu'elle reste un moment interdite, face à Gavin. Bien sûr, elle comprend sa colère – ne lui a-t-elle pas caché l'existence de Jared depuis deux ans ? Pourtant, elle ne peut regretter d'avoir soustrait son enfant à une éducation austère, au destin tout tracé de l'héritier de la famille Brooks. Et, si Gavin a eu le pouvoir de lui ravir son cœur, elle ne lui laissera jamais celui de détruire la vie de leur fils.

Mariée à son ennemi, d'Ann Major

Pour sauver sa sœur d'un mariage arrangé, Kira se rend chez Quinn Sullivan, l'homme d'affaires sans scrupule qui ne songe qu'à mettre la main sur l'entreprise familiale. Mais, quand elle se retrouve face à lui, elle se sent étrangement troublée par l'aura sensuelle de cet homme qu'elle devrait haïr. Jusqu'à ce qu'il lui fasse une proposition si odieuse qu'elle la ramène brutalement à la réalité : il ne renoncera à épouser sa sœur que si Kira la remplace au pied de l'autel...

Pour le sourire de Connor, de Maureen Child - N°928

Nicole n'en revient pas. Comment s'est-elle retrouvée dans le jacuzzi de Griffin King, son si troublant voisin ? Et dire qu'elle s'était juré de garder ses distances avec cet homme à la réputation sulfureuse ! *Une nuit, juste une nuit*, s'entend-elle lui murmurer. Oui, c'est ce qu'elle veut, rien de plus : une aventure sans lendemain. Inutile de rêver : Griffin n'est pas le genre d'homme intéressé par l'amour. Encore moins par les femmes seules avec enfants. Comme elle et son petit Connor...

Baisers interdits, de Barbara Dunlop

Danielle est une femme réfléchie. Et pourtant, chaque fois qu'elle croise Travis Jacobs, un rancher aussi suffisant qu'exaspérant, elle perd tous ses moyens. Aussi, le jour où ils se retrouvent par hasard à Las Vegas, a-t-elle envie de fuir, loin de lui, loin de la tentation que représente pour elle son regard teinté de défi. Mais, dans la ville où toutes les folies sont permises, les baisers interdits peuvent être les plus exquis...